Johannes Siebelis

P. Ovidii Nasonis Metamorphoses

Erstes Heft

SALZWASSER
VERLAG

Johannes Siebelis

P. Ovidii Nasonis Metamorphoses

Erstes Heft

Unveränderter Nachdruck der Originalausgabe von 1865.

1. Auflage 2022 | ISBN: 978-3-37501-127-7

Verlag: Salzwasser Verlag GmbH, Zeilweg 44, 60439 Frankfurt, Deutschland
Vertretungsberechtigt: E. Roepke, Zeilweg 44, 60439 Frankfurt, Deutschland
Druck: Books on Demand GmbH, In de Tarpen 42, 22848 Norderstedt, Deutschland

P. OVIDII NASONIS
METAMORPHOSES.

AUSWAHL FÜR SCHULEN.

MIT

ERLÄUTERNDEN ANMERKUNGEN UND EINEM MYTHOLOGISCH-GEOGRAPHISCHEN REGISTER

VERSEHEN

VON

DR. JOHANNES SIEBELIS

ERSTES HEFT,

BUCH I—IX UND DIE EINLEITUNG ENTHALTEND.

VIERTE VERBESSERTE AUFLAGE.

LEIPZIG,

1865.

Vorwort.

An das von mir zum Gebrauche der Quarta herausgegebene *Tirocinium poëticum* schliesst sich, für die nächsthöhere Unterrichtsstufe bestimmt, die vorliegende Bearbeitung der Metamorphosen. Bei der Ausscheidung der für die Schule ungeeigneten Stücke wurde zum Gesetz gemacht, hauptsächlich alles das zu entfernen, was die Phantasie mit unreinen und verlockenden Bildern zu erfüllen vermöchte. Alle Liebesverhältnisse, auch wenn deren Schilderung nichts Anstössiges enthält, auszuschliessen, hielt ich für zu weit getriebene und schädliche Aengstlichkeit. Müsste man doch consequenter Weise dann auch Bedenken tragen, den Tertianern Schiller in die Hände zu geben. War nun aber einmal durch die verschiedenen Weglassungen der künstliche Zusammenhang des Werkes zerstückt, so zog ich vor, wie auch schon von Andern geschehen ist, die einzelnen Erzählungen — wiewohl nach der ursprünglichen Reihenfolge der Bücher und Verse — durch Ueberschriften in Abschnitte zu sondern, deren jeder ein Ganzes für sich bildet. Dem Lehrer wird so die etwaige weitere Auswahl aus den aufgenommenen Stoffen noch mehr erleichtert werden. Hier und da genügte es nur einzelne Verse oder einen Theil von einer Fabel wegzulassen, worüber man das Nöthige am Schlusse des zweiten Heftes verzeichnet finden wird.

Der Text ist nach der Merkel'schen Recognition gegeben, da bei dieser zuerst mit Consequenz die vorzüglichsten Handschriften zu Grunde gelegt sind. Davon abzugehen schien um so seltener rathsam, je unzureichender unsere bisherige Kenntniss von den Lesarten jener Handschriften ist. Mehreren Conjecturen Merkel's habe ich mich jedoch nicht anschliessen können. Auch diese Abweichungen sind in dem erwähnten Verzeichniss bemerkt.

Bei den erläuternden Bemerkungen sind der Hauptsache nach dieselben Grundsätze beobachtet, die ich mir in der Vorrede zur Ausgabe meines Nepos vorgezeichnet habe; weshalb ich mir erlaube auf jene Vorrede zu verweisen. Mein Augenmerk war also auch hier ganz besonders darauf gerichtet, dem Schüler bei seiner Vorbereitung eine richtige, d. i. eine genaue, dabei aber nicht undeutsche Uebersetzung möglich zu machen. Dazu bedurfte es ausser Worterklärungen, Lösung verwickelter Constructionen, Erläuterung des Sinnes und Zusammenhanges schwieriger Stellen und den nöthigsten sprachlichen Bemerkungen, namentlich auch des Hinweises auf manche Punkte, die, für das rechte Verständniss von wesentlichem Belang, doch vom Schüler gar zu leicht übersehen werden, wie auf Gegensätze, Wortstellung und richtige Betonung, so wie auf manche vom Deutschen abweichende Erscheinungen, die man nicht vernachlässigen sollte. Beispielsweise erinnere ich nur an den so weit ausgedehnten Gebrauch des Plural, wo im Deutschen gewöhnlich der Singular steht, und wo der Schüler meist ohne viel zu fragen, welche Bedeutung dieser Numerus der Stelle giebt, frischweg den Singular setzen will. Ein anderer Hauptgegenstand, womit die Bemerkungen sich zu beschäftigen haben, ist der Unterschied der poetischen Ausdrucksweise von der prosaischen, die verschiedenen Redefiguren und die vielfachen Abweichungen, die sich der Dichter von den gewöhnlichen Regeln der Grammatik erlaubt. Denn natürlich begegnet dem Tertianer in der dichterischen Redeform eine Menge Neues und Fremdartiges, und da man von ihm nicht verlangen kann, dass sich ihm das Charakteristische der Prosa schon genügend eingeprägt habe, so ist zu verhüten, dass sich nicht in seiner Sprachkenntniss eine unheilvolle Verwirrung erzeuge. Aus dem Gebiet der regelmässigen Syntax ist nur das berührt worden, was dem Tertianer möglicher Weise noch fremd sein oder ihn zu Missverständnissen verleiten kann. Die sachlichen Bemerkungen konnten auf eine geringe Zahl beschränkt werden, da das mythologisch-geographische Register die nöthigen Notizen darbieten wird.

Ob diese oder jene Anmerkung dem Schüler entbehrlich sei, darüber wird es immer Meinungsdifferenzen geben; der Streit darüber ist aber nach meinem Dafürhalten ziemlich unfruchtbar. Denn Jeder stützt sich dabei auf seine individuellen Erfahrungen, die natürlich nach den verschiedenen Verhältnissen, Persönlichkeiten und Lebensaltern oft sehr verschieden sind. Ich für meinen Theil gestehe gern, dass ich die vorliegende Bearbeitung nicht so sehr für das Bedürfniss der Befähigteren, deren doch immer verhältnissmässig nur wenig zu sein pflegen, als für den viel zahlreicheren Mittelschlag von Schülern berechnet habe, deren eigener Kraft und Verstandesschärfe man sich wohl hüten muss zu viel Zutrauen zu schenken, und die ohne ausreichende Hülfe leicht in ihrem Streben ermatten. Stets habe ich mich daher gefragt, ob wohl für diese eine Erläuterung nothwendig sei. Hätte ich gleichwohl hier und da das rechte Mass nicht getroffen, so wird, wenn nur sonst mein Verfahren Billigung verdient, durch ein geringes Zuviel oder Zuwenig ein wesentlicher Nachtheil kaum entstehen können.

Ich schliesse mit dem Wunsche, dass ich den früheren von mir zu Rathe gezogenen Herausgebern und Bearbeitern der Metamorphosen den geeignetsten Dank durch eine recht zweckmässige und sorgfältige Benutzung des bei ihnen gefundenen Guten bewiesen haben möge.

Hildburghausen, im August 1853.

Zur vierten Auflage.

Auf Mehreres, was in dieser neuen Auflage verbessert ist, haben mich einige mir bekannt gewordene Beurtheilungen aufmerksam gemacht, für deren freundliche Fingerzeige ich den Verfassern sehr dankbar bin. Nicht gerechtfertigt scheint mir der Vorwurf, dass ich bei Festhaltung mancher verdächtiger Verse zu conservativ verfahren sei. Denn was davon sich entschieden als unecht herausstellt, ist meines Wissens Alles entfernt, was bisher nur von Einzelnen angezweifelt ist, durfte am wenigsten eine Schulausgabe streichen. Aehnliches gilt von der Aufnahme einzelner neuerer Conjecturen. Soweit solche zu meiner Kenntniss gekommen und für mich wirklich überzeugend sind, wird man sie stets berücksichtigt finden. Wo hingegen die Verbesserungen als solche mir nicht einleuchten, oder wo die Sache noch so unsicher liegt, wie z. B. bei dem allerdings verderbten, nach meinem Dafürhalten aber einem ungerechtfertigten Zwange unterworfenen Verse 1, 15, zu dem der Beurtheiler selbst erst noch einen neuen Aenderungsvorschlag liefert, da glaubte ich im Interesse einer Schulausgabe besser zu thun, vorläufig noch die herkömmliche Lesart zu geben. Noch sei für solche, denen es bisher vielleicht entgangen, die Bemerkung erlaubt, dass sich für die dem dichterischen und speciell ovidischen Sprachgebrauch angehörenden Erscheinungen in der Regel eine Sammlung von Beispielen aus den Metamorphosen in dem am Schlusse des zweiten Heftes beigefügten Register zu den Anmerkungen vorfindet.

Hildburghausen, im Dezember 1864.

J. Siebelis.

Einleitung.

P. Ovidius Naso wurde am 20. März des Jahres 711 nach Erb. Roms (43 v. Chr.) zu Sulmo (jetzt Sulmona) im Lande der Peligner geboren, in einer wohlbewässerten, fruchtbaren und besonders weinreichen Gegend des mittleren Italien östlich von Rom. Seine Geburt fällt in die Zeit der Kämpfe, die der Ermordung Julius Cäsar's folgten. Der Wahn, den dessen Mörder hegten, dass es nur der Wegräumung des Alleinherrschers bedürfe, um der gealterten und schon längst in ihren Grundfesten untergrabenen Republik die frühere Freiheit zurückzugeben, hatte sich sofort als irrig erwiesen. Zwar wurde M. Antonius, der zunächst der Erbe von Cäsar's Macht zu werden hoffte, vorzüglich auf Betrieb des greisen Cicero vom Senate endlich für einen Feind des Vaterlandes erklärt, und von den Consuln Hirtius und Pansa bei Mutina geschlagen (am 15. und 16. April 711); allein, nachdem beide Consuln durch jene Schlacht ihren Tod gefunden hatten[1]), verband sich der schlaue Octavianus, der Enkel von Cäsar's Schwester und Adoptivsohn desselben, mit M. Antonius und Lepidus zu dem Triumvirate, durch welches die alte Republik und deren Verfechter den Todesstoss erhielten.

Wir hören nicht, dass die Familie Ovid's in diese politischen Wirren verwickelt gewesen sei. Dieselbe gehörte seit uralter Zeit dem Ritterstande an, zählte also unter die angeseheneren und wohlhabenderen des Staates[2]). Der Vater war ein nüchterner und auf das Practische gerichteter Mann, der das hohe Alter von 90 Jahren erreichte, und erst kurz vor der Verbannung seines Sohnes starb[3]). Er hatte ausser Publius noch einen Sohn, der gerade um

1. In Bezug hierauf sagt Ovid in der 10. Elegie des IV. Buches der Tristien, die uns einen kurzen Abriss seiner Lebensschicksale giebt (3 ff.):

Sulmo mihi patria est, gelidis uberrimus undis,
Milia qui novies distat ab Urbe decem.
Editus hinc ego sum, nec non ut tempora noris,
Cum cecidit fato consul uterque pari.

2. ex Ponto IV, 8, 17 f.

Seu genus excutias, equites ab origine prima
Usque per innumeros inveniemur avos.

3. Trist. IV, 10, 77 ff.

Et iam complerat genitor sua fata, novemque
Addiderat lustris altera lustra novem.

ein Jahr älter war; doch starb dieser schon nach zurückgelegtem zwanzigsten Lebensjahre. Der Sitte gemäss wurden beide Brüder frühzeitig nach Rom geschickt, um daselbst in den Rechts- und Staatswissenschaften, sowie in der Beredsamkeit unterrichtet zu werden, und sich so für den höheren Staatsdienst vorzubereiten; allein schon jetzt zeigte sich sehr entschieden die Hinneigung des Jüngeren zur Poesie, was er uns selbst auf eine sehr anmuthige Weise schildert (Trist. IV, 10, 15 ff.):

Protinus excolimur teneri, curaque parentis
Imus ad insignes Urbis ab arte viros.
Frater ad eloquium viridi tendebat ab aevo,
Fortia verbosi natus ad arma fori.
At mihi iam puero caelestia sacra placebant,
Inque suum furtim Musa trahebat opus.
Saepe pater dixit: 'Studium quid inutile temptas?
Maeonides[4]) *nullas ipse reliquit opes'.*
Motus eram dictis, totoque Helicone relicto
Scribere conabar verba soluta modis.
Sponte sua carmen numeros veniebat ad aptos,
Et quod temptabam dicere, versus erat.

Ovid's Lehrer in der Redekunst waren die Rhetoren Arellius Fuscus und M. Porcius Latro, in deren Schulen er auch an den üblichen Redeübungen *(declamationes)* Theil nahm. Der künftige Dichter verrieth sich auch hierbei, wie der Rhetor Seneca berichtet (controv. II, 11.): *Memini me videre Nasonem declamare apud rhetorem Arellium Fuscum, cuius auditor fuit. Oratio eius iam tum nihil aliud poterat videri quam solutum carmen.* In Bezug auf Latro erzählt derselbe Schriftsteller, dass Ovid viele von dessen Sentenzen in seine Verse übertragen habe.

Unerlässlich war damals für einen Mann von Bildung eine genaue Kenntniss der griechischen Sprache und Litteratur, zu deren gründlicherem Studium sich die meisten jungen Leute aus wohlhabenderen Familien nach Griechenland selbst, hauptsächlich nach Athen zu begeben pflegten. Auch Ovid, nachdem er kurz vorher die *toga virilis* angelegt hatte, unternahm im Alter von siebenzehn Jahren diese Studienreise[5]), und besuchte dann von Athen aus in Begleitung seines älteren Freundes, des Dichter Macer[6]), einen Theil von Asien, sowie die Insel Sicilien, auf welcher

4. *Maeonides* ist Homer, der nach Einigen aus Lydien (*Maeonia*) stammen sollte.

5. Trist. I, 2, 77 *Nec peto, quas quondam petii studiosus, Athenas.*

6. Dieser schrieb nicht mehr vorhandene *Antehomerica* und *Posthomerica*, und lebte noch zur Zeit der Verbannung Ovid's. Er ist nicht mit dem später erwähnten

er fast ein Jahr lang verweilte[7]). Die Gesammtdauer seiner Abwesenheit mochte gegen drei Jahre betragen; und es kann wohl keinem Zweifel unterliegen, dass theils der Reichthum von Anschauungen und mannichfaltigen Anregungen der Phantasie, welche ihm der Besuch so vieler berühmten Orte und Gegenden bot, theils die auf dieser Reise erweiterte Kenntniss der griechischen Litteratur, besonders ihrer Dichterwerke, auf die Entwickelung seines eigenen Dichtergenius den entschiedensten Einfluss ausübten.

In seinem zwanzigsten Jahre nach Rom zurückgekehrt trat er nacheinander in einige der niederen Aemter ein, womit gewöhnlich junge Männer seines Standes ihre staatsmännische Laufbahn eröffneten. Er wurde einer der *triumviri capitales*, denen die Untersuchung und Bestrafung der von Fremden und Sclaven in Rom begangenen Verbrechen und die Anordnung der zu vollziehenden Todesurtheile oblag[8]). Ferner verwaltete er die richterlichen Aemter eines *centumvir* und eines *decemvir stlitibus iudicandis*[9]). Erstere, die *centumviri* — eigentlich waren es 105, da aus jeder der 35 Tribus 3 gewählt wurden, man nannte sie aber nach der runden Zahl — hatten unter der Oberaufsicht des Prätor die Entscheidung über Privatangelegenheiten, während die *decemviri* theils die Centumviralgerichte beriefen und leiteten, theils in gewissen Fällen dem Prätor zur Seite standen.

Obwohl er sich nun das Zeugniss giebt, den genannten Aemtern zur Zufriedenheit vorgestanden zu haben, so trat doch jetzt in dem durch seine Reise so mächtig angeregten jungen Manne der dichterische Drang und die Sehnsucht nach dessen ungestörter Befriedigung immer unwiderstehlicher hervor, so dass ihm die trockene practische Thätigkeit eines richterlichen oder ähnlichen Staatsbeamten unmöglich länger als ein erwünschtes Ziel gelten

Aemilius Macer aus Verona zu verwechseln.

7. ex Ponto II, 10, 21 ff.

Te duce magnificas Asiae perspeximus urbes;
Trinacris est oculis te duce nota meis.
Vidimus Aetnaea caelum splendescere flamma,
Subpositus monti quam vomit ore gigans;
Hennaeosque lacus et olentis stagna Palici,
Quaque suis Cyanen miscet Anapus aquis.
Nec procul hinc Nympha est, quae, dum fugit Elidis amnem,
Tecta sub aequorea nunc quoque currit aqua.
Hic mihi labentis pars anni magna peracta est.

8. Trist. IV, 10, 33 f.

Cepimus et tenerae primos aetatis honores,
Deque viris quondam pars tribus una fui.

9. Trist. II, 93 ff.

Nec male commissa est nobis fortuna reorum
Lisque decem deciens inspicienda viris.
Res quoque privatas statui sine crimine iudex,
Deque mea fassa est pars quoque victa fide.

Fast. IV, 384.

Inter bis quinos usus honore viros.

konnte. Zudem traute er sich selbst nicht den genügenden Grad körperlicher Kraft und geistiger Energie zu, um die Anstrengungen, welche die Verwaltung der höheren Staatsämter und die Bewerbung um dieselben erforderte, zu überwinden. Und so entschloss er sich der weiteren Verfolgung dieser Laufbahn zu entsagen, die Tunica mit breitem Purpursaum (*tunica laticlavia*), welche ausser den Senatoren damals auch die jungen Leute tragen durften, die sich auf senatorische Aemter vorbereiteten, abzulegen und, zufrieden mit dem schmalen Purpurstreif, der das Abzeichen des Ritterstandes war, sich von nun an ganz dem Dienste der Musen zu widmen. Seine eigene Aeusserung hierüber ist (Trist. IV, 10, 35 ff.):

Curia [10]) *restabat: clavi mensura coacta est;*
Maius erat nostris viribus illud onus.
Nec patiens corpus nec mens fuit apta labori,
Sollicitaeque fugax ambitionis eram.
Et petere Aoniae [11]) *suadebant tuta sorores*
Otia, iudicio semper amata meo.

Nicht ohne Einfluss auf diesen Entschluss des Dichters waren auch unstreitig die damaligen Zeitverhältnisse. Bereits zehn Jahre früher (723 n. Erb. R. 31 v. Chr.) hatte Octavianus den letzten und mächtigsten seiner Nebenbuhler, den M. Antonius in der Schlacht bei Actium überwunden. Seitdem herrschte er unbestritten, obwohl unter scheinbarer Fortdauer der alten republicanischen Formen, indem er sich nach und nach ausser dem Ehrentitel Augustus sowohl die einflussreichsten Staatsämter wie eines *Imperator, Consul, Praefectus morum, Pontifex maximus*, als auch die Verwaltung der wichtigsten Provinzen für die Dauer übertragen liess. War es ihm nicht schwer, durch Mässigung, Leutseligkeit und Freigebigkeit, namentlich durch mannichfaltige Schauspiele und Spenden dem grossen Haufen seine Herrschaft annehmbar zu machen, so schien es dagegen eine schwierige Aufgabe, den Edleren und Gebildeteren der Nation eine neue Bahn des Strebens zu eröffnen, auf welcher sie der grossartigen politischen Wirksamkeit, die einst das Ziel ihrer Vorfahren gewesen war, leichter vergessen konnten. Doch bot sich ihm hierzu in der damaligen Richtung der Geister von selbst das geeignete Mittel. Es herrschte nämlich unter jenem Geschlecht nicht mehr der Thatendrang und der practische Sinn der alten Römer; dagegen machte

10. D. h. die Bewerbung um die höhern Aemter, welche zu dem Eintritt in den Senat berechtigten, dessen Versammlungsort die *curia* war.

11. S. *Aonides* im myth. Reg.

sich bei einer gewissen Hinneigung zum ruhigen und behaglichen Lebensgenusse, welche dem Einflusse der epicureischen Philosophie entstammte, ein lebhafter Drang nach Erweiterung des Wissens, nach Beschäftigung mit der Litteratur und Kunst der Griechen und nach Verpflanzung derselben auf römischen Boden immer allgemeiner geltend. Indem es sich daher Augustus eifrig angelegen sein liess diese Bestrebungen zu fördern und zu pflegen, und indem die ihm zunächst stehenden und angesehensten Männer des Staates, ein Maecenas, M. Vipsanius Agrippa, C. Asinius Pollio, M. Valerius Messala Corvinus, seinem Beispiele folgten, sammelte sich bald eine Anzahl hochbegabter Talente, durch deren treffliche Leistungen, besonders auf dem Gebiete der früher von den Römern wenig geschätzten Poesie, sich die römische Litteratur schnell zu jener Blüthe erhob, die das augusteische Zeitalter vor allen andern Perioden der römischen Geschichte auszeichnet. Bereits zeigte das Beispiel eines Vergilius und Horatius, wie jetzt auch auf andern Feldern als denen des Krieges und der Politik Ehre, Gunst und Bewunderung zu erwerben sei. Kein Wunder also, wenn ein junger Mann wie Ovid, dessen dichterischer Beruf so unverkennbar hervorleuchtete, und dessen Leistungen gleich Anfangs kein geringes Aufsehen machten, den Fussstapfen jener Männer zu folgen vorzog; zumal da der heitere Lebensgenuss im Kreise gleichgestimmter Freunde seinem ohnehin weichen und sinnlichen Charakter bei weitem mehr zusagen musste, als die oft so dornenvolle und an Anstrengungen und Entbehrungen reiche politische Laufbahn.

Ueber die Zeit, wo Ov. zuerst einem grösseren Publicum als Dichter bekannt wurde, indem er nach der von Asinius Pollio eingeführten Sitte der damaligen Schriftsteller seine Gedichte öffentlich vorlas, finden wir Trist. IV, 10, 57 f. bemerkt:

Carmina cum primum populo iuvenilia legi,
Barba resecta mihi bisve semelve fuit.

Zugleich eröffnete ihm sein Talent den Zutritt zu den Vorzüglicheren des damals zu Rom lebenden Dichterkreises, an die ihn bald theils Freundschaft theils innige Verehrung fesselte. Er selbst beschreibt uns diesen Kreis Trist. IV, 10, 41 ff.:

Temporis illius colui fovique poëtas,
Quotque aderant vates, rebar adesse deos.
Saepe suas volucres legit mihi grandior aevo,
Quaeque necet serpens, quae iuvet herba, Macer[12]).

12. *Aemilius Macer* aus Verona schrieb ein Gedicht über die Vögel, *Ornithogonia*, ein andres über die Schlangen, *Theriaca*, und ein drittes über die Kräfte der Pflanzen. Er starb 737.

Saepe suos solitus recitare Propertius[13]) *ignes,*
Iure sodalicio qui mihi iunctus erat.
Ponticus heroo, Bassus[14]) *quoque clarus iambis*
Dulcia convictus membra fuere mei.
Et tenuit nostras numerosus Horatius[15]) *aures,*
Dum ferit Ausonia carmina culta lyra.
Vergilium[16]) *vidi tantum; nec amara Tibullo*[17])
Tempus amicitiae fata dedere meae.
Successor fuit hic tibi, Galle[18])*; Propertius illi:*
Quartus ab his serie temporis ipse fui.
Utque ego maiores, sic me coluere minores,
Notaque non tarde facta Thalia mea est.

In so erwünschtem Umgange, geschätzt und geehrt von den Genossen, gehoben durch den ihm reichlich zu Theil werdenden Beifall des Publicum, ausserdem in Besitz eines Vermögens, welches ihm ein sorgenfreies Leben sicherte, eines Hauses in der Nähe des Capitols und von Gärten ausserhalb der Stadt an der flaminischen Strasse, fühlte er sich durch sein reiches und glückliches Talent zu einer ungemeinen Productivität angeregt, wie sie nur von wenigen andern römischen Dichtern erreicht worden ist. Dass ihn jedoch eben diese grosse Leichtigkeit der Production keineswegs zu leichtfertiger Arbeit verführte, oder ihn an sorgfältiger Selbstkritik hinderte, sehen wir aus Trist. IV, 10, 61 f.

Multa quidem scripsi; sed quae vitiosa putavi,
Emendaturis ignibus ipse dedi.

Ueber die Familienverhältnisse des Dichters erfahren wir, dass er sich dreimal, das erstemal noch sehr jung vermählte, sich

13. *Sextus Aurelius Propertius* aus Umbrien dichtete vier Bücher Elegien, in denen er seine Geliebte Cynthia (*suos ignes*) besang, und die noch vorhanden sind. Er starb um 738.

14. *Ponticus* wird als Verf. eines epischen Gedichtes (*heroo versu clarus*), *Bassus* als Verf. iambischer Gedichte genannt.

15. *Q. Horatius Flaccus* (geb. zu Venusia 689, gest. 746) Freund und Günstling des Maecenas, auch von Augustus hoch geschätzt, berühmt als lyrischer Dichter und als Verf. von Satiren.

16. *P. Vergilius Maro* (geb. zu Andes bei Mantua 684, gest. 735), ebenfalls von Augustus hochgeehrt, dichtete das berühmteste Epos der Römer, die *Aeneïs*; ausserdem ein Gedicht über den Landbau, *Georgica* und Idyllen.

17. Von *Albius Tibullus* (starb in sehr jugendlichem Alter 735 od. 736) besitzen wir eine Reihe trefflicher Elegien.

18. *C. Cornelius Gallus* (gest. 728) inniger Freund des Vergil und Verf. von Elegien, die aber verloren sind. Ov. zählt also ihn der Zeitfolge nach als den ersten, Tibull als den zweiten, Propertius als den dritten, sich selbst als den vierten elegischen Dichter der Römer.

jedoch von seinen beiden ersten Gattinnen schon sehr bald wieder trennte, was damals zu Rom nichts Ungewöhnliches war. Mit der dritten dagegen, die aus dem Fabischen Geschlechte stammte, lebte er in langer glücklicher Verbindung[19]). Auch erwähnt er einer Tochter, von der jedoch ungewiss ist, ob sie sein eigenes Kind, oder eine ihm zugebrachte Stieftochter war. Sie war zweimal vermählt und gebar ihm zwei Enkelkinder (Trist. IV, 10, 75 f.)

Diese glücklichen Verhältnisse währten für den Dichter in ungetrübter Weise bis in sein einundfünfzigstes Jahr (762 nach Erb. R.). Da traf ihn plötzlich mitten in der Zeit seines schönsten Schaffens, als er eben mit Ausarbeitung und Vollendung seiner beiden bedeutendsten und reifsten Werke, der Metamorphosen und der Fasten, beschäftigt war, das härteste Missgeschick, welches dem durch das bequeme üppige Leben der Hauptstadt und alle Genüsse einer verfeinerten Bildung verwöhnten Manne zustossen konnte: er fiel ganz unerwartet bei Augustus in Ungnade, und wurde von diesem nach Tomi an der Westküste des schwarzen Meeres, südlich von der Mündung der Donau verwiesen; was nach unsern jetzigen Begriffen ungefähr einer Verbannung nach Sibirien glich. Die eigentliche Ursache dieser über ihn verhängten Strafe ist uns nicht bekannt, da er selbst sich stets nur dunkel darüber ausspricht. Dass es kein wirkliches Verbrechen sein konnte, geht sowohl aus seinen eignen Aeusserungen entschieden hervor[20]), als auch aus der Form seiner Verbannung, die nicht ein *exsilium* sondern eine *relegatio* genannt wird, welche letztere nicht wie jenes durch richterliche Entscheidung oder einen Beschluss des Senates, sondern durch blosse kaiserliche Entschliessung verhängt wurde, auch für ihn nicht mit Verlust des Vermögens oder des Bürgerrechts verbunden war. Vielmehr pflegt er seine Schuld als *error* zu bezeichnen und als zweiten Grund seiner Verweisung eines seiner Gedichte[21]), die *Ars amatoria*, anzugeben, worin er

19. Trist. IV, 10, 69 ff.

Paene mihi puero nec digna nec utilis uxor
Est data, quae tempus per breve nupta fuit.
Illi successit, quamvis sine crimine coniunx,
Non tamen in nostro firma futura toro.
Ultima, quae mecum seros permansit in annos,
Sustinuit coniunx exsulis esse viri.

20. Trist. IV, 10, 89 f.

causam
Errorem iussae non scelus esse fugae.

Trist. II, 109 f.

Illa namque die, qua me malus abstulit error,
Parva quidem periit, sed sine labe domus.

ex Ponto II, 9, 71.

Nec quicquam, quod lege vetor committere, feci.

21. Trist. II, 207 ff.

Perdiderint cum me duo crimina, carmen et error,
Alterius facti culpa silenda mihi:

auf eine ziemlich schlüpfrige Weise, dem lüsternen Geschmack der damaligen römischen Gesellschaft gemäss, von der Kunst handelt, sich die Zuneigung des andern Geschlechtes zu erwerben. Aus Vergleichung nun der verschiedenen Andeutungen, namentlich aus Stellen wie Trist. II, 103 f.

Cur aliquid vidi? cur noxia lumina feci?
Cur inprudenti cognita culpa mihi?

III, 5, 49. *Inscia quod crimen viderunt lumina, plector,*
Peccatumque oculos est habuisse meum;

ferner aus seiner wiederholten Aeusserung, dass er sein Vergehen verschweigen müsse, um nicht den Beherrscher aufs Neue zu verletzen (vgl. Anm. 21), ergiebt sich die Vermuthung, dass Ovid, wie es scheint, durch Zufall und ohne Absicht, Zeuge eines Vergehens gegen die Sittlichkeit geworden war, welches auf die Familie des Augustus, der streng auf äussern Anstand hielt, einen schmählichen Schandfleck warf, und dass deshalb dem Kaiser daran lag, den unbequemen Mitwisser nicht nur aus seiner eigenen Nähe, sondern möglichst aus aller Verbindung mit der römischen Welt zu entfernen. Nicht unmöglich ist es, dass die um dieselbe Zeit erfolgte Verweisung der Enkelin des Augustus, Julia, auf die Insel Trimerus damit in Verbindung stand[22]. In Bezug auf die *Ars amatoria* wurde dem Dichter der Vorwurf gemacht, sowohl im Allgemeinen als vielleicht gerade in jenem besondern Falle zur Entsittlichung beigetragen zu haben; wenigstens scheint dies gewissermassen als äusserer Vorwand seiner Bestrafung hingestellt worden zu sein (ex Ponto II, 9, 75 f.). Deshalb ertheilte auch der Kaiser Befehl, alle Gedichte des Ovid aus den öffentlichen Bibliotheken zu entfernen (Trist. III, 1, 60 ff.). Nur bleibt dabei auffällig, dass, nachdem jenes Gedicht sich bereits seit dem J. 752 in den Händen des Publicum befand, erst jetzt nach zehn Jahren diese Massregeln gegen den Dichter ergriffen wurden.

Wie zerschmetternd der kaiserliche Machtspruch auf den Dichter wirkte, davon zeugt ausser vielen andern seiner in der Verbannung geschriebenen Gedichte besonders jenes (Trist. I, 3), wo er seine letzte Nacht in Rom und seinen Abschied schildert. Die Tochter war gerade in Afrika abwesend; die treue Gattin wollte ihm in die Verbannung folgen, blieb aber auf seinen eigenen Wunsch in Rom zurück, weil er wohl hoffte, dass es ihr hier gelingen solle, seine Begnadigung zu erwirken.

Nam non sum tanti, renovem ut tua vulnera, Caesar,
Quem nimio plus est indoluisse semel.

22. Tacitus Ann. IV, 71 nennt sie *convictam adulterii*.

Die Gegend von *Tomi* oder *Tomis* (*Τόμοι*), einer ehemaligen griechischen Colonie, obwohl unter gleichem Breitengrade mit der Poebene in Oberitalien gelegen, galt doch damals für eine der unwirthbarsten und rauhesten des römischen Reiches. Erst unter Augustus unter dem Namen Moesia der Herrschaft der Römer unterworfen, war sie noch häufig den Einfällen der benachbarten getischen und sarmatischen Völkerschaften ausgesetzt. Die Landessprache war die getische, der Verkehr mit Rom bei der grossen Entfernung natürlich ein sehr beschränkter. Es darf daher kaum Wunder nehmen, wenn wir den so lange vom Glücke verzogenen und durch keine Mühseligkeiten und Entbehrungen gestählten Ovid sein Schicksal nur mit geringer Fassung und Männlichkeit ertragen sehen; wenn er von unaufhörlichen Klagen überfliesst, bald über die Rauheit des Climas und die Uncultur der Bewohner des Landes, bald über die Gefahr vor den wilden und kriegerischen Nachbarvölkern, bald über die unermessliche Entfernung von der geliebten Heimath und die Trennung von Allem, was ihm dort theuer gewesen war; wenn er endlich den Beherrscher und dessen Angehörige durch die unterwürfigsten Schmeicheleien und Bitten zu bestimmen sucht, seine Strafe wo nicht aufzuheben, doch wenigstens durch Anweisung eines freundlicheren und von Rom weniger entfernten Verbannungsortes zu mildern. Alles dies war jedoch vergebens. Augustus blieb unerbittlich; und ebensowenig änderte dessen Tod und der Regierungsantritt seines Nachfolgers Tiberius (im J. 767) das Schicksal des Dichters. Der einzige Trost desselben blieb die unausgesetzte Beschäftigung mit der Dichtkunst, obwohl ihm jetzt die Muse nur noch im Trauergewande erschien und nicht mehr die heitern und sorglosen Weisen von ehedem anzustimmen vermochte. Ihr ruft er daher am Schlusse seiner Lebensschilderung (Trist. IV, 10, 115 ff.) die wärmsten Dankesworte zu:

Ergo quod vivo durisque laboribus obsto,
Nec me sollicitae taedia lucis habent,
Gratia, Musa, tibi: nam tu solacia praebes,
Tu curae requies, tu medicina venis;
Tu dux et comes es, tu nos abducis ab Histro,
In medioque mihi das Helicone locum;
Tu mihi, quod rarum est, vivo sublime dedisti
Nomen, ab exsequiis quod dare fama solet.
Nec qui detrectat praesentia, Livor iniquo
Ullum de nostris dente momordit opus.
Nam tulerint magnos cum saecula nostra poëtas,
Non fuit ingenio fama maligna meo.
Cumque ego praeponam multos mihi, non minor illis
Dicor et in toto plurimus orbe legor.

Si quid habent igitur vatum praesagia veri,
Protinus ut moriar, non ero, terra, tuus.

Uebrigens blieben auch die Bewohner von Tomi keineswegs gleichgültig gegen den so talentvollen, feingebildeten und berühmten Mann, den sein Geschick in ihre Mitte verschlagen hatte. Ausser der allgemeinen Theilnahme und Auszeichnung, womit sie ihm begegneten, ehrten sie ihn auch noch in's Besondere durch Befreiung von Abgaben, uud als er nach dem Tode des Augustus ein Lobgedicht auf diesen in der getischen Sprache verfasst hatte (das jedoch verloren gegangen ist), durch Verleihung einer Ehrenkrone. Er hat daher ihrer gastfreundlichen Gesinnung ein bleibendes Ehrenmal gesetzt (ex Ponto IV, 14, 47 ff.):

Molliter a vobis mea sors excepta, Tomitae,
Tam mites Graios indicat esse viros.
Gens mea Peligni regioque domestica Sulmo
Non potuit nostris lenior esse malis.
Quem vix incolumi cuiquam salvoque daretis,
Is datus a vobis est mihi nuper honor.
Solus adhuc ego sum vestris inmunis in oris,
Exceptis, si qui munera legis habent.
Tempora sacrata mea sunt velata corona,
Publicus invito quam favor inposuit.
Quam grata est igitur Latonae Delia tellus
Erranti tutum quae dedit una locum;
Tam mihi cara Tomis, patria quae sede fugatis
Tempus ad hoc nobis hospita fida manet.

Ovid starb zu Tomi im J. 770, (17 n. Chr. Geb.) in einem Alter von 59 Jahren, nach achtjähriger Verbannung. In einem Gedichte an seine Gattin (Trist. III, 3, 65 ff.) bittet er, dass seine Asche nach Rom gebracht und ihm dort folgende Inschrift gesetzt werde:

Hic ego qui iaceo, tenerorum lusor amorum,
Ingenio perii Naso poëta meo.
At tibi, qui transis, ne sit grave, quisquis amasti,
Dicere: Nasonis molliter ossa cubent.

Ob dies geschehen sei, ist unbekannt. Dagegen glaubte man vor etwa hundert Jahren in der Nähe von Kiew am Dniepr den Grabstein Ovid's entdeckt zu haben[23]), der sich jedoch als untergeschoben erwiesen hat.

23. Die Inschrift desselben lautet:
Hic situs est vates, quem divi Caesaris ira
Augusti Latia cedere iussit humo.
Saepe miser voluit patriis occumbere terris,
Sed frustra: hunc illi fata dedere locum.

Fragen wir am Schlusse dieser Skizze, was von Ovid's sittlichem Character zu halten sei, so muss allerdings der anstössige und schlüpfrige Inhalt mancher seiner Gedichte ein ungünstiges Vorurtheil gegen denselben erwecken. Er selbst sucht sich deshalb durch die wiederholte Versicherung zu rechtfertigen, dass sein eigener Lebenswandel frei von Tadel und reiner und züchtiger als jene Schriften sei, z. B.

Trist. II, 353 ff. *Crede mihi, distant mores a carmine nostro:*
Vita verecunda est, Musa iocosa mea.
Magnaque pars operum mendax et ficta meorum
Plus sibi permisit compositore suo.

ex Ponto IV, 8, 19 f. *Sive velis, qui sint, mores inquirere nostros,*
Errorem misero detrahe, labe carent.

Da nun ein begründeter Vorwurf gegen seinen sittlichen Wandel von seinen Zeitgenossen nicht erhoben wird, so dürfen wir wohl diesen Versicherungen Glauben schenken und annehmen, dass er in jenen Gedichten nur dem Geschmack seiner verderbten Zeit gehuldigt habe, wie wir es wohl auch bei manchen sonst nicht übel berufenen Schriftstellern anderer Völker und Litteraturperioden sehen (unter den Deutschen hat man auf Wieland hingewiesen). Allein auch dies bleibt ein Vorwurf für den höherbegabten Mann, wenn er, statt sich selbst über die Fehler und Schwächen seiner Zeit zu erheben und auch bei Andern dahin zu wirken, aus einer gewissen Weichlichkeit der Gesinnung und aus Scheu das Missfallen seiner Umgebung zu erregen sich nachgiebig gegen dieselben zeigt oder sie wohl gar fördert, wie dies von manchen Dichtungen Ovid's nicht in Abrede gestellt werden kann. Dieser Mangel an sittlicher Kraft, der sich dann im Missgeschick am kläglichsten zu enthüllen pflegt, ist es, was uns am Character dieses Dichters missfallen muss, wenn schon darüber viele andere treffliche Eigenschaften desselben, die ihn in Verbindung mit seinen glänzenden Geistesgaben zu einem liebenswürdigen Freund und Gefährten machen mochten, namentlich seine Bereitwilligkeit fremdes Verdienst anzuerkennen und zu ehren und seine eigene Bescheidenheit nicht übersehen werden dürfen.

Bei einem Ueberblick über die Dichtungen Ovid's nach der Zeitfolge ihrer Entstehung und Veröffentlichung lassen sich leicht drei wesentlich verschiedene Perioden seiner poetischen Thätigkeit unterscheiden. Zur ersten gehören: *Amores* (drei Bücher), Liebeslieder, eine um das J. 745 erschienene Sammlung, zum grossen Theil aus seinen frühesten Gedichten bestehend, worin vorzugsweise seine Geliebte, der er nach damaliger Dichtersitte einen fingirten Namen (*Corinna*) beilegt, besungen ist. Nach einem einleitenden Epigramm, dessen Aechtheit man jedoch bezweifelt, hätte er diese Sammlung zuerst in fünf Büchern herausgegeben, später aber in einer zweiten Ausgabe durch Ausscheidung mehrerer Gedichte auf drei beschränkt. Ferner *Heroïdes* oder *Epistolae Heroïdum*, Briefe von Frauen aus der Heroenzeit an ihre entfernten Gatten oder Geliebten. Es sind einundzwanzig, wahrscheinlich um 750 veröffentlicht; doch hat man von mehreren derselben bezweifelt, ob sie wirklich dem Ovid angehören. Für entschieden ächt gelten nur acht (1. 2. 4. 5. 6. 7. 10. 11). Drei von einem andern Verfasser herrührende Antwortschreiben auf diese Briefe werden einem gewissen *A. Sabinus* beigelegt. Es folgte nun das schon oben erwähnte, *Ars amatoria* betitelte Lehrgedicht in drei Büchern, welches 752 erschien, und woran sich zwei Jahre später die *Remedia amoris* schlossen, die von den Mitteln handeln die Leidenschaft der Liebe zu mässigen und zu heilen.

Mit dem Eintritte des Dichters in das reifere Mannesalter endigt die Periode seiner erotischen Poesien, und es beginnt die zweite, während welcher er seinen Fleiss der Ausarbeitung von zwei umfangreichen Werken der erzählenden Dichtungsart zuwendete, den Metamorphosen und Fasten. Die Verbannung traf ihn jedoch, ehe er noch beide vollständig beendigt hatte. Ueber erstere ist nachher noch etwas ausführlicher zu sprechen. Die *Fasti* (sechs Bücher) sind ein poetischer Festkalender, in welchem nach der Reihenfolge der Monate und Tage der Ursprung und die Feier der römischen Feste beschrieben, sowie der Auf- und Niedergang der Gestirne angegeben wird. Sie sind sehr wichtig für die Kenntniss des religiösen Cultus der Römer und reich an schönen Erzählungen aus der Mythologie und der alten römischen Sagengeschichte, erstrecken sich aber leider nur auf die erste Hälfte des Jahres, da die weitere Fortsetzung durch das Exil des Dichters gehindert wurde.

Das Exil bildet endlich den dritten Abschnitt in seinem poetischen Schaffen. Die während dieser Zeit verfassten Gedichte, ihrem Inhalte nach meist Klagen über seine traurige Lage und sein verlorenes Glück, obwohl auch mit mannichfaltigen anziehenden Schilderungen untermischt, sind in zwei Sammlungen vereinigt, die sich wesentlich nicht von einander unterscheiden. Die der ersteren, unter dem Namen *Tristia* (fünf Bücher), sind in den ersten Jahren der Verbannung geschrieben und an keine namentlich genannten Personen gerichtet, um Niemanden wegen des Verkehrs mit dem in Ungnade Gefallenen dem Unwillen des Kaisers auszusetzen. Die zweite Sammlung, die *Epistolae ex Ponto* (vier Bücher), besteht aus Briefen, die in den spätern Jahren des Exils an namentlich bezeichnete Personen gerichtet sind. Ebenfalls in der Verbannung ist das Gedicht *Ibis* verfasst, das sich in Angriffen und Verwünschungen gegen einen ungenannten Feind des Dichters ergiesst, welcher demselben noch in seiner Verbannung zu schaden gesucht hatte.

Nur Bruchstücke besitzen wir von einem Gedichte *Medicamina faciei,* welches wahrscheinlich gleichzeitig mit der *Ars amatoria* entstanden ist, und den Frauen Rathschläge zur Erhaltung ihrer Schönheit ertheilt, sowie von einem Lehrgedicht über die Fische, *Halieutica*. Ganz verloren ist sein Trauerspiel *Medea,* das noch in die erste Periode fällt, und dessen Verlust zu beklagen ist, da der berühmte Kenner der Litteratur, Quinctilianus (Inst. or. X, 1, 98) darüber urtheilt: *Ovidii Medea videtur mihi ostendere, quantum vir ille praestare potuerit, si ingenio suo temperare quam indulgere maluisset.* Ob die Elegie *Nux*, in der ein Nussbaum sich über die Unbilden beklagt, denen er ausgesetzt sei, von Ov. herrühre, ist ungewiss; einen andern Verfasser hat die *Consolatio ad Liviam Augustam*, ein Trostgedicht an die Gemahlin des Augustus über den Tod ihres Sohnes Drusus.

Das Versmass der meisten Gedichte Ovid's ist das elegische, welches durch ihn seine höchste Vollendung erreichte; in blossen Hexametern sind ausser den Metamorphosen nur die *Halieutica* geschrieben.

Der Name *Metamorphoses* (griech. μεταμορφώσεις von μορφή, die Gestalt, μεταμορφόω, gestalte um, verwandle) bedeutet „Verwandlungen", was Ov. mehrmals durch *mutatae formae* wiedergiebt. Den Stoff zu diesem seinem umfangreichsten (15 Bücher) und in jeder Beziehung bedeutendsten Gedichte hat er zum grössten Theile aus der griechischen Mythologie entlehnt, wozu noch Einiges aus der altitalischen und römischen Sage kommt. Als eine auffallende Eigenthümlichkeit nämlich zieht sich durch jene alten Sagen eine lange Reihe der mannichfaltigsten Gestaltenwandlungen. Vor Allen wurde den Göttern, hauptsächlich denen höhern Ranges, die Macht beigelegt, verschiedene Gestalten anzunehmen, so dass wir sie, besonders im Verkehr mit den Sterblichen, deren Auge die Grossartigkeit der wahren Göttererscheinung nicht zu ertragen vermag, bald in menschlicher Gestalt, bald sogar in der eines Thieres auftreten sehen. Ebenso besassen mehrere von den niedern Gottheiten, wie Proteus, Achelous, die Traumgottheiten, die Eigenschaft unter verschiedenen Formen erscheinen zu können; ja sogar einzelnen Sterblichen war diese Gabe als eine besondere Gunst von den Göttern verliehen, wie der Mestra, der Tochter des Erysichthon. Ein noch weiteres Gebiet gewinnen jene Verwandlungen dadurch, dass die Götter oft auch Menschen, Thiere und andere Gegenstände mit einem neuen Wesen und fremden Gestalten umkleiden. Vor andern gehört hierher die Apotheose, die Erhebung von Sterblichen unter die Götter, z. B. des Hercules, Aeneas, Romulus, Ganymedes, der Ino und des Melicertes. Aber auch sonst noch erscheint die Verwandlung als Belohnung, namentlich um einer Person, welche sonst dem Tode verfallen wäre, ihre Fortdauer wenigstens unter einer andern Form zu retten, z. B. wenn Philemon und Baucis im hohen Alter zu Bäumen, Perdix im Sturz von der Mauer zu einem Rebhuhn wird; weit häufiger jedoch ist sie Strafe für irgend einen Frevel gegen die Gottheit. Wir erinnern an die Verwandlung des Lycaon in einen Wolf, der tyrrhenischen Schiffer in Delphine, der lycischen Bauern in Frösche u. a. Wunder ähnlicher Art sind ferner die Entstehung von Menschen aus den Thongebilden des Prometheus und aus den Steinen des Deucalion und der Pyrrha, von gewappneten Männern aus der Saat der Drachenzähne und der Myrmidonen aus Ameisen, sowie die mannichfachen durch Zauber bewirkten Verwandlungen, wie durch den versteinernden Anblick der Medusa und durch die Zaubersäfte einer Circe und Medea. Die Entstehungsursachen dieser Verwandlungssagen waren ebenso vielfältig wie die der Mythen überhaupt. Am häufigsten wohl führten darauf die Erscheinungen der Natur, besonders die verschiedenen Wandlungen in derselben, bald auch die auffallende Gestalt von Bergen, Felsen, Steinen, bald Namenähnlichkeit, bald Missverständniss oder falsche Ausdeutung von Namen u. dgl.

Die grosse Menge dieser unter einander verwandten Erscheinungen auf dem Gebiete der alten Mythologie erregte natürlich Aufmerksamkeit, als man anfing sich mit der gelehrten Durchforschung des Alterthums zu beschäftigen, was besonders seit dem dritten Jahrhundert vor Chr. zu Alexandria in Aegypten unter der Herrschaft der Ptolemäer geschah. Wir finden daher seit dieser Zeit eine Reihe griechischer Schriftsteller genannt, welche sich die Zusammenstellung jener Verwandlungsfabeln zur Aufgabe machten, z. B. *Antigonus* von Carystus, *Nicander* von Colophon, und der Lehrer des Vergilius, *Parthenius*, dessen Werk ebenfalls den Titel *Μεταμορφώσεις* führte. In wieweit sich Ovid an diese und andere Vorgänger anlehne, kann, da alle jene Schriften verloren gegangen sind, nicht entschieden werden; indess ist es bei der sonstigen Unabhängigkeit seiner Dichtungen von fremden Vorbildern, dem unerschöpflichen Reichthum seiner Phantasie und der grossen ihm inwohnenden poetischen Gestaltungsgabe wahrscheinlich, dass er hauptsächlich nur den Stoff von ihnen entnahm, während die Zusammenstellung des Ganzen sowie die dichterische Ausführung und Gestaltung im Einzelnen sein eigenes Verdienst ist. Seine Absicht ging dahin, die ganze Fülle der überlieferten Verwandlungen in eine zusammenhängende Erzählung zu verarbeiten, die sich von der ersten Bildung der Welt an bis auf seine eigene Zeit forterstreckte, wo sie mit der erst noch von der Schmeichelei seiner Zeitgenossen ersonnenen Apotheose Cäsar's abschliesst. Und dieser Plan ist mit grosser Geschicklichkeit durchgeführt, indem er mit unendlichen Abwechselungen bald das der Zeit, dem Ort oder den Personen nach Zusammengehörige, sowie die ihrem Inhalt nach verwandten Sagen passend zusammengruppirt; bald statt seiner eine dritte Person den Vortrag eingeschalteter Fabeln übernehmen lässt; bald das minder Wichtige nur flüchtig und im Vorübergehen andeutet, um bei den bedeutenderen und anziehenderen Partien mit grösserer Ausführlichkeit verweilen zu können. Noch mehr aber treten bei der Anlage der Erzählungen selbst und ihrer Durchführung im Einzelnen alle die glänzenden Eigenschaften hervor, die den Ovid zu einem der vorzüglichsten Dichter aller Zeiten erheben. Obwohl alle jene Fabeln ihren übereinstimmenden Ausgang in einer Verwandlung finden, und in diesen Verwandlungen selbst wieder viel Uebereinstimmung herrscht, wobei sich natürlich oft dieselben Situationen und Schilderungen wiederholen müssen: so ist ihm doch in hohem Grade gelungen Gleichförmigkeit und Eintönigkeit fern zu halten. Indem er jetzt einen ernsteren, dann wieder einen gemüthlicheren und launigeren Ton anschlägt, weiss er immer auf eine geist- und geschmackvolle Weise selbst bekannteren Stoffen eine neue und anziehende Gestalt mitzutheilen; und gleich bewunderungswerth ist die schöpferische Kraft seiner Phantasie, die dem Leser jede Lage und Handlung im lebendigsten Bilde veranschaulicht, wie seine grosse Kenntniss des menschlichen Herzens und aller Regungen und Leidenschaften desselben, mit der er uns oft tief ergreifende Seelengemälde entwirft. Dazu kommt noch eine ungemeine Herrschaft über die Sprache und eine wunderbare Leichtigkeit in der Handhabung des Rhythmus, durch die er selbst dem äussern Sinn das Geschilderte vorzuzaubern versteht, so dass im Wohllaut und leichten harmonischen Fluss des Verses kaum ein anderer römischer Dichter mit ihm zu wetteifern vermag.

Auffallend ist eine grosse Neigung zu Gegensätzen und witzigen Wendungen, selbst zuweilen an Stellen, wo nach unserm Gefühl der Eindruck des Ganzen dadurch gestört wird. Doch erklärt sich dies daher, dass der Römer sowohl in der Beredsamkeit als in der Poesie dergleichen scharfe und witzige Pointen liebte. Dasselbe gilt von der öfteren Verbindung gleichklingender Worte, die uns ebenfalls zuweilen gesucht und künstlich erscheinen will. Ueberhaupt ist die Hinneigung zum rhetorischen Stil, die den meisten Römern eigenthümlich ist, auch bei Ovid nicht zu verkennen; weshalb wir manche Stellen mit einem gewissen Pathos und nicht ohne Uebertreibung behandelt sehen, wo nach unserm Geschmack grössere Einfachheit herrschen müsste. Je lebhafter aber der Flug seiner Phantasie, je grösser die Fülle der ihm zuströmenden Anschauungen war, desto mehr war er auch der Gefahr ausgesetzt das rechte Mass zuweilen zu überschreiten. Ein gewisses Prunken mit Gelehrsamkeit, z. B. wenn er bei dem durch Phaëthon verursachten Weltbrande sich darin gefällt fast alle Gebirge und Ströme der Erde aufzuzählen, war durch die alexandrinischen Gelehrten und Dichter in die damalige Litteratur eingeführt worden.

Noch ist zu bemerken, dass die Metamorphosen leicht ganz hätten verloren gehen können. Als nämlich den Dichter das Loos der Verbannung traf, war zwar das Werk bereits bis zu Ende geführt, doch war noch nicht die letzte verbessernde Hand daran gelegt. Im Schmerz über sein Schicksal wollte er dasselbe nebst mehreren andern seiner Gedichte vertilgen, und warf es in's Feuer. Allein zum Glück waren von mehreren Freunden, denen er es vorher mitgetheilt hatte, Abschriften genommen, so dass es auf diese Weise erhalten blieb. Er erzählt dies Trist. I, 7[24]), welche Elegie gewissermassen als die Vorrede des Dichters zu den Metamorphosen gelten kann.

24. Nachdem er dort von einem Porträt gesprochen hat, welches ein Freund von ihm besass, fährt er V. 11 fort:

sed carmina maior imago
Sunt mea, quae mando qualiacumque legas,
Carmina mutatas hominum dicentia formas,
Infelix domini quod fuga rupit opus.
Haec ego discedens, sicut bene multa meorum,
Ipse mea posui maestus in igne manu.
Utque cremasse suum fertur sub stipite natum
Thestias et melior matre fuisse soror,
Sic ego non meritos mecum peritura libellos
Inposui rapidis viscera nostra rogis:
Vel quod eram Musas, ut crimina nostra, perosus,
Vel quod adhuc crescens et rude carmen erat.
Quae quoniam non sunt penitus sublata, sed exstant,
Pluribus exemplis scripta fuisse reor.
Nunc precor, ut vivant et non ignava legentem
Otia delectent admoneantque mei.
Nec tamen illa legi poterunt patienter ab ullo,
Nesciet his summam si quis abesse manum.
Ablatum mediis opus est incudibus illud,
Defuit et scriptis ultima lima meis.
Et veniam pro laude peto: laudatus abunde,
Non fastiditus si tibi, lector, ero.
Hos quoque sex versus in prima fronte libelli
Si praeponendos esse putabis, habe:
Orba parente suo quicumque volumina tangis,
His saltem vestra detur in Urbe locus!
Quoque magis faveas, non sunt haec edita ab ipso,
Sed quasi de domini funere rapta sui.
Quicquid in his igitur vitii rude carmen habebit,
Emendaturus, si licuisset, eram.

Wie Ovid zu den beliebtesten und gelesensten Dichtern seines Zeitalters gehörte (Trist. IV, 10, 128 *in toto plurimus orbe legor*), so wurden auch später seine Gedichte, besonders die Metamorphosen sehr hoch geschätzt und selbst während des Mittelalters noch viel gelesen; weshalb sich auch bereits aus dem Anfang des dreizehnten Jahrhunderts eine deutsche Bearbeitung der Metamorphosen durch Albrecht von Halberstadt findet.

Inhalt des ersten Heftes.

P. OVIDII NASONIS
METAMORPHOSES.

1. Die Schöpfung.

(I, 1—88.)

In nova fert animus mutatas dicere formas
Corpora. Di, coeptis — nam vos mutastis et illas —
Adspirate meis, primaque ab origine mundi

1. *fert animus* „der Geist, d. i. der innere Trieb der Begeisterung, treibt (mich dazu).“ — *dicere*, bei Dichtern oft „singen“ oder „erzählen.“ — *formas mutatas in nova corpora*, beachte die freiere Wortstellung der Dichter, die das Attribut sehr oft von seinem Substantiv durch ein oder mehrere Worte trennen, damit jeder der beiden Begriffe einzeln und daher schärfer hervortrete, vgl. 6 *Unus erat toto naturae vultus in orbe.* Zu der auch für die Prosa gültigen Regel, dass das vorzugsweise betonte Wort den Anfang oder Schluss des Satzes bildet, merke noch, dass die betonteren Begriffe (hier *nova*, 6 *unus*, 10 *nullus*) häufig im Eingange, zuweilen auch am Ende der Verse stehen. Durch *mutatae formae* übersetzt Ovid hier und anderwärts das griech. *μεταμορφώσεις* „Verwandlungen.“ — 2. *coeptis*, der Gebrauch des Pluralis, wo im Deutschen der Singul., ist bei den latein. Dichtern noch viel ausgedehnter als in der Prosa. Hauptsächlich stehen im Plural a) Gegenstände, die (wie hier *coepta*) in ihrem vollen Umfange od. nach ihren einzelnen Theilen gedacht werden; oder b) Erscheinungen und Thätigkeiten, die sich räuml. od. zeitlich weit ausbreiten, oder sich öfter und in mannichfacher Weise wiederholen; oder c) Dinge, deren Grösse od. Erhabenheit angedeutet werden soll. Beispiele s. unter *Pluralis* im Register. — *vos* ist zu betonen; *et illas* „auch diese“; der Sinn: denn ihr seid die Urheber auch dieser Verwandlungen, wie aller übrigen Erscheinungen. — 3. *Adspirate*, vom günstigen Fahrwinde auf jede Begünstigung übertragen. — *prima ab origine mundi ad mea tempora*, das Gedicht beginnt mit der Schöpfung der Welt aus dem Chaos, und schliesst mit der Versetzung Cäsar's unter die Gestirne. —

Ad mea perpetuum deducite tempora carmen.
Ante mare et terras et, quod tegit omnia, caelum
Unus erat toto naturae vultus in orbe,
Quem dixere Chaos, rudis indigestaque moles,
Nec quicquam nisi pondus iners congestaque eodem
Non bene iunctarum discordia semina rerum.
Nullus adhuc mundo praebebat lumina Titan,
Nec nova crescendo reparabat cornua Phoebe,
Nec circumfuso pendebat in aëre tellus
Ponderibus librata suis, nec bracchia longo
Margine terrarum porrexerat Amphitrite;
Quaque fuit tellus, illic et pontus et aër.

4. *deducite perpetuum*, als ein ununterbrochenes „in ununterbrochener Folge.“ Im Lat. werden viele zum Verbum gehörige Bestimmungen des Raums, der Zeit, der Ordnung und Folge, der Art und Weise als Adjectiva auf ein Substantivum bezogen, wo wir im D. Adverbien oder adverbielle Ausdrücke brauchen. Bei den Dichtern ist dies noch viel häufiger als in der Prosa.

5—20. Schilderung des Chaos. — 5. *terras* s. zu *coepta*. — 6. *Unus*, Gegensatz zu der Dreiheit *mare*, *terrae*, *caelum*; *vultus* hier „Aussehen, Gestalt“. — 7. *Chaos* (τὸ χάος aus dem Stamme von χαίνω, weit offen stehen, gähuen) eigentlich der unermessliche leere Raum, dann die hier geschilderte verworrene Masse der Grundstoffe. — *rudis indigestaque moles cet.* Apposition zu *unus naturae vultus*, *quem dixere Chaos*. — 8. *eodem* „auf einen Platz zusammen“. — 9. *semina* „Grundstoffe“ (Elemente); *discordia*, Adject. — 10. *lumina*, den Plural durch „Lichtstrahlen“. Aehnlich 3, 273 *soles*; 2, 29 *aestus* „Sommergluten“; 2, 59 *aconita* „Gifttränke“; 3, 46 *silentia* „allgemeines Stillschweigen“; 4, 255 *frigora* „kaltes Klima“; 4, 262 *cineres* „Aschenregen“; 11, 3 *arenae* „Sandwüsten“; 11, 21 *herbae* „Grastriften“. — *Titan*, *Phoebe*. *Amphitrite* (s. das myth. Register) sind Personificirungen für Sonne, Mond und Meer, s. zu 3, 25 *Nereus*. Mit Nachdruck sind diese Namen, sowie *tellus* an das Ende der Verse gestellt. s. zu 1. — 11. *nova reparabat*, im D. ein Wort. — 13. *librata* „im Gleichgewicht erhalten“; *suis*, betont „ihre eigene“. — *bracchia*, beglaubigtere Schreibart, als *brachia*. — *longo margine terrarum*, die Ortsbestimmung auf die Frage wo? steht bei den Dichtern häufig im Ablativ ohne *in*. Ueberhaupt vermeiden die Dichter auch in vielen andern Constructionen den Gebrauch der Präpositionen, wo die Prosa denselben erfordert: wahrscheinlich deshalb, weil unbetonte Formwörter die Kraft und Schönheit des Verses leicht beeinträchtigen. — 14. Derselbe Gedanke ohne Bild unten V. 37 *freta iussit ambitae circumdare litora terrae*. Die sogen. spondeischen Hexameter sind in den Methamorphosen ziemlich häufig, s. im Register *Spondaici versus*. Der feierliche Klang ihres Schlusses wird noch dadurch erhöht, dass sie meist mit einem viersylbigen Worte endigen. — 15. „Und wo Erde war, da war ebensowohl Meer als Luft“. Nachdem nämlich die negativen Eigenschaften des Chaos geschildert sind, folgt schliesslich die positive Bezeichnung der Vermischung von Erde, Wasser und Luft, so

Sic erat instabilis tellus, innabilis unda,
Lucis egens aër: nulli sua forma manebat.
Obstabatque aliis aliud, quia corpore in uno
Frigida pugnabant calidis, humentia siccis,
Mollia cum duris, sine pondere habentia pondus.
Hanc deus et melior litem natura diremit.
Nam caelo terras et terris abscidit undas,
Et liquidum spisso secrevit ab aëre caelum.
Quae postquam evolvit caecoque exemit acervo,
Dissociata locis concordi pace ligavit.
Ignea convexi vis et sine pondere caeli
Emicuit summaque locum sibi fecit in arce;
Proximus est aër illi levitate locoque;
Densior his tellus elementaque grandia traxit
Et pressa est gravitate sua; circumfluus humor
Ultima possedit solidumque coërcuit orbem.

dass keines derselben rein hervortrat. Der Vers lautete ursprünglich anders, wie aber, ist schwer zu sagen. — 16. *Sic*, d. i. bei diesem Zustand der Dinge. — *instabilis* hier passivisch, worauf man nicht stehen kann, „unbetretbar"; ebenso *innabilis*. — 17. *nulli*, neque terrae, neque aquae, neque aëri; *sua*, ihm zukommend oder eigenthümlich. — 19. *pugnabant calidis*, die Dichter verbinden die Verba des Kämpfens oft mit dem Dativ, ähnlich dem griech. *μάχεσθαί τινι*. — 20. Constr. *habentia pondus* iis, quae *sine pondere* erant, od. pondus non habentibus „mit Gewichtlosen". Substantiva mit Präpositionen, vorzügl. mit *ad*, *in*, *sine*, *cum*, *ex*, *de*, vertreten zuweilen die Stelle eines Adjectivs od. Particips, wie auch 26 *vis sine pondere*; 38, 252 *nostri tecum pericli*. Unsere Stelle würde sehr dunkel und hart sein, wenn nicht durch die vorausgehenden coordinirten Glieder die Construction hinlänglich angedeutet wäre.

21—31. Scheidung der Elemente. *deus et melior natura*, „die Gottheit und eine bessere Naturkraft". Ov. dachte sich also bei dem Schöpfungswerke sowohl die Gottheit (jedoch keinen bestimmten einzelnen Gott, vgl. 32), als auch die Kräfte der Natur selbst in Thätigkeit. — 23. *liquidum caelum* = *aether*, die reine Himmelsluft, im Gegensatz zu dem dichteren Dunstkreise, *spissus aër*. — 24. *Quae*, terras, undas, aëra, aethera; *evolvere*, hier „entwirren". — *caecus acervus*, Umschreibung von *chaos*. *Caecus* hier „lichtlos, finster". — 25. *locis* lässt sich durch ein Adverb wiedergeben. — *concordi pace ligavit*, damit sie nicht aufs Neue in Kampf geriethen. Der Friede bestand aber darin, dass jedem Element sein unabänderlicher Platz angewiesen blieb, wie V. 26—31 schildern. — 26. Verbinde *ignea et sine pondere vis convexi caeli* (wie 23). — 27. *arx*, wie in der Bibel „die Feste" des Himmels. — 29. *que* — *et* wird von Ov. mehrmals zur Verbindung ganzer Satzglieder gebraucht, während es gewöhnlich nur einzelne Worte verbindet: 8, 120 *quae postquam vestemque suam cognovit, et ense vidit ebur vacuum*; 17, 52 *lanigeris gregibus sponte sua lanaeque cadunt et corpora tabent*. — *traxit* „zog an sich"; *grandia* „grobkörnig". — 30. *pressa est* = depressa est; *sua* wie 17. — 31. *Ul-*

Sic ubi dispositam, quisquis fuit ille deorum,
Congeriem secuit sectamque in membra redegit:
Principio terram, ne non aequalis ab omni
Parte foret, magni speciem glomeravit in orbis.
Tum freta diffudit rapidisque tumescere ventis
Iussit et ambitae circumdare litora terrae.
Addidit et fontes et stagna immensa lacusque,
Fluminaque obliquis cinxit declivia ripis,
Quae, diversa locis, partim sorbentur ab ipsa,
In mare perveniunt partim campoque recepta
Liberioris aquae pro ripis litora pulsant.
Iussit et extendi campos, subsidere valles,
Fronde tegi silvas, lapidosos surgere montes.
Utque duae dextra caelum totidemque sinistra
Parte secant zonae, quinta est ardentior illis:
Sic onus inclusum numero distinxit eodem
Cura dei, totidemque plagae tellure premuntur.

tima, d. i. extremas partes „die äussersten Ränder", weil der Ocean die Erde rings umflutet. Vgl. 7, 200 *cingentibus ultima silvis*. — *possedit* v. possido. — *solidum orbem*, Gegensatz wozu?

32—51. Gestaltung d. Erdoberfläche. *dispositam congeriem secuit sectamque in membra redegit*, die Masse war zertheilt, geschieden und regelmässig gegliedert, genau der Schilderung 21—31 entsprechend. — 33. *secuit sectamque*, so braucht Ov. häufig das Particip. eines unmittelbar vorhergegangenen Verbum, um den engen Zusammenhang der Handlungen lebhafter zu versinnlichen, auch wohl das mattere Pronomen *is* zu ersetzen: 3, 240 *mollirique mora, mollitaque*; 24, 76 *Domui domitamque peremi*; 37, 221 *sua viscera traxit, tractaque calcavit, calcataque rupit*; 13, 89 *frena dabat, dantem*. Mehr Beispiele im Reg. unter *Partic. Perf. Pass.* und *Part. Praes.* — 34. *non aequalis* bildet einen Begriff. — 35. *speciem in orbis*, diese Stellung der Präpos. zwischen ihrem Casus und dem dazu gehörigen Genitiv ist bei Dichtern ziemlich häufig, die sich überhaupt, zum Theil durch das Metrum veranlasst, bei der Stellung der Präpositionen viele Freiheiten erlauben. Vgl. 9, 91 *pectus in amborum*; 14, 28 *finibus in Lyciae*. Ob sich übrigens Ov. diesen Kreis scheiben- od. kugelförmig gedacht habe, lässt sich nicht mit Gewissheit entscheiden. Beide Vorstellungen waren den Gebildeten jener Zeit geläufig. — 38. Das erste *et* übers. durch „auch". — 39. *obliquis* hier „gekrümmt". — 40. *diversa locis* „verschieden nach der Oertlichkeit", d. h. je nach der verschiedenen Beschaffenheit der Gegend. — Zu *ab ipsa* ergänzt man leicht *terra*, die in diesem Abschnitte Hauptgegenstand der Schilderung ist. Beispiele dieser Naturerscheinung s. 47, 268 ff. — 41. *campus liberioris aquae*, die freiere Wasserfläche des Meeres, im Gegensatz zu *flumina obliquis cincta ripis*. — 42. *pro ripis litora*, ripae fluminum, litora maris sunt. — 46. *quinta* (in ihrer Mitte) *est ardentior illis* gehört noch zu dem Vordersatze *Utque cet.* — 47. *onus illis caelestibus zonis inclusum*, d. i. die Erde. — 48. *tellure* statt *in tell.* s. zu 13 *longo margine terrarum*. — *pre-*

Quarum quae media est, non est habitabilis aestu;
Nix tegit alta duas; totidem inter utramque locavit,
Temperiemque dedit mixta cum frigore flamma.
  Imminet his aër, qui, quanto est pondere terrae
Pondus aquae levius, tanto est onerosior igni.
Illic et nebulas, illic consistere nubes
Iussit et humanas motura tonitrua mentes
Et cum fulminibus facientes frigora ventos.
His quoque non passim mundi fabricator habendum
Aëra permisit: vix nunc obsistitur illis,
Cum sua quisque regant diverso flamina tractu,
Quin lanient mundum: tanta est discordia fratrum.
Eurus ad auroram Nabataeaque regna recessit
Persidaque et radiis iuga subdita matutinis;
Vesper et occiduo quae litora sole tepescunt,

muntur, caelestibus illis zonis „werden von ihnen bedeckt oder liegen unter ihnen“.— 50. *locavit*, cura dei; *inter utramque*, inter mediam et alterutram nivosam. — 51. *mixta*, im D. ein Substant. mit „durch“; *flamma* für das, was durch die Flamme erzeugt wird, Hitze. Dergleichen Vertauschungen von Begriffen, die man Metonymie (μετωνυμία) nennt, wenden die Dichter sehr oft und sehr verschiedenartig an, s. *Metonymie* im Reg.

52—68. Luft und Aether. *his*, plagis terrestribus.— Constr. *qui tanto est onerosior igni*, *quanto pondus aquae levius est pondere terrae*.—54. *consistere* hier „Platz ergreifen“. — 55. *motura* „die erschüttern sollten. Das Particip. Fut. Act. bezeichnet oft, dass eine Sache bestimmt ist, etwas zu thun. — 56. *cum fulminibus ventos* soviel als *fulmina et ventos*. Die Verbindung von Substantiven durch die Präpos. *cum* statt durch *et* ist bei Ov. sehr häufig, s. die Präp. *cum* im Reg. — *frigora*, der Plural wegen der öftern Wiederholung der Erscheinung, s. zu 2 *coeptis* unter b. Zur Sache vgl. 2, 32 *ventis glacies adstricta pependit*.— Mit der Assonanz im Anlaut aufeinanderfolgender Worte, wie *fulminibus facientes frigora*, spielt Ov. ausserordentlich gern: 3, 137 *graciles gramen carpsere capellae;* 3, 201 *possim populos reparare paternis;* 3, 240 *mollirique mora mollitaque;* 4, 108 *delubraque ditia donis*. — 57. *His* bezieht sich nur auf den letzten der vorhergenannten Gegenstände, auf *venti*. — *passim*, d. i. aller Orts, wo es ihnen beliebte.— 58. Betone *nunc*. — 59. *Cum* „da doch“. — *quisque* steht zuweilen als Apposition eines Subjects im Plural, hier des Subjects von *regant:* 17, 85 *fugiunt penates quisque suos*. Aehnlich beim Object 12, 127 *nomine quemque vocatos exhortatur equos*. — 60. *Quin lanient* verbinde mit *obsistitur*. — *fratrum*, die Winde galten als Gottheiten und zwar als Brüder. Sie waren Söhne des Astraeus und der Aurora. — 62. *radiis iuga subdita matutinis*, die Gebirge Indiens. Ueber den spondeischen Ausgang des Verses s. zu 14. — 63. *vesper* in örtl. Bedeutung als „der Westen“ kommt nur bei Dichtern vor. — *quae litora*, im Lat. wird oft das Substantivum, zu welchem ein Relativsatz gehört, in diesen selbst

Proxima sunt zephyro; Scythiam septemque trionem
Horrifer invasit boreas, contraria tellus
Nubibus adsiduis pluvioque madescit ab austro.
Haec super inposuit liquidum et gravitate carentem
Aethera nec quicquam terrenae faecis habentem.
Vix ita limitibus dissaepserat omnia certis,
Cum, quae pressa diu massa latuere sub illa,
Sidera coeperunt toto effervescere caelo.
Neu regio foret ulla suis animantibus orba,
Astra tenent caeleste solum formaeque deorum,
Cesserunt nitidis habitandae piscibus undae,
Terra feras cepit, volucres agitabilis aër.
Sanctius his animal mentisque capacius altae
Deerat adhuc, et quod dominari in cetera posset.
Natus homo est: sive hunc divino semine fecit
Ille opifex rerum, mundi melioris origo,

gezogen. Beim Uebers. stellt man es voraus. — 64. *septemque trionem*, Tmesis (d. i. Trennung eines zusammengesetzten Wortes, v. *τέμνω*) statt *septentrionemque*, was der Vers nicht zuliess. S. *Triones* im mythol. Reg. — 66. *ab* „durch die Einwirkung". Der Südwind pflegt in Italien und Griechenland Regen zu bringen. Vgl. zu dieser ganzen Stelle Trist. I, 2, 27 ff. *Nam modo purpureo vires capit eurus ab ortu, Nunc zephyrus sero vespere missus adest, Nunc gelidus sicca boreas bacchatur ab Arcto, Nunc notus adversa proelia fronte gerit.* — 67. *Haec super*, aëra, nubes, ventos. Die Nachstellung besonders der zweisylb. Präpositionen hinter ihren Casus ist bei den Dichtern häufig (Anastrophe).

69 — 75. Belebung der Schöpfung. 71. *effervescere* „emporbrausen", wie leuchtende Luftblasen. — 72. *Neu* od. *neve* steht oft bei den Dichtern so, dass nur *ne* zum Nebensatze, die Copula dagegen zum folgenden Hauptsatze gehört. — *suis* s. zu 17 *sua forma.* — *animantibus*, auch den Gestirnen schrieben die alten Philosophen Leben und sogar Vernunft zu (*sensum atque intelligentiam* Cicero de nat. de. II, 16). — 73. *caeleste solum*, den Boden des Himmelsgewölbes, den himmlischen Boden, wo sie wandeln. *formae deorum*, weil man den Göttern menschliche Gestalt beilegte. — 74. *cedere* „zu Theil werden". — 75. *agitabilis*, durch den Flügelschlag.

76—88. Schöpfung des Menschen, womit die mosaische Schöpfungsgeschichte zu vergleichen. *Sanctius* „ehrwürdiger". *his* (Abl.) beziehe nur auf die vorher genannten irdischen Geschöpfe. — *mens* hier = *ratio* „Einsicht". — 77. In *deerat* verschmelzen die beiden ersten Sylben zu einer (Synäresis). — *quod posset*, d. i. von der Art, dass es konnte. — 78. Ov. lässt die Wahl, ob jene schaffende Gottheit den Menschen aus göttlichem Stoffe gebildet habe, od. ob er der gewöhnlichen Sage nach vom *Prometheus*, dem Sohne des *Iapetus*, aus Erde geformt sei. Für letzteren Fall jedoch nimmt er an, dass damals in der Erde noch himmlische Stoffe vorhanden gewesen seien. — 79. *origo*, hier metonymisch (s. zu 51) für die Person, von der etwas ausgeht, *auctor;* ebenso im D.

Sive recens tellus seductaque nuper ab alto
Aethere cognati retinebat semina caeli;
Quam satus Iapeto, mixtam fluvialibus undis,
Finxit in effigiem moderantum cuncta deorum.
Pronaque cum spectent animalia cetera terram,
Os homini sublime dedit, caelumque tueri
Iussit et erectos ad sidera tollere vultus.
Sic, modo quae fuerat rudis et sine imagine, tellus
Induit ignotas hominum conversa figuras.

2. Die vier Weltalter. Die Giganten.

(I, 89—162.)

Aurea prima sata est aetas, quae vindice nullo,
Sponte sua, sine lege fidem rectumque colebat.
Poena metusque aberant, nec verba minacia fixo
Aere legebantur, nec supplex turba timebat
Iudicis ora sui; sed erant sine iudice tuti.
Nondum caesa suis, peregrinum ut viseret orbem,

„Ursprung". — 81. *cognati*, weil er vorher mit der Erde vermischt gewesen war. — 82. *satus*, besonders bei Dichtern häufig = *natus*. — *Iapeto*, viersylbig. Das *I* der griech. Namen ist nie wie *j* auszusprechen. — 83. *moderantum*, im dactyl. Versmasse sehen sich die Dichter oft genöthigt, im Genit. Plur. die Endung *um* statt *ium* zu gebrauchen. — 85. *caelum tueri jussit*, das Pronomen *is*, sowie unbetonte persönliche Pronomina werden als Subject des Accus. c. Inf. von den Dichtern sehr oft weggelassen, sobald sie sich leicht aus dem Zusammenhange ergeben. Der Grund ist derselbe, wie der V. 13 bei Weglassung der Präpos. bemerkte. — 87. *modo* „eben nur". — *sine imagine* „gestaltlos", s. zu 29 *sine pondere*. — 88. *Induere* braucht Ov. öfter vom Annehmen einer Gestalt bei Verwandlungen, 23, 127 *vultum virilem induit*; 31, 10 *mortalem induitur formam*.

1. *Aurea*, wegen der Wortstellung s. zu 1, 1 *in nova corpora*. Was bezweckt die Bezeichnung der Zeitalter nach Metallen? — *vindice nullo*, Ablat. absol. Uebersetze *nullo* durch „ohne". — 3. *verba minacia cet.* bezieht sich auf die Edicte der Prätoren und Censoren, die auf ehernen Tafeln am Capitol und andern öffentlichen Plätzen angeheftet wurden. Ueber den Abl. *fixo aere* s. zu 1, 13 *longo margine*. Ebenso 6 *caesa suis montibus*. — 4. *supplex turba*, der Angeklagte mit seinen Freunden, die gewöhnlich durch Trauergewänder und demüthige Bitten das Mitleid der Richter zu erregen suchten. — 5. *ora* „das Antlitz", s. zu 1, 2 *coeptis* unter a. Der Plur. bei Benennungen des Körpers und seiner Theile, wie *corpora*, *pectora*, *corda*, *ora*, *terga*, *colla* von einer Person, ist ganz besonders häufig. — *erant tuti*, nicht *supplex turba*, sondern „man". — 6. Verbinde *nondum descenderat*. — *suis* im Gegensatz

Montibus in liquidas pinus descenderat undas,
Nullaque mortales praeter sua litora norant.
Nondum praecipites cingebant oppida fossae;
Non tuba directi, non aeris cornua flexi,
Non galeae, non ensis erant: sine militis usu
Mollia securae peragebant otia gentes.
Ipsa quoque inmunis rastroque intacta nec ullis
Saucia vomeribus per se dabat omnia tellus;
Contentique cibis nullo cogente creatis
Arbuteos fetus montanaque fraga legebant
Cornaque et in duris haerentia mora rubetis
Et quae deciderant patula Iovis arbore glandes.
Ver erat aeternum, placidique tepentibus auris
Mulcebant zephyri natos sine semine flores.
Mox etiam fruges tellus inarata ferebat,
Nec renovatus ager gravidis canebat aristis.

zu *peregrinum* übersetzte „heimisch“, vgl. 1, 17 *sua forma.* — *orbis*, bei den Dichtern zuweilen nur ein „Erdtheil“. — 8. Betone *sua*, s. zu 1, 13 *ponderibus suis*, — 9. Beachte die nachdrückliche Wiederholung des schon V. 6 vorausgegangenen *nondum* und des folgenden *non* (Anaphora). — 10. *directi aeris* und *flexi aeris*, Genitivi qualitatis. — 11. *sine militis usu*, ohne Anwendung des Kriegers, d.i. ohne seiner zu bedürfen. — 12. *mollia otia peragere* „in behaglicher Ruhe leben“. Beachte die Symmetrie der Wortstellung, indem sich Adject. zum Adject. und Substantiv zum Subst. ordnet. Vgl. 24 *Flavaque de viridi stillabant ilice mella;* 59 *Lurida terribiles miscent aconita novercae;* 65. *Altaque congestos struxisse ad sidera montes.* Aehnliches auch in der Prosa. — 13. Verbinde *ipsa tellus.* Das Subject wird zuweilen für das Ende des Satzes oder für das zweite Satzglied aufgespart, um die Aufmerksamkeit desto gespannter zu erhalten. Es schliesst dann oft sehr nachdrücklich: wie hier *tellus*, so 7, 205 *mater*, 8, 80 *Pyramus*, 9, 32 *Juno.* — Das betonte *ipse*, wie unser betontes „selbst“, hat oft die Bedeutung: von selbst, von freien Stücken. — *inmunis* „frei von Dienstbarkeit“. — 14. *per se* = sua sponte. — 15. *nullo cogente creatis*, d. i. quos creaverat tellus, nullo eam cogente („ohne Zwang“). — 16. *arbuteos fetus*, die adjectivischen Attribute müssen wir im D. sehr häufig durch ein Substantiv im Genit. od. mit einer Präpos. wiedergeben. *Arbutus*, der Erdbeer- od. Meer-Kirschenbaum, ist in Italien häufig und trägt eine röthliche, der Erdbeere ähnliche herbe Frucht. — 17. *mora* hier „Brombeeren“. — 18. *quae glandes*, s. zu 1, 64 *quae litora.* Man hat hier an die essbare Eichel der südl. Gegenden zu denken. — *Iovis arbor*, Phaedr. III, 17, 2 *quercus Iovi placuit.* — 20. *mulcere*, hier „fächeln“. — 21. *Mox*, d.i. nach kurzer Frist, so dass dem Aufkeimen bald die Reife folgte. — 22. *Nec*, die Negation gehört nur zu *renovatus.* Auch *nec* wird ähnlich wie *neve* (s. zu 1, 72) zuweilen so gebraucht, dass nur die Copula zum Hauptsatze, die Negation dagegen zu dem diesem vorausgeschickten Nebensatze (Participialsatze) gehört. Das Particip. mit einer Negation lässt sich oft durch „ohne

Flumina iam lactis, iam flumina nectaris ibant,
Flavaque de viridi stillabant ilice mella.
Postquam, Saturno tenebrosa in Tartara misso,
Sub Iove mundus erat, subiit argentea proles,
Auro deterior, fulvo pretiosior aere.
Iuppiter antiqui contraxit tempora veris,
Perque hiemes aestusque et inaequales autumnos
Et breve ver spatiis exegit quattuor annum.
Tum primum siccis aër fervoribus ustus
Canduit, et ventis glacies adstricta pependit.
Tum primum subiere domus: domus antra fuerunt
Et densi frutices et vinctae cortice virgae.
Semina tum primum longis Cerealia sulcis
Obruta sunt, pressique iugo gemuere iuvenci.
Tertia post illas successit aënea proles,
Saevior ingeniis et ad horrida promptior arma,

zu, ohne dass" auflösen. — *cānebat*, beachte die Quantität. — 23. *jam — jam* „jetzt — jetzt" oder „bald — bald". *Flumina ibant*, bildlich von der Fülle der Milch und des Rebensaftes, den hier *nectar* bezeichnet. Vgl. 2. Mos. 3, 8 „ein Land, darinnen Milch und Honig fleusst". — 24. *de viridi ilice*, auf die er wie ein Thau vom Himmel herabfiel. — *mella*, der Plur. bei Gegenständen, die in Menge vorhanden sind, wie *vina, frondes, lanae, ignes, nives* u. a.

25. *Postquam — erat*, das Imperfectum nach *postquam* bezeichnet einen eingetretenen Zustand, der während der Handlung des Hauptsatzes fortdauert. — *misso*, nicht „geschickt". — 26. *subiit* = successit. Die Endsilbe der Perfecta *iit* und seiner Composita wie *rediit, interiit, obiit, adiit, periit*, sowie auch *petiit* wurde lang gesprochen. — *proles* „Geschlecht", metonymisch für das Zeitalter, in dem es lebt. — 27. Wofür stehen hier *aurum* und *aes*? — 28. *contraxit*, denn oben hiess es *ver erat aeternum*. — *antiquus*, hier „einstig, vormalig". — 29. *per hiemes — exegit* „führte es durch die Winter u. s. w. hindurch zu Ende". — *aestus*, s. zu 1, 10 *lumina*. — *inaequales*, hinsichtlich der Temperatur. Ueber den spondeischen Ausgang s. zu 1, 14. — 31. Beachte die nachdrückliche Wiederholung von *tum primum* in den folgenden Versen, s. zu 9. — *fervores* s. zu 1, 2 *coeptis* unter b. — 32. Durch *pependit* ist die Form des Eises angedeutet. — *ventis adstricta*, vgl. 1, 56 *facientes frigora ventos*. — 33. *Tum primum*, warum jetzt? Dieselbe Frage beantworte zu 35. — Der Ausdruck *subiere domus* ist in Rücksicht auf die Beschaffenheit dieser ersten Wohnungen (*antra, frutices*) sehr passend gewählt. — *domus*, Ov. liebt die Anknüpfung durch Wiederholung unmittelbar vorher gebrauchter Worte, wodurch er oft die Anwendung des Pronomens oder Bindewortes umgeht, und einen Begriff schärfer betont. Vgl. 1, 33. 2, 53. 54. Beachte die Quantität des zweiten *domus*. — 34. *cortex* hier „Bast". — 35. *semina Cerealia*, s. zu 16 *arbuteos fetus*. Ceres gab den Menschen den Samen des Getreides u. lehrte sie den Ackerbau. Vgl. 12, 301. 310.

38. *ingenium* hier „Sinnesart" (Charakter). — *arma*, diese wa-

Non scelerata tamen. De duro est ultima ferro.
Protinus irrupit venae peioris in aevum
Omne nefas: fugere pudor verumque fidesque;
In quorum subiere locum fraudesque dolique
Insidiaeque et vis et amor sceleratus habendi.
Vela dabant ventis, nec adhuc bene noverat illos
Navita, quaeque diu steterant in montibus altis,
Fluctibus ignotis insultavere carinae.
Communemque prius, ceu lumina solis et auras,
Cautus humum longo signavit limite mensor.
Nec tantum segetes alimentaque debita dives
Poscebatur humus, sed itum est in viscera terrae;
Quasque recondiderat Stygiisque admoverat umbris,
Effodiuntur opes, irritamenta malorum.
Iamque nocens ferrum ferroque nocentius aurum
Prodierat: prodit bellum, quod pugnat utroque

noch von Erz u. dienten nur gegen die wilden Thiere. Eisen u. Krieg gehören erst dem folgenden Zeitalter an.

40. *venae pejoris aevum*, „das Zeitalter von schlechterem Metall“; denn *vena* ist auch die Metallader. Beachte die Gegensätze des eisernen und goldnen Zeitalters. — 41. *pudor*, d. i. Scheu vor Unrecht; *verum* steht oft, wo wir das Abstractum „Wahrheit“ setzen. — 42. *que — que* brauchen die Dichter sehr oft (selten die Prosa) zur Verbind. einzelner Worte statt *et — et*. Im D. genügt mehrentheils das einfache „und“. — 43. *amor habendi*, im D. ein Wort, s. *amor* im Reg. — 44. *Vela dabant ventis*, in Folge der Habgier, die noch durch *nec adhuc bene noverat illos navita* u. durch *ignotis* gesteigert erscheint. Die röm. Dichter stellen mehrfach die Seefahrt als eine kühne Ueberhebung über die der Menschheit gesteckten Grenzen dar. — *nec* hier „und doch nicht“; *bene* „recht, vollständig“. — 45. *quaeque — carinae*, d. i. et carinae, quae. Wenn ein durch „und“ coordinirtes Satzglied einen Nebensatz bei sich hat, so schickt Ov. häufig den Nebensatz mit angehängtem *que* voraus, z. B. 3, 224 *detque sibi veniam, pavido rogat ore* statt: et rogat pavido ore, det sibi veniam. Am häufigsten geschieht dies bei Relativsätzen, wo dann *que* an das Relativum tritt. Vgl. auch die Bem. zu *neu* 1, 72 u. zu *nec* oben 22. — *steterant in montibus*, vgl. 6 f. — 46. *insultavere* „tanzten darauf“, die Gefahr gleichsam verachtend. — 47. *ceu lumina solis et auras* ist kurz an den Casus des verglichenen Objectes angeknüpft, obwohl der Sinn ist: ceu lumina solis et aurae communia sunt (Attraction). — 49. *debita*, weil der besäete Boden dem Menschen seinen Ertrag gleichsam schuldet. — 51. *Quasque — opes* s. zu 45. — *recondiderat*, Subj. terra. — *Stygiis umbris*, das Todtenreich bezeichnet hier die äusserste Tiefe und Unzugänglichkeit. — 52. *malorum*, Genit. objectivus. — 53. *ferrum ferroque*, s. zu 33. Aehnlich *prodierat: prodit*. — 54. Beachte die Steigerung *ferrum — aurum — bellum*. Der Krieg ist das furchtbarste Erzeugniss des eisernen Zeitaltars, hervorgegangen aus der Entdeckung des Eisens und Goldes. — *utroque*, ferro et auro. In wiefern ist Letzteres wahr? —

Sanguineaque manu crepitantia concutit arma.
Vivitur ex rapto: non hospes ab hospite tutus,
Non socer a genero, fratrum quoque gratia rara est.
Imminet exitio vir coniugis, illa mariti;
Lurida terribiles miscent aconita novercae;
Filius ante diem patrios inquirit in annos.
Victa iacet pietas, et virgo caede madentes
Ultima caelestum terras Astraea reliquit.
   Neve foret terris securior arduus aether,
Adfectasse ferunt regnum caeleste Gigantas
Altaque congestos struxisse ad sidera montes.
Tum pater omnipotens misso perfregit Olympum
Fulmine, et excussit subiecto Pelion Ossae.
Obruta mole sua cum corpora dira iacerent,
Perfusam multo natorum sanguine Terram
Inmaduisse ferunt calidumque animasse cruorem
Et, ne nulla suae stirpis monimenta manerent,
In faciem vertisse hominum. Sed et illa propago
Contemptrix superum saevaeque avidissima caedis
Et violenta fuit: scires e sanguine natos.

— 55. Der Klang des Verses versinnlicht den geschilderten Gegenstand (Tonmalerei). — 57. *Non socer a genero*, Anspielung auf Cäsar und Pompejus. — *quoque*, hier steigernd „selbst auch"; *gratia* hier „Liebe, Wohlwollen". — 58. *Imminet* h. „trachtet danach". — 59. *aconita*, s. zu 1, 10 *lumina*. *Lurida* heissen sie von ihrer Wirkung, weil, wer davon geniesst, im Tode erbleicht. — 60. *inquirit in annos* „forscht nach der Lebensdauer", bei Wahrsagern und Zeichendeutern. — *patrios*, s. zu 16 *arbuteos fetus*. — *ante diem*, „vor der Zeit", d. h. ehe noch der natürliche Lauf der Dinge an seinen Tod denken lässt. — 61. *pietas* „die fromme Liebe" der Angehörigen zu einander. — Verbinde *virgo Astraea reliquit ultima* („zuletzt") *caelestum*. Früher hatten die Götter auf Erden geweilt, die Verderbtheit der Menschen hatte sie nach und nach vertrieben. — 62. *caelestum* s. zu 1, 83 *moderantum*.

63. *Neve* s. zu 1, 72. — 64. *Gigantas*, die Dichter brauchen von griech. Wörtern häufig die griech. Form des Accusat. Plur. — 65. *struxisse*, nach der folgenden Schilderung war auf dem Ossa der Pelion, auf diesen der Olymp gethürmt. — 66. *pater omnipotens*, Juppiter. — 67. *excussit subjecto Ossae*, in Prosa würde die Präpos. *ex* oder *de* stehen, der Dativ lässt die blosse Beziehung zu dem Gegenstande statt des Ortsverhältnisses hervortreten: 7, 187 *Stygiae demittite nocti*; 20, 107 *arboris insiluit ramis* u. ö. Vgl. die Bem. zu 1, 13. — 68. *mole sua* „von der eigenen Bergeslast", d. h. die sie selbst erst aufgethürmt hatten. — 69. *natorum*, s. *Gigantes* im myth. Reg. — 70. *inmaduisse* „(innerlich) davon durchdrungen worden sein". — 71. *ne nulla*, damit nicht gar keine = „damit wenigstens einige". — 72. *vertisse*, Object ist noch *calidum cruorem*. — 73. *superum*, Genitiv. Plur. wie *deum*. — 74. *scires*, der auch in Prosa häufige Conjunctiv. Imperf. in der 2. Per-

3. Lycaon. Die Wasserflut. Deucalion und Pyrrha.

(I, 163—451.)

Quae pater ut summa vidit Saturnius arce,
Ingemit et, facto nondum vulgata recenti,
Foeda Lycaoniae referens convivia mensae
Ingentes animo et dignas Iove concipit iras,
Conciliumque vocat: tenuit mora nulla vocatos.
Est via sublimis, caelo manifesta sereno:
Lactea nomen habet, candore notabilis ipso.
Hac iter est superis ad magni tecta tonantis
Regalemque domum. Dextra laevaque deorum
Atria nobilium valvis celebrantur apertis;

son, unserm „man konnte od. man hätte können" entsprechend, ist durch Auslassung eines Bedingungssatzes, wie *si vidisses* oder *adfuisses*, zu erklären. Ebenso *videres* 9, 143. 12, 154. 13, 149; *putares* 16, 82. 32, 54. — Bei *natos* ist nicht mehr an *propago*, sondern an das vorhergehende *homines* gedacht. Ueber das fehlende Subject des Accus. c. Inf. s. zu 1, 85.

---

1. *Quae* bezieht sich auf die am Ende des vorigen Abschnittes geschilderte Verderbtheit des Menschengeschlechts. — *pater* ist der gewöhnl. Ehrentitel der männl. Gottheiten, besonders aber Juppiters. — *summa arx*, caeli (vgl. 1, 27) gilt vorzugsweise als Wohnung Juppiters, vgl. 4, 337. Ueber den Ablat. s. zu 1, 13 *longo margine*. — 2. *nondum vulgata* gehört zu *foeda convivia*. — *facto recenti* „da das Ereigniss noch neu war, bei der Neuheit des Ereignisses". — 3. *referre* hier „sich zurückrufen". — Der Plur. *convivia*, der bei den Dichtern die üblichere Form ist, umfasst das Gastmahl mit all seiner Zurüstung. *Lycaoniae mensae*, Lycaon hatte ihm Menschenfleisch aufgetischt. Das Nähere s. unten 64 ff. — 4. Im Lat. sagt man *animo concipere iras (furorem, odium)*, im D. umgekehrt „Zorn erfasst das Gemüth". Wie *irae* (eig. Zorngedanken od. -gefühle) stehen auch andere Gemüthsbewegungen im Plur., wie *luctus, metus, odia, gaudia, taedia*. — 5. *Concilium*, deorum.

6. Ov. beginnt öfters seine Ortsschilderungen wie hier mit zwei unverbundenen Hauptsätzen, deren erster mit *Est* anfängt, vgl. 9, 17. Fast. 2, 491 *Est locus, antiqui Capreae dixere paludem.* — *caelo sereno*, Abl. absol. „bei —". — 7. *Lactea* ist mit dichterischer Freiheit auf das Subject des Satzes bezogen, statt dass es mit *nomen* in gleichem Casus stehen sollte. Ebenso 14, 88. 49, 119. — *candore ipso* „eben durch ihren weissen Schimmer". — 8. *tecta regalemque domum*, folgt einem Subst., durch die Copula angeknüpft, ein anderes Substantiv zur Erläuterung, so heisst dies Epexegese (ἐπεξήγησις, hinzugefügte Erklärung). *Tecta* ist hier das Haus als Gebäude, *domus* als Wohnung. — 9. *dextra laevaque* (parte) näml. von der Milchstrasse. — 10. *di nobiles*, welche nachher *potentes cla-*

Plebs habitat diversa locis; a fronte potentes
Caelicolae clarique suos posuere penates.
Hic locus est, quem, si verbis audacia detur,
Haud timeam magni dixisse Palatia caeli.
Ergo ubi marmoreo superi sedere recessu,
Celsior ipse loco sceptroque innixus eburno
Terrificam capitis concussit terque quaterque
Caesariem, cum qua terram, mare, sidera movit.
Talibus inde modis ora indignantia solvit:
'Non ego pro mundi regno magis anxius illa
Tempestate fui, qua centum quisque parabat

rique caelicolae heissen, sind die Götter höheren Ranges; *plebs* „die niedere Götterschaar", wie sich zu Rom *nobiles* und *plebeii* gegenüberstanden. Auch *atria celebrantur* („werden von zahlreichen Besuchen belebt") ist dem röm. Leben entlehnt. Denn in den Vorhallen der vornehmen Römer versammelten sich immer eine Menge besuchender Clienten. — 11. *diversa locis* übers., als ob dastände *diversis locis*, s. zu *perpetuum* 1, 4. — *a fronte*, das Deutsche fasst hier das Ortsverhältniss gerade umgekehrt auf „nach der Vorderseite (der Milchstrasse) zu". — 12. *penates* (s. das myth. Reg.) stehen sehr häufig metonymisch für *domus*, s. zu *Nereus* 25. Dass hier selbst die Götterwohnungen, wo an wirkliche *penates* nicht zu denken ist, so bezeichnet werden, ist ein Beweis, wie geläufig den Römern diese Begriffsvertauschung war. — 13. *detur* „gestattet ist". — 14. *dixisse*, die Dichter setzen bisweilen, besond. nach Verbis des Wollens und Könnens, den Infin. Perf. Act., ähnlich dem griech. Infin. Aor., statt des Infin. Präs. Mit dem Infin. brauchen *timeo* und *metuo* fast nur die Dichter, die Prosa *vereor*. — *Palatium* hiess die Wohnung des Augustus auf dem Palatinischen Hügel. Die Uebertragung dieses Namens auf die Götterwohnung war eine Schmeichelei gegen den Kaiser, wie sich deren öfter bei den Dichtern jener Zeit finden. Vgl. unten 42 und besonders den Schluss der Metamorphosen. Der Plur. *Palatia* deutet die Grossartigkeit des Palastes an (*Pluralis majestaticus*).

15. *Ergo* nimmt den unterbrochenen Faden der Erzählung wieder auf. Die Elision eines langen Vocales vor einem kurzen wie in *Ergo ubi* ist bei Ov. selten und beschränkt sich bei ihm theils auf die 2. Sylbe des Dactylus, theils fast nur auf den 1. Versfuss, sowie auf gewisse Wortverbindungen wie *Ergo ubi*, *Ergo ego*, *Certe ego*, *Contra ego*, *Vidi ego* u. e. a. — *recessus* hier ein Gemach im Innern des Hauses — 6. *Celsior loco*, s. zu 11 *diversa locis*. Er sitzt auf einem erhabenen Thronsessel. — 17. *terque quaterque* „drei bis viermal", s. zu 2, 42. — 18. *cum qua* „und zugleich damit". Bevor der Dichter Jemand redend einführt, bezeichnet er häufig durch wenige Worte die Stellung oder Geberden, womit dies geschieht. — 19. *ora solvere*, „den Mund aufthun", nachdem man vorher geschwiegen. Wegen des Plur. s. zu 2, 5.

20. Warum ist *non* an den Anfang des Verses gestellt? S. zu 1, 1 am Ende. — *magis anxius*, als — ? was in der Aufregung übergangen ist. — 21. Cstr. *qua quisque anguipedum parabat centum bracchia inicere captivo caelo.*

Inicere anguipedum captivo bracchia caelo.
Nam quamquam ferus hostis erat, tamen illud ab uno
Corpore et ex una pendebat origine bellum.
Nunc mihi, qua totum Nereus circumsonat orbem,
Perdendum est mortale genus. Per flumina iuro
Infera sub terras Stygio labentia luco,
Cuncta prius temptata; sed immedicabile vulnus
Ense recidendum est, ne pars sincera trahatur.
Sunt mihi semidei, sunt rustica numina, Nymphae
Faunique Satyrique et monticolae Silvani;
Quos quoniam caeli nondum dignamur honore,
Quas dedimus, certe terras habitare sinamus.
An satis, o superi, tutos fore creditis illos,
Cum mihi, qui fulmen, qui vos habeoque regoque,
Struxerit insidias notus feritate Lycaon?'

— *parare* mit dem Infin. „sich rüsten, anschicken". — 22. *Inicere*, man sprach *injicere*, schrieb aber *inicere*. Ebenso *adicit*, *conicit*, *obicit*, *reicit*, *traicit*. — *anguipedes*, die Giganten. Fast. 5, 35 *Terra feros partus, immania monstra, Gigantas edidit, ausuros in Iovis ire domum. Mille manus illis dedit et pro cruribus angues.* — *captivo*, was beinahe geschehen wäre, stellt der Redner, um die Grösse der Gefahr anschaulicher zu machen, als schon geschehen dar (*Prolepsis* s. zu 6, 76). Im D. füge „fast schon" hinzu. — 24. *corpus* hier „Körperschaft"; *origo* hier das, was entsprungen ist, also = *gens* od. *stirps*. Anders 1, 79. — 25. *qua* hier „soweit". — *Nereus*, der Meergott für das Meer, wie 1, 14 *Amphitrite*. Diese Art der Metonymie (s. zu 1, 51), wo der Name der Gottheit für den ihr zugehörigen Gegenstand steht, ist bei den Dichtern ausserordentlich häufig: *Bacchus* für *vinum*, *Mars* für *pugna*, *Phoebus* für *sol*, *penates* für *domus*, *Vulcanus* für *ignis*, s. das II. Reg. unter „Götter". — 26. *Per* in Schwüren „bei". — *flumina infera*, man dachte sich die Unterwelt von mehreren Flüssen durchzogen, wie dem *Styx*, *Cocytus*, *Acheron*, *Phlegethon*. Hier ist, wie *Stygio luco* andeutet, an die Fluten des *Styx* zu denken, der das Todtenreich neunmal umkreiste. Der Schwur bei ihm galt den Göttern für den unverletzlichsten und heiligsten. — 27. *sub terras*, d. i. darunter fort. — 28. *temptare*, beglaubigtere Schreibart als *tentare*. — 29. *pars sincera* (d. i. integra) mundi. — *trahere* hier „mit fortziehen" (ins Verderben). — 30. *Nymphae cet.* Apposition zu *semidei* u. *rustica numina*. — 31. *Faunique*, in der Arsis besonders des 2. oder auch d. 5. Fusses vertritt zuweilen *que* die Stelle einer langen Silbe, jedoch immer nur vor einem zweiten durch *que* angereihten Worte. Ueber den spond. Ausgang s. zu 1, 14. — 33. *Quas dedimus* steht mit Nachdruck voran, weil darin ein Grund mehr liegt, ihnen ungestörte Wohnung auf der Erde zu sichern. — 34. *An* „oder" knüpft zuweilen, mit Unterdrückung des ersten Fraggliedes, eine einfache directe Frage an. Die vollständ. Frage würde lauten: *nonne res ita se habet, ut dixi, an cet.* — 35. *habeo* „in meiner Gewalt habe". — 36. *Lycaon*, Stellung! s. zu *Titan* 1, 10.

Contremuere omnes, studiisque ardentibus ausum
Talia deposcunt. Sic, cum manus impia saevit
Sanguine Caesareo Romanum exstinguere nomen,
Attonitum tanto subitae terrore ruinae
Humanum genus est totusque perhorruit orbis.
Nec tibi grata minus pietas, Auguste, tuorum est,
Quam fuit illa Iovi. Qui postquam voce manuque
Murmura compressit, tenuere silentia cuncti.
Substitit ut clamor, pressus gravitate regentis,
Iuppiter hoc iterum sermone silentia rupit:
'Ille quidem poenas, curam hanc dimittite, solvit.
Quod tamen admissum, quae sit vindicta, docebo.
Contigerat nostras infamia temporis aures;
Quam cupiens falsam, summo delabor Olympo
Et deus humana lustro sub imagine terras.
Longa mora est, quantum noxae sit ubique repertum,
Enumerare: minor fuit ipsa infamia vero.
Maenala transieram, latebris horrenda ferarum,
Et cum Cyllene gelidi pineta Lycaei;
Arcados hinc sedes et inhospita tecta tyranni
Ingredior, traherent cum sera crepuscula noctem.

37. Verbinde *studiis ardentibus deposcunt ausum talia*, d. i. Lycaona. — 38. *deposcunt*, nämlich zur Bestrafung. — *manus* „Rotte"; *saevit*, Praesens historicum. Welcher Begriff liegt in *saevit*, dass es den Infin. zu sich nimmt? — 39. *sanguine Caesareo* s. zu 2, 16 *arbuteos fetus*. — *Romanum nomen*, häufig gleichbedeutend mit *populus Romanus*, eigentl. Alles, was römisch heisst. — 40. *tanto* nach *sic* ist nicht überflüssig; es stellt noch besonders den Schrecken der Völker denen der Götter als „gleichgross" gegenüber. *ruinae*, über den Sturz Cäsars. — 41. Die Römer jener Zeit gefallen sich darin, den ganzen Erdkreis als von Rom abhängig darzustellen. — 42. *pietas* „die treue Anhänglichkeit", womit ihn seine Anhänger bei der Bestrafung der Mörder unterstützten. — 43. *illa*, deorum pietas. — *manu*, Wink mit der Hand. — 44. *Murmura*, was oben *studia ardentia*. — 46. *silentia*, der Plur. kann durch „allgemein" bezeichnet werden.

48. *admissum* hier substantivisch = *scelus*. — 50. *delabor* „lasse mich herab". Ueber den Abl. *Olympo* s. unten zu 104 *canis fluit unda capillis*. — 51. *deus humana* der Gegensatz wird durch die unmittelbare Nebeneinanderstellung noch fühlbarer. — 52. *Longa mora est*, ähnlich wie *longum est*, im D. „es würde zu lange aufhalten". — *sit repertum*, Passiva sind häufig durch Reflexiva zu übersetzen. — 53. *ipse* ist wie unser „selbst" oft soviel als: sogar. — *minor fuit* „blieb dahinter zurück". Ueber *verum* s. zu 2, 41. — 55. *cum Cyllene*, s. zu 1, 56 *cum fulminibus ventos*. — 56. *Arcados tyranni*, Lycaŏnis. Bei griech. Wörtern brauchen die Dichter oft die Genitivendung *os*. — 57. *traherent*, hinter sich herzogen, d. i. „heraufführten".

Signa dedi venisse deum, vulgusque precari
Coeperat: irridet primo pia vota Lycaon,
Mox ait "Experiar, deus hic, discrimine aperto,
An sit mortalis; nec erit dubitabile verum."
Nocte gravem somno necopina perdere morte
Me parat: haec illi placet experientia veri.
Nec contentus eo, missi de gente Molossa
Obsidis unius iugulum mucrone resolvit:
Atque ita semineces partim ferventibus artus
Mollit aquis, partim subiecto torruit igni.
Quos simul inposuit mensis, ego vindice flamma
In dominum dignosque everti tecta Penates.
Territus ipse fugit, nactusque silentia ruris
Exululat frustraque loqui conatur: ab ipso
Colligit os rabiem, solitaeque cupidine caedis
Vertitur in pecudes et nunc quoque sanguine gaudet.
In villos abeunt vestes, in crura lacerti;
Fit lupus et veteris servat vestigia formae:
Canities eadem est, eadem violentia vultus,
Idem oculi lucent, eadem feritatis imago.
Occidit una domus; sed non domus una perire

58. *Signa dedi*, d. i. liess durch Zeichen, wie erhabenen Gang, überirdischen Glanz od. dgl. erkennen. Vgl. 7, 101 f. *specto cultum faciemque gradumque, Nil ibi, quod credi posset mortale, videbam.* — 60. Constr. *Experiar discrimine aperto, utrum deus hic sit, an sit mortalis. Discrimen* hier das Mittel zur Unterscheidung, „die Probe". — 82. *gravem somno* „wenn ich vom Schlaf betäubt sein würde". Zu dieser Probe kam es gar nicht, da schon beim Nachtmahl die Verwandlung des Lycaon erfolgte. — *necopina morte* d. i. „Meuchelmord". — 63. *parat*, s. zu 21. — 65. *resolvit* „schnitt ab". — 66. *ita* deutet hier auf die vorherg. Handlung zurück = „nachdem dies geschehen". So steht *atque ita* sehr häufig bei Ov. — *semineces* d. i. „kaum erkaltet". — 67. *Mollit* = coquit. — 68. *simul* = simulatque; *mensis*, der Plural, weil in der ältesten Zeit jedem Einzelnen der Speisenden ein besonderer Tisch vorgesetzt wurde. — *vindex flamma*, d. i. fulmen. — 69. Constr. *everti tecta in dominum dignosque Penates*, „ich stürzte das Haus über seinen Gebieter und die solcher Strafe werthen Penaten zusammen", weil näml. die letzteren den Frevel nicht gehindert hatten. — 70. *silentia ruris*, denn es war Nacht. Den Plur. gieb durch „weites Schweigen", vgl. 46. — 71. *ab ipso colligit os rabiem* „von seinem eignen Wesen nimmt der Rachen die Wildheit an" (eig. sammelt sie in sich). — 74. *abire in aliquid* „übergehen" braucht Ov. sehr häufig bei Verwandlungen. — 76. Beachte die Anaphora, s. 2, 9. — 77. *idem* und *isdem* = iidem u. iisdem wie *di* u. *dis* = dii u. diis. — *eadem feritatis imago* „er ist dasselbe Bild der Wildheit", das er schon als Mann war. — 78. Den Nachdruck, der auf *non una* liegt, bezeichne im D. durch „allein" oder „nur". Die Wortstellung *una do-*

Digna fuit: qua terra patet, fera regnat Erinys.
In facinus iurasse putes. Dent ocius omnes,
Quas meruere pati, sic stat sententia, poenas.'
Dicta Iovis pars voce probant stimulosque frementi
Adiciunt, alii partes adsensibus implent.
Est tamen humani generis iactura dolori
Omnibus, et, quae sit terrae mortalibus orbae
Forma futura, rogant; quis sit laturus in aras
Tura? ferisne paret populandas tradere terras?
Talia querentes — sibi enim fore cetera curae —
Rex superum trepidare vetat, subolemque priori
Dissimilem populo promittit origine mira.
Iamque erat in totas sparsurus fulmina terras;
Sed timuit, ne forte sacer tot ab ignibus aether
Conciperet flammas, longusque ardesceret axis.
Esse quoque in fatis reminiscitur, adfore tempus,
Quo mare, quo tellus correptaque regia caeli

mus — domus una, wo das zweite Glied die Ordnung des ersten umkehrt, heisst Chiasmus (Kreuzung in Gestalt eines griech. *X*). — 79. *dignus* verbinden die Dichter häufig mit dem Infin. — *qua* wie 25. — *Erinys* hier collectiv für die Furien überhaupt. Diese wurden nicht nur als Rächerinnen gedacht, sondern sie trieben auch die Menschen zu wahnsinnigem Frevel, vgl. 9, 74. 29, 13. — 80. *putes*, die zweite Person des Conjunctives bezeichnet oft ein unbestimmtes Subject „man —", vgl. 2, 74 *scires*. — *in facinus iurasse*, zum Verbrechen schwören heisst sich eidlich dazu verpflichten. Der Zusammenhang ergiebt als Subject sie, die Menschen. — *ocius* steht oft in der Bedeut. des Positivs, da *ociter* wenig gebräuchlich war. — 81. *stat sententia* „es ist fest beschlossen".

82. *probant*, weshalb kann nach *pars* das Prädicat im Plur. stehen? Wie hier *pars — alii*, so umgekehrt 33, 74 *alii — pars*. — *voce* d. i. mit ausdrücklichen Worten, im Gegensatz zur einfachen Beistimmung, *adsensus*. — *stimulos adiciunt* „spornen noch mehr an", vom Rosselenker übertragen. Vgl. 22 *inicere*. — 83. *partes implent* „erfüllen ihre Obliegenheit" als Theilnehmer am Rathe. — 87. *Tura* „Weihrauchopfer", s. zu 1, 10 *lumina*. — *paret*, s. zu 21. — 88. Betone *sibi*. Diese eingeschalteten Worte Juppiters ordne im D. hinter *trepidare vetat*. — 89. *vetare* ist ebenso wie *negare* häufig im D. in ein affirmatives Verbum mit folgender Negation zu verwandeln. — 90. *Dissimilem*, an Sinnesart.

91 ff. Die Wasserflut. — 92. *sacer* als Wohnsitz d. Götter. — *tot ab ignibus*, die Dichter brauchen zuweilen die Präpos. *a*, wo sonst der Abl. instrum. oder causae steht, um anzudeuten, dass die Wirkung von dem Gegenstande ausgeht. — 93. *axis* hier „die Himmelsaxe". — 94. *fata*, eigentl. die Schicksalssprüche, *est in fatis*, „es steht im Buche des Schicksals" Es war die Ansicht einiger alten Philosophen, dass die Welt einst durch Feuer untergehen werde. — 95. *correpta*, flammis. —

Ardeat, et mundi moles operosa laboret.
Tela reponuntur manibus fabricata Cyclopum:
Poena placet diversa, genus mortale sub undis
Perdere et ex omni nimbos demittere caelo.
Protinus Aeoliis Aquilonem claudit in antris,
Et quaecumque fugant inductas flamina nubes,
Emittitque Notum. Madidis Notus evolat alis,
Terribilem picea tectus caligine vultum;
Barba gravis nimbis, canis fluit unda capillis,
Fronte sedent nebulae, rorant pennaeque sinusque;
Utque manu late pendentia nubila pressit,
Fit fragor: hinc densi funduntur ab aethere nimbi.
Nuntia Iunonis, varios induta colores,
Concipit Iris aquas alimentaque nubibus adfert.
Sternuntur segetes, et deplorata colonis
Vota iacent, longique perit labor irritus anni.

96. *operosa* „mühsam u. kunstvoll bereitet". — *laborare* hier „in Bedrängniss, Gefahr sein". Einen Beschluss des Schicksals konnte Juppiter nicht ändern; er will aber wenigstens die Erfüllung nicht vor der Zeit herbeiführen. — 97. *Tela* d. i. fulmina.

100. *Aquilonem*, der helles und trockenes Wetter zu bringen pflegt. — 101. *inductas nubes* vgl. 4, 338 *unde solet latis nubes inducere terris*. — 102. *Notum*, s. zu 1, 66. — *alis*, die Windgottheiten wurden geflügelt dargestellt. — 103 *tectus vultum*, ähnlich dem griech. Accus. der Beziehung verbinden die Dichter mit passiven und intransitiven Verbis, besonders dem Part. Perf. Pass., so wie mit Adjectiven häufig einen Accusat. des Theiles, hinsichtlich dessen etwas ausgesagt wird. Auch im D. „das Antlitz verhüllt". — 104. *gravis*, est. — *canis fluit capillis*, die Dichter setzen zu den Verbis der Bewegung auf die Frage woher? oft den blossen Abl., wo in der Prosa eine Präpos. stehen muss, vgl. 3, 50 und d. Bem. zu 1, 13 *longo margine*. — 105. *sinus* „die faltigen Bausche des Gewandes", die es vorn auf der Brust bildet, s. zu 1, 10 *lumina*. — 106. *pressit*, die Alten glaubten, Blitz u. Donner (*fragor*) entstehe aus dem Zusammenstossen und der Reibung der Wolken vermittelst des Windes, vgl. 15, 18. — 107. *hinc* „hierauf", weil nach einem heftigen Donnerschlag gewöhnlich ein starker Guss folgt. — *ab aethere* = de caelo, so dass die eigentl. Bedeutung von *aether* zurücktritt. — 108. *varios induta colores*, das Passiv. der Verba des Ankleidens wird von den Dichtern häufig mit einem Accusat. des Gegenstandes verbunden, womit man sich bekleidet. Zu Grunde liegt dieser Construction die reflexiv - active Bedeutung: sich etwas anziehen, die auch oft beim Uebersetzen beizubehalten ist. — 109. *Concipit* „zieht an sich". Man glaubte, der Regenbogen sauge mit seinen Schenkeln Feuchtigkeit von der Erde auf, vgl. Vergil. Ge. I, 380 *bibit ingens arcus*. — 111. *Vota*, unser Sprachgebrauch verlangt hier einen andern metonymischen Ausdruck als „Wünsche". *Deplorata* ziehe zum Verbum, ebenso nachher *irritus*. — *colonis*, Dativ. incommodi. — Beachte den Nachdruck, der auf *longi* liegt.

Nec caelo contenta suo est Iovis ira, sed illum
Caeruleus frater iuvat auxiliaribus undis.
Convocat hic Amnes; qui postquam tecta tyranni
Intravere sui, 'Non est hortamine longo
Nunc' ait 'utendum: vires effundite vestras —
Sic opus est — aperite domos, ac mole remota
Fluminibus vestris totas inmittite habenas.'
Iusserat. Hi redeunt ac fontibus ora relaxant,
Et defrenato volvuntur in aequora cursu.
Ipse tridente suo terram percussit; at illa
Intremuit motuque vias patefecit aquarum.
Exspatiata ruunt per apertos flumina campos,
Cumque satis arbusta simul pecudesque virosque
Tectaque cumque suis rapiunt penetralia sacris.
Si qua domus mansit potuitque resistere tanto
Indeiecta malo, culmen tamen altior huius
Unda tegit, pressaeque latent sub gurgite turres.
Iamque mare et tellus nullum discrimen habebant:
Omnia pontus erat; deerant quoque litora ponto.
Occupat hic collem, cymba sedet alter adunca
Et ducit remos illic, ubi nuper ararat;
Ille super segetes aut mersae culmina villae
Navigat, hic summa piscem deprendit in ulmo.

112. *Nec* beginnt zur Zeit Ov.'s zuweilen in der Bedeut. von *ne — quidem* gebraucht zu werden. — *caelo suo* d. i. mit den Mitteln, die ihm sein Himmel bietet. — 113. *Caeruleus frater*, Neptunus. Den Wassergottheiten wird häufig das Attribut *caeruleus* beigelegt: 171. 4, 40. 12, 157 u. ö. — 114. *tecta tyranni*, im Grunde des Meeres. — 116. *vires* h. „Wassermassen". — 117. *domos*, im Innern der Erde, von wo sie entspringen; *moles* „der Uferdamm". — 118. *inmittere habenas*, vom Wagenlenker, der den Rossen zum ungehemmten Lauf die Zügel lässt. Ebenso nachher *ora relaxant* und *defrenato cursu*. Die bildliche Uebertragung eines Ausdruckes auf einen andern Gegenstand, um denselben lebhafter zu versinnlichen, nennt man **Metapher** (v. *μεταφέρω*). Vgl. 82 *stimulos adiciunt*. 1, 3 *adspirate*.

123. *per*, oft „darüberhin". Die häufigen Dactylen in diesem und den folgenden Versen malen das reissende u. rastlose Dahinschiessen der Gewässer. — 124. Die öftere Wiederholung der Copula (**Polysyndeton**) drückt hier die Gleichzeitigkeit aus. — 125. *sacra* sind hier Altäre und Bilder der Hausgötter, die im *penetrale* aufgestellt zu werden pflegten. — 127. *Indeiecta*, s. zu 2, 22 *nec renovatus*. — 128. *pressae* „versenkt".

129. *habebant* nicht „hatten"! — 130. *erat* ist dem Numerus nach auf das Prädicatsnomen *pontus* bezogen, weil auf diesem der hauptsächliche Accent ruht. — *deerant* wie 1, 77. — *quoque* übersetze wie 2, 57. Die Dichter erlauben sich *quoque* freier zu stellen; welche Stellung verlangte hier die Prosa? — 131. Dem *hic* entspricht *alter*. — 134. *summa in*

Figitur in viridi, si fors tulit, anchora prato,
Aut subiecta terunt curvae vineta carinae.
Et, modo qua graciles gramen carpsere capellae,
Nunc ibi deformes ponunt sua corpora phocae.
Mirantur sub aqua lucos urbesque domosque
Nereïdes, silvasque tenent delphines et altis
Incursant ramis agitataque robora pulsant.
Nat lupus inter oves, fulvos vehit unda leones,
Unda vehit tigres, nec vires fulminis apro,
Crura nec ablato prosunt velocia cervo;
Quaesitisque diu terris, ubi sistere detur,
In mare lassatis volucris vaga decidit alis.
Obruerat tumulos inmensa licentia ponti,
Pulsabantque novi montana cacumina fluctus.
Maxima pars unda rapitur; quibus unda pepercit,
Illos longa domant inopi ieiunia victu.
    Separat Aonios Oetaeis Phocis ab arvis,
Terra ferax, dum terra fuit, sed tempore in illo
Pars maris et latus subitarum campus aquarum.
Mons ibi verticibus petit arduus astra duobus,

ulmo, mehrere Adjectiva d. räumlichen oder zeitlichen Ordnung u. Folge, namentlich Superlative, wie *summus*, *imus*, *primus*, *ultimus*, *extremus*, *medius*, *dexter*, *sinister*, *reliquus*, bezeichnen oft blos den betreffenden Theil des mit ihnen verbundenen Substantives, und sind dann substantivisch wiederzugeben, hier „im Gipfel einer Ulme": 4, 94 *prima via*, 98 *ultima via* „der erste, letzte Theil des Weges"; 4, 298 *summum profundum* „die Oberfläche der Tiefe". — 136. *terunt* „streifen darüber". — 137. *modo* wie 1, 87. — Ueber die Assonanz s. zu 1, 56. — 141. *agitata*, von den Fluten erschüttert. — 142. *vehit unda* — *Unda vehit*, dergleichen Wiederholungen derselben Worte hat Ov. häufig, nie aber ohne besonderen Grund. Es soll dadurch meist die völlige Uebereinstimmung von Dingen oder Ereignissen gewissermassen versinnlicht werden. Vgl. 163 f. und im Reg. Wiederholung. Oft verbindet sich damit Chiasmus, s. zu 78. — 143. *vires fulminis*, in seinen Hauern, die der Eber mit der Schnelligkeit und Gewalt des Blitzes braucht: 28, 27 *fulmen habent acres in aduncis dentibus apri*. Phaedri fab. I, 21, 5 *Aper fulmineis ad eum venit dentibus*. — 144. *Crura nec*, die Dichter setzen nicht selten *et* („und"), *nec*, *sed* hinter ein Wort des Satzes. Aehnlich auch *nam*. — 145. *terris* „Erdflecken". — *sistere detur*, in der Bedeutung „vergönnen, gestatten" wird *dare* von den Dichtern mit dem Infin. verbunden. — 148. Beachte die Steigerung von *tumuli* zu *montana cacumina*. — *novi* „ungewohnt". — 149. *maxima pars*, der lebenden Geschöpfe. — 150. *inopi victu* wie *facto recenti* 3, 2.

151 ff. Deucalion. — 152. *dum terra fuit*, an derartigen Wortspielen ist Ov. sehr reich. — *tempore in illo*, wie Nep. Milt. 5, 1 *hoc in tempore*, wo auch *tempus* „die Zeitverhältnisse" bezeichnet. — 153. *subitus* heisst oft „plötz-

Nomine Parnasus, superantque cacumina nubes.
Hic ubi Deucalion — nam cetera texerat aequor —
Cum consorte tori parva rate vectus adhaesit,
Corycidas nymphas et numina montis adorant
Fatidicamque Themin, quae tunc oracla tenebat.
Non illo melior quisquam nec amantior aequi
Vir fuit, aut illa metuentior ulla deorum.
  Iuppiter ut liquidis stagnare paludibus orbem,
Et superesse virum de tot modo milibus unum,
Et superesse videt de tot modo milibus unam,
Innocuos ambos, cultores numinis ambos:
Nubila disiecit, nimbisque aquilone remotis
Et caelo terras ostendit et aethera terris.
Nec maris ira manet, positoque tricuspide telo
Mulcet aquas rector pelagi, supraque profundum
Exstantem atque humeros innato murice tectum
Caeruleum Tritona vocat, conchaeque sonanti
Inspirare iubet fluctusque et flumina signo
Iam revocare dato. Cava bucina sumitur illi,

lich entstanden". — 157. *consors tori* „Ehegenossin". — *vectus*, manche Participia können zuweilen durch eine blosse Präposition übersetzt werden, vgl. 5, 22 *iunctus*, 8, 108 *gerens* u. a. — 158. *Corycidas*, s. zu 2, 64 *Gigantas*. — *numina montis*, Musas, deren Wohnsitz der Parnass war. — 159. *oracla* (Syncope wie *vinclum*) das delphische Orakel am Fusse des Parnasus. Hier weissagte früher Themis, später erst Apollo. Der Plural umfasst Alles, was zum Orakel gehörte. — 161. *aut*, in negativen Sätzen wird zuweilen das zweite Glied, zu dem die Negation ebenfalls gehört, mit *aut* od. *ve* angeknüpft.

162. *liquidis stagnare paludibus*, dichterische Fülle des Ausdruckes, etwa „von stehenden Gewässern versumpft sein". — 163. *unum* und *unam*, Stellung! s. zu 1, 10 *Titan*. Welchen Zweck hat die Wiederholung derselben Worte? s. zu 142 *unda vehit*. — 164. *de tot modo milibus* „von eben nur noch so vielen Tausenden", d. i. die eben nur noch da waren. Vgl. 7, 179 *de modo viginti*. — 165. *ambos* am Schluss der beiden parallelen Versglieder mit Nachdruck wiederholt, wie 191 *Deinde torus iunxit, nunc ipsa pericula iungunt*. — 166. *aquilone*, s. zu 100. — 167. *caelo terras — aethera terris*, Chiasmus, s. zu 78. — 168. *Nec* zuweilen „auch nicht" oder „und auch nicht". — *posito* „abgelegt"; *tricuspide telo*, tridente, vgl. 121. — 169. Verb. *supra profundum exstantem*, er ragte mit dem Oberkörper über die Meeresfläche hervor. *profundum* bei Dichtern oft substantiv. für *mare*. — 170. *humeros tectum* s. zu 103 *tectus vultum*. — *innato murice* collectiv „mit angewachsenen Muscheln", wie 11, 110. — 171. *Tritona*, bei griech. Namen wird oft der Accusat. auf *a* beibehalten. *Caeruleum* s. zu 113. — 173. *Iam* „nunmehr". — *bucina*, als Trompete diente dem Triton eine lang gewundene Muschel. — *sumitur illi*, der Dativ beim Passiv statt des

Tortilis in latum quae turbine crescit ab imo,
Bucina, quae, medio concepit ubi aëra ponto,
Litora voce replet sub utroque iacentia Phoebo.
Tunc quoque, ut ora dei madida rorantia barba
Contigit et cecinit iussos inflata receptus,
Omnibus audita est telluris et aequoris undis,
Et quibus est undis audita, coërcuit omnes.
Flumina subsidunt, collesque exire videntur;
Iam mare litus habet, plenos capit alveus amnes;
Surgit humus, crescunt loca decrescentibus undis.
Postque diem longam nudata cacumina silvae
Ostendunt limumque tenent in fronde relictum.
Redditus orbis erat. Quem postquam vidit inanem,
Et desolatas agere alta silentia terras,
Deucalion lacrimis ita Pyrrham adfatur obortis:
'O soror, o coniunx, o femina sola superstes,
Quam commune mihi genus et patruelis origo,
Deinde torus iunxit, nunc ipsa pericula iungunt,
Terrarum, quascumque vident occasus et ortus,
Nos duo turba sumus; possedit cetera pontus.

Abl. mit *a* ist bei den Dichtern sehr häufig. — 174. *Tortilis in latum crescit* „sie erweitert sich in Schneckenkrümmungen" (s. zu 1, 4 *perpetuum*). — *turbine ab imo* „von der untersten Windung an", die als Mundstück diente und am engsten war. — 175. *Bucina*, wenn über einen ebengenannten Gegenstand noch Neues hinzugefügt werden soll, so wiederholen die Dichter zuweilen vorher im Eingang des Verses das genannte Wort. Vgl. 11, 303. 37, 28. — *aëra*, hier vom Hauche des blasenden Triton. — 176. *Phoebus* für *sol*, s. zu 25 *Nereus*. — *sub utroque*, oriente et occidente. — 178. *Contigit*, bucina. — *canere receptum*, den Rückzug durch Blasen verkündigen, gewöhnlicher *receptui canere*. Warum der Plural? — 179. *Omnibus undis*, s. zu *sumitur illi*. — *telluris undae* sind die Flussgewässer. — 181. *videntur* „man sieht sie" — 182. *plenos capit amnes*, es fasst sie wieder, obwohl sie noch voll strömen. — 183. *loca* „die Räume" des sich erhebenden Bodens. — 184. *dies* in der Bedeut. „Zeit" ist weiblich. — *nudata*, undis.

186. *Redditus*, seiner früheren Gestalt. — *vidit*, Subject? s. zu 2, 13 *ipsa tellus*. — 187. *silentia*, vgl. 70 *silentia ruris*. — 189. *soror* dient hier, wie auch oft im D. „Bruder" und „Schwester", zur Bezeichnung des engen Verwandtschaftsgrades. Beide waren Geschwisterkind, da sie von den Söhnen des Iapetus, Prometheus und Epimetheus, stammten, von ersterem *Deucalion*, von letzterem *Pyrrha*. — 190. *patruelis origo*, s. zu 2, 16 *arbuteos fetus*. — 191. *Deinde* zweisylbig s. zu 1, 77 *deerat*. — 192. Verb. *terrarum turba*, „von allen Landen sind wir zwei das Volk". Ueber die Wortstellung s. zu 1,1 *in nova*. — 193. *possedit* wie 1, 31. — *cetera*, d. i. ceteros incolas, das Neutrum von einer Gesammtheit von Personen wie 26, 32 *omnia debemur vobis*. —

Haec quoque adhuc vitae non est fiducia nostrae
Certa satis; terrent etiam nunc nubila mentem.
Quid tibi, si sine me fatis erepta fuisses,
Nunc animi, miseranda, foret? quo sola timorem
Ferre modo posses? quo consolante doleres?
Namque ego, crede mihi, si te quoque pontus haberet,
Te sequerer, coniunx, et me quoque pontus haberet.
O utinam possim populos reparare paternis
Artibus, atque animas formatae infundere terrae!
Nunc genus in nobis restat mortale duobus —
Sic visum superis — hominumque exempla manemus.'
Dixerat, et flebant. Placuit caeleste precari
Numen et auxilium per sacras quaerere sortes.
Nulla mora est: adeunt pariter Cephisidas undas,
Ut nondum liquidas, sic iam vada nota secantes.
Inde ubi libatos inroravere liquores
Vestibus et capiti, flectunt vestigia sanctae
Ad delubra deae, quorum fastigia turpi
Pallebant musco stabantque sine ignibus arae.
Ut templi tetigere gradus, procumbit uterque
Pronus humi gelidoque pavens dedit oscula saxo,

194. *Haec fiducia* „dieses Unterpfand“, dass wir nämlich bisher allein übrig geblieben sind. — *adhuc non* = nondum. — 196. *Quid tibi animi foret* „wie würde dir zu Muthe sein?“ — *fatum* nnd *fata* stehen oft euphemistisch für: Verderben, Tod, ähnlich unserm: Verhängniss. — 197. Verbinde *quo modo*. — 198. *quo consolante doleres* soviel als: quis te dolentem consolaretur. — 199. Der Sinn: Du würdest es nicht ertragen haben, denn auch ich hätte es nicht ertragen. — 200. Die Wiederholung derselbeu Worte soll die völlige Uebereinstimmnng des beiderseitigen Schicksals bezeichnen, s. zu 142. — 201. *paternis artibus*, vgl. 1, 82. — *possim*, nicht *possem;* denn dass er es nicht für eine absolute Unmöglichkeit hält, zeigt sein Gebet 217. — 203. *Nunc* d. i. wie die Sachen jetzt stehen. — *in nobis restat* „besteht nur noch aus uns“. — 204. *hominum exempla* „die einzigen Beispiele od. Proben vou Menscheu“. Betone *manemus*.

207. *Placet mihi* heisst oft „ich beschliesse“. — *caeleste numen*, fatidicam Themin, s. 159. — 206. *sortes* „Orakelsprüche“, eigentl. die Loose, welche der Weissager die Fragenden ziehen liess. — 207. *Nulla mora est*, eiue dem Ov. sehr geläufige Wendung. Im D. verbindet man sie als adverbiale Bestimmung mit dem folgenden Satze. — *adeunt undas*, örtliche Objecte im blossen Accus. bei *adire* hat öfter auch Cäsar. — 208. *Ut — sic* vertreten zuweilen die concessive Satzverbindung „wiewohl — doch“, vgl. 242. — *iam* „bereits wieder“; *vada* hier „das Flussbett“; *nota*, ihnen (undis) bekannt, d. i. „gewohnt“; *secare* hier „durchziehen“, vom Furchenziehen entlehnt. — 209. *Inde* (d. i. ex illis nndis) verbinde mit *libatos*, hier „geschöpft“. Vor

Atque ita 'Si precibus' dixerunt 'numina iustis
Victa remollescunt, si flectitur ira deorum,
Dic, Themi, qua generis damnum reparabile nostri
Arte sit, et mersis fer opem, mitissima, rebus.'
Mota dea est, sortemque dedit: 'Discedite templo,
Et velate caput cinctasque resolvite vestes,
Ossaque post tergum magnae iactate parentis.'
Obstupuere diu, rumpitque silentia voce
Pyrrha prior iussisque deae parere recusat,
Detque sibi veniam, pavido rogat ore, pavetque
Laedere iactatis maternas ossibus umbras.
Interea repetunt caecis obscura latebris
Verba datae sortis secum inter seque volutant.
Inde Promethiades placidis Epimethida dictis
Mulcet et 'Aut fallax' ait 'est sollertia nobis,
Aut pia sunt nullumque nefas oracula suadent.
Magna parens terra est; lapides in corpore terrae
Ossa reor dici: iacere hos post terga iubemur.'

heiligen Handlungen wusch oder besprengte man sich mit fliessendem Wasser. — 215. *Atque ita* wie 66. — *Si cet.* Die Gebete beginnen häufig mit dergleichen Bedingungssätzen, welche eine Wahrheit enthalten, auf die der Bittende gleichsam fusst. Der Sinn: wenn es wahr ist, dass. — 216. *flectitur*, das Passivum gieb durch „sich lassen". — 217. *Themi*, griech. Vocativ. — *generis nostri* d. i. humani generis. — 218. *mersae res* „versunkener Zustand" in Folge d. Ueberschwemmung.

220. Verhüllung des Hauptes u. Losgürtung des Gewandes kommen öfters bei heiligen Handlungen vor, um jede Störung oder Hemmung zu vermeiden.

223. Passend ist es, dass sich das Gefühl des Weibes zuerst gegen die vermeintliche Impietät empört. Denn Verletzung der Todten, besonders Angehöriger, galt dem Alterthume für verabscheuungswürdigen Frevel. — 224. *Detque sibi veniam*, über *que* s. zu 2, 45 *quaeque*. — 225. Vom Plural *umbras* gilt dasselbe, was über den Körper u. dessen Theile zu 2, 5 *ora* bemerkt worden ist. Denn der Schatten vertritt bei dem Todten die Stelle des Körpers. — 226. Verbinde *repetunt secum*. — *caecis obscura latebris* „in dunkle Räthsel gehüllt", wörtlich? Ueber *caecus* s. zu 1, 24. — 227. *inter seque volutant* („überlegen") ähnliche Freiheiten in der Stellung von *que* s. im Reg. unter *que*. — 228. *Promethiades* — *Epimethida*, die Dichter nennen häufig Personen mit dem Patronymicum, wodurch sie als Jemandes Sohn, Tochter oder Nachkomme bezeichnet werden. Ueber die Bildung dieser Patronymica s. die Grammatik. — 229. *mulcere* hier „beruhigen" wie 169. — *nobis* = mihi. — 230. *pia sunt* „sind fern von Frevel". Zuweilen ist beim Uebers. ein positiver Begriff mit einem negativen von gleicher Geltung zu vertauschen, und umgekehrt. — 231. Verbinde *lapides reor dici ossa in corpore terrae*.

Coniugis augurio quamquam Titania mota est,
Spes tamen in dubio est: adeo caelestibus ambo
Diffidunt monitis. Sed quid temptare nocebit?
Descendunt velantque caput tunicasque recingunt,
Et iussos lapides sua post vestigia mittunt.
Saxa — quis hoc credat, nisi sit pro teste vetustas? —
Ponere duritiem coepere suumque rigorem,
Mollirique mora, mollitaque ducere formam.
Mox, ubi creverunt, naturaque mitior illis
Contigit, ut quaedam, sic non manifesta videri
Forma potest hominis, sed uti de marmore coepto,
Non exacta satis rudibusque simillima signis.
Quae tamen ex illis aliquo pars humida suco
Et terrena fuit, versa est in corporis usum;
Quod solidum est flectique nequit, mutatur in ossa;
Quae modo vena fuit, sub eodem nomine mansit:
Inque brevi spatio superorum numine saxa
Missa viri manibus faciem traxere virorum,
Et de femineo reparata est femina iactu.
Inde genus durum sumus experiensque laborum,
Et documenta damus, qua simus origine nati.
Cetera diversis tellus animalia formis
Sponte sua peperit, postquam vetus humor ab igne
Percaluit solis, caenumque udaeque paludes
Intumuere aestu, fecundaque semina rerum

233. *augurium* hier „prophetische Deutung“. — *mota est* „in Verwunderung gesetzt wurde“, vergl. 18, 44. — 234. *adeo* „so sehr“. — 236. *Descendunt*, ex templo. — 237. *iussos* „wie befohlen“. — *vestigium* hier der Ort, wo der Fuss steht „Standort“. — 238. *vetustas*, das hohe Alter der Sage. — 239. *Ponere* wie 168. — *suum* s zu 1, 17 *sua forma*. — 240. *mora*, d. i. sensim. — *molliri mollitaque*, s. zu 1, 33 *secuit sectamque*. — *ducere formam*, ähnlich vom Annehmen einer Gestalt: 250 *trahere faciem; 359 capere faciem;* 1, 88 *induit figuras*. — 242. *ut — sic* s. zu 208. — *videri*, s. zu 181. — 243. *coepto* „angefangen zu behauen“. — *signis* „Bildsäulen“; *rudibus* wo die einzelnen Theile nur undeutlich hervortreten. — 245. Verbinde *quae pars*. — 246. *in corporis usum* „um zu Fleisch zu dienen“, im Gegens. zu *ossa*. — 248. *vena*, im Stein. — 249. *in* „innerhalb“. — 251. *femina*, der Singul. hier collectiv als Gattungsbegriff „das Weib“ für das weibliche Geschlecht. — *de femineo iactu*, s. zu 2, 16 *arbuteos fetus*.

254 ff. Erneuerung der Thierwelt. — 255. Wozu bildet *sponte sua* den Gegensatz? — Von *postquam* hängen alle folgenden Satzglieder bis zum Puncte ab. — *vetus*, d. i. von der Flut stehen geblieben. — *ab igne*, s. oben zu 92 *tot ab ignibus*. — 257. *Intumuere* „sich aufgebläht hatten“, wie dies bei dem durch Hitze getrockneten Schlammboden zu ge-

Vivaci nutrita solo, ceu matris in alvo,
Creverunt faciemque aliquam cepere morando.
Sic, ubi deseruit madidos septemfluus agros
Nilus et antiquo sua flumina reddidit alveo,
Aetherioque recens exarsit sidere limus,
Plurima cultores versis animalia glebis
Inveniunt, et in his quaedam modo coepta sub ipsum
Nascendi spatium, quaedam inperfecta suisque
Trunca vident numeris, et eodem in corpore saepe
Altera pars vivit, rudis est pars altera tellus.
Quippe ubi temperiem sumpsere humorque calorque,
Concipiunt, et ab his oriuntur cuncta duobus;
Cumque sit ignis aquae pugnax, vapor humidus omnes
Res creat, et discors concordia fetibus apta est.
Ergo ubi diluvio tellus lutulenta recenti
Solibus aetheriis altoque recanduit aestu,
Edidit innumeras species partimque figuras
Rettulit antiquas, partim nova monstra creavit.
Illa quidem nollet, sed te quoque, maxime Python,
Tum genuit, populisque novis, incognite serpens,

schehen pflegt. — *semina* s. zu 1, 9. — 258. *Vivaci* „lebenskräftig", so dass er selbst wieder zu beleben vermochte. — 259. *morando* wie *mora* 240. — 260. *septemfluus*, wegen der sieben Mündungen, die er im Alterthum zählte. — 261. *flumina* „Strömungen, Fluten", von den angeschwollenen Gewässern eines Flusses wie 21, 12. — *alveo* lies zweisylbig, s. zu 1, 77. — 262. *aetherium sidus* die Sonne. — 263. *vertere glebas* d. i. arare. — 265. *modo coepta*, d. i. in ihren ersten Anfängen begriffen. — *sub* mit einem Accusat. der Zeit „um od. gegen"; *ipse* hier „eben od. gerade", vgl. oben 8 *candore ipso*. Der auf oberflächlichen Beobachtungen beruhende Glaube, dass unmittelbar aus dem Schlamme selbst durch die blosse Einwirkung der Sonnenhitze Thiere erzeugt würden, war bei den Alten allgemein verbreitet. — 266. *Trunca* „unvollständig"; *numeri* hier die zum Ganzen gehörigen Theile, die Gliedmassen. — 269. *temperiem* hier „die rechte Mischung". — *que* — *que* s. zu 2, 42 *fraudesque dolique*. — 268. *Concipiunt* „sie empfangen", d. h. sie werden zeugungsfähig. — 270. *Cum* concessiv. — *pugnax* c. Dativ. ähnlich wie *pugnare* c. Dat. 1, 19. Einem vorangehenden Concessivsatze wird der Hauptsatz häufig mit „doch, dennoch" gegenübergestellt, wo auch kein *tamen* steht. — *vapor* hier „Wärme". — 271. *discors concordia*, diese Art Wortspiel, wo sich widersprechende Begriffe mit einander verbunden werden, heisst *Oxymōron*. — 272. *Ergo* s. zu 15. — 273. *Solibus*, s. zu 1, 10 *lumina*. — *alto aestu* d. i. aus der Höhe.

276 ff. Der Drache Python. — *nollet* (te genuisse) ein bedingter Wunsch, wenn sie näml. anders gekonnt hätte. — *te quoque* es ist eine bei den Dichtern sehr häufige Wendung, die Person oder Sache, von der sie sprechen, selbst anzureden (Apostropie). — 277. *incognite* bezeichnet das Ungewöhnliche d. Erscheinung „un-

Terror eras: tantum spatii de monte tenebas.
Hunc deus arcitenens, et numquam talibus armis
Ante nisi in damis capreisque fugacibus usus,
Mille gravem telis, exhausta paene pharetra,
Perdidit effuso per vulnera nigra veneno.
Neve operis famam posset delere vetustas,
Instituit sacros celebri certamine ludos,
Pythia perdomitae serpentis nomine dictos.
His iuvenum quicumque manu pedibusve rotave
Vicerat, aesculeae capiebat frondis honorem.
Nondum laurus erat, longoque decentia crine
Tempora cingebat de qualibet arbore Phoebus.

4. Phaëthon. Die Heliaden. Cycnus.

(I, 748—779. II, 1—408.)

Niligenis Epaphus magni de semine natus
Creditur esse Iovis, perque urbes iuncta parenti
Templa tenet. Fuit huic animis aequalis et annis

erhört od. nie gesehen". — 278. *de monte* st. montis; vom Parnasus nämlich. — 279. *deus arcitenens*, Apollo. — *et* hier „und zwar". — *numquam usus*, s. zu 2, 22 *nec renovatus*. — 281. *gravem* „überschüttet". — 282. *venenum* hier „giftiges Blut". — 283. *Neve* s. zu 1, 72. — 284. *celebri certamine*, Ablat. qualitatis „mit —". — 285. *Pythia*, näml. certamina, was aber bei *Pythia, Olympia, Isthmia, Nemea* wegzubleiben pflegt. — 286. *His*, ludis. — *manus* bezeichnet den Faustkampf, *pedes* den Wettlauf zu Fuss, *rota*, das hier für *currus* steht, das Wagenrennen. Die Dichter setzen sehr häufig den Theil für das Ganze, *pars pro toto* (Synekdoche, das Mitverstehen eines andern Begriffes). — 287. *frons* hier der Laubkranz, der Stoff metonymisch für die daraus gefertigte Sache. — *honor* hier „Ehrenpreis". — 288. *Nondum laurus erat* dient zur Erklärung von *aesculeae*, was befremden kann, weil bekanntlich nachher der Siegespreis bei den pythischen Spielen ein Lorbeerkranz war. Allein der dem Apollo geheiligte Lorbeer entstand der Sage nach erst später.

---

1. *Niligenae*, die Aegypter, eigentlich die am Nil geborenen. Ueber den Dativ. s. zu 3, 173 *sumitur illi*. — 2. *per* drückt hier die räumliche Ausbreitung aus „rings in". — *iuncta parenti* statt *parentis templis* „gemeinschaftlich mit seiner Mutter", der Io, einer Tochter des argivischen Flussgottes u. Königs Inachus, welche nach langen Irrfahrten nach Aegypten kam, wo sie dem Iuppiter den Epaphus gebar. Die Griechen hielten sie für ein und dieselbe mit der ägypt. Göttin Isis. — 3. Der Plural, *animi* bezeichnet oft die Fülle des Muthes, dann wie hier den daraus hervorgehenden

Sole satus Phaëthon; quem quondam magna loquentem
Nec sibi cedentem Phoeboque parente superbum
Non tulit Inachides, 'Matri' que ait 'omnia demens
Credis, et es tumidus genitoris imagine falsi.'
Erubuit Phaëthon, iramque pudore repressit,
Et tulit ad Clymenen Epaphi convicia matrem;
'Quoque magis doleas, genitrix,' ait 'ille ego liber,
Ille ferox tacui. Pudet haec opprobria nobis
Et dici potuisse et non potuisse refelli.
At tu, si modo sum caelesti stirpe creatus,
Ede notam tanti generis, meque assere caelo.'
Dixit, et inplicuit materno bracchia collo,
Perque suum Meropisque caput taedasque sororum,
Traderet, oravit, veri sibi signa parentis.
Ambiguum, Clymene, precibus Phaëthontis, an ira
Mota magis dicti sibi criminis, utraque caelo

„stolzen Sinn". — 4. *Sol* „der Sonnengott", Phöbus. — *satus* s. zu 1, 82. — *magna loqui* „grossprahlen". — 5. *sibi*, ihm, dem Sohne Iuppiters. — 6. *Inachides*, s. zu 3, 228. — *Matri' que ait*, bei Anführungen in directer Rede hängen die Dichter oft *que*, das zu *ait* oder *inquit* gehört, an ein vorausgehendes Wort der Rede selbst. — *demens* s. zu 1, 4 *perpetuum*. — 7. *imagine* „Trugbild". *falsus* hier „erdichtet". Er wirft dem Phaëthon vor, dass seine Abstammung von Phöbus nur eine Erdichtung seiner Mutter sei. — 8. *pudore* „aus —", vgl. 11 *pudet cet.* — 10. *Quoque magis doleas* ist als Fortsetzung des über die Schmähungen des Epaphus erstatteten Berichtes zu denken; *que* gehört also nicht zu *ait*. — Durch *ille* wird oft ein Gegenstand als bekannt bezeichnet; also *ille ego liber* „ich, der sonst freimüthige". — 11. *ferox* „heftig". — *tacui*, habe also den Schein erregt, als müsste ich jene Beschuldigungen einräumen. — 13. *si modo* „wenn anders". — Betone *sum* „wirklich bin". — 14. *me assere caelo* „behaupte mich für den Himmel", d. h. thue dar, dass ich wirklich dem Himmel, als ihm entstammt, angehöre. — 16. *Per* wie 3, 26; *suum*, s. zu 1, 13. Bei Beschwörungen pflegte man die Gegenstände zu nennen, welche der angeredeten Person vorzugsweise am Herzen lagen. Daher nennt er der Mutter ausser dem eigenen und ihres Gemahles Merops Haupt auch *taedas sororum* „die Brautfackeln der Schwestern". Diese Fackeln, die den Hochzeitszug geleiteten (vgl. 11, 143. 26, 6), stehen hier metonymisch für die glückliche Vermählung, das äussere Zeichen für die Sache selbst. Von den Schwestern des Phaëthon, den Heliaden, handelt der Schluss der Fabel, 371 ff.

18. Constr. *Clymene*, *ambiguum* („man weiss nicht, ob"), *precibus Phaëthontis*, *an ira dicti sibi criminis magis mota*, *porrexit cet.* Beachte die Verwandlung der abhängigen Frage in einen Participialsatz. — 19. *dicti sibi criminis* „über die ihr (von Epaphus) gemachte Beschuldigung". — *caelo porrexit*, die Dichter verbinden zuweilen Verba der Bewegung mit einem Dativ des Ortes: 8, 65 *lux praecipitatur aquis.* 11, 295

Bracchia porrexit, spectansque ad lumina Solis
'Per iubar hoc' inquit 'radiis insigne coruscis,
Nate, tibi iuro, quod nos auditque videtque,
Hoc te, quem spectas, hoc te, qui temperat orbem,
Sole satum. Si ficta loquor, neget ipse videndum
Se mihi, sitque oculis lux ista novissima nostris.
Nec longus patrios labor est tibi nosse penates:
Unde oritur, domus est terrae contermina nostrae.
Si modo fert animus, gradere, et scitabere ab ipso.'
  Emicat extemplo laetus post talia matris
Dicta suae Phaëthon et concipit aethera mente,
Aethiopasque suos positosque sub ignibus Indos
Sidereis transit, patriosque adit impiger ortus.
  Regia Solis erat sublimibus alta columnis,
Clara micante auro flammasque imitante pyropo,
Cuius ebur nitidum fastigia summa tegebat,
Argenti bifores radiabant lumine valvae.
Materiam superabat opus; nam Mulciber illic
Aequora caelarat medias cingentia terras
Terrarumque orbem caelumque, quod imminet orbi.
Caeruleos habet unda deos, Tritona canorum,
Proteaque ambiguum, balaenarumque prementem

procubuit terrae. 12, 302 *semina spargere humo recultae.* 25, 111 *tendentem bracchia caelo* u. ö. — 22. *auditque videtque*, der Sonnengott sah und hörte Alles. Ueber *que — que* s. zu 2, 42. — 23. Verbinde *hoc Sole.* — *temperat* „regiert", weil er die Tages- und Jahreszeiten regelt. — 24. *se videndum* „seinen Anblick". — 25. *lux* steht oft metonymisch für *dies*, vgl. 1, 51 *flamma.* — 26. *patrios penates*, s. zu 3, 12. — 27. Ordne *domus, unde oritur.* Das Subj. zu *oritur* ist aus *patrios* zu entnehmen, vgl. 3, 80 *iurasse.* — *terrae nostrae*, Aethiopiae. — 28. *Si modo* wie 13. — *fert animus*, nicht wie 1, 1, sondern die Neigung, Lust.

30. *concipit mente* „erfasst ihn im Geist", d. h. fasst den Gedanken darnach. — 31. *suos*, weil er selbst in Aethiopien wohnt. — 32. *sidereis*, d. i. solis, vgl. 3, 262 *aetherio sidere.* — *patrios*, s. zu 2, 16 *arbuteos fetus.* Ueber den örtlichen Accusat. bei *adire* s. zu 3, 207 *adeunt Cephisidas undas.* Der Plur. *ortus* wie unten 221, das. die Bem.

33. *Regia* „die Königsburg", 65 *arx.* — 34. *pyropus*, kein Edelstein, sondern eine Mischung aus Erz und Gold. — *imitante* „ähnlich". — 35. Verbinde *cuius fastigia* u. *argenti lumine.* — *ebur nitidum*, nämlich Verzierungen und Bildwerke daraus, wie sie auf den Giebelfeldern von Tempeln und Palästen angebracht zu werden pflegten. — 37. *Materiam superabat opus* („kunstvolle Arbeit") bezieht sich nur auf *bifores valvae*, deren Schildereien nun beschrieben werden. — 38. *medias* d. i. in seiner (des Meeres) Mitte liegend. — 40. *Caeruleos* s. zu 3, 113. — *Tritona canorum*, s. zu 3, 171 ff. — 41. *ambiguum* „wandelbar", weil sich Proteus in ver-

Aegaeona suis inmania terga lacertis,
Doridaque et natas, quarum pars nare videtur,
Pars in mole sedens virides siccare capillos,
Pisce vehi quaedam: facies non omnibus una,
Nec diversa tamen, qualem decet esse sororum.
Terra viros urbesque gerit silvasque ferasque
Fluminaque et Nymphas et cetera numina ruris.
Haec super inposita est caeli fulgentis imago,
Signaque sex foribus dextris totidemque sinistris.
Quo simul acclivo Clymeneïa limite proles
Venit et intravit dubitati tecta parentis,
Protinus ad patrios sua fert vestigia vultus
Consistitque procul; neque enim propiora ferebat
Lumina. Purpurea velatus veste sedebat
In solio Phoebus claris lucente smaragdis.
A dextra laevaque Dies et Mensis et Annus
Saeculaque et positae spatiis aequalibus Horae,
Verque novum stabat cinctum florente corona,
Stabat nuda Aestas et spicea serta gerebat,
Stabat et Autumnus, calcatis sordidus uvis,
Et glacialis Hiemps, canos hirsuta capillos.
Inde loco medius rerum novitate paventem
Sol oculis iuvenem, quibus adspicit omnia, vidit,
'Quae' que 'viae tibi causa? quid hac' ait 'arce petisti,
Progenies, Phaëthon, haud infitianda parenti?'

schiedene Gestalten verwandeln konnte. — *premere* hier „sich an etwas festhalten, umschlingen". — 43. *natas*, die Nereiden. — *videtur*, s. zu 3, 181. — 44. *virides capillos*, grün erscheint häufig Haar und Gewand der Wassergottheiten, vgl. 9, 34. 43, 44. — 45. *una* „ein und dasselbe, das gleiche". — 46. *qualem* („wie") *decet esse faciem sororum*. — 47. Beachte das Polysyndeton in der Aufzählung zugleich vorhandener Gegenstände, s. zu 3, 124. Aehnlich unten 57 f. — 48. *Nymphas et cetera numina ruris*, vgl. 3, 30 f. — 48. *Haec super*, s. zu 1, 67. — *fulgentis*, astris. — 50. *Signa* „die Himmelszeichen" des Thierkreises. — *foribus dextris*, wegen des blossen Abl. s. zu 1, 13 *longo margine*.

51. *Quo*, Adverb. — *simul* wie 3, 68. — 54. *propiora lumina* „eine grössere Nähe der Lichtstrahlen". — *non ferebat* d. h. seine Augen ertrugen nicht. — 47. *A dextra laevaque*, wir „nach rechts und links" oder bloss „rechts und links", s. zu 8, 11 *a fronte*. — 58. *Horae*, hier die personificirten Stunden. — 60. Wegen des wiederholten *stabat* u. des Chiasmus s. zu 3, 142 *vehit unda*. — *nudus* oft „leicht bekleidet". — 61. *sordidus* d. i. bespritzt. — 62. *canos hirsuta capillos*, s. zu 3, 103 *tectus vultum*. — 63. *Inde*, d. i. ex solio, verbinde mit *vidit*. — *loco medius*, wie *celsior loco* 3, 16 „in ihrer (der Genannten) Mitte sitzend". — 65. *Quaeque*, s. zu 6 *matrique ait*. — 66. Die Apposition schliesst zuweilen das Wort, zu dem sie

Ille refert: 'O lux inmensi publica mundi,
Phoebe pater, si das huius mihi nominis usum,
Pignora da, genitor, per quae tua vera propago
Credar, et hunc animis errorem detrahe nostris.'
Dixerat. At genitor circum caput omne micantes
Deposuit radios, propiusque accedere iussit,
Amplexuque dato 'Nec tu meus esse negari
Dignus es, et Clymene veros' ait 'edidit ortus.
Quoque minus dubites, quodvis pete munus, ut illud
Me tribuente feras; promissi testis adesto
Dis iuranda palus, oculis incognita nostris.'
Vix bene desierat, currus rogat ille paternos
Inque diem alipedum ius et moderamen equorum.

gehört, ein, vgl. 11, 320. 24, 94. Der umgekehrte Fall 137.

67. *refert* „erwiedert". — *publica* „Allen gemeinsam". — 68. *huius nominis*, patris. — 70. *hunc animis errorem detrahe nostris* „befreie meinen Geist von diesem Irrsal", Zustand der Ungewissheit. *Animi* im Plur. als Inbegriff der Gedanken und Gefühle.

73. *Nec — et* kann nicht immer auf gleiche Weise übersetzt werden, hier etwa „wie nicht — so auch". — *non es dignus negari meus esse* „du verdienst nicht als mein Sohn verleugnet zu werden". Der Infinit. bei *dignus* wie 3, 79 *perire digna fuit.* — 74. *edidit* = dixit, narravit. — *ortus*, der Plural, weil die Abstammung in Bezug auf Vater, Mutter und frühere Vorfahren eine vielfältige ist, „Stammbaum". — 75. *Quoque*, wozu gehört *que?* s. zu 2, 45. — 76. *Me tribuente* „aus meiner Hand". — *adesto* „soll uns dienen". — 77. *Dis iuranda palus*, der Styx, „bei welchem die Götter zu schwören haben", und der bald als Fluss, bald als stehendes Gewässer gedacht wurde. S. zu 3, 26. Die Dichter verbinden zuweilen *iurare* mit einem Accus. des Gegenstandes, bei dem man schwört: 132 *Stygias iuravimus undas.* — *incognita*, weil Phöbus nie der Unterwelt leuchtete.

78. *Vix bene desierat* „er hatte kaum völlig geendet". Ov. liebt es, wenn er die unmittelbare Aufeinanderfolge zweier Thatsachen veranschaulichen will, beide in zwei unverbundenen Hauptsätzen neben einander zu stellen. Der erste, im Plusquamperf. oder Imperf. beginnt häufig mit *vix*, *iam*, *nondum*, den zweiten, der gleichsam den Nachsatz bildet, lassen wir im D. mit: so, da oder als folgen, vgl. 6, 14. 19. 50. 8, 56. 153. 11, 240 u. ö. — *currus paternos*, man stellte die Sonne als einen von Rossen gezogenen Wagen dar, den Phöbus über den Himmel lenkte. Geräthschaften aller Art, so wie auch Kleidungsstücke, stehen bei den Dichtern sehr häufig im Plur., wie *plaustra*, *arcus*, *cultri*, *citharae*, *tunicae*, *velamina*, *amictus*, obwohl nur ein Gegenstand der Art zu verstehen ist. Vgl. die Bem. zu 2, 5 *ora*. — 79. *In diem* hier „für einen Tag". — Verbinde *alipedum equorum.* — *ius* mit einem Genit. objectiv. „Macht über etwas".

Paenituit iurasse patrem; qui terque quaterque
Concutiens illustre caput, 'Temeraria' dixit
'Vox mea facta tua est. Utinam promissa liceret
Non dare! confiteor, solum hoc tibi, nate, negarem.
Dissuadere licet. Non est tua tuta voluntas.
Magna petis, Phaëthon, et quae nec viribus istis
Munera conveniant nec tam puerilibus annis.
Sors tua mortalis; non est mortale, quod optas.
Plus etiam, quam quod superis contingere fas est,
Nescius adfectas. Placeat sibi quisque licebit;
Non tamen ignifero quisquam consistere in axe
Me valet excepto. Vasti quoque rector Olympi,
Qui fera terribili iaculatur fulmina dextra,
Non agat hos currus; et quid Iove maius habemus?
Ardua prima via est, et qua vix mane recentes
Enituntur equi; medio est altissima caelo,
Unde mare et terras ipsi mihi saepe videre
Fit timor et pavida trepidat formidine pectus.
Ultima prona via est et eget moderamine certo:
Tunc etiam, quae me subiectis excipit undis,
Ne ferar in praeceps, Tethys solet ipsa vereri.
Adde quod adsidua rapitur vertigine caelum,

80. Vgl. 3, 17. — 82. *tua*, voce. Durch deine unbesonnene Bitte ist auch meine Zusage zur Unbesonnenheit geworden. — *Utinam liceret*, warum durfte er nicht? — 84. *Dissuadere*, beachte hier und weiter die scharfen Gegensätze und die Wortstellung. Im Folgenden unterscheide die einzelnen Gründe, durch die Phöbus seinen Sohn zu überreden sucht. — *tuta* „gefahrlos", s. z. 3, 230 *pia*. — 85. Constr. *et* (talia) *munera quae* cet. s. zu 1, 64 *quae litora*. Der Plur. erklärt sich aus der Beschaffenheit der Forderung s. 78 f. — 87. *mortale* „Sache eines Sterblichen". — 88. *etiam* hier „sogar". — 89. *Nescius* „unkundig der Sache"; ähnlich unten 131 *ignare*, 179 *inscius*. — *sibi placere* „von sich eingenommen sein". Das unpersönl. *licet* mit dem Conjunct. ist unser „mag er immer"; das Futur. *licebit* geht in die Bedeutung des Imperativ über. — 90. *axis* für *currus* wie 3, 286 *rota*. — 91. *quoque* wie 2, 57 *fratrum quoque gratia*. — 93. *Non agat*, den Conjunct. bezeichne durch „könnte".

94. *prima via* wie 98 *ultima via*, s. zu 3, 134 *summa in ulmo*. — *et qua*, wenn einem einfachen Attribut ein Attributivsatz durch *et* beigeordnet wird, so bleibt im D. „und" weg. — *recentes* d. i. frisch gestärkt. — 96. *mihi fit* „mich überkommt". — 99. Verb. *etiam Tethys ipsa*, die nicht mit *Thetis* zu verwechseln, s. das myth. Reg. — 100. *ferri in praeceps* „jäh herabstürzen". Durch *ferri* werden oft eilige und heftige Bewegungen wie: stürzen, sich stürzen, jagen u. dergl. bezeichnet, vgl. 238. 6, 80.

101. Man dachte sich den Himmel sammt den Fixsternen in fortwährender Kreisschwingung begriffen, der sich die Sonne und die

**Sideraque alta trahit celerique volumine torquet.
Nitor in adversum, nec me, qui cetera, vincit
Impetus, et rapido contrarius evehor orbi.**
Finge datos currus. Quid ages? poterisne rotatis
Obvius ire polis, ne te citus auferat axis?
Forsitan et lucos illic urbesque deorum
Concipias animo delubraque ditia donis
Esse: per insidias iter est formasque ferarum.
Utque viam teneas nulloque errore traharis;
Per tamen adversi gradieris cornua Tauri
Haemoniosque arcus violentique ora Leonis
Saevaque circuitu curvantem bracchia longo
Scorpion atque aliter curvantem bracchia Cancrum.
Nec tibi quadrupedes animosos ignibus illis,
Quos in pectore habent, quos ore et naribus efflant,
In promptu regere est: vix me patiuntur, ubi acres
Incaluere animi, cervixque repugnat habenis.
At tu, funesti ne sim tibi muneris auctor,
Nate, cave, dum resque sinit, tua corrige vota.
Scilicet ut nostro genitum te sanguine credas,
Pignora certa petis: do pignora certa timendo,

Planeten entgegenbewegten. — 102. *trahit*, näml. mit sich fort. — 103. *in adversum*, im D. ein Adverbium, vgl. *in praeceps*. — Ordne *nec me vincit impetus*, *qui cetera* (sidera) vincit „wie die übrigen“. — 104. *evehor* „fahre empor“. — *orbi* „der Kreisschwingung“ des Himmels. — 105. *Fingere* hier „sich vorstellen“; *datos esse*. — 105. *rotatis polis* „der Drehung der Pole“, wie *citus axis* „die Schnelligkeit der Himmelsaxe“. — 106. In *obvius ire* liegt der Begriff des Widerstrebens, darum *ne*.

107. ff. Du erwartest vielleicht auf dem Wege manches Schöne zu sehen: nein, Gefahren bedrohen dich. — Verbinde *illic esse*. — 108. *concipere animo* „sich vorstellen, wähnen“, vgl. 30 *mente concipere*. — *dona* „Weihgeschenke“ — 109. *ferarum*, er meint die Thiere des Thierkreises. — 110. *Ut* „gesetzt dass“. Die Gefahr des Verirrens wird als die geringere nur im Vorübergehen angedeutet. — 111. *Per*, über die dichterische Stellung der Präpos. s. zu 1, 35. Von ihrem Casus getrennt wie hier, auch 416. 12, 136. 36, 12. 49, 67. 69. — *adversi* „gegen dich gekehrt“. — 112. *Haemonii arcus* bezeichnen das Sternbild des Bogenschützen, der als ein Centaur gedacht wurde. Die Centauren aber lebten in Thessalien, das auch *Haemonia* hiess. Wegen des Plur. s. zu 78 *currus*. — 114. *Scorpion*, griech. Accus. der griech. Form *Scorpios*. — *aliter* d. i. in anderer Richtung. Was bezweckt die Wiederholung derselben Worte? — 115. *quadrupedes*, die Sonnenrosse.

120. *dum resque sinit*, s. zu 3, 227 *inter seque volutant*. — 122. Betone *do*. Die Wiederholung *pignora certa* bezeichnet die genaue Uebereinstimmung der Erfüllung mit dem Wunsche. — *ti-*

Et patrio pater esse metu probor. Adspice vultus
Ecce meos; utinamque oculos in pectora posses
Inserere et patrias intus deprendere curas!
Denique quicquid habet dives, circumspice, mundus,
Eque tot ac tantis caeli terraeque marisque
Posce bonis aliquid: nullam patiere repulsam.
Deprecor hoc unum, quod vero nomine poena,
Non honor est: poenam, Phaëthon, pro munere poscis!
Quid mea colla tenes blandis, ignare, lacertis?
Ne dubita: dabitur — Stygias iuravimus undas —
Quodcumque optaris; sed tu sapientius opta.'
  Finierat monitus; dictis tamen ille repugnat,
Propositumque premit flagratque cupidine currus.
Ergo, qua licuit, genitor cunctatus ad altos
Deducit iuvenem, Vulcania munera, currus.
Aureus axis erat, temo aureus, aurea summae
Curvatura rotae, radiorum argenteus ordo.
Per iuga chrysolithi positaeque ex ordine gemmae
Clara repercusso reddebant lumina Phoebo.
Dumque ea magnanimus Phaëthon miratur opusque
Perspicit, ecce vigil rutilo patefecit ab ortu
Purpureas Aurora fores et plena rosarum
Atria. Diffugiunt stellae, quarum agmina cogit
Lucifer et caeli statione novissimus exit.

mendo „durch meine Besorgniss". — 123. *probor pater esse* „ich erweise mich als Vater". Die Dichter dehnen den persönlichen Gebrauch der passiven Verba sentiendi und declarandi weiter aus, als es die Prosa gestattet. — 126. Verb. *circumspice et posce*, derartige Verschränkungen von Haupt- und Nebensatz sind bei den Dichtern häufig, vgl. 3, 60. S. im Reg. *Verschränkung*. — 128. *aliquid* nachdrücklich mit dem Gedanken: was es auch immer sei. — 130. *poenam* eindringlich zu betonen. — 132. *Stygias iuravimus undas*, s. zu 77.

135. *premit* „besteht darauf". — 136. *qua* wie 3, 25. — 137. *Vulcania munera*, die Apposition von dem Begriffe, zu dem sie gehört, eingeschlossen wie 184. 371. 6, 105 u. ö. — 138. *summae curvatura rotae* „die Krümmung des obersten od. äussersten Radrandes", die Felgen, s. zu 3, 134 *summa in ulmo*. — 139. *radii* „Radspeichen". — 140. *Per* wie 3, 123. Ueber den Plur. *iuga* s. zu *currus* 78. — 141. *repercusso Phoebo*, Abl. „durch Widerstrahlung des Phöbus warfen sie helle Lichter zurück". *Phoebus* metonymisch für die Sonne, s. z. 3, 25 *Nereus*. — 142. *opus* wie 37. — 145. *agmina cogere* „den Zug schliessen" und *statio caeli* „der Posten am Himmel" sind militärische Ausdrücke. — 146. *statione exit*, s. zu 3, 104 *canis fluit unda capillis*. Ebenso 151 *praesepibus ducunt;* 156 *pectore repetens*. — *novissimus* „zuletzt", s. zu 1, 4 *perpetuum*. —

Quem petere ut terras, mundumque rubescere vidit,
Cornuaque extremae velut evanescere Lunae,
Iungere equos Titan velocibus imperat Horis.
Iussa deae celeres peragunt, ignemque vomentes,
Ambrosiae suco saturos, praesepibus altis
Quadrupedes ducunt, adduntque sonantia frena.
Tum pater ora sui sacro medicamine nati
Contigit et rapidae fecit patientia flammae,
Inposuitque comae radios, praesagaque luctus
Pectore sollicito repetens suspiria dixit:
'Si potes his saltem monitis parere paternis,
Parce, puer, stimulis, et fortius utere loris:
Sponte sua properant; labor est inhibere volentes.
Nec tibi directos placeat via quinque per arcus.
Sectus in obliquum est lato curvamine limes,
Zonarumque trium contentus fine polumque
Effugit australem iunctamque aquilonibus Arcton:
Hac sit iter; manifesta rotae vestigia cernes.
Utque ferant aequos et caelum et terra calores,
Nec preme nec summum molire per aethera currum.
Altius egressus caelestia tecta cremabis,
Inferius terras: medio tutissimus ibis.
Neu te dexterior tortum declinet ad Anguem,
Neve sinisterior pressam rota ducat ad Aram:
Inter utrumque tene. Fortunae cetera mando,

147. *petere terras* „sich zur Erde neigen", in Bezug auf *statione caeli exit*. — 148. *extrema Luna* „die letzte Mondsichel". Der abnehmende Mond steht früh am Himmel. — 149. *imperare* mit einem activen Infinitiv gehört der Dichtersprache an. — 150. *celeres* ziehe zu *peragunt*. — 152. *sonantia* „klirrend". Die Ausdrücke des Schalles machen, je nach der Natur des Gegenstandes, sehr verschiedene Uebersetzungen nöthig. — 154. *patientia* „fähig zu ertragen"; *rapidae* „verzehrend". — 156. *repetens* „heraufholend".

158. *fortius*, quam stimulis; *loris*, um den Lauf zu mässigen. — 159. *labor est* „die Mühe besteht darin"; *volentes* „die eifrigen". — 160. *Nec* steht zuweilen für *neve*. — *directos quinque per arcus* (= zonas od. plagas, s. 1, 46. 48) „geradezu durch die fünf Bögen". — 161. *limes sectus est in obliquum*, die sogenannte Ekliptik, die die heisse Zone schräg durchschneidet und die beiden gemässigten an den Wendekreisen berührt. — 162. *zonarum trium fine* „mit d. Grenze", d. i. mit dem Raume innerhalb dreier Zonen. — 164. *Hac*, via. — 165. *ferant* d. i. accipiant. — 166. *nec* — *nec*, s. zu 160; doch ist dieser Gebrauch des doppelten *nec* selten. — *preme* „senke", vgl. 170 *pressam Aram* „niedrig (am Himmel) stehend". — 169. *dexterior*, näml. *rota* „zu weit rechts (laufend)"; ebenso *sinisterior*. Das Sternbild der Schlange befindet sich am nördlichen Himmel zwischen den beiden Bären, das des Altars am südlichen. — 171. *tenere* ein Schifferausdruck „wohin halten, steuern".

Quae iuvet et melius quam tu tibi consulat opto.
Dum loquor, Hesperio positas in litore metas
Humida nox tetigit; non est mora libera nobis:
Poscimur; effulget tenebris Aurora fugatis.
Corripe lora manu; vel, si mutabile pectus
Est tibi, consiliis, non curribus utere nostris,
Dum potes et solidis etiamnunc sedibus adstas,
Dumque male optatos nondum premis inscius axes.
Quae tutus spectes, sine me dare lumina terris.'
   Occupat ille levem iuvenili corpore currum,
Statque super, manibusque datas contingere habenas
Gaudet, et invito grates agit inde parenti.
Interea volucres, Pyrois, Eous et Aethon,
Solis equi, quartusque Phlegon, hinnitibus auras
Flammiferis implent pedibusque repagula pulsant.
Quae postquam Tethys, fatorum ignara nepotis,
Reppulit, et facta est inmensi copia mundi,
Corripuere viam, pedibusque per aëra motis
Obstantes scindunt nebulas, pennisque levati
Praetereunt ortos isdem de partibus euros.
   Sed leve pondus erat, nec quod cognoscere possent
Solis equi, solitaque iugum gravitate carebat.

— 172. *quam tu tibi*, im D. füge "selbst" hinzu; *opto* „wie ich wünsche" — 173. Der Dichter lässt die Nacht ebenso wie die Sonne im Westen ins Meer sinken. — 176. *pectus* steht oft für *animus* oder *mens*, „wenn dein Sinn zu ändern ist". — 178. *solidis sedibus* „auf festem Boden"; Gegensatz? — 179. *male* „zum Unheil". — *premere aliquid* heisst oft: auf etwas stehen, liegen oder sitzen. — *inscius*, s. zu *nescius* 89. — 180. Constr. *sine* (Imperat.) *me dare lumina terris, quae* (=ut ea) *tutus spectes.*

181. *iuvenili* erweckt die Vorstellung zu grosser Leichtigkeit, die nicht im Stande ist dem Wagen sein gehöriges Gewicht zu geben. — 182. *super* „oben". — 183. *invito*, der von Dank nichts wissen will; *inde*, de curru. — 184. Wegen der Stellung der Apposit. vgl. 137. — *Pyrois*, griech. *πυρόεις*, deshalb mit langer Endsylbe. *Eous*, griech. *ἠῷος*. — 187. *nepotis*, denn Tethys war die Mutter der Clymene. Wie sie, die Meergöttin, den Sonnenwagen am Abend aufnimmt (99 f.), so entlässt sie ihn am Morgen. — 188. *copia* h. „freier Spielraum über —". — 189. *Corripuere viam* „stürzten sich auf ihre Bahn". — 190. *Obstantes nebulas*, wie sie früh vor der Sonne aufzusteigen pflegen. — 191. *Praetereunt* („überholen") *euros*, sind also schneller als der Wind. — *isdem* s. zu 3, 77.

192. *leve* im D. „zu leicht". In einem betonten Positiv liegt zuweilen eine stillschweigende Aufforderung zum Vergleich des gegebenen Verhältnisses mit dem, wie es sein sollte. Im D. setzen wir dann „zu" zum Positiv. Vgl. 3, 52 *longa mora est.* — *quod possent* wie 1, 77; *cognoscere* „spüren". — 193. *Solis equi* steht mit Ab-

Utque labant curvae iusto sine pondere naves
Perque mare instabiles nimia levitate feruntur
Sic onere adsueto vacuus dat in aëre saltus
Succutiturque alte similisque est currus inani.
Quod simulac sensere, ruunt tritumque relinquunt
Quadriiugi spatium, nec, quo prius, ordine currunt.
Ipse pavet, nec, qua commissas flectat habenas,
Nec scit, qua sit iter, nec, si sciat, imperet illis.
Tum primum radiis gelidi caluere Triones,
Et vetito frustra temptarunt aequore tingui.
Quaeque polo posita est glaciali proxima Serpens,
Frigore pigra prius nec formidabilis ulli,
Incaluit sumpsitque novas fervoribus iras."
Te quoque turbatum memorant fugisse, Boote,
Quamvis tardus eras et te tua plaustra tenebant.
Ut vero summo despexit ab aethere terras
Infelix Phaëthon penitus penitusque iacentes,
Palluit et subito genua intremuere timore,
Suntque oculis tenebrae per tantum lumen obortae.
Et iam mallet equos numquam tetigisse paternos,
Iam cognosse genus piget et valuisse rogando,

sicht im Eingang des Verses, s. zu 1, 1 *in nova*. — 194. *iustus* hier, was erforderlich ist, um seinem Zwecke zu genügen, „gehörig, hinreichend". — 195. *instabiles* „unstät". — 198. *ruunt* „sie jagen fort". — 199. *quo prius* (cucurrerunt) übersetze nach 103 *qui cetera*. — 200. Constr. *nec scit, qua — flectat habenas* (wo er ihnen eine Wendung geben solle), *nec, qua sit iter*. — 201. *imperet*, den Conj. übers. wie 93 *non agat*. — 203. *vetito* „ihnen versagt", weil das Sternbild des Wagens für uns niemals unter dem Horizont verschwindet, sich also auch, nach der Anschauung der Alten, nie in den Ocean taucht. — 204. *Serpens* = *Anguis* 169. — 205. *pigra* „starr". — Der substantivische Gebrauch der Dative *ulli* und *nulli* ist selten. — 206. *novas* wie 3, 148. — 208. Die Dichter und spätere Prosaiker beobachten den Unterschied zwischen *quamvis* u. *quamquam* weniger streng und lassen oft auf jenes den Indicativ, auf dieses den Conjunctiv folgen. *tardus*, weil er als Ochsentreiber neben dem Gestirn des Wagens gedacht wurde und erst sehr spät in der Nacht untergeht. Der Plural *plaustra* wie 78 *currus*.

210. *penitus penitusque*, auch im D. zu wiederholen. Durch die Wiederholung wird gleichsam eine Fortsetzung der Tiefe bezeichnet. Vgl. *maius maiusque* 17, 150 und Schiller's: „und des Erdenlebens schweres Traumbild sinkt und sinkt und sinkt". — 212. *per tantum lumen* „mitten durch so helles Licht oder solches Lichtmeer". Das Dunkel dringt gleichsam durch das Licht auf ihn ein. Bemerke, dass *tantus* bei weitem nicht immer „so gross" heisst. — 213. *iam*, über die Anaphora s. zu 2, 9 *nondum*. — *mallet*, s. zu *nollet* 3, 276. — 214. *valere rogando* „mit einer Bitte durchdringen"

Iam Meropis dici cupiens ita fertur, ut acta
Praecipiti pinus borea, cui victa remisit
Frena suus rector, quam dis votisque reliquit.
Quid faciat? Multum caeli post terga relictum,
Ante oculos plus est: animo metitur utrumque,
Et modo, quos illi fatum contingere non est,
Prospicit occasus, interdum respicit ortus;
Quidque agat ignarus stupet, et nec frena remittit
Nec retinere valet, nec nomina novit equorum.
Sparsa quoque in vario passim miracula caelo
Vastarumque videt trepidus simulacra ferarum.
  Est locus, in geminos ubi bracchia concavat arcus
Scorpios et cauda flexisque utrimque lacertis
Porrigit in spatium signorum membra duorum.
Hunc puer ut nigri madidum sudore veneni
Vulnera curvata minitantem cuspide vidit,
Mentis inops gelida formidine lora remisit.
Quae postquam summum tetigere iacentia tergum,
Exspatiantur equi, nulloque inhibente per auras

— 215. *Meropis*, näml. *filius*, was neben dem Namen des Vaters im Genitiv oft wegbleibt. Jetzt liesse er sich gern des Merops Sohn nennen, wogegen er sich vorher so gesträubt hatte, könnte ihn dies aus der Gefahr befreien. — 216. *pinus* steht häufig metonymisch für *navis*, s. zu 3, 287 *frondis honorem*.— *remisit frena*, vom Steuer, mit einem vom Rosselenker entlehnten Bilde (Metapher, s. zu 3, 118). — 217. *quam* „und die“ bezieht sich auf den Gesammtbegriff *pinus*, *cui frena remisit rector*. — *votis*, ad deos missis; *reliquit* „anheimstellte“. — 218. *Multum* „ein grosses Stück“. So 237 *summa*, 296 *ima* „die höchsten, untersten Räume“, 345 *in contraria* „nach entgegengesetzten Seiten“. — 220. Dem *modo* entspricht hier *interdum*. — *fatum non est* „es ist nicht vom Schicksal beschieden“. — 221. *occasus* und *ortus* als Himmelsgegenden stehen oft im Plur., weil sie nicht einen einzigen Punkt, sondern die ganze Gegend des Aufganges und des Niederganges bezeichnen, vgl. 32 *ortus*. Aus ähnlichem Grunde brauchen die Dichter auch viele andere örtliche Substantiva im Plural statt im Singular, wie *litora*, *iuga*, *valles*, *arces*, *luci*, *portus*, *lacus*. — 222. Wozu gehört *que*? s. zu 2, 45. — 223. *nec nomina novit equorum*, wozu dies? vgl. 12, 127. — 224. *vario* „bunt besäet“.

227. *Scorpios*, der Scorpion steht am südl. Himmel; vom äussersten Norden also (202 ff.) ist er nun nach dem Süden gerathen. — 228. *Porrigit membra in spatium signorum duorum*, der Scorpion nahm sonst mit seinen weitgekrümmten Scheren den Raum zweier Sternbilder ein. Später gab man diesen Scheren den Namen der Wage. — 229. *sudore veneni* „von dem (in Folge der Glut) ausgeschwitzten Gifte“. — 231. *Mentis* „der Besinnung“. — *gelida* „wegen ihrer Wirkung, vgl. 2, 59 *lurida aconita*. — 233. *nullo inhibente* übers. nach *nullo cogente* 2, 14. —

Ignotae regionis eunt, quaque impetus egit,
Hac sine lege ruunt, altoque sub aethere fixis
Incursant stellis, rapiuntque per avia currum,
Et modo summa petunt, modo per declive viasque
Praecipites spatio terrae propiore feruntur;
Inferiusque suis fraternos currere Luna
Admiratur equos, ambustaque nubila fumant.
  Corripitur flammis, ut quaeque altissima, tellus,
Fissaque agit rimas et sucis aret ademptis.
Pabula canescunt, cum frondibus uritur arbor,
Materiamque suo praebet seges arida damno.
Parva queror: magnae pereunt cum moenibus urbes,
Cumque suis totas populis incendia gentes
In cinerem vertunt. Silvae cum montibus ardent:
Ardet Athos Taurusque Cilix et Tmolus et Oete
Et tum sicca, prius celeberrima fontibus, Ide,
Virgineusque Helicon et nondum Oeagrius Haemos;
Ardet in inmensum geminatis ignibus Aetne,
Parnasusque biceps et Eryx et Cynthus et Othrys,
Et tandem nivibus Rhodope caritura, Mimasque
Dindymaque et Mycale natusque ad sacra Cithaeron.
Nec prosunt Scythiae sua frigora: Caucasus ardet,
Ossaque cum Pindo, maiorque ambobus Olympus,
Aëriaeque Alpes et nubifer Appenninus.
  Tum vero Phaëthon cunctis e partibus orbem
Adspicit accensum, nec tantos sustinet aestus,

234. *impetus* „Wildheit". — 235. *sine lege* „regellos". — 238. *feruntur*, s. zu *ferar* 100. — 239. *suis*, equis. Auch *Luna*, Phöbus' Schwester, durchfuhr den Himmel auf einem Wagen.

241. *ut quaeque altissima*, je nachdem jeder Theil am höchsten war, d. i. „überall zuerst, wo sie am höchsten war". — 244. *suo damno* „zu ihrer eigenen Vernichtung". — 246. *incendia*, der Plural bezeichnet die allgemeine Ausbreitung, vgl. *silentia* 3, 70. 187. — *gentes* sind hier das Genus, *populi* die Species. — 247. *ardent* s. zu 3, 142 *unda vehit*. — 249. *celeberrima fontibus*, bei Homer heisst er „der quellenreiche" πολυπίδαξ. Der lat. Superlativ ist oft im D. durch den Positiv mit „so" wiederzugeben. — 250. *Virgineus* heisst der Helicon als Wohnsitz der Musen. — *nondum Oeagrius* d. i. noch nicht vom Oeagrus dem Vater des Orpheus, beherrscht. — 251. *geminatis*, denn als feuerspeiender Berg brannte er schon vorher. — 252. *biceps*, vgl. 3, 154 f. — 253. *tandem caritura* übersetze nach *motura* 1, 55. — *nivibus*, s. zu 2, 24 *mella*. — 254. *natus ad sacra*, weil dort dem Bacchus Feste gefeiert wurden. — 255. Der Plur. *frigora* fasst hier alle die verschiedenen Erscheinungen zusammen, die wir durch „kaltes Klima" bezeichnen. — *sua* s. zu 1, 17. — 257. Ueber den spondeischen Ausgang s. zu 1, 14. Vgl. unten 278.

259. *aestus*, der Plural lässt die

Ferventesque auras velut e fornace profunda
Ore trahit, currusque suos candescere sentit.
Et neque iam cineres eiectatamque favillam
Ferre potest, calidoque involvitur undique fumo;
Quoque eat, aut ubi sit, picea caligine tectus
Nescit, et arbitrio volucrum raptatur equorum.
Sanguine tunc credunt in corpora summa vocato
Aethiopum populos nigrum traxisse colorem;
Tum facta est Libye raptis humoribus aestu
Arida; tum Nymphae passis fontesque lacusque
Deflevere comis: quaerit Boeotia Dircen,
Argos Amymonen, Ephyre Pirenidas undas.
Nec sortita loco distantes flumina ripas
Tuta manent: mediis Tanais fumavit in undis,
Peneosque senex Teuthranteusque Caicus,
Et celer Ismenos cum Phegiaco Erymantho,
Arsurusque iterum Xanthus, flavusque Lycormas,
Quique recurvatis ludit Maeandros in undis,
Mygdoniusque Melas et Taenarius Eurotas.
Arsit et Euphrates Babylonius, arsit Orontes,
Thermodonque citus Gangesque et Phasis et Hister.
Aestuat Alpheos, ripae Spercheïdes ardent,

Wirkung mächtiger erscheinen, „Gluten", vgl. 282 *ignibus*. — 261. *Ore trahit*, im D. ein Wort. — 262. Dem *neque* entspricht *que* nach *calido*. — *non iam* „nicht mehr". — *cineres*, s. zu 1, 10 *lumina*. — *favilla* ist glühende Asche „Funken". — 264. *Quoque*, wozu gehört *que?* vgl. 222. — 266. *in corpora summa vocare* „auf die Oberfläche der Körper treiben", s. zu 3, 134 *summa in ulmo*. — 267. *traxisse*, vgl. 3, 250 *traxere faciem*. — 268. *raptis*, die Uebers. entnimm aus 154 *rapidae flammae*. — 270. *quaerit*, d. i. desiderat. — 271. *Pirenidas*, s. zu 2, 64 *Gigantas*. — 172. *Nec* wie 3, 168. — *loco distantes* „weit auseinanderstehend". — 273. Der Dichter denkt sich die genannten Flüsse zugleich als Gottheiten. Daher *fumavit mediis in undis* und ähnl. 277. — 274. *senex*, man stellte die Flussgötter mehrentheils unter der Gestalt bejahrter Männer dar. — 275. *Phegiaco* elidirt die Endsylbe nicht, was sich Ovid besonders in der Arsis des 5. Fusses und vor griechischen Namen zuweilen erlaubt. (Hiatus im Reg.) — 276. *Arsurus iterum*, s. zu 253 *caritura*. Zum zweiten Male brannte er im trojan. Kriege, als er den die Troer bedrängenden Achilles überfluten wollte, aber vom Vulcan durch Feuer zurückgetrieben wurde. — *flavus*, von dem mitgeführten Sande, ein gewöhnl. Beiwort der Flüsse. — 377. *Qui Maeandros*, s. zu 1, 63 *quae litora*. Der Mäander macht in seinem Laufe, gleichsam spielend (*ludit*), eine Menge Krümmungen, so dass er deshalb sprichwörtlich war. Eine ausführlichere Schilderung s. 19, 6 ff. — 278. In *Taenarius* ist die Endsylbe verlängert, was sich Ov. zuweilen in der Arsis vor griech. Namen und in der Arsis des 3.

Quodque suo Tagus amne vehit, fluit ignibus aurum;
Et quae Maeonias celebrarant carmine ripas
Flumineae volucres, medio caluere Caystro.
Nilus in extremum fugit perterritus orbem
Occuluitque caput, quod adhuc latet; ostia septem
Pulverulenta vacant, septem sine flumine valles.
Fors eadem Ismarios Hebrum cum Strymone siccat
Hesperiosque amnes, Rhenum Rhodanumque Padumque,
Cuique fuit rerum promissa potentia, Thybrin.
   Dissilit omne solum, penetratque in Tartara rimis
Lumen et infernum terret cum coniuge regem.
Et mare contrahitur, siccaeque est campus arenae,
Quod modo pontus erat, quosque altum texerat aequor,
Existunt montes et sparsas Cyclades augent.
Ima petunt pisces, nec se super aequora curvi
Tollere consuetas audent delphines in auras;
Corpora phocarum summo resupina profundo
Exanimata natant. Ipsum quoque Nerea fama est
Doridaque et natas tepidis latuisse sub antris.
Ter Neptunus aquis cum torvo bracchia vultu
Exserere ausus erat, ter non tulit aëris ignes.
Alma tamen Tellus, ut erat circumdata ponto,

Fusses vor *et* oder *aut* erlaubt, s. *Arsis* im Reg. — 282. *fluit* d. i. wird flüssig. — 283. *celebrarant carmine* „mit ihrem Gesange belebt hatten". Die *flumineae volucres* sind Schwäne, an denen jene Gegend Kleinasiens reich war. — 284. *calere* hier „sieden". — 285. *extremus orbis* „das äusserste Ende der Erde", s. zu 266. — 286. *caput* metaphor. für die Quelle. Mit dem Räthsel der Nilquellen beschäftigten sich schon die Alten. — 287. *sine flumine*, s. zu 1, 20 *sine pondere*. — 288. Zu *Ismarios* ziehe aus dem folgenden Verse *amnes*. Aehnlich unten 325 *utrumque*, auf das folgende *polus* bezüglich. — 290. *rerum potentia* „die Weltherrschaft".

292. *infernus rex* ist Pluto, seine Gemahlin Proserpina. — *terret*, als etwas in der Unterwelt nie Gesehenes, vgl. 77. — 293. *Et* „auch". — Constr. *et* id, *quod modo pontus erat*, *campus est siccae arenae*. — 295. *sparsas Cycladas augent*, indem sie neue Inseln bilden. — 296. *Ima*, s. zu 218 *multum*. — *curvi*, wegen ihres geschweiften Rückens. — 297. *Tollere se in auras*, die Delphine schnellen sich häufig aus dem Wasser empor. — *consuetas* „nach ihrer Gewohnheit". — 298. *resupina* „auf dem Rücken", wie todte Körper pflegen. — *profundo* wie 3, 169: *summo* übersetze nach 266 *in corpora summa*. — 300. Betone *tepidis*, denn der Sinn ist: selbst die sonst so kühlen Grotten in der Tiefe des Meeres, wo Nereus mit seiner Gattin und seinen Töchtern weilt, wurden erwärmt. — 301. *Ter*, die bestimmte Zahl giebt ein lebendigeres Bild von der Sache, als ein unbestimmtes: mehrmals. — *cum torvo bracchia vultu*, d. i. bracchia et torvum vultum, s. zu 1, 56 *cum fulminibus ventos*. — 303. *ut erat circumdata* „umgeben,

Inter aquas pelagi contractosque undique fontes,
Qui se condiderant in opacae viscera matris,
Sustulit oppressos collo tenus arida vultus,
Opposuitque manum fronti, magnoque tremore
Omnia concutiens paulum subsedit et infra,
Quam solet esse, fuit, sacraque ita voce locuta est:
'Si placet hoc, meruique, quid o tua fulmina cessant,
Summe deum? Liceat periturae viribus ignis
Igne perire tuo clademque auctore levare.
Vix equidem fauces haec ipsa in verba resolvo,' —
Presserat ora vapor — 'tostos en adspice crines
Inque oculis tantum, tantum super ora favillae.
Hosne mihi fructus, hunc fertilitatis honorem
Officiique refers, quod adunci vulnera aratri
Rastrorumque fero totoque exerceor anno;
Quod pecori frondes alimentaque mitia, fruges,
Humano generi, vobis quoque tura ministro?
Sed tamen exitium fac me meruisse, quid undae,
Quid meruit frater? cur illi tradita sorte
Aequora decrescunt et ab aethere longius absunt?
Quod si nec fratris nec te mea gratia tangit,

wie sie war". — 305. *matris*, d. i. Telluris; *opacae*, dunkel in ihrem Innern und daher kühl. — 306. *oppressos*, durch die Glut des Feuers, den Qualm und den Aschenregen; deshalb *opposuit manum fronti*, um die Augen zu schützen. S. die Bem. zu 3, 18. — 308. *subsedit* „senkte sich", in Folge der Austrocknung durch die Hitze. — *infra* ebenso wie *supra*, *citra*, *ultra* können als Comparativbegriffe mit *quam* verbunden werden, ohne dass an die Auslassung von *magis* zu denken ist; doch ist diese Construction ziemlich selten.

310. *placet*, s. zu 3, 205. — Die Interjection o steht oft bei den Dichtern vom Vocativ getrennt. — 311. *periturae viribus ignis* „wenn mir einmal bestimmt ist —", vgl. 276 *arsurus*. — 312. *Igne tuo*, d. i. fulmine. — *auctore* d. h. durch den Gedanken, dass es der allmächtige Juppiter ist, der mich vernichtet. — 313. *fauces resolvo* vgl. 3, 19 *ora solvit*. — *in* bezeichnet hier den Zweck „zu"; *haec ipsa* „nur eben zu diesen". — 314. *premere* hier „schliessen". — 316. *fructus* = praemia; *honorem* s. zu 3, 287. — 317. *Officium* hier „Dienstwilligkeit". — *referre* hier „zum Dank erstatten". — 318. *exercere* hier „plagen, abmühen". — 319. *pecori frondes* — *alimenta mitia humano generi*, Chiasmus, s. 3, 78. — 321. *fac* in der Bedeutung „nimm an, setze den Fall" hat den Accus. c. Inf. nach sich. — Betone *me*. — *quid undae*, ergänze aus dem Folgenden *meruerunt*. — 322. *frater* tuus Neptunus. — *tradita sorte*, nachdem Saturnus gestürzt war, hatten dessen Söhne, Juppiter, Neptunus und Pluto, um die Herrschaft der Welt geloost und dem Neptun war die Meerherrschaft zugefallen. Der Sinn also: auf die er dieselben rechtlichen Ansprüche hat, wie du auf deinen Himmel. — 323. *longius*, quam ante. — 324. *gratia*

At caeli miserere tui. Circumspice utrumque,
Fumat uterque polus; quos si vitiaverit ignis,
Atria vestra ruent. Atlas en ipse laborat
Vixque suis humeris candentem sustinet axem.
Si freta, si terrae pereunt, si regia caeli,
In chaos antiquum confundimur. Eripe flammis,
Si quid adhuc superest, et rerum consule summae.'
  Dixerat haec Tellus; neque enim tolerare vaporem
Ulterius potuit nec dicere plura, suumque
Rettulit os in se propioraque manibus antra.
At pater omnipotens, superos testatus et ipsum,
Qui dederat currus, nisi opem ferat, omnia fato
Interitura gravi, summam petit arduus arcem,
Unde solet latis nubes inducere terris,
Unde movet tonitrus vibrataque fulmina iactat.
Sed neque, quas posset terris inducere, nubes
Tunc habuit nec, quos caelo dimitteret, imbres.
Intonat, et dextra libratum fulmen ab aure
Misit in aurigam, pariterque animaque rotisque
Expulit, et saevis compescuit ignibus ignes.
Consternantur equi et saltu in contraria facto
Colla iugo eripiunt, abruptaque lora relinquunt.
Illic frena iacent, illic temone revulsus
Axis, in hac radii fractarum parte rotarum,
Sparsaque sunt late laceri vestigia currus.

hier „Wohlwollen, Freundschaft"; *fratris* und *mea* fasse objectiv *in fratrem* und *in me*. — *tangit* „rührt". — 325. *At* im Nachsatze eines Bedingungssatzes „doch wenigstens". — Betone *tui*. — *utrumque* beziehe auf das gleich folgende *polus*, vgl. 288 *Ismarios*. — 327. *Atria* für *domus*, vgl. 3, 286 *rota*. — *laborat* wie 3, 96 *mundi moles operosa laboret*. — 330. *antiquum* s. zu 2, 28 *antiqui veris*. — 331. *rerum summae* „für das Ganze der Welt, das Weltall".

332. In *dixerat haec* liegt der Sinn: sie hatte geendet; die folgenden Worte geben den Grund an, weshalb sie nicht weiter spricht. — 334. *propiora manibus* wie *Stygiis admoverat umbris* 2, 51. — 335. Verbinde *testatus*, *omnia interitura, nisi opem ferat*. — 337. *petit arduus*, s. zu 1, 4 *perpetuum*. — *summam arcem*, s. zu 3, 1. — 340. *neque nubes tunc habuit*, *nec imbres*, warum nicht? — 342. *dextra ab aure* erklärt sich aus der Bewegung der Hand beim Wurfe. — 343. *anima expulit* für sich allein statt *privavit* ist ungewöhnlich, in Verbindung mit *rotis* dagegen sehr kraftvoll. Voss: „aus dem Leben zugleich und den Rädern Schmettert er ihn". Werden mit einem Verbum zwei Substantiva verbunden, von denen nur eines ganz zu dessen Bedeutung passt, so heisst dies Zeugma. Im D. muss man dann oft das eine Verbum doppelt übersetzen. — 345. *in contraria*, s. zu 218 *multum*. — 349. *vestigia* hier „Trüm-

At Phaëthon, rutilos flamma populante capillos,
Volvitur in praeceps, longoque per aëra tractu
Fertur, ut interdum de caelo stella sereno,
Etsi non cecidit, potuit cecidisse videri.
Quem procul a patria diverso maximus orbe
Excipit Eridanus, fumantiaque abluit ora.
Naïdes Hesperiae trifida fumantia flamma
Corpora dant tumulo, signant quoque carmine saxum:
HIC SITUS EST PHAETHON, CURRUS AURIGA PATERNI:
QUEM SI NON TENUIT, MAGNIS TAMEN EXCIDIT AUSIS.
Nam pater obductos, luctu miserabilis aegro,
Condiderat vultus; et, si modo credimus, unum
Isse diem sine sole ferunt: incendia lumen
Praebebant, aliquisque malo fuit usus in illo.
At Clymene postquam dixit, quaecumque fuerunt
In tantis dicenda malis, lugubris et amens
Et laniata sinus totum percensuit orbem;
Exanimesque artus primo, mox ossa requirens,
Repperit ossa tamen peregrina condita ripa,
Incubuitque loco, nomenque in marmore lectum
Perfudit lacrimis et aperto pectore fovit.

mer". — 350. *rutilus* bezeichnet öfter die goldgelbe Haarfarbe. — 351. *Volvitur in praeceps* wie 100 *ne ferar in praeceps*. — *tractu* „Linie". — 353. *non cecidit*, den Gegensatz hebe durch „wirklich" hervor, vgl. 13 *sum*. — *potuit*, die Dichter brauchen zuweilen das Perf., ähnl. dem griech. Aorist., statt des Präsens von Dingen, die öfter geschehen oder zu geschehen pflegen. — 354. *orbe* wie 2, 6; *diverso*, seiner Heimat, dem Orient, entgegengesetzt, also im Occident. — 356. *trifida flamma*, der Blitz, der häufig mit dreispaltiger Spitze dargestellt wurde. — 357. *Corpora*, s. zu 2, 5 *ora*. — *carmen* hier „Spruch" in Versform. — 359. *si* „wenn auch"; *tenere* hier „behaupten". — Betone *magnis*, der Sinn: doch war es ein grosses Wagniss, wobei er verunglückte. In *excidit* liegt der doppelte Begriff des Verfehlens seiner Absicht und des Sturzes. — 660. *Nam* knüpft die Erläuterung an, warum der Vater bei seiner Bestattung unbetheiligt erscheint. — 361. *si modo* wie 13. — *isse* „sei hingegangen". — 363. *aliquis* hier mit Nachdruck „wenigstens eine Art".

366. *laniata sinus* „das Gewand auf der Brust zerrissen", s. zu 3, 103 *tectus vultum*, und wegen *sinus* ebenda 105. Das Zerreissen des Gewandes vorn auf der Brust war ein Zeichen der heftigsten Trauer, vgl. 33, 269 *laniat a pectore vestes*. — 367. Zuerst hoffte sie den Körper (*artus*) selbst noch zu finden; nachdem darüber längere Zeit verstrichen war, wenigstens die Gebeine. — 368. *tamen* hier „doch wenigstens oder doch endlich". — 370. *aperto pectore fovit* (*nomen*) indem sie die Brust auf die Stelle des Steines drückte, wo der Name stand.

Nec minus Heliades fletus et, inania morti
Munera, dant lacrimas, et caesae pectora palmis
Non auditurum miseras Phaëthonta querellas
Nocte dieque vocant, adsternunturque sepulcro.
Luna quater iunctis implerat cornibus orbem;
Illae more suo — nam morem fecerat usus —
Plangorem dederant: e quis Phaëthusa, sororum
Maxima, cum vellet terra procumbere, questa est
Deriguisse pedes; ad quam conata venire
Candida Lampetie, subita radice retenta est.
Tertia, cum crinem manibus laniare pararet,
Avellit frondes; haec stipite crura teneri,
Illa dolet fieri longos sua bracchia ramos.
Dumque ea mirantur, complectitur inguina cortex,
Perque gradus uterum pectusque humerosque manusque
Ambit, et exstabant tantum ora vocantia matrem.
Quid faciat mater, nisi, quo trahat impetus illam,
Huc eat atque illuc, et, dum licet, oscula iungat?
Non satis est: truncis avellere corpora temptat,
Et teneros manibus ramos abrumpit; at inde
Sanguineae manant, tamquam de vulnere, guttae.
'Parce, precor, mater,' quaecumque est saucia, clamat,
'Parce, precor! nostrum laceratur in arbore corpus.
Iamque vale' — cortex in verba novissima venit.
Inde fluunt lacrimae, stillataque sole rigescunt
De ramis electra novis, quae lucidus amnis
Excipit et nuribus mittit gestanda Latinis.
Adfuit huic monstro proles Stheneleïa Cycnus,

371. ff. Die Heliaden. — *inania morti munera*, Apposition zu *fletus et lacrimas* „nutzlose Todtenopfer", weil sie den Todten nicht zurückrufen. — 372. *dare* bei *fletus*, *lacrimas*, *plangorem* und dgl. „ausbrechen in —". Die Dichtersprache benutzt *dare* zu sehr mannichfaltigen Redewendungen, s. das Reg. — *caesae pectora*, s. zu *laniata sinus*. — 373. *Non auditurum*, s. zu 253 *tandem caritura*. — 377. *e quis*, alte Form für *quibus*. Die Verwandlung (sie wurden zu Schwarzpappeln) ist Strafe für ihre masslose Trauer, durch die der Unwille der Gottheit erregt zu werden pflegt. Vgl. die Verwandlung des *Cycnus*. — 380. *subita* wie 3, 153. — 381. *Tertia*, sie hiess Aegle. — 385. *Per gradus* = gradatim. — 387. *nisi eat* eigentl. wenn sie nicht gehen will, d. i. „als dass sie geht" — *impetus* hier „der Schmerzensdrang". — 394. *in verba venit*, trat dazwischen. Noch mitten in den letzten Worten schliesst ihr die Rinde den Mund. — 395. *Inde*, de cortice. — Verbinde *stillata de ramis novis*. — 396. *lucidus amnis*, Eridanus. — 397. *nurus* im Plur. sind bei den Dichtern oft junge Frauen überhaupt. — *gestanda*, als Schmuck, der bekanntlich von Bernstein sehr geschätzt war.

398. ff. Cycnus. — *monstrum*

Qui tibi materno quamvis a sanguine iunctus,
Mente tamen, Phaëthon, propior fuit. Ille relicto —
Nam Ligurum populos et magnas rexerat urbes —
Imperio ripas virides amnemque querellis
Eridanum implerat silvamque sororibus auctam,
Cum vox est tenuata viro, canaeque capillos
Dissimulant plumae, collumque a pectore longe
Porrigitur, digitosque ligat iunctura rubentes,
Penna latus vestit, tenet os sine acumine rostrum.
Fit nova Cycnus avis; nec se caeloque Iovique
Credit, ut iniuste missi memor ignis ab illo:
Stagna petit patulosque lacus, ignemque perosus,
Quae colat, elegit contraria flumina flammis.
Squalidus interea genitor Phaethontis et expers
Ipse sui decoris, qualis, cum deficit orbem,
Esse solet, lucemque odit seque ipse diemque
Datque animum in luctus, et luctibus adicit iram,
Officiumque negat mundo. 'Satis' inquit 'ab aevi
Sors mea principiis fuit inrequieta, pigetque
Actorum sine fine mihi, sine honore laborum.
Quilibet alter agat portantes lumina currus.
Si nemo est, omnesque dei non posse fatentur,
Ipse agat, ut saltem, dum nostras temptat habenas,
Orbatura patres aliquando fulmina ponat.
Tum sciet, ignipedum vires expertus equorum,

hier „die wunderbare Verwandlung". — 399. *tibi*, Phaëthon, s. zu 3, 276. — *a* „von Seiten". — 400. *mente propior* „noch näher durch (freundschaftliche) Gesinnung". — 403. *sororibus*, Phaëthontis. — 405. *dissimulant*, hier „verstecken". — 406. *iunctura* „eine Bindehaut". — 407. *penna* collect. für die Flügel. — *sine acumine rostrum* s. zu 287 *septem sine flumine valles*. — 408. *nova avis*, ein Schwan, cycnus, griech. κύκνος. — *nec* „aber nicht". — *Iuppiter* steht zuweilen metonymisch für Himmel oder Luft, die sein Gebiet sind, s. zu 3, 25 *Nereus*. Uebers. *caeloque Iovique* „dem himmlischen Luftgebiete Juppiters". — 409. Verbinde *ut memor*. — 411. *Quae colat* lässt sich durch ein Substantivum übersetzen. — *contraria* „feindlich".

412. *Squalidus* „in Dunkel gehüllt", wie in ein schmutziges Trauergewand. — 413. *Ipse* hier in dem Sinne wie 2, 13 *ipsa tellus*. Es bildet den Gegensatz zu *cum deficit orbem* „wenn er sich (bei einer Sonnenfinsterniss) der Welt entzieht"; denn dann geschieht es nicht von freien Stücken. — 415. *dat animum in luctus* „versenkt". Ueber den Plur. *luctus* s. zu *irae* 3, 4. — 416. *ab*, über die Stellung der Präpos. s. zu 111. — 418. Verbinde *laborum mihi actorum*. Wegen des Dativ s. zu 3, 173 *bucina sumitur illi*. — 421. *Ipse*, der Gegensatz zu allen übrigen Göttern lässt leicht erkennen, wer gemeint sei. — 422. *Orbatura patres*, der Zorn lässt ihn übertreiben. — *ponat* wie 3, 168. — 423. *ignipedum*, aus ihren Hufen schlagen Flammen.

Non meruisse necem, qui non bene rexerit illos.'
Talia dicentem circumstant omnia Solem
Numina, neve velit tenebras inducere rebus,
Supplice voce rogant; missos quoque Iuppiter ignes
Excusat, precibusque minas regaliter addit.
Colligit amentes et adhuc terrore paventes
Phoebus equos, stimuloque domans et verbere caedit;
Saevit enim, natumque obiectat et inputat illis.
At pater omnipotens ingentia moenia caeli
Circuit et, ne quid labefactum viribus ignis
Corruat, explorat. Quae postquam firma suique
Roboris esse videt, terras hominumque labores
Perspicit, ac fontes et nondum audentia labi
Flumina restituit; dat terrae gramina, frondes
Arboribus, laesasque iubet revirescere silvas.

5. Battus.

(II, 680—707.)

Delphice, tempus erat, quo te pastoria pellis
Texit, onusque fuit baculum silvestre sinistrae,
Alterius dispar septenis fistula cannis.
Dumque amor est curae, dum te tua fistula mulcet,
Incustoditae Pylios memorantur in agros
Processisse boves. Videt has Atlantide Maia
Natus, et arte sua silvis occultat abactas.

426. *neve*, s. zu 1, 72. — *rebus*, d. i. der Welt wie 331. — 427. Ueber die Stellung von *quoque* s. zu 3, 130. — 430. *verbere* „mit der Geissel". — 431. *natum* d. i. dessen Tod.

434. *postquam videt*, bemerke das historische Präsens nach *postquam*. — *sui roboris esse* (Genit. qualit.) „von der gewohnten Stärke", s. zu 255 *sua frigora*. — 435. *labores* „Werke". — 437. *terrae gramina, frondes arboribus*, Chiasmus, s. zu 3, 78.

1. Apollo (*Delphicus*) weidete damals in Elis und Messenien eine den Göttern angehörende Rinderherde. — 3. *Alterius*, manus onus. In *alterius* verkürzen die epischen Dichter des Verses wegen das *i*. — *dispar septenis fistula cannis*, die Hirtenpfeife bestand aus sieben verbundenen Röhren, deren eine immer kleiner war als die andere, vgl. 19, 35. — 4. *Dum amor est curae*, Apollo hatte die von ihm geliebte Coronis im Jähzorn getödtet. — *mulcet* wie 3, 229. — 6. *Atlantide Maia natus*, Mercurius, dessen Mutter *Maia*, eine Tochter des Atlas, war, der Vater aber Juppiter, weshalb er 18 *Iove natus* und 25 *Atlantiades* heisst. — 7. *arte sua*, s. zu 1, 17 *sua forma*. Mercur

Senserat hoc furtum nemo nisi notus in illo
Rure senex, Battum vicinia tota vocabat.
Divitis hic saltus herbosaque pascua Nelei
Nobiliumque greges custos servabat equarum.
Hunc timuit blandaque manu seduxit, et illi
'Quisquis es, hospes,' ait 'si forte armenta requiret
Haec aliquis, vidisse nega; neu gratia facto
Nulla rependatur, nitidam cape praemia vaccam:'
Et dedit. Accepta voces has reddidit hospes:
'Tutus eas; lapis iste prius tua furta loquetur:'
Et lapidem ostendit. Simulat Iove natus abire;
Mox redit et, versa pariter cum voce figura,
'Rustice, vidisti si quas hoc limite' dixit
'Ire boves, fer opem furtoque silentia deme.
Iuncta suo pretium dabitur tibi femina tauro.'
At senior, postquam merces geminata, 'Sub illis
Montibus' inquit 'erunt:' et erant sub montibus illis.
Risit Atlantiades et 'Me mihi, perfide, prodis?
Me mihi prodis?' ait, periuraque pectora vertit
In durum silicem, qui nunc quoque dicitur Index;
Inque nihil merito vetus est infamia saxo.

war der Gott des Diebstables. — 10. *Nelei*, zweisylbig, s. zu 1, 77 *deerat*. — 12. *Hunc*, Battum; *timuit*, Mercurius. — 14. *aliquis* mit Nachdruk „irgend jemand", wobei er zunächst an den rechtmässigen Besitzer denkt. — *neu nulla*, vgl. 2, 71. — *facto* „für deinen Dienst". — 16. *Accepta* Abl. absol., Subject? — 17. *Tutus* hier „ohne Sorge". — *furta*, weshalb der Plural? — 21. *silentia deme*, das Schweigen verdeckt gleichsam den Diebstahl: wir „brich das Schw." — 22. Die Bedeutung von *femina* ergiebt sich aus *iuncta suo tauro*. Das Particip. übersetze durch eine blosse Präpos., vgl. 3, 157 *vectus*. — 23. *senior* muss häufig durch den Positiv übersetzt werden. — 25. *Me mihi*, s. zu *tu tibi* 4, 172. Die Wiederholung ist dem Spotte angemessen. — 26. *pectora*, der Theil für die ganze Person, s. zu 3, 286. — 27. *In silicem* mit Rücksicht auf 17 *lapis iste ect.* — *nunc quoque* „noch jetzt". — 28. *infamia*, weil ein Angeber (*index*) übel berüchtigt ist.

6. Cadmus gründet Theben.

(III, 1—137.)

Iamque deus, posita fallacis imagine tauri,
Se confessus erat, Dictaeaque rura tenebat:
Cum pater ignarus Cadmo perquirere raptam
Imperat, et poenam, si non invenerit, addit
Exsilium, facto pius et sceleratus eodem.
Orbe pererrato — quis enim deprendere possit
Furta Iovis? — profugus patriamque iramque parentis
Vitat Agenorides, Phoebique oracula supplex
Consulit et, quae sit tellus habitanda, requirit.
'Bos tibi' Phoebus ait 'solis occurret in arvis,
Nullum passa iugum curvique inmunis aratri.
Hac duce carpe vias et, qua requieverit herba,
Moenia fac condas, Boeotiaque illa vocato.'
Vix bene Castalio Cadmus descenderat antro,
Incustoditam lente videt ire iuvencam,
Nullum servitii signum cervice gerentem.
Subsequitur pressoque legit vestigia gressu,

1. *deus*, Juppiter. Dieser hatte unter der Gestalt eines Stieres die Europa, die Tochter des phönicischen Königs Agenor und Schwester des Cadmus, durch das Meer nach Creta (*Dictaea rura*) entführt. — *posita* wie 3, 168. — 2. *se confessus erat* „hatte sich (als Juppiter) zu erkennen gegeben". — *tenebat* „weilte daselbst". — 3. *pater*, Agenor; *ignarus*, filiam a Iove raptam esse. — *Imperat perquirere*, s. zu 4, 149. — 5. *facto pius et sceleratus eodem*, Oxymoron, s. zu 3, 271 *discors concordia*.

7. *furta* „Täuschungen". — 8. *Phoebi oracula*, zu Delphi, s. 14. — 10. *solis* „einsam". — 11. *inmunis* vgl. 2, 13. — 12. *carpere* steht oft mit einem Objecte des Raumes, um das allmälige Zurücklegen desselben zu bezeichnen; hier „wandeln". — *herba*, über den blossen Ablat, s. zu 1, 13 *longo margine*. — 13. Den Nachsatz beginne im D. mit „dort". So muss oft im D. der Nachsatz durch ein auf den Vordersatz zurückweisendes Pronom. oder Adverb. eingeleitet werden. — *fac* dient oft zur Verstärkung des Conjunct. adhortat. — *moenia*, bei den Dichtern häufig „eine Stadt". — *Boeotia* (Adject.), Theben in Böotien wurde, weil es auch noch anderwärts Städte dieses Namens gab (z. B. in Aegypten), oft das böotische genannt. Den Namen Böotien leitete man vom griech. βοῦς, *bos* ab.

14. *Vix bene* wie 4, 78. Ebenda s. über die Satzverbindung dieser Stelle, die auch 19. 26. 116 wiederkehrt. — *Castalium antrum* heisst die Höhle zu Delphi, wo das Orakel ertheilt wurde, wegen der in der Nähe, am Parnasus entspringenden castalischen Quelle. Ueber den Ablat. s. zu 3, 104 *canis fluit unda capillis*. — 17. *legere* wird von den Dichtern oft auf ähnliche

Auctoremque viae Phoebum taciturnus adorat.
Iam vada Cephisi Panopesque evaserat arva:
Bos stetit et tollens speciosam cornibus altis
Ad caelum frontem mugitibus inpulit auras;
Atque ita, respiciens comites sua terga sequentes,
Procubuit teneraque latus submisit in herba.
Cadmus agit grates, peregrinaeque oscula terrae
Figit, et ignotos montes agrosque salutat.
Sacra Iovi facturus erat; iubet ire ministros
Et petere e vivis libandas fontibus undas.
  Silva vetus stabat nulla violata securi,
Et specus in medio virgis ac vimine densus,
Efficiens humilem lapidum compagibus arcum,
Uberibus fecundus aquis, ubi conditus antro
Martius anguis erat, cristis praesignis et auro:
Igne micant oculi, corpus tumet omne veneno,
Tresque vibrant linguae, triplici stant ordine dentes.
Quem postquam Tyria lucum de gente profecti
Infausto tetigere gradu, demissaque in undas
Urna dedit sonitum, longo caput extulit antro
Caeruleus serpens horrendaque sibila misit.
Effluxere urnae manibus, sanguisque relinquit
Corpus, et attonitos subitus tremor occupat artus.
Ille volubilibus squamosos nexibus orbes
Torquet, et inmensos saltu sinuatur in arcus,
Ac media plus parte leves erectus in auras

Weise wie oben *carpere* gebraucht; *legere vestigia* „eine Spur verfolgen". — *presso gressu*, mit gehemmtem d. i. langsamem Schritte, „Schritt vor Schritt". — 21. *inpulit* „erschütterte". — 22. *Atque ita* wie 3, 66. — *sua terga*, wir „ihr im Rücken". Ueber den Plur. s. zu 2, 5 *ora*. — 24. *agit grates*, Phoebo, vgl. 18. — 27. Verbinde *e vivis fontibus libandas* „das sie schöpfen sollten", vgl. 3, 209 *inde libatos liquores* und daselbst die Bemerkung. — *vivus* vom Gewässer „fliessend".

29. *densus* „dicht umgeben". — 32. *Martius*, sie sollte der Sage nach von Mars erzeugt sein. — *cristis et auro*, soviel als *cristis aureis*. Zuweilen wird im Lat. ein Begriff, der eigentlich durch ein Substant. mit einer Beifügung zu geben wäre, in zwei einander beigeordnete Substantiva zerlegt. Dies heisst Hendiadyoin (ἓν διὰ δυοῖν), Eines durch Zwei. — 35. Verbinde *quem lucum*. — *Tyria de gente profecti* „die tyrischen Auswanderer", wörtlich? — 37. *longo*, weithinein unter die Erde gehend. — 38. *Caeruleus*, h. „dunkel- oder stahlfarbig", vgl. 63 *atrae pellis*. — 39. *effluere* h. „entgleiten". — *sanguis relinquit corpus*, indem sie erbleichen. — 40. *attonitos* „vor Schrecken erstarrt". — 41. Beachte die Fülle synonymer Ausdrücke; etwa „sie rollt in ringelnden Verschlingungen schuppige Kreise". — 43. *media plus parte*, mit Weglassung

Despicit omne nemus, tantoque est corpore, quanto,
Si totum spectes, geminas qui separat Arctos.
Nec mora, Phoenicas, sive illi tela parabant
Sive fugam, sive ipse timor prohibebat utrumque,
Occupat: hos morsu, longis amplexibus illos,
Hos necat adflati funesta tabe veneni.
Fecerat exiguas iam sol altissimus umbras:
Quae mora sit sociis, miratur Agenore natus,
Vestigatque viros. Tegumen direpta leonis
Pellis erat, telum splendenti lancea ferro
Et iaculum, teloque animus praestantior omni.
Ut nemus intravit letataque corpora vidit
Victoremque supra spatiosi corporis hostem,
Tristia sanguinea lambentem vulnera lingua,
'Aut ultor vestrae, fidissima corpora, mortis,
Aut comes' inquit 'ero.' Dixit, dextraque molarem
Sustulit et magnum magno conamine misit.
Illius impulsu cum turribus ardua celsis
Moenia mota forent: serpens sine vulnere mansit,
Loricaeque modo squamis defensus et atrae
Duritia pellis, validos cute reppulit ictus.
At non duritia iaculum quoque vicit eadem,
Quod medio lentae spinae curvamine fixum
Constitit, et totum descendit in ilia ferrum.
Ille, dolore ferox, caput in sua terga retorsit
Vulneraque adspexit fixumque hastile momordit,
Idque ubi vi multa partem labefecit in omnem,

von *quam* „mehr als zur Hälfte“. — 44. *quanto* serpens est, *qui cet.* s. zu 4, 169. 204. — 45. *totum* „in ihrer ganzen Länge“. — 46. Von *nec mora* gilt dasselbe wie von *nulla mora est* 3, 207. — *parabant* „ergriffen“.

50. *altissimus*, d. i. auf ihrer Mittagshöhe.—54. *animus* „Muth“.

56. *Victorem*, adjectivisch; *supra*, Adverb. — 58. *fidissima corpora* „ihr Leiber meiner Getreuen“, denn nur Leichname findet er. — 59. *comes*, mortis. — *molaris*, bei Dichtern ein grosser Stein überhaupt. — 60. *magnum magno* macht selbst dem Gehör die Macht des Gegenstandes fühlbar. Aehnlich 37, 67 *quem vastum vastior ipse sustulit*. Auch sonst liebt Ov. derartige Verbindungen gleicher oder ähnlicher Worte: unten 95 *victor victi*; 4, 123 *patrio pater esse metu probor*; 11, 68 *virum virgo*; 20, 223 f. S. im Reg. Gleichklänge. — 61. *Illius*, molaris. — Verbinde *ardua moenia cum turribus celsis*. — 63. *Loricae* hängt von *modo* ab. — 64. *reppulit* „liess abprallen“. Die Uebersetzung von *ictus* muss sich nach der jedesmal angewendeten Waffe richten. Der Plur. deutet auf Wiederholung der Würfe. — 66. *lentae* „biegsam“. — 69. *Vulnera*, der Plural von einer Wunde, warum? — 70. *partem in omnem* „nach allen Seiten“. —

Vix tergo eripuit; ferrum tamen ossibus haesit.
Tum vero postquam solitas accessit ad iras
Causa recens, plenis tumuerunt guttura venis,
Spumaque pestiferos circumfluit albida rictus,
Terraque rasa sonat squamis, quique halitus exit
Ore niger Stygio, vitiatas inficit auras.
Ipse modo inmensum spiris facientibus orbem
Cingitur, interdum longa trabe rectior exstat,
Impete nunc vasto, ceu concitus imbribus amnis,
Fertur et obstantes proturbat pectore silvas.
Cedit Agenorides paulum, spolioque leonis
Sustinet incursus, instantiaque ora retardat
Cuspide praetenta. Furit ille, et inania duro
Vulnera dat ferro figitque in acumine dentes.
Iamque venenifero sanguis manare palato
Coeperat et virides adspergine tinxerat herbas;
Sed leve vulnus erat, quia se retrahebat ab ictu
Laesaque colla dabat retro, plagamque sedere
Cedendo arcebat nec longius ire sinebat:
Donec Agenorides coniectum in gutture ferrum
Usque sequens pressit, dum retro quercus eunti
Obstitit, et fixa est pariter cum robore cervix.
Pondere serpentis curvata est arbor et imae
Parte flagellari gemuit sua robora caudae.
    Dum spatium victor victi considerat hostis,
Vox subito audita est; neque erat cognoscere promptum,

71. *Vix* „mit Mühe". — 72. *vero* steigernd „vollends"; Nep. Epam. 1, 2 *saltare vero etiam in vitiis poni.* Aehnlich *tum vero* 9, 1. 11, 214. 16, 323 u. ö. — *irae* hier „Zornmüthigkeit". — 73. *guttura* — *rictus*, s. zu 2, 5 *ora*. — 75. *quique halitus*, s. zu 1, 64 *quae litora*. — 76. *Stygio*, so furchtbar wie der Styx „höllisch". — *vitiatas inficit* d. i. ita inficit, ut vitientur. Das Attribut enthält vorgreifend eine Eigenschaft, die erst eine Wirkung des Verbum ist (*Prolepsis*). — 77. Zu *modo* — *interdum* (wie 4, 220) kommt hier noch *nunc*. — 78. *Cingitur* „ringelt sich". — 79. *Impete* („im Schuss") = impetu, alterthümliche Ablativform von einem nicht gebräuchlichen *impes*. — 80. *fertur*, s. zu 4, 100. — *silvas* „Waldung". — 83. *ille*, serpens. — 84. *Vulnera* nicht „Wunden"! — 85. *manare palato*, s. zu 14. — 87. *ab* „vor". — 88. *dabat retro* „wich damit zurück". — *plagam sedere*, auch wir sagen von einem Stoss oder Hieb, der getroffen hat, „er sitzt". — 89. *longius ire* (plagam) „tiefer eindringen". — 90. *conicere* hier vom heftigen Hineinstossen. — *in gutture* verbinde mit *pressit* „einbohrte". Die Construction nach dem Muster von *figere in aliqua re*. —92. *dum* „bis". — *retro eunti*, serpenti. — 92. *robur* hier wie 94 *robora* „der Stamm" der Eiche. — 94. Constr. *gemuit* (arbor), *sua robora flagellari imae parte caudae*.

Unde, sed audita est: 'Quid, Agenore nate peremptum
Serpentem spectas? et tu spectabere serpens.'
Ille diu pavidus pariter cum mente colorem
Perdiderat, gelidoque comae terrore rigebant:
Ecce viri fautrix, superas delapsa per auras
Pallas adest, motaeque iubet subponere terrae
Vipereos dentes, populi incrementa futuri.
Paret et, ut presso sulcum patefecit aratro,
Spargit humi iussos, mortalia semina, dentes.
Inde, fide maius, glebae coepere moveri,
Primaque de sulcis acies apparuit hastae,
Tegmina mox capitum picto nutantia cono,
Mox humeri pectusque onerataque bracchia telis
Exsistunt, crescitque seges clipeata virorum.
Sic, ubi tolluntur festis aulaea theatris,
Surgere signa solent primumque ostendere vultus,
Cetera paulatim; placidoque educta tenore
Tota patent imoque pedes in margine ponunt.
Territus hoste novo Cadmus capere arma parabat:
'Ne cape' de populo, quem terra creaverat, unus
Exclamat 'nec te civilibus insere bellis!'
Atque ita terrigenis rigido de fratribus unum
Cominus ense ferit; iaculo cadit eminus ipse.
Hunc quoque qui leto dederat, non longius illo

98. *serpens* „als —"; Cadmus wurde nämlich später selbst in eine Schlange verwandelt, s. den 10. Abschnitt. Ueber die Wiederholung derselben Worte s. zu 3, 142.

99. *mens* wie 4, 231. — 100. *gelido* wie 4, 231. — 101. *delapsa*, vgl. 3, 50 *summo delabor Olympo*. — 102. *motae* wird durch 104 erklärt. — 103. *populi incrementa futuri* „als Zuwachs für sein künftiges Volk". Dass dies nicht blos aus der Saat der Schlangenzähne stammte, lehrt 7, 30 ff. — 104. *presso*, in terram. — 105. *iussos* wie 3, 237 *iussos lapides*. — *mortalia semina* „eine Menschensaat". Die Stellung der Appos. wie 4, 137. — 106. *fide maius* „mehr als glaublich" ist Apposition zum ganzen Satze *glebae coepere moveri*. — 107. *Prima* entspricht dem folgenden *mox*. — 108. *conus*, eig. die kegelförmige Helmspitze, bezeichnet hier zugleich den daran befestigten Helmbusch; *picto* „bunt". — 111. *festis theatris*, s. zu 12 *herba*. — *tolluntur aulaea*, der Vorhang war bei den Alten nicht oben, sondern unten befestigt, und wurde, wenn bei Beginn des Stückes die Bühne sichtbar werden sollte, herabgelassen, nach beendigtem Stücke aber in die Höhe gezogen, wobei natürlich die darauf dargestellten Bilder (*signa*) zuerst mit dem Kopfe sichtbar wurden. — 113. *educta* beziehe auf *signa*. — 114. *imo in margine*, aulaeorum.

117. *nec* wie 4, 160. — *civilia bella* h. „Bruderkämpfe". Ebenso 16, 142 *civili cadunt acie*. — 118. *Atque ita* wie 22. — 120. *leto*

Vivit et exspirat, modo quas acceperat, auras.
Exemploque pari furit omnis turba, suoque
Marte cadunt subiti per mutua vulnera fratres.
Iamque brevis vitae spatium sortita iuventus
Sanguineo tepidam plangebat pectore matrem,
Quinque superstitibus, quorum fuit unus Echion.
Is sua iecit humo monitu Tritonidis arma,
Fraternaeque fidem pacis petiitque deditque.
Hos operis comites habuit Sidonius hospes,
Cum posuit iussam Phoebeis sortibus urbem.
Iam stabant Thebae; poteras iam, Cadme, videri
Exsilio felix. Soceri tibi Marsque Venusque
Contigerant. Huc adde genus de coniuge tanta,
Tot natos natasque et, pignora cara, nepotes:
Hos quoque iam iuvenes. Sed scilicet ultima semper
Exspectanda dies homini, dicique beatus
Ante obitum nemo supremaque funera debet.

dederat, im D. ein Wort. — 121. *auras*, d. i. animam. — 123. *Mars* für *pugna*, s. zu 3, 25 *Nereus; suo*, unter sich selbst. — *subiti* wie 3, 153. — 125. *tepidam*, vom warmen Blute; *matrem*, die Erde. — 126. *Quinque superstitibus*, Ablat. absol. — 127. *humo* steht bei den Dichtern zuweilen für *humi*, vgl. 8, 94. 27, 118. — 128. *fidem* „das Versprechen". — 129. *Sidonius hospes*, Cadmus. — 130. *sortes*, wie 3, 206.

132. *Soceri* hier „Schwiegerältern". Die Gemahlin des Cadmus Harmonia war eine Tochter des Mars und der Venus. — 133. *tanta* geht auf die hohe Abstammung. — 134. Als Sohn des Cadmus wird nur Polydorus genannt, seine Töchter waren Semĕle, Agaue, Autonŏë, Ino. — 135. *Hos* beziehe auf *nepotes*. — 137. *suprema* „das schliessliche", am Schlusse des irdischen Daseins". Die letzten Worte bereiten auf die vielfachen Unglücksfälle vor, welche schliesslich den Cadmus und sein Geschlecht betrafen, und die zum Theil in den folgenden Abschnitten erzählt werden.

7. Pentheus und Bacchus.

(III, 337—340. 513—733.)

Tiresiae pater omnipotens pro lumine adempto
Scire futura dedit, damnumque levavit honore.
Ille per Aonias fama celeberrimus urbes
Inreprehensa dabat populo responsa petenti.
Spernit Echionides tamen hunc, ex omnibus unus
Contemptor superum, Pentheus, praesagaque ridet
Verba senis, tenebrasque et cladem lucis ademptae
Obicit. Ille movens albentia tempora canis
'Quam felix esses, si tu quoque luminis huius
Orbus' ait 'fieres, ne Bacchia sacra videres!
Namque dies aderit, quam non procul auguror esse,
Qua novus huc veniat, proles Semeleïa, Liber.
Quem nisi templorum fueris dignatus honore,
Mille lacer spargere locis, et sanguine silvas
Foedabis matremque tuam matrisque sorores.
Eveniet: neque enim dignabere numen honore,
Meque sub his tenebris nimium vidisse quereris.'
  Talia dicentem proturbat Echione natus.
Dicta fides sequitur, responsaque vatis aguntur.
Liber adest, festisque fremunt ululatibus agri:
Turba ruit, mixtaeque viris matresque nurusque

Die beiden folgenden Erzählungen gehören dem Kreise der Bacchussagen an. Die Verehrung des *Bacchus* oder *Liber* wurde aus Asien nach Griechenland gebracht, fand aber Anfangs manchen Widerstand, den der Gott durch harte Strafen rächte. Dieser und der nächste Abschnitt liefern dafür den Beweis.

1. *pater omnipotens* wie 2, 64. *lumine*, oculorum. — 2. *Scire dedit*, s. zu 3, 145 *ubi sistere detur*. — 3. *per* wie 4, 2. — 4. *Inreprehensa*, weil sie in Erfüllung gingen; *responsa* sind oft „Weissagungen"; *petenti*, ea. — 10. *Orbus* mit dem Genit. meist nur bei Dichtern. — *sacra* „die Festfeier". Die Feste des Bacchus nannte man *orgia*, vgl. 8, 1. — 12. *novus*, bis dahin unbekannt. — 13. *templorum honore* d. h. der Ehre, ihm einen Tempel zu errichten. — 14. *spargere* = spargeris. Die dunkle Prophezeiung erhält ihr Licht durch den Ausgang der Erzählung.

19. *fides* hier „die Erfüllung". — *aguntur* „werden vollführt". — 20. *ululatus* hier u. ö. (198, 29, 17) das wilde Geschrei, wodurch sich bei der Bacchusfeier die trunkene Begeisterung kund gab. — 21. *nurus*, s. zu 4, 397; *matresque nurusque* (wie auch 8, 9. 37, 49) „ältere und jüngere Frauen". —

Vulgusque proceresque ignota ad sacra feruntur.
'Quis furor, anguigenae, proles Mavortia, vestras
Attonuit mentes?' Pentheus ait, 'aerane tantum
Aere repulsa valent et adunco tibia cornu
Et magicae fraudes, ut, quos non bellicus ensis,
Non tuba terruerit, non strictis agmina telis,
Femineae voces et mota insania vino
Obscenique greges et inania tympana vincant?
Vosne, senes, mirer, qui longa per aequora vecti
Hac Tyron, hac profugos posuistis sede Penates,
Nunc sinitis sine Marte capi? vosne, acrior aetas,
O iuvenes, propiorque meae, quos arma tenere,
Non thyrsos, galeaque tegi, non fronde, decebat?
Este, precor, memores, qua sitis stirpe creati,
Illiusque animos, qui multos perdidit unus,
Sumite serpentis! Pro fontibus ille lacuque

22. *Vulgusque*, über *que* in der Arsis statt einer langen Sylbe s. zu 3, 31. — *feruntur* s. zu 4, 100.
23. *furor* hier „Wahnsinn“. — *anguigenae* nennt er die Thebaner, weil sie zum Theil aus der Saat der Drachenzähne stammten, s. 6, 126 ff. Ebendeshalb auch *proles Mavortia*, s. zu 6, 32 *Martius anguis*. — 24. Verbinde *tantum valent*. — *aera aere repulsa* sind eherne Becken (*cymbala*; 8, 13. 144 *concava* und *tinnula aera*), die man gegeneinanderschlug. — 25. *adunco tibia cornu*, die sogenannte phrygische Flöte (Schalmei), mit einem gebogenen hornähnlichen Ausgange. Mit Cymbeln, Flöten und Handtrommeln (*tympana*) wurde bei der Bacchusfeier ein grosses Getöse gemacht, das die Raserei der Festgenossen noch steigerte. — 26. *magicae fraudes*, er erklärt die ganze Bacchusbegeisterung für ein Werk trügerischen Zaubers, da er den Bacchus für keinen wirklichen Gott hält. — *quos* „Männer, die“. — 29. *Obsceni greges* „das unzüchtige Gefolge“ des Bacchus, wozu hauptsächlich *Silenus* und die *Satyri* (s. das mythol. Reg.) gehörten. — *inania*, um den Doppelsinn wiederzugeben, übersetze „das hohle Getöse der Handtrommeln“. — *vincant*, d. i. mit sich fortreissen. — 30. *Vosne mirer? — vosne?* „soll ich mich (mehr) über euch wundern? — oder über euch?“ Die disjunctive Frage mit *ne — ne* wird selten und fast nur von Dichtern angewendet. — *longa per aequora vecti*, mit Cadmus, als er aus Phönicien floh, s. 6, 6 ff. — 31. *Hac* gehört zu *sede* „an dieser Stätte“. — *Tyron* „ein neues Tyros“, d. h. eine neue Heimat für das verlassene Tyros. — *posuistis* ist für jedes seiner beiden Objecte anders zu übersetzen. — 32. *sine Marte*, s. zu 6, 122 *suo Marte*. — *capi*, Subj. *eos*, Penates et Tyron, s. zu 1, 85. — Verbinde *acrior aetas propiorque meae aetati*. Pentheus als Enkel des noch lebenden Cadmus ist noch ein junger Mann. — 34. *decebat* „sich schicken würde“. Der Indicativ. der histor. Zeitformen, besonders des Imperf. drückt zuweilen aus, was in dem gegebenen Falle geschehen oder geschehen sein sollte, aber nicht geschieht oder geschehen ist. — *fronde*, s. zu 3, 287. Bei den Bacchusfesten schmückte man

Interiit: at vos pro fama vincite vestra!
Ille dedit leto fortes: vos pellite molles,
Et patrium retinete decus! Si fata vetabant
Stare diu Thebas, utinam tormenta virique
Moenia diruerent, ferrumque ignisque sonarent!
Essemus miseri sine crimine, sorsque querenda,
Non celanda foret, lacrimaeque pudore carerent.
At nunc a puero Thebae capientur inermi,
Quem neque bella iuvant, nec tela, nec usus equorum,
Sed madidi murra crines mollesque coronae
Purpuraque et pictis intextum vestibus aurum.
Quem quidem ego actutum — modo vos absistite — cogam
Adsumptumque patrem commentaque sacra fateri.
An satis Acrisio est animi contemnere vanum
Numen et Argolicas venienti claudere portas,
Penthea terrebit cum totis advena Thebis? —
Ite citi,' famulis hoc imperat, 'ite, ducemque
Attrahite huc vinctum! iussis mora segnis abesto!'
Hunc avus, hunc Athamas, hunc cetera turba suorum
Corripiunt dictis, frustraque inhibere laborant.
Acrior admonitu est, irritaturque retenta
Et crescit rabies, remoraminaque ipsa nocebant.

sich mit Gewinden von Epheu oder Weinlaub. — 38. *Interiit*, wegen der Quantität der Endsylbe s. zu 2, 26 *subiit*. Beachte und betone die Gegensätze in diesen Worten. — 39. *molles* „die Weichlinge", den Bacchus mit seinem Gefolge, deren Aufzug unten 45 ff. geschildert wird. — 40. *Si fata vetabant cet.* er glaubt in der Hingabe an den Bacchusdienst den Untergang Thebens zu erblicken. — 43. *crimine* „Vorwurf". — 45. *puer inermis*, Bacchus. — 46. *iuvat me aliquid* „es erfreut mich etwas". — *usus equorum* übers. „das Tummeln der Rosse". — 48. *pictis* wie 6, 108, vergl. unten 161. — 49. *quidem* ist besonders nach Pronominibus oft nur durch stärkere Betonung derselben wiederzugeben. — *modo vos absistite* „bleibt ihr nur fern von ihm", die ihr seinen Anhang verstärkt. — 50. *adsumptumque patrem commentaque sacra* d. i. dass er sich den Vater nur angemasst und die Feste sich erlogen habe. Pentheus leugnet näml. die Abkunft des Bacchus von Juppiter. — 51. Ueber *an* s. zu 3, 34. — *Acrisius*, König von Argos, hatte ebenfalls dem Bacchus die Aufnahme verweigert. — 52. *Argolicas portas*, d. i. die Thore der Stadt Argos. — 53. *Penthea*, d. i. einen Mann wie Pentheus. Oft steht auf diese Weise das Nomen proprium nachdrucksvoll für das Pronomen person. 9, 11. 12, 99. 16, 41 u. ö. — 54. *citi*, s. zu 1, 4 *perpetuum*. — *ducem*, ipsum Bacchum.

56. *Hunc*, über die Anaphora s. zu 2, 9. Vgl. 109. 203. 209. — *avus*, Cadmus; *Athamas*, sein Oheim, als Gemahl der Ino, der Tochter des Cadmus. — 57. *Corripere* heisst zuweilen „hart anlassen, schelten", vgl. 38, 117. 45, 57. — 58. *Acrior*, im D. füge „noch" hinzu, vgl. 4, 400 *propior*. — 59. *ipsa*

Sic ego torrentem, qua nil obstabat eunti,
Lenius et modico strepitu decurrere vidi;
At quacumque trabes obstructaque saxa tenebant,
Spumeus et fervens et ab obice saevior ibat.
Ecce, cruentati redeunt et, Bacchus ubi esset,
Quaerenti domino Bacchum vidisse negarunt;
'Hunc' dixere 'tamen comitem famulumque sacrorum
Cepimus;' et tradunt manibus post terga ligatis
Sacra dei quendam Tyrrhena gente secutum.
Adspicit hunc Pentheus oculis, quos ira tremendos
Fecerat, et quamquam poenae vix tempora differt,
'O periture tuaque aliis documenta dature
Morte' ait, 'ede tuum nomen nomenque parentum
Et patriam, morisque novi cur sacra frequentes.'
Ille metu vacuus 'Nomen mihi' dixit 'Acoetes,
Patria Maeonia est, humili de plebe parentes.
Non mihi, quae duri colerent, pater, arva iuvenci,
Lanigerosve greges, non ulla armenta reliquit.
Pauper et ipse fuit, linoque solebat et hamis
Decipere et calamo salientes ducere pisces.
Ars illi sua census erat. Cum traderet artem,

„gerade", vgl. 3, 264 *sub ipsum nascendi spatium.* — 60. *eunti* im D. ein Substantivum mit einer Präpos. — 63. *ab* „in Folge", s. zu 3, 92 *tot ab ignibus.* — *obice* sprich *objice*, s. zu 3, 22.

68. Ordne *quendam Tyrrhena gente* (Ablat. qual.) *secutum sacra dei* („dem Festzuge"). Unter *Tyrrhena gens* sind die pelasgischen Tyrrhener in Lydien gemeint. In der Gestalt des Tyrrheners verbirgt sich aber der Gott selbst.

69. *tremendos*, das Gerundiv. lässt sich oft durch Adjectiva auf: lich, bar, würdig wiedergeben. — 70. *vix differt*, d. h. mit Mühe über sich gewinnt zu verschieben; *tempora* der Plur., weil er ihn nicht einfach zu tödten, sondern erst grausam zu martern gedenkt (186). — 71. *periture* „dem Tode verfallen"; *dature* „bestimmt zu geben", s, zu 1, 55 *motura.*— *documentum* hier warnendes Beispiel"; der Plur. ebenfalls mit Rücksicht auf die mehrfachen Martern. — 72. *ede* wie 4, 74 *edidit ortus.* — 73. *novi moris* „neu aufgebracht".

76. Constr. *pater mihi non reliquit arva, quae duri colerent iuvenci.* Ueber die Verschränkung des Haupt- u. Nebensatzes s. zu 4, 126. Vgl. unten 95. 127. Es sind hier die drei Gegenstände genannt, welche den Reichthum der ältesten Zeiten ausmachten. —78. *lino*, wie auch im D. „Garn" statt Netz. — 79. *calamus* hier „die Angelruthe", vgl. 19, 61 *tremula dum captat arundine pisces; salientes ducere* „sie zappelnd herausziehen". — 80. *census* ist oft „das Vermögen", eigentlich was der röm. Bürger bei der Schatzung dem Censor als sein Vermögen angab. — *traderet* =

"Accipe quas habeo, studii successor et heres,"
Dixit "opes;" moriensque mihi nil ille reliquit
Praeter aquas: unum hoc possum appellare paternum.
Mox ego, ne scopulis haererem semper in isdem,
Addidici regimen dextra moderante carinae
Flectere, et Oleniae sidus pluviale Capellae
Taygetenque Hyadasque oculis Arctonque notavi,
Ventorumque domos et portus puppibus aptos.
Forte petens Delon Chiae telluris ad oras
Adplicor, et dextris adducor litora remis,
Doque leves saltus udaeque inmittor arenae.
Nox ubi consumpta est, — Aurora rubescere primo
Coeperat — exsurgo, laticesque inferre recentes
Admoneo, monstroque viam, quae ducat ad undas.
Ipse, quid aura mihi tumulo promittat ab alto
Prospicio, comitesque voco repetoque carinam.
"Adsumus en!" inquit sociorum primus Opheltes,
Utque putat, praedam deserto nactus in agro,
Virginea puerum ducit per litora forma.
Ille mero somnoque gravis titubare videtur
Vixque sequi. Specto cultum faciemque gradumque:
Nil ibi, quod credi posset mortale, videbam.
Et sensi, et dixi sociis: "Quod numen in isto

doceret. — 81. *studium* hier „die (mit Eifer betriebene) Beschäftigung, Gewerbe". — 83. *paternum* „mein väterliches Erbtheil". — 84. *isdem* s. zu 3, 77. — 85. *carina*, sehr häufig für das ganze Schiff, ebenso *puppis* (88), s. zu 3, 286 *rota*. — 86. *pluviale* „Regen bringend". Die hier genannten Gestirne waren Leitsterne der Seefahrer, vgl. 19, 50 f. — 88. *Ventorum domos*, d. i. die Gegenden, woher sie wehen, s. die Schilderung 1, 61 ff. Vgl. *fluviorum domus* 3, 117; *domus, unde Sol oritur* 4, 27.

89. *Chia tellus*, d. i. die Insel Chios. — 90. *dextris remis*, d. h. durch Rudern nach der rechten Seite; denn auf dem Wege von der mäonischen Küste nach Delos behielt man Chios rechts. — *adducor* mit blossem Accus. des Ortes ist dichter. Freiheit. — 91. *do leves saltus* lässt sich mit dem coordinirten *inmittor* als eine adverbiale Bestimmung verbinden „mit einigen leichten Sätzen gelange ich". Wegen des Dativ. bei *inmittor* s. zu 2, 67 *excussit subiecto Ossae*. — 94. *Admoneo*, das Object kann auch im D. als selbstverständlich wegbleiben. — *ad undas*, näml. einer Quelle. — 95. Constr. *Ipse ab alto tumulo prospicio, quid aura mihi promittat*, s. zu 76. — 98. Verbinde *et praedam, ut putat, nactus* „im Glauben eine Beute gefunden zu haben". Menschenraub und -handel wurden häufig von den alten Seefahrern getrieben. — 100. *gravis* wie 3, 62 *gravem somno*. — 101. *Vix* wie 6, 71. — 103. *Et — et* deutet hier die Gleichzeitigkeit an „wie — so". — Betone *quod* „was für eine Gottheit": im folg. V.

Corpore sit, dubito; sed corpore numen in isto est.
Quisquis es, o faveas nostrisque laboribus adsis:
His quoque des veniam!" — "Pro nobis mitte precari!"
Dictys ait, quo non alius conscendere summas
Ocior antemnas prensoque rudente relabi.
Hoc Libys, hoc flavus, prorae tutela, Melanthus,
Hoc probat Alcimedon, et qui requiemque modumque
Voce dabat remis, animorum hortator Epopeus,
Hoc omnes alii: praedae tam caeca cupido est.
"Non tamen hanc sacro violari pondere pinum
Perpetiar" dixi: "pars hic mihi maxima iuris."
Inque aditu obsisto. Furit audacissimus omni
De numero Lycabas, qui Tusca pulsus ab urbe
Exsilium dira poenam pro caede luebat.
Is mihi, dum resto, iuvenili guttura pugno
Rupit, et excussum misisset in aequora, si non
Haesissem, quamvis amens, in fune retentus.
Impia turba probat factum. Tum denique Bacchus —
Bacchus enim fuerat — veluti clamore solutus
Sit sopor, aque mero redeant in pectora sensus,
"Quid facitis? quis clamor?" ait, "qua, dicite nautae,
Huc ope perveni? quo me deferre paratis?" —

numen. — 104. *dubito* „darüber bin ich ungewiss", s. zu 6, 13 *qua requieverit herba*, *moenia fac condas*. — 106. *His*, den Gefährten, die sich unwissender Weise deiner bemächtigt haben. — *mitte* c. Inf. „unterlasse". — 107. *quo*, der vergleichende Ablat. beim Comparativ lässt sich oft durch „in Vergleich zu" übersetzen. — *conscendere ocior*, die Dichter verbinden viele Adjectiva, die in der guten Prosa mit dem Gerundium oder Supin. auf *u* verbunden werden, mit dem Infin.: 11, 248 *avidi committere pugnam*, 319 *sagax videre*. Vgl. *dignus* 3, 79. 4, 74. — 109. *prorae tutela*, das Abstractum für das concrete *custos* (22, 98 *templi tutela fuere*), der Untersteuermann (*proreta*), der seinen Posten am Vordertheil hatte. — 110. *qui requiemque modumque cet.* Einer von der Mannschaft gab den Ruderern entweder mit der Stimme oder einem Hammer den Takt (*modum*) oder die Pausen (*requiem*) an; auch befeuerte er sie wohl durch Gesang. Der griech. Name war κελευστής, d. i. *hortator*. — 113. *violari* „mit Schuld befleckt werden", wenn man den Gott gewaltsam entführte. — *pinum* wie 4, 216. — 114. Betone *mihi*. — *iuris* „Recht zu befehlen, Macht", wie 4, 79. Er war Steuermann. — 116. *Tusca* d. i. Tyrrhena. Der Sage nach stammten die Etrusker oder Tusker von den nach Italien ausgewanderten Tyrrhenern. — 117. *Exsilium poenam luebat* statt exsilii poenam lu. — 118. *resto*, d. i. resisto. — *iuvenili*, d. i. kräftig. — 119. *Rumpere guttur* „würgen".

122. *fuerat* „war es gewesen", den wir gefunden. — 123. *aque* an *a* wird *que* nur sehr selten gehängt, in der Prosa niemals. *a mero* d. i. aus der Trunkenheit. — 124. *qua ope*, im D. „mit wessen

"Pone metum," Proreus "et quos contingere portus
Ede velis," dixit; "terra sistere petita." —
"Naxon" ait Liber "cursus advertite vestros:
Illa mihi domus est, vobis erit hospita tellus."
Per mare fallaces perque omnia numina iurant
Sic fore, meque iubent pictae dare vela carinae.
Dextera Naxos erat: dextra mihi lintea danti
"Quid facis, o demens? quis te furor" inquit "Acoete,"
Pro se quisque, "tenet? laevam pete!" Maxima nutu
Pars mihi significat, pars, quid velit, aure susurrat.
Obstupui, "Capiat" que "aliquis moderamina" dixi,
Meque ministerio scelerisque artisque removi.
Increpor a cunctis, totumque inmurmurat agmen;
E quibus Aethalion "Te scilicet omnis in uno
Nostra salus posita est!" ait, et subit ipse meumque
Explet opus, Naxoque petit diversa relicta.
Tum deus inludens, tamquam modo denique fraudem
Senserit, e puppi pontum prospectat adunca

Hülfe". — 126. *portus*, im D. der Singular, s. zu 4, 221 *occasus*. — 127. *Ede* s. zu 72. — *sistere* (wie 14 *spargĕre*) „du sollst ausgesetzt werden". — 128. Auf *Naxos* blühte Weinbau und Bacchuscultus. — 129. *domus* „Heimat". — 130. *Per* wie 3, 26. — 131. Was zu *dare vela* (im folg. V. *lintea*) „die Segel spannen" hinzuzudenken sei, lehrt 2, 44 *vela dabant ventis*. Vgl. 16, 40. 19, 19. 39, 3. 47, 177. — *pictae carinae*, Genit. Auch die Alten bemalten die Aussenseite ihrer Schiffe; besonders waren am Vordertheile Bildwerke angebracht. 132. *dextera Naxos erat*. Man befand sich an der Südküste von Chios. Den von dort Abstossenden lag Naxos rechts, links dagegen Mäonien, die Heimat der Schiffer, wo sie ihren Raub in Sicherheit zu bringen gedachten. Daher 134 ihr Befehl *laevam pete!* — *dextra* (parte), im D. „nach Rechts"; ähnlich 134 *laevam*. — 133. *furor* wie 23. — 134. *pro se quisque* „jeder Einzelne", im Gegensatz zu dem obigen allgemeinen Geschrei; denn sie wollen ihre Absicht noch verheimlichen. Die gleiche Satzverschränkung, wo *inquit* und sein Subject an verschiedenen Stellen der angeführten Rede eingeschaltet werden, s. 184. 11, 351. 368. 20, 145.— 135. *quid velit* ist auch Object zu *significat*. — *aure*, im D. „ins Ohr", eig. Ablat. instrum., der oft im D. anders aufgefasst wird. — 136. *Capiatque*, wozu gehört *que*? s. zu 4, 6. — *aliquis* mit Nachdruck „irgend einer", wer es immer sei, vgl. 4, 128.— *moderamina*, der Plur. bezeichnet alles, was zur Lenkung gehört, „das Geschäft des Lenkens". — 137. *Me removi* „sagte mich los". — *artis* „meiner Kunst" als Steuermann. — 138. *inmurmurat* d. i. murmurat in me. — 139. *scilicet* oft mit Ironie „ja freilich". — 140. *subit*, an das Steuer. — 141. *Naxo relicta* d. i. nachdem er die Richtung nach Naxos verlassen, Naxos hatte liegen lassen. *diversa* „die entgegengesetzte Richtung", s. zu *multum* 4, 218.

142. *modo denique* „nur eben

Et flenti similis "Non haec mihi litora, nautae,
Promisistis" ait, "non haec mihi terra rogata est.
Quo merui poenam facto? quae gloria vestra est,
Si puerum iuvenes, si multi fallitis unum?"
Iandudum flebam; lacrimas manus inpia nostras
Ridet et inpellit properantibus aequora remis.
Per tibi nunc ipsum — nec enim praesentior illo
Est deus — adiuro, tam me tibi vera referre,
Quam veri maiora fide: stetit aequore puppis
Haud aliter, quam si siccum navale teneret.
Illi admirantes remorum in verbere perstant,
Velaque deducunt geminaque ope currere temptant.
Inpediunt hederae remos nexuque recurvo
Serpunt et gravidis distinguunt vela corymbis.
Ipse, racemiferis frontem circumdatus uvis,
Pampineis agitat velatam frondibus hastam;
Quem circa tigres simulacraque inania lyncum
Pictarumque iacent fera corpora pantherarum.
Exsiluere viri, sive hoc insania fecit
Sive timor; primusque Medon nigrescere coepit
Corpore et expresso spinae curvamine flecti.
Incipit huic Lycabas: "In quae miracula" dixit

erst". — 114. *haec litora — haec terra*, wohin ihr näml. das Fahrzeug gerichtet habt; denn in Sicht konnte das Land noch nicht sein, ebensowenig wie vorher Naxos. — 145. *mihi rogata est*, s. zu 3, 173 *bucina sumitur illi*. — 147. *iuvenes* im Gegensatz zu *puer* „jugendkräftige Männer". Beachte den Chiasmus, s. zu 3, 78. — 150. *Per* wird in Beschwörungen häufig von seinem Accusat. getrennt, besonders durch dazwischentretende persönl. Pronomina: 26, 29 *per ego haec loca*. — *praesentior* „näher gegenwärtig", daher bereiter mit seiner Macht und Hülfe, hier mit versteckter Hindeutung darauf, dass er selbst der Gott ist. Vgl. 16, 178. 49, 1. — 152. *veri fide maiora* „was die Glaublichkeit der Wahrheit übersteigt", wie 6,106. *fide maius*. — 153. *navale*, Subj. — 155. *Vela deducunt*, während des Ruderns waren die Segel aufgewickelt gewesen; jetzt lassen sie dieselben herab. — *gemina*, et remorum et velorum. — 156. *hederae* „Epheuranken", denn der Epheu war dem Bacchus heilig. — 157. *distinguunt* „durchziehen bunt"; *corymbi* hier die Blüthendolden des Epheu. — 158. *frontem circumdatus* s. zu 3, 103 *tectus vultum*. — *racemiferis* „vollbeerig". — 159. *Pampineis velata frondibus hasta* ist der *thyrsus*, der mit Epheu oder Weinlaub umwunden war. — 160. *Quem circa* s. zu 1, 67. — *simulacra inania* „Truggebilde". Bacchus wurde auf einem Wagen dargestellt, der bald von Tigern, bald von Panthern, bald von Luchsen gezogen wurde. — 161. *pantherarum*, über den spondeischen Ausgang s. zu 1, 14. — 262. *Exsiluere*, ins Meer. — 164. *expresso* „deutlich heraustretend", vgl. 4, 296 *curvi delphines;* denn in Delphine wurden sie verwandelt. — 165. Der Ausdruck *Incipit* ist hier

"Verteris?" et lati rictus et panda loquenti
Naris erat, squamamque cutis durata trahebat.
At Libys, obstantes dum vult obvertere remos,
In spatium resilire manus breve vidit, et illas
Iam non esse manus, iam pinnas posse vocari.
Alter ad intortos cupiens dare bracchia funes
Bracchia non habuit, truncoque repandus in undas
Corpore desiluit; falcata novissima cauda est,
Qualia dimidiae sinuantur cornua lunae.
Undique dant saltus, multaque adspergine rorant,
Emerguntque iterum redeuntque sub aequora rursus,
Inque chori ludunt speciem lascivaque iactant
Corpora et acceptum patulis mare naribus efflant.
De modo viginti — tot enim ratis illa ferebat —
Restabam solus. Pavidum gelidumque trementi
Corpore vixque meum firmat deus "Excute" dicens
"Corde metum, Diamque tene." Delatus in illam
Accessi sacris Baccheaque sacra frequento.'
'Praebuimus longis' Pentheus 'ambagibus aures,'
Inquit, 'ut ira mora vires absumere posset.
Praecipitem, famuli, rapite hunc, cruciataque diris
Corpora tormentis Stygiae demittite nocti!'
Protinus abstractus solidis Tyrrhenus Acoetes
Clauditur in tectis; et, dum crudelia iussae

mit Absicht gewählt, weil er, noch ehe er geendigt, selbst verwandelt wird. Den Worten des Lycabas ist überflüssig *dixit* eingeschaltet, wie auch bei uns zuweilen „sagt er", wo schon ein Verbum des Sagens vorausgegangen ist. Nep. Hann. 2, 3 *hoc adiunxit: Pater meus, inquit, Hamilcar cet.* — *miracula* „wunderbare Formen". — 167. *squamam trahebat* wie 3, 250 *faciem traxere virorum.* Der Dichter hat übersehen, dass der Delphin keine Schuppen hat. — 168. *obstantes obvertere remos*, er sucht die widerstrebenden (156) Ruder auf die entgegengesetzte Seite zu wenden, um dorthin die Flucht zu versuchen. — 169. *resilire* hier „sich plötzlich zusammenziehen". — 171. *dare bracchia*, s. die Bem. zu 4, 372. — 172. *trunco* „gliederlos", weil Arme und Beine verschwunden sind. — 173. *novissima cauda* s. zu 3, 134 *summa in ulmo.* — 175. *multa adspergine rorant* „sie spritzen einen Regen von Tropfen". — 177. *In speciem* „nach Art, ähnlich wie". — 178. *acceptum mare* „das verschluckte Meerwasser", das Ganze für den Theil; auch dies heisst Synekdoche, s. zu 3, 286. So 2, 6 *orbis.* — 179. *De modo viginti*, s. zu 3, 164 *de tot modo milibus.* — 181. *meum* „meiner mächtig". — 182. *tene* wie 4, 171 *inter utrumque tene.* — 183. Wiederholung desselben Wortes mit Chiasmus wie 3, 78. 142. 4, 60. 122. 247. 6, 98 u. ö.

185. *ut — posset*, so dass er konnte, wenn es nämlich möglich gewesen wäre; im D. „gekonnt hätte". — 187. *Stygiae demittite nocti*, s. zu 91. — 189. *et* knüpft

Instrumenta necis, ferrumque ignesque, parantur,
Sponte sua patuisse fores, lapsasque lacertis
Sponte sua fama est nullo solvente catenas.
  Perstat Echionides; nec iam iubet ire, sed ipse
Vadit, ubi electus facienda ad sacra Cithaeron
Cantibns et clara bacchantum voce sonabat.
Ut fremit acer equus, cum bellicus aere canoro
Signa dedit tubicen, pugnaeque adsumit amorem,
Penthea sic ictus longis ululatibus aether
Movit, et audito clamore recanduit ira.
  Monte fere medio est, cingentibus ultima silvis,
Purus ab arboribus, spectabilis undique campus.
Hic oculis illum cernentem sacra profanis
Prima videt, prima est insano concita cursu,
Prima suum misso violavit Penthea thyrso
Mater. 'Io, geminae' clamavit 'adeste sorores!
Ille aper, in nostris errat qui maximus agris,
Ille mihi feriendus aper.' Ruit omnis in unum
Turba furens; cunctae coëunt trepidumque sequuntur,
Iam trepidum, iam verba minus violenta loquentem,
Iam se damnantem, iam se peccasse fatentem.
Saucius ille tamen 'Fer opem, matertera' dixit
'Autonoë! moveant animos Actaeonis umbrae!'

hier Uerwartetes an, was sich etwa durch „und nun" ausdrücken lässt. — 190. *ignes* „Feuerbrände". — 292. Der wegen Widerkehr der gleichen Erscheinung wiederholte Hauptbegriff ist uoch durch *nullo solvente* verstärkt, vgl. 2, 1 *vindice nullo*, *sponte sua*, *sine lege*; ebenda 13 *ipsa per se nullo cogente*.

193. *nec* wie 4, 408; *iam* übersetze wie 4, 262. — Betone die Gegensätze *iubet ire* (wie 54 f.) und *ipse vadit*. — 195. *bacchantum* s. zu 1, 83 *moderantum*. — 197. *pugnae amorem* s. zu 2, 43 *amor habendi*. — 198. *ictus* übersetze nach *inpulit* 6, 21. — *longis* „langgezogen".

200. *ultima*, d. i. extremas partes campi „die Räuder", vgl. 1, 31. — 203. Sehr erfolgreich ist hier und 209 f. die Anaphora angewendet. Wegen der Stellung des Subjectes *mater* s. zu 1, 1 *in nova* und zu 2, 13 *ipsa tellus*. Solche nachdrucksvolle Wortstellungen siud beim Uebersetzen möglichst nachzuahmen. — 203. *est concita* „hetzt auf ihn los". — 204. *suum* „ihren Sohn" s. zu 12, 266. — 205. Die Mutter des Pentheus hiess *Agaue*, ihre beiden Schwestern *Ino* und *Autonoë*. — 208. *coëunt* „schaaren sich zusammen". — 209. *trepidum* ist wiederholt, um das eben Gesagte zu bestätigen. Im D. füge deshalb „ja" hinzu, „ja, der schon bebte". —211. *tamen*, obwol er sich schuldig bekennt. — 212. *animos*, s. zu 4, 70. — *Actaeonis umbrae*, d. h. der Schatten deines auf ähnliche Weise zerfleischten Sohnes Actäon (s. das mythol. Reg.) Wegen des

Illa, quis Actaeon, nescit, dextramque precantis
Abstulit; Inoo lacerata est altera raptu.
Non habet infelix, quae matri bracchia tendat;
Trunca sed ostendens disiectis vulnera membris,
'Adspice, mater,' ait. Visis ululavit Agaue,
Collaque iactavit movitque per aëra crinem;
Avulsumque caput digitis conplexa cruentis
Clamat 'Io comites opus haec victoria nostrum est!'
Non citius frondes autumno frigore tactas
Iamque male haerentes alta rapit arbore ventus,
Quam sunt membra viri manibus direpta nefandis.
Talibus exemplis monitae nova sacra frequentant.
Turaque dant sanctasque colunt Ismenides aras.

8. Die Töchter des Minyas. Pyramus und Thisbe.

(IV, 1—11. 29—44. 55—166. 389—415.)

At non Alcithoë Minyeïas orgia censet
Accipienda dei, sed adhuc temeraria Bacchum
Progeniem negat esse Iovis, sociasque sorores
Inpietatis habet. Festum celebrare sacerdos,
Inmunesque operum famulas dominasque suorum
Pectora pelle tegi, crinales solvere vittas,
Serta coma, manibus frondentes sumere thyrsos

Plur. s. zu 3, 225. — 213. *quis Actaeon*, die Weglassung des Conjunctiv. von *sum* in indirecten Fragsätzen kommt fast nur bei Dichtern vor. — 214. *Abstulit* „riss ab". — *Inoo raptu*, s. zu 2, 16 *arbuteos fetus*. — *altera*, manus. — 216. Ueber die Nachstellung von *sed* s. zu 3, 144. — *trunca disiectis vulnera membris* „die wunden, der abgerissenen und zerstreuten Glieder beraubten Stumpfe". — 217. *Visis*, vgl. 5, 16 *accepta*. Beim Anblick der Wunden bricht Agaue in wahnwitzige Freude aus. — 218. *movit* „liess fliegen". Die Bacchantinnen trugen das Haar gelöst, vgl. 8, 6. — 222. *male* ist oft: nicht so, wie es sein soll, nicht recht, hier „locker".

224. *monitae* hier „gewarnt". — 225. *Tura* wie 3, 87. — *aras* Bacchi.

Diese Erzählung schliesst sich unmittelbar an die vorhergehende. 3. Verbinde *socias impietatis*. — 6. *Pectora* s. zu 3, 103 *tectus vultum*. Ebenso unten 67. 70. — *pelle*, die Bacchantinnen bedeckten die Schultern mit Fellen. — *crinales solvere vittas*, s. zu 7, 218. — 7. *Serta coma sumere*, Ablat. instrum., wir „in das Haar" s. zu 7, 135. (Chiasmus s.

Iusserat, et saevam laesi fore numinis iram
Vaticinatus erat. Parent matresque nurusque,
Telasque calathosque infectaque pensa reponunt,
Turaque dant Baccho; clamor iuvenilis et una
Femineae voces inpulsaque tympana palmis
Concavaque aera sonant longoque foramine buxus.
'Placatus mitisque' rogant Ismenides 'adsis!'
Iussaque sacra colunt. Solae Minyeïdes intus
Intempestiva turbantes festa Minerva
Aut ducunt lanas, aut stamina pollice versant,
Aut haerent telae famulasque laboribus urguent.
E quibus una levi deducens pollice filum,
'Dum cessant aliae commentaque sacra frequentant,
Nos quoque, quas Pallas, melior dea, detinet' inquit,
'Utile opus manuum vario sermone levemus,
Perque vices aliquid, quod tempora longa videri
Non sinat, in medium vacuas referamus ad aures.'
Dicta probant primamque iubent narrare sorores.
Illa, quid e multis referat — nam plurima norat —
Cogitat. Hinc orsa est, lana sua fila sequente:
'Pyramus et Thisbe, iuvenum pulcherrimus alter,
Altera, quas oriens habuit, praelata puellis,

zu 3, 78). — *frondentes thyrsos*, s. zu 7, 159. — 9. *matresque nurusque* wie 7, 21. — 10. *Telasque*, über *que* in der Arsis s. zu 3, 31. — *calathi* hier „Arbeitskörbchen" zur Aufbewahrung von Wolle u. dgl. — *infecta* „unvollendet". — 13. *Concava aera* s. zu 7, 24 *aera aere repulsa*. Was dort und unten 143 *adunco tibia cornu*, ist hier *longo foramine buxus*, denn die phrygische Flöte war aus Buxbaumholz. *Foramen* ist hier die Höhlung, welche der Länge nach durch die ganze Flöte geht. — 15. *intus*, d. i. domi. — 16. *Minerva* als Vorsteherin der Spinn- und Webekunst steht metonymisch für diese Künkte selbst: „Werk der Minerva", s. zu 3, 25. — 17. *ducere lanas* hier das Ziehen der Wolllocken durch die Krämpel oder den Kamm, um sie für den Rocken vorzubereiten; dagegen 19 *deducere filum* das Herabziehen des Fadens vom Rocken. Für Beides vgl. 44, 111 *vellera nulla trahunt digitis nec fila sequentia ducunt*. — *stamina* hier der Faden auf der Spindel. — 18. *haerent* „haften daran"; der Dat. bei *haerere* ist selten. — 19. *E quibus*, Minyeïdibus. — *levi* „gewandt, behend". — 20. *commenta sacra*, s. zu 7, 50. — 23. *Per vices* „wechselsweise". — *tempora* „die Stunden". — 24. *in medium referre* entspricht unserm „zum Besten geben". — *vacuas* „unbeschäftigt". — 25. *primam* „sie (die den Vorschlag gemacht hatte) zuerst". — 27. *lana sua fila sequente*, d. i. während aus dem Rocken immer neue Wolle dem aus ihr gedrehten (*sua*) Faden nachrückte; ganz dem Hergange beim Spinnen gemäss. Sie setzte während des Erzählens die Arbeit unablässig fort.

29. *praelata* „ausgezeichnet vor

Contiguas tenuere domos, ubi dicitur altam
Coctilibus muris cinxisse Semiramis urbem.
Notitiam primosque gradus vicinia fecit,
Tempore crevit amor; taedae quoque iure coissent
Sed vetuere patres. Quod non potuere vetare,
Ex aequo captis ardebant mentibus ambo.
Conscius omnis abest; nutu signisque loquuntur;
Quoque magis tegitur, tectus magis aestuat ignis.
Fissus erat tenui rima, quam duxerat olim,
Cum fieret, paries domui communis utrique.
Id vitium nulli per saecula longa notatum —
Quid non sentit amor? — primi vidistis amantes
Et vocis fecistis iter, tutaeque per illud
Murmure blanditiae minimo transire solebant.
Saepe, ubi constiterant hinc Thisbe, Pyramus illinc,
Inque vices fuerat captatus anhelitus oris,
"Invide" dicebant "paries, quid amantibus obstas?
Quantum erat, ut sineres toto nos corpore iungi,
Aut hoc si nimium, vel ad oscula danda pateres!
Nec sumus ingrati: tibi nos debere fatemur,
Quod datus est verbis ad amicas transitus aures."
Talia diversa nequiquam sede locuti
Sub noctem dixere vale, partique dedere
Oscula quisque suae non pervenientia contra.

—“. — 31. Iustin. I, 2 *Haec* (Semiramis) *Babyloniam condidit, murumque urbi cocto latere circumdedit, arenae vice bitumine interstrato.* — 32. *primos gradus*, amoris, was man aus den folgenden Worten leicht ergänzt. — 33. *taeda* metonym. wie 4, 16; *taedae iure coire* „sich durch rechtmässige Ehe verbinden“. So sind oft Substantiva, die eine Beifügung bei sich haben, adjectivisch zu übersetzen, vgl. 4, 229 *sudore veneni*. — 34. Der Relativsatz *quod non potuere vetare* bezieht sich auf den folgenden Vers. — 35. *Ex aequo*, nach gleichem Verhältniss; *ex aequo captae mentes* „gleich heftige Zuneigung“. — 37. *magis tegitur, tectus magis*, s. zu 7, 83. Nach *quo* beim Comparativ wird *eo* häufig von den Dichtern weggelassen.

40. *nulli*, s. zu *ulli* 4, 205; über den Dativ der thätigen Person beim Passiv zu 3, 173. — 42. Constr. *Et fecistis id vitium vocis iter.* — 43. *minimo* „leiseste“; ebenso 56 *parvo*. — 45. Der Plur. *in vices* für *invicem* kommt nur bei Dichtern vor; hier bezeichnet er die öftere Wiederholung. — *captatus* „eingesogen“. — 47. *Quantum erat* „was wäre es denn Grosses gewesen“, s. zu 7, 34 *decebat*. — *toto corpore iungi* „mit dem ganzen Körper bei einander zu sein“. — 48. *vel* „auch nur“. Der Satz hängt noch von *ut* ab. — 49. *Nec* „jedoch nicht“, vgl. 4, 408. — 51. *nequiquam*, richtigere Schreibart als *nequicquam* oder *nequidquam*. — 52. *Sub* wie 3, 264. — *parti* „Seite“ der Wand. — *dedere quisque suae*, s. zu 1, 59. — 53. *contra* „auf die andere Seite“.

Postera nocturnos aurora removerat ignes,
Solque pruinosas radiis siccaverat herbas:
Ad solitum coiere locum. Tum murmure parvo
Multa prius questi, statuunt, ut nocte silenti
Fallere custodes foribusque excedere temptent,
Cumque domo exierint, urbis quoque tecta relinquant,
Neve sit errandum lato spatiantibus arvo,
Conveniant ad busta Nini, lateantque sub umbra
Arboris: arbor ibi niveis uberrima pomis
Ardua morus erat, gelido contermina fonti.
Pacta placent; et lux, tarde discedere visa,
Praecipitatur aquis, et aquis nox surgit ab isdem.
Callida per tenebras versato cardine Thisbe
Egreditur fallitque suos, adopertaque vultum
Pervenit ad tumulum, dictaque sub arbore sedit:
Audacem faciebat amor. Venit ecce recenti
Caede leaena boum spumantes oblita rictus,
Depositura sitim vicini fontis in unda.
Quam procul ad lunae radios Babylonia Thisbe
Vidit, et obscurum trepido pede fugit in antrum,
Dumque fugit, tergo velamina lapsa reliquit.
Ut lea saeva sitim multa compescuit unda,
Dum redit in silvas, inventos forte sine ipsa
Ore cruentato tenues laniavit amictus.
Serius egressus vestigia vidit in alto
Pulvere certa ferae, totoque expalluit ore
Pyramus. Ut vero vestem quoque sanguine tinctam
Repperit, "Una duos" inquit "nox perdet amantes;
E quibus illa fuit longa dignissima vita,

54. *nocturnos ignes*, d. i. stellas. — 56. *Ad solitum coiere locum*, über die Art der Satzverbindung s. zu 4, 78. — 60. *Neve* s. zu 1, 72. Constr. *et* ut, *ne sit errandum*, *conveniant* ect. — 61. *busta* der Plur. von einem Grabmal, s. zu 3, 14 *Palatia*. — 65. *Praecipitatur aquis* d. i. in Oceanum, vgl. 4, 99 f. Ueber den Dativ s. zu 4, 15 *caelo bracchia porrexit*. — *aquis ab isdem* d. i. ebenfalls aus dem Ocean, aber im Osten, wie sie im westl. Meere versinkt 4, 173. Ueber *isdem* s. zu 3, 77. Der Vers wie 7, 183.

66. *Callida* ziehe zum Prädicat, s. zu 1, 4 *perpetuum*. — 67. *adoperta vultum*, mit einem Schleier, der unten mit *velamina*, *amictus*, *vestis* bezeichnet ist. — 68. *dicta* „verabredet". — 70. Ordne *leaena oblita* (Quantität!) *spumantes rictus recenti caede boum*. *Caedes* steht zuweilen metonymisch für *sanguis*, die Ursache für den Erfolg, vgl. 98 *adspergine caedis*. — 74. *tergo lapsa*, s. zu 3, 104 *fluit unda capillis*. — 76. *sine ipsa*, Thisbe.

78. Ueber die Stellung des Subjectes s. zu 7, 205. — 81. *Una duos*, s. zu 3, 51 *deus humana*. — 82.

Nostra nocens anima est: ego te, miseranda, peremi,
In loca plena metus qui iussi nocte venires,
Nec prior huc veni. Nostrum divellite corpus,
Et scelerata fero consumite viscera morsu,
O quicumque sub hac habitatis rupe, leones!
Sed timidi est optare necem." — Velamina Thisbes
Tollit et ad pactae secum fert arboris umbram.
Utque dedit notae lacrimas, dedit oscula vesti,
"Accipe nunc" inquit "nostri quoque sanguinis haustus!"
Quoque erat accinctus, demisit in ilia ferrum,
Nec mora, ferventi moriens e vulnere traxit.
Ut iacuit resupinus humo, cruor emicat alte,
Non aliter, quam cum vitiato fistula plumbo
Scinditur et tenui stridente foramine longas
Eiaculatur aquas atque ictibus aëra rumpit.
Arborei fetus adspergine caedis in atram
Vertuntur faciem, madefactaque sanguine radix
Puniceo tinguit pendentia mora colore.
  Ecce metu nondum posito, ne fallat amantem,
Illa redit, iuvenemque oculis animoque requirit,
Quantaque vitarit narrare pericula gestit.
Utque locum et visa cognoscit in arbore formam,
Sic facit incertam pomi color: haeret, an haec sit.

dignissima, s. zu 4 249. — 83. *Nostra* beziehe auf Pyramus allein im Gegensatz zu *illa*. — *nocens est* „ist die schuldige". — 84. *iussi venires* merke als eine seltene Construction. — *metus*, hier das, was Furcht einjagt, „Schreckniss". — 88. Betone *optare*: welcher Gesensatz ergiebt sich dann? — 90. Verbinde *notae vesti*. Die Dichter setzen zuweilen, wenn ein Substantiv. mit einem Adject. zwei Satzgliedern gemeinschaftlich ist, das Substant. in das eine, das Adject. in das andere, vgl. 3, 56 *Arcados hinc sedes et inhospita tecta tyranni Ingredior*. 9, 8. 74. 13, 19. 33, 99. — *dedit oscula* ist dem Satze *ut dedit lacrimas* coordinirt. — 91. *accipe haustus sanguinis* „trinke mein Blut" — 92. *Quoque*, wozu gehört *que*? s. zu 2, 45. — 93. *Nec mora*, s. zu 6, 46. — 94. *humo* wie 6, 127. — 95. *fistula* hier „eine Wasserröhre", die aus Blei zu sein pflegten. — 96. *stridente*, im D. ein Substant. mit „unter". *longas aquas* „lange Wasserstrahlen". — 97. *ictibus* „stossweise". — 98. *in atram faciem*, oben 62 *niveis uberrima pomis*. Die Färbung der Beeren wird doppelt begründet: theils durch die äusserliche Besprengung mit Blut, theils dadurch, dass die Wurzel das Blut aufsangt und mit dem Safte des Baumes vermischt.

104. *Ut* — *sic* wie 3, 208. Betone *formam*, denn nur die Gestalt des Baumes erkennt sie, während die veränderte Farbe der Früchte ihr Zweifel erregt. — 105. *an* in einfachen abhängigen Fragen (ausser wo es nach Ausdrücken der Ungewissheit zur Bejahung hinneigt „ob nicht") brauchen nur

Dum dubitat, tremebunda videt pulsare cruentum
Membra solum, retroque pedem tulit, oraque buxo
Pallidiora gerens exhorruit aequoris instar,
Quod tremit, exigua cum summum stringitur aura.
Sed postquam remorata suos cognovit amores,
Percutit indignos claro plangore lacertos,
Et laniata comas amplexaque corpus amatum
Vulnera supplevit lacrimis, fletumque cruori
Miscuit, et gelidis in vultibus oscula figens
"Pyrame" clamavit, "quis te mihi casus ademit?
Pyrame, responde: tua te carissima Thisbe
Nominat! exaudi, vultusque attolle iacentes!"
Ad nomen Thisbes oculos iam morte gravatos
Pyramus erexit, visaque recondidit illa.
Quae postquam vestemque suam cognovit, et ense
Vidit ebur vacuum, "Tua te manus" inquit "amorque
Perdidit, infelix. Est et mihi fortis in unum
Hoc manus, est et amor: dabit hic in vulnera vires.
Persequar exstinctum, letique miserrima dicar
Causa comesque tui; quique a me morte revelli
Heu sola poteras, poteris nec morte revelli.
Hoc tamen amborum verbis estote rogati,
O multum miseri meus illiusque parentes,
Ut quos certus amor, quos hora novissima iunxit,
Componi tumulo non invideatis eodem.
At tu, quae ramis arbor miserabile corpus

die Dichter und späteren Schriftsteller. — 108. *gerens*, im D. eine blosse Präpos. — 109. *summum* „seine Oberfläche", s. zu 3, 134 *summa in ulmo*. — 110. *amores*, (bes. der Plur.) oft metonym. für den Gegenstand liebender Gefühle, der (die) Geliebte. Auch wir in gleichem Sinne „ihre Liebe". — 111. *indignos*, die das nicht verdient „unschuldig". — 112. *laniata comas*, das Passivum mit dem Accus. des betreffenden Theiles lässt sich zuweilen reflexiv übersetzen. — 114. *vultus* hier so wie 117 „das Antlitz".

120. Ueber *que — et* s. zu 1, 29. — 121. *ebur*, metonym. für die daraus gefertigte Scheide des Schwertes. — *Tua* mit Nachdruck „deine eigene". — 122. *et* gehört zu *mihi*. — *in* hier und im folg. V. wie 4, 313 *haec ipsa in verba*. — 126. *nec* „selbst oder auch nicht", ähnlich dem *ne — quidem*, vgl. 3, 112. Die Wiederholung der gleichen Worte zeigt an, dass der negirte Begriff völlig der vorige sei; s. zu 3, 142. — 127. *amborum verbis* „in Beider Namen". — 128. Verbinde *o multum* („sehr") *miseri parentes* („Väter"), wozu *meus illiusque* Apposition ist. — 129. *certus* „zuverlässig fest". — *novissima* „die letzte". — 130. *ut non invideatis*, nicht *ne inv.*, weil *non invidere* „nicht verweigern" = gewähren. — *componere* oft vom Bestatten oder Beisetzen. — 131. *quae arbor*, s. zu 1, 64 *quae litora*.

Nunc tegis unius, mox es tectura duorum,
Signa tene caedis pullosque et luctibus aptos
Semper habe fetus, gemini monumenta cruoris."
Dixit, et aptato pectus mucrone sub imum
Incubuit ferro, quod adhuc a caede tepebat.
Vota tamen tetigere deos, tetigere parentes:
Nam color in pomo est, ubi permaturuit, ater;
Quodque rogis superest, una requiescit in urna.'
Finis erat dictis; sed adhuc Minyeïa proles
Urguet opus spernitque deum festumque profanat:
Tympana cum subito non apparentia raucis
Obstrepuere sonis, et adunco tibia cornu
Tinnulaque aera sonant. Redolent murraeque crocique;
Resque fide maior, coepere virescere telae
Inque hederae faciem pendens frondescere vestis.
Pars abit in vites, et quae modo fila fuerunt,
Palmite mutantur; de stamine pampinus exit,
Purpura fulgorem pictis accommodat uvis.
Iamque dies exactus erat, tempusque subibat,
Quod tu nec tenebras nec possis dicere lucem,
Sed cum luce tamen dubiae confinia noctis:
Tecta repente quati pinguesque ardere videntur
Lampades et rutilis collucere ignibus aedes,
Falsaque saevarum simulacra ululare ferarum.
Fumida iandudum latitant per tecta sorores
Diversaeque locis ignes ac lumina vitant;

— 132. *mox es tectura* ist dem *nunc tegis* coordinirt.

136. *a caede*, s. zu 3 92 *tot ab ignibus*. — 137. *tetigere* wie 4, 324. — 138. *permaturuit* „völlig reif ist". — 139. *rogis* (Dat.) *superest*, den Scheiterhaufen überdauert „daraus übrig bleibt", d. i. ihre Asche.

141. *Urguet* d. i. betreibt eifrig. — 143. *Obstrepuere*, die Präpos. übers. mit „dazwischen", näml. zwischen ihr Gespräch und ihre Arbeit. — 144. *Tinnula aera*, vgl. 13. — 145. *Res fide maior* s. zu 6, 106 *fide maius*. — 146. *in faciem* wie *in speciem* 7, 177. — *pendens vestis*, das vom Webstuhl herabhängende Gewebe. — 147. *Pars*, *vestis*, *abit in* wie 3, 74. — 148. *mutari* c. Ablat. instrum. eigentlich mit etwas vertauscht werden, d. i. „sich in etwas verwandeln". — 149. *Purpura*, lanae. — *pictis* wie 6, 108.

151. *possis* s. zu 3, 80 *putes*. — 152. Ordne *sed tamen confinia dubiae* („dämmernd") *noctis cum luce* d. i. et lucis. — 153. *Tecta repente quati*, s. zu 56. — *pingues* hier „harzig". — 155. *Falsa simulacra*, was 7, 160 *simulacra inania*. — 156. *iandudum* hat bei Dichtern zuweilen die Bedeutung „sofort, ungesäumt". — *per tecta* „im Hause umher", vgl. 4, 2; *fumida*, vom Fackelqualm. — 157. *Diver-*

Dumque petunt latebras, parvos membrana per artus
Porrigitur tenuique includit bracchia pinna.
Nec qua perdiderint veterem ratione figuram,
Scire sinunt tenebrae. Non illas pluma levavit;
Sustinuere tamen se perlucentibus alis.
Conataeque loqui minimam pro corpore vocem
Emittunt peraguntque levi stridore querellas.
Tectaque, non silvas celebrant; lucemque perosae
Nocte volant, seroque trahunt a vespere nomen.

9. Ino und Athamas.

(IV, 416—562.)

Tum vero totis Bacchi memorabile Thebis
Numen erat, magnasque novi matertera vires
Narrat ubique dei, de totque sororibus expers
Una doloris erat, nisi quem fecere sorores.
Adspicit hanc, natis thalamoque Athamantis habentem
Sublimes animos et alumno numine, Iuno,
Nec tulit, et secum: 'Potuit de pelice natus

sae locis wie 3, 11. — 159. *pinna* hier die Flügelhaut der Fledermäuse „Schwinge". — 161. *pluma*, collectiv wie 4, 407 *penna*. — 163. *minimum* wie 43. — *pro* „nach Verhältniss". — 166. *trahunt* wie 3, 250; den Namen *vespertiliones*.

---

1. *Tum vero*, d. i. nach solchen Wunderzeichen des Gottes, weist auf die Erzählungen des 7. u. 8. Abschn. zurück. S. zu 6, 72. — 2. *matertera*, Ino, die Schwester der Semele und Pflegemutter des Bacchus. — 3. *de tot sororibus*, über Autonoë und Agaue und ihre Unglücksfälle s. zu 7, 205 und 212. Die dritte, Semele, wurde von Juppiters Blitz verzehrt. — 5. *Iuno*, die in der Sage alle Kinder Juppiters, welche diesem von andern Frauen geboren waren, mit ihrem Hasse verfolgt (s. zu 13, 41 f. 14, 24 f. 25, 21), ist auch über den Ruhm des neuen Gottes Bacchus höchst aufgebracht. Ihr Zorn wendet sich daher gegen dessen Mutterschwester und Pflegemutter Ino, weil Juppiter dieser nach dem Tode der Semele den neugeborenen Bacchus übergeben hatte, um ihn aufzuziehen. Dass Ino auf ihren Pflegling, sowie auf ihre übrigen glücklichen Verhältnisse stolz ist, steigert noch die Rachsucht der Göttin. — *natis thalamoque Ath. et alumno numine*, Ablat. causae. Ihre Kinder hiessen Learchus und Melicertes. — *thalamus*, eigentl. das eheliche Schlafgemach, steht häufig für die Ehe selbst, vgl. *taeda* 4, 16. — 6. *alumno* hier adjectivisch „auf den Gott den sie erzogen". — 7. Vor Anführungsätzen bleibt zuweilen das Verbum des Sagens

Vertere Maeonios pelagoque immergere nautas,
Et laceranda suae nati dare viscera matri,
Et triplices operire novis Minyeïdas alis:
Nil poterit Iuno nisi inultos flere dolores?
Idque mihi satis est? haec una potentia nostra est?
Ipse docet, quid agam — fas est et ab hoste doceri;
Quidque furor valeat, Penthea caede satisque
Ac super ostendit. Cur non stimuletur eatque
Per cognata suis exempla furoribus Ino?'
  Est via declivis funesta nubila taxo
Ducit ad infernas per muta silentia sedes.
Styx nebulas exhalat iners, umbraeque recentes
Descendunt illac simulacraque functa sepulchris:
Pallor hiempsque tenent late loca senta, novique,
Qua sit iter, manes, Stygiam qua ducat ad urbem,
Ignorant, ubi sit nigri fera regia Ditis.
Mille capax aditus et apertas undique portas
Urbs habet, utque fretum de tota flumina terra,

weg, wenn es durch irgend eine Wendung, wie hier *secum*, angedeutet ist. — *de pelice natus*, Bacchus. — 8. S. die Erzählung des Acoetes 7, 74—183. *Maeonios nautas*, über die Wortstellung s. zu 8, 90 *notae vesti*. — 9. S. den Tod des Pentheus 7, 193—223. *suae*, s. zu 1, 13. — 10. *novis*, wie es noch nicht ersehen oder erhört ist „wunderbar, seltsam“. — 11. *Nil poterit*, Gegens. zu *potuit*, *Iuno* zu *de pelice natus*. Ueber das Nomen propr. statt des Pron. person. s. zu 7, 53 *Penthea*. — *dolores*, zugefügte Schmerzen „Kränkungen“. — 13. *Ipse*, Bacchus. — *doceri*, das Passivum übers. wie 3, 216 *si flectitur ira deorum*. — 14. Verb. *et ostendit, quid furor* (wie 7, 23) *valeat*. — *Penthea*, vom Adject. *Penthēus*, *a*, *um*. — *satisque ac super* „genug und übergenug“. — 16. *suis* („auch ihrerseits“) *furoribus* gehört sowohl zu *stimuletur* als zu *eat*. — *ire per cognata exempla* „dem Beispiele ihrer Verwandten folgen“, eig. die dadurch bezeichnete Bahn durchlaufen. Beachte hier u. 32 die nachdrückliche Stellung des Subjectes, s. zu 2, 13 u. 1, 10.

17. *Est*, über diesen Anfang bei Ortsschilderungen s. zu 3, 6. — *nubila* hier „düster umschattet“. — *funesta* heisst *taxus*, weil seine Beere giftig ist. — 18. *muta* bei *silentia* ist kein überflüssiges Beiwort; es erhöht den Begriff des Schweigens, Voss: „Todesstille“. 19. *iners* hier „träg fliessend“, darum 4, 77 *palus* genannt. — *umbrae recentes* „die Schatten der Neuverstorbenen“, nachher *novi manes*. — 20. *simulacra functa sepulchris* „die Schattenbilder der Begrabenen“ (wörtlich?) ist als speciellere Bezeichnung hinzugefügt, weil kein Todter ohne begraben zu sein über den Styx gelangte. — 21. *Pallor hiempsque*, Hendiadyoin st. pallor hiemalis „das Fahl des Winters“, s. zu 6, 32 *cristis et auro*. — *tenent* „bedeckt“. — Constr. *novique manes ignorant*, *qua sit iter*, *qua ducat* (iter) *ad Stygiam urbem*, *ubi cet.* — 23. *fera* „grausam“, vom Charakter des Herrschers auf dessen Königsburg übertragen. — 24. *un-*

Sic omnes animas locus accipit ille, nec ulli
Exiguus populo est turbamve accedere sentit.
Errant exsangues sine corpore et ossibus umbrae,
Parsque forum celebrant, pars imi tecta tyranni,
Pars aliquas artes, antiquae imitamina vitae.
   Sustinet ire illuc caelesti sede relicta —
Tantum odiis iraeque dabat — Saturnia Iuno.
Quo simul intravit, sacroque a corpore pressum
Ingemuit limen, tria Cerberus extulit ora
Et tres latratus simul edidit. Illa sorores
Nocte vocat genitas, grave et inplacabile numen.
Carceris ante fores clausas adamante sedebant,
Deque suis atros pectebant crinibus angues.
Quam simul agnorunt inter caliginis umbras,
Surrexere deae. Sedes scelerata vocatur:
Viscera praebebat Tityos lanianda, novemque
Iugeribus distentus erat; tibi, Tantale, nullae
Depreduntur aquae, quaeque imminet, effugit arbos;
Aut petis, aut urgues ruiturum, Sisyphe, saxum;
Volvitur Ixion et se sequiturque fugitque;

dique, wir umgekehrt „nach allen Seiten hin“, vgl. 3, 11 *a fronte*. 27. *Exiguus*, s. zu 4, 192 *leve pondus erat*. — *populo* „Volksmenge“. — *turbamve*, s. zu 3, 161. — 28. *sine corpore et ossibus*, unser „ohne Fleisch und Bein“, s. zu 3, 246. — 29. Auf *celebrant* wende die Bem. zu 7, 31 *posuistis* an. Vgl. 3, 10 *deorum atria nobilium valvis celebrantur apertis*, während *celebrare artes* „Künste eifrig betreiben“ auch Cicero gesagt hat (de Orat. I, 1, 2). — *imus tyrannus* „der Herrscher der untersten Tiefe“. — 30. *aliquas*, s. zu 7, 136. — *antiquae* wie 2, 28. In der Unterwelt, glaubte man, würden die Beschäftigungen des früheren Lebens fortgesetzt.

31. *Sustinere* hier „über sich gewinnen“. — 32. *dabat* „räumte sie ein“; *odiis*, s. zu *irae* 3, 4. — 33. *simul* wie 3, 68. — Die Worte *sacroque a corpore cet.* lassen auf die gewaltige Grösse der Göttin schliessen; *pressum* im D. ein Subst. — 35. *tres* „dreifach“. — *sorores Nocte genitas*, d. i. Furias (s. *Erinys* im mythol. Reg.). — 36. *numen* fasst hier alle drei Furien als eine Gattung der Gottheit zusammen. *grave* „schwer zürnend“. — 37. *Carcer* ist hier der Tartarus, die tiefe Kluft in der Unterwelt, wo die zu ewigen Strafen Verdammten eingeschlossen waren. — *adamas* heisst erst bei späteren Schriftstellern der Diamant, früher immer: hartes Eisen, Stahl. — 40. *Sedes scelerata vocatur* „der Ort heisst der der Verdammniss“. — 41. *praebebat* den Geiern, die ihm die Leber aushackten. — *novem iugeribus*, Ablat., s. zu 1, 13 *longo margine*. — 42. *tibi*, st. a te, s. zu 3, 173 *bucina sumitur illi*. — 44. *petis* „eilst ihm nach“, wenn er entrollt. — *urgues* „drängst ihn aufwärts“; *ruiturum* „der doch wieder hinabstürzen soll“, s. zu 1, 65. — 45. *Volvitur*, um ein Rad geschmiedet. Die Worte *sequiturque fugitque* versinnlichen durch ihren schnellen Sylbenfall die Schnelligkeit der Umdrehung. Auch im

Molirique suis letum patruelibus ausae
Adsiduae repetunt, quas perdant, Belides undas.
Quos omnes acie postquam Saturnia torva
Vidit, et ante omnes Ixiona, rursus ab illo
Sisyphon adspiciens 'Cur hic e fratribus' inquit
'Perpetuas patitur poenas, Athamanta superbum
Regia dives habet, qui me cum coniuge semper
Sprevit?' et exponit causas odiique viaeque,
Quidque velit. Quod vellet, erat, ne regia Cadmi
Staret, et in facinus traherent Athamanta sorores.
Imperium, promissa, preces confundit in unum
Sollicitatque deas. Sic haec Iunone locuta,
Tisiphone canos, ut erat turbata, capillos
Movit, et obstantes reiecit ab ore colubras,
Atque ita 'Non longis opus est ambagibus' inquit:
'Facta puta, quaecumque iubes; inamabile regnum
Desere, teque refer caeli melioris ad auras.'
Laeta redit Iuno; quam caelum intrare parantem
Roratis lustravit aquis Thaumantias Iris.
Nec mora, Tisiphone madefactam sanguine sumit
Inportuna facem, fluidoque cruore rubentem
Induitur pallam, tortoque incingitur angue,
Egrediturque domo. Luctus comitatur euntem

vorhergehenden Verse entspricht der Rhythmus genau der jedesmaligen Handlung. — 47. *quas perdant* „das sie (immer wieder) verlieren sollen".

48. *acies* oft für *oculi*, besonders wenn ein scharfer (aufmerksamer) oder stechender Blick bezeichnet wird. — 40. *ante omnes Ixiona*, dieser hatte sich einst der Juno selbst bemächtigen wollen, wofür er in den Tartarus gestossen wurde. — *ab illo* „von diesem weg". — 50. *hic* mit Nachdruck „dieser gerade". Sisyphus und Athamas waren Söhne des Aeolus. — 52. *habet* „umfängt, birgt". — Ordne *qui cum coniuge semper me sprevit*. — 54. *Quod vellet, erat*, der Conjunct., weil der Sinn ist: als das, was sie wollte, wurde von ihr angegeben. — *regia Cadmi* „das königliche Haus des Cadmus", d. i. sein königl. Geschlecht, unten 129 *Cadmeïs domus*. — *staret* hier „fortbestehen". — *et traherent*, aus dem vorhergehenden *ne* ergänze *ut*. — *sorores* wie oben 35. — 57. *Sic*, d. i. imperio, promissis, precibus. — 58. *ut erat turbata* „verstört, wie sie war" (vgl. 4, 303); denn sie kämmte sich eben. — 59. *obstantes* „widerspänstig". — 60. *Atque ita*, wie 3, 66. — 61. *Facta puta* „halte für gethan".

64. *lustravit*, dies ist der Sitte entlehnt, sich nach Berührung der Todten durch Besprengung mit Wasser zu reinigen. — 65. *Nec mora*, s. zu 6, 46. — 66. *Inportuna* hier „unheilvoll", ähnlich unten 74 *infelix* „unglückselig". — 67. *Induitur pallam*, s. zu 3, 108 *varios induta colores*. Im D. das Reflexivum. — 68. *Luctus*, ebenso personificirt zu denken wie *Pa-*

Et Pavor et Terror trepidoque Insania vultu.
Limine constiterat: postes tremuisse feruntur
Aeolii, pallorque fores infecit acernas,
Solque locum fugit. Monstris exterrita coniunx,
Territus est Athamas, tectoque exire parabant:
Obstitit infelix aditumque obsedit Erinys,
Nexaque vipereis distendens bracchia nodis
Caesariem excussit; motae sonuere colubrae,
Parsque iacent humeris, pars circum pectora lapsae
Sibila dant saniemque vomunt linguaque coruscant.
Inde duos mediis abrumpit crinibus angues,
Pestiferaque manu raptos inmisit; at illi
Inoosque sinus Athamanteosque pererrant,
Inspirantque graves animas; nec vulnera membris
Ulla ferunt: mens est, quae diros sentiat ictus.
Attulerat secum liquidi quoque monstra veneni,
Oris Cerberei spumas et virus Echidnae,
Erroresque vagos caecaeque oblivia mentis
Et scelus et lacrimas rabiemque et caedis amorem,
Omnia trita simul, quae sanguine mixta recenti
Coxerat aere cavo, viridi versata cicuta.
Dumque pavent illi, vertit furiale venenum
Pectus in amborum, praecordiaque intima movit.
Tum face iactata per eundem saepius orbem
Consequitur motis velociter ignibus ignes.

vor, Terror, Insania. — 69. *trepido* „unstätt", wie es bei Wahnsinnigen der Fall zu sein pflegt.

70. *Limine*, des Palastes des Athamas. — *postes Aeolii*, weil Ath. ein Sohn des Aeolus war. Uebers. „des Aeolussohnes", nach der Bem. zu 2, 16 *arbuteos fetus.* — 71. Die glänzenden Thüren verloren ihren Glanz. — 72. *Monstris*, die die Ankunft der Göttin begleitenden Schreckenszeichen. — 74. *infelix Erinys*, s. zu 8 *Maeonios nautas.* — 75. *Nexa vipereis nodis*, sie trägt statt Armbändern Schlangen. — 76 *sonuere* „zischten". — 77. Beachte den Plural nach *pars*, vgl. 3, 82. — 78. *lingua coruscant* bezeichnet die schnelle zitternde Bewegung der Schlangenzunge „züngeln". — 80. *inmisit*, in quem? — 82. *graves animas* „ihren betäubenden Athem". — Gegensätze: *membris — mens.* — 83. *sentiat*, den Conj. drücke durch „sollen" aus; *ictus* hier "Bisse" oder „Stiche", s. zu 6, 64. — 84. *liquidum venenum* „Giftsaft", im Gegensatz zu den Giftschlangen; *monstra* übersetze adjectivisch „scheusslich", s. zu 8, 33 *taedae iure.* — 86. *Errores* hier „Irrsinn". — 87. *caedis amorem*, s. zu 2, 43 *amor habendi.* — 89. *aere cavo* „eherner Kessel". — *versata* „umgerührt"; *viridi cicuta* d. h. mit einem Stengel davon. — 90. *vertit* „schüttete sie". — 91. *pectus in amborum* s. zu 1, 35 *speciem in orbis.* — *praecordia* (φϱένες), das Zwerchfell galt in der ältesten Zeit für den Sitz des Empfindens u. Denkens; es steht daher oft für *animus* od. *sensus.* — 92. *per* „rings in". — 93. *Con-*

Sic victrix iussique potens ad inania magni
Regna redit Ditis, sumptumque recingitur anguem.
  Protinus Aeolides media furibundus in aula
Clamat 'Io, comites, his retia tendite silvis!
Hic modo cum gemina visa est mihi prole leaena:'
Utque ferae sequitur vestigia coniugis amens,
Deque sinu matris ridentem et parva Learchum
Bracchia tendentem rapit et bis terque per auras
More rotat fundae, rigidoque infantia saxo
Discutit ossa ferox. Tum denique concita mater,
Seu dolor hoc fecit seu sparsi causa veneni,
Exululat passisque fugit male sana capillis;
Teque ferens parvum nudis, Melicerta, lacertis
'Euhoe Bacche' sonat. Bacchi sub nomine Iuno
Risit et 'Hos usus praestet tibi' dixit 'alumnus'.
  Imminet aequoribus scopulus: pars ima cavatur
Fluctibus et tectas defendit ab imbribus undas,
Summa riget frontemque in apertum porrigit aequor.
Occupat hunc — vires insania fecerat — Ino,
Seque super pontum nullo tardata timore
Mittit onusque suum. Percussa recanduit unda.
  At Venus inmeritae neptis miserata labores

sequitur motis cet. „sie holt das Feuer mit schnell geschwungenem Feuer ein“, indem die im Kreis geschwungene Fackel ein Feuerrad bildet. So steigert sie noch die Verwirrung der beiden Unglücklichen und schliesst mit einem theatralischen Effect, wie er dem Dichter aus der Erscheinung der Furien auf dem Theater vorschweben mochte. — 94. *iussi potens*, d. i. nachdem sie erreicht, was ihr befohlen war. Aehnlich *voti potens* 20, 149. — *inania* „öd“. — 95. *recingitur anguem*, s. zu 67.

96. *Aeolides*, s. zu 50. — 99. Ordne *et sequitur amens vestigia coniugis ut ferae*. — 103. *Tum denique* gehört zu *concita;* bis dahin hat sie in dumpfem Schweigen verharrt. — 104. *causa* „die Einwirkung“; *sparsi*, per pectus. — 105. *Exululat*, die Präpos. ist nicht zu übersehen. — *male* vertritt zuweilen bei Adjectivis geradezu die Stelle der Negation, vgl. die Bem. zu 7, 222 *male haerentes*. — 107. *sub nomine*, temporell „bei dem Namen“, d. i. bei Nennung des Namens. — 108. *hos usus* „solcherlei Nutzen“, dass du näml. in deinem Wahnsinn den Bacchusruf ausstösst.

111. *riget* „starrt nackt empor“, soll die Vorstellung der Unzugänglichkeit erwecken. — 112. *Occupat* „erklimmt“. — 113. *se super pontum mittit*, sie wirft sich „über“ d. i. hinaus in das Meer, weil sie nach der geschilderten Beschaffenheit der Klippe beim Sprunge über dem Meere schwebt. Vgl. 34, 42 *Subvolat atque iterum corpus super aequora mittit*. — 114. *recanduit*, durch das Aufschäumen.

115. *neptis* der Venus heisst Ino, weil ihre Mutter Harmonia eine Tochter des Mars und der Venus

Sic patruo blandita suo est: 'O numen aquarum,
Proxima cui caelo cessit, Neptune, potestas,
Magna quidem posco, sed tu miserere meorum,
Iactari quos cernis in Ionio inmenso,
Et dis adde tuis. Aliqua et mihi gratia ponto est,
Si tamen in dio quondam concreta profundo
Spuma fui, Graiumque manet mihi nomen ab illa.'
Adnuit oranti Neptunus et abstulit illis,
Quod mortale fuit, maiestatemque verendam
Inposuit, nomenque simul faciemque novavit:
Leucotheeque deum cum matre Palaemona dixit.
  Sidoniae comites, quantum valuere, secutae
Signa pedum, primo videre novissima saxo;
Nec dubium de morte ratae, Cadmeïda palmis
Deplanxere domum, scissae cum veste capillos,
Utque parum iustae nimiumque in pelice saevae
Invidiam fecere deae. Convicia Iuno
Non tulit et 'Faciam vos ipsas maxima' dixit

war. — 116. *patruo* als Tochter des Jupiter und der Diōne hat Venus den Neptunus zum Oheim. — 117. *Proxima caelo* für proxima potestati caeli, was im D. durch den Artikel angedeutet wird „die der über den Himmel zunächst steht", vgl. 4, 2 *iuncta parenti templa*. — *cessit* wie 1, 74. — 119. *Ionium* substantivisch st. Ionium mare. Die Klippe, von der sich Ino stürzte, war am saronischen Meerbusen, der zum ägäischen Meere gehört. Nach den römischen Mythen aber wurde Ino von dort durch das ionische Meer nach Italien getragen. Ueber den Hiatus und den spondeischen Ausgang in *Ionio inmenso* s. zu 4, 275 u. 1, 14. — 120. *tuis* d.i. marinis. — *aliqua et mihi gratia* (in) *ponto est* „einige Gunst wenigstens besitze auch ich auf dem Meere" vgl. 4, 363 *aliquis malo fuit usus in illo*. — 120. *si tamen* „wenn es doch wahr sein sollte, dass". Nach einer andern Sage näml. wurde Venus aus dem Schaume (gr. ἀφρός) des Meeres geboren, weshalb sie bei den Griechen Ἀφροδίτη oder Ἀφρογένεια, die Schaumgeborene, hiess. — *profundum* wie 3, 169. — 124. *verendam* s. zu 7, 69. — 125. *novare* braucht Ov. oft in der Bedeutung „verwandeln". — 126. Ordne *et deum dixit Palaemona cum matre Leucothee* statt: et matrem eius Leucotheen „er nannte den Gott (d. h. den zum Gott erhobenen Melicertes) Palämon, seine Mutter aber Leucothee".

127. *Sidoniae* heissen die Begleiterinnen der Ino, weil die Thebaner aus Phönizien stammten. — 128. *primo* „auf dem vordersten", nach dem Meere zu; *novissima* wie 8, 129. — 129. Ordne *et, ratae non dubium esse de morte, depl.* s. zu 2, 22; *palmis deplangere* „durch Schlagen mit den Händen (auf Brust und Arme) bejammern", das Zeichen der schmerzlichsten Trauer. Vgl. unten 138 und 4, 372. 8, 111. — 130. *scissae cum veste capillos*, vgl. 4, 366 *laniata sinus*. — 131. Ordne *et invidiam fecere deae* (Iunoni „erregten Hass gegen sie"), *ut parum iustae cet.* — *in pelice* „in Betreff ihrer Ne-

'Saevitiae monimenta meae.' Res dicta secuta est.
Nam quae praecipue fuerat pia, 'Prosequar' inquit
'In freta reginam!' saltumque datura moveri
Haud usquam potuit, scopuloque adfixa cohaesit;
Altera, dum solito temptat plangore ferire
Pectora, temptatos sensit riguisse lacertos.
Illa, manus ut forte tetenderat in maris undas,
Saxea facta manus in easdem porrigit undas;
Huius, ut arreptum laniabat vertice crinem,
Duratos subito digitos in crine videres.
Quo quaeque in gestu deprensa est, haesit in illo.
Pars volucres factae, quae nunc quoque gurgite in illo
Aequora destringunt summis Ismenides alis.

12. Cadmus in eine Schlange verwandelt.

(IV, 562—602.)

Nescit Agenorides natam parvumque nepotem
Aequoris esse deos. Luctu serieque malorum
Victus et ostentis, quae plurima viderat, exit
Conditor urbe sua, tamquam fortuna locorum,

benbuhlerin", der Semele. — 134. *Res* im Gegensatz zu *dicta* „die That". — 135. *pia* hier „treu". — 136. *moveri*, s. zu 3, 52 *sit repertum*. — 137. *scopulo adfixa cohaesit*, indem sie selbst zu Stein wurde. — 138. *solito*, wie sie es vorher zu thun pflegte. — 139. *temptatos*, womit der Versuch gemacht wurde „womit sie es versuchte". Was bezweckt die Wiederholung? Ebenso nachher *in undas* und *crinem, in crine*. Vgl. 10, 13 f. 19. — 140. *ut* d. i. in derselben Stellung wie: ebenso 142. — *in* „gegen". — 142. Verbinde *huius digitos*. — 143. *videres*, s. zu 2, 74 *scires*. — 144. *deprensa est*, nämlich vom Bannspruch der Göttin. — *haerere* hier „verharren". — 146. *Ismenides* „unter dem Namen der Ismenischen", weil die Verwandelten Thebanerinnen waren, diese aber vom Flusse Ismenos auch *Ismenides* hiessen, vgl. 7, 225. 8, 14. — *summis* „mit der Spitze", s. zu 3, 134 *summa in ulmo*.

Die Erzählung berichtet im Anschluss an die vorige die Erfüllung der Prophezeiung, welche dem Cadmus, nachdem er die Schlange erlegt hatte, ertheilt worden war, s. 6, 98 ff. — 1. *Nescit*, die Kunde davon würde seine Trauer gemindert haben. *Agenorides*, vgl. 6, 8. — *natam parvumque nepotem*, Ino und Melicertes. — 2. *serie malorum*, das schreckliche Ende seiner beiden Enkel Actaeon (s. zu 7, 212) und Pentheus (7, 193—223), sowie zuletzt seiner Tochter Ino nebst deren Kindern. — 3. *Victus* „gebrochen". — *quae plurima*, im D. „deren soviele". — 4. *fortuna locorum* „das Unglück der Gegend"; er glaubt, dass die Gegend für ihn eine un-

Non sua se premeret, longisque erratibus actus
Contigit Illyricos profuga cum coniuge fines.
Iamque malis annisque graves dum prima retractant
Fata domus releguntque suos sermone labores,
'Num sacer ille mea traiectus cuspide serpens'
Cadmus ait 'fuerat, tum, cum Sidone profectus
Vipereos sparsi per humum, nova semina, dentes?
Quem si cura deum tam certa vindicat ira,
Ipse precor serpens in longam porrigar alvum.'
Dixit, et ut serpens in longam tenditur alvum,
Durataeque cuti squamas increscere sentit,
Nigraque caeruleis variari corpora guttis,
In pectusque cadit pronus, commissaque in unum
Paulatim tereti tenuantur acumine crura.
Bracchia iam restant: quae restant bracchia tendit,
Et lacrimis per adhuc humana fluentibus ora
'Accede, o coniunx, accede, miserrima' dixit,
'Dumque aliquid superest de me, me tange, manumque
Accipe, dum manus est, dum non totum occupat anguis.'
Ille quidem vult plura loqui, sed lingua repente
In partes est fissa duas, nec verba volenti
Sufficiunt, quotiensque aliquos parat edere questus,
Sibilat: hanc illi vocem natura reliquit.
Nuda manu feriens exclamat pectora coniunx:
'Cadme, mane, teque, infelix, his exue monstris!
Cadme, quid hoc? ubi pes? ubi sunt humerique manusque
Et color et facies et, dum loquor, omnia? Cur non
Me quoque, caelestes, in eandem vertitis anguem?'
Dixerat. Ille suae lambebat coniugis ora,

glückliche sei. — 5. *sua* s. zu 1, 13. — 6. *cum coniuge*, Harmonia.

7. *graves* „gebeugt". — 8. *sermone* gehört sowohl zu *retractant* als zu *relegunt* („wieder durchlaufen"). — 9. Betone *sacer*, das als Prädicat mit *fuerat* zu verbinden ist. — 11. *per* wie 3, 123. — *nova* wie 9, 10. — 12. *deum*, Genit. — *certa* „sicher treffend". — 13. Verbinde *ipse serpens* („als—") *porrigar*, damit der Zorn der Götter aufhöre.

14. Wegen der Wiederholung derselben Worte hier und 19 s. zu 3, 142. — 16. *variari* „sich sprenkeln". — 17. *commissa in unum* „in Eins verbunden". — 19. Die Betonung von *Bracchia* verstärke im D. durch „nur". — 20. *per*, über die Stellung s. zu 4, 111. — 25. *volenti*, mit Rücksicht auf *vult loqui*. — 26. *Sufficiunt* „stehen zu Gebote". — *quotiens*, beglaubigtere Schreibart als *quoties*.

28. *Nuda pectora manu feriens* vgl. 9, 129. 138; *nuda*, weil sie das Gewand auf der Brust zerrissen hat, s. zu 4, 366 *laniata sinus*. — 29. *monstris*, vgl. 7, 165 *in quae miracula verteris*. — 32. *in eandem* „in eine ebensolche".

Inque sinus caros, veluti cognosceret, ibat,
Et dabat amplexus adsuetaque colla petebat.
Quisquis adest — aderant comites — terretur; at illa
Lubrica permulcet cristati colla draconis:
Et subito duo sunt, iunctoque volumine serpunt,
Donec in adpositi nemoris subiere latebras.
Nunc quoque nec fugiunt hominem nec vulnere laedunt,
Quidque prius fuerint, placidi meminere dracones.

11. Perseus.

(IV, 614—786. V, 1—249.)

Viperei referens spolium memorabile monstri
Aëra carpebat Perseus stridentibus alis.
Cumque super Libycas victor penderet arenas,
Gorgonei capitis guttae cecidere cruentae,
Quas humus exceptas varios animavit in angues;
Unde frequens illa est infestaque terra colubris.
  Inde per inmensum ventis discordibus actus
Nunc huc, nunc illuc exemplo nubis aquosae
Fertur, et ex alto seductas aethere longe
Despectat terras, totumque supervolat orbem.
Ter gelidas Arctos, ter Cancri bracchia vidit;
Saepe sub occasus, saepe est ablatus in ortus;

35. *adsueta colla petebat* „eilte, wie er ehedem pflegte, an ihren Hals", vgl. 9, 138 *solito*. — 38. *iuncto volumine* „in gemeinschaftlicher Windung", d. i. mit oder neben einander, wie 29, 64 *coniunctis spatiantur passibus ambo*. — 41. *Quidque*, wozu gehört *que?* s. zu 2, 45,

---

Ueber *Perseus* sowie über die Ereignisse, die der folgenden Erzählung vorausgingen, s. *Perseus* im mytholog. Reg. — 1. *Viperei spolium monstri*, das schlangenhaarige Haupt der Medusa. — 2. *Aëra carpebat*, s. zu 6, 12 *carpe vias*. — *alis*, die Flügelschuhe (unten 53 *talaria*), die ihm entweder Mercur selbst oder die Nymphen geliehen hatten. — 3. *super Libycas arenas*, die Gorgonen wohnten in Libyen. Ueber *arenae* u. 21 *herbae* s. zu 1, 10 *lumina*. — *penderet*, nicht „hing". — 5. *animavit in* („zu") *angues*, d. h. belebte sie durch Verwandlung in Schlangen. — 6. *frequens* c. Abl. „reich an".

7. *inmensum*, s. zu 4, 218 *multum*. — 8. *exemplo*, im D. genügt „wie". — 9. Ordne *ex alto aethere despectat terras longe* (a se) *seductas*. — 11. Beachte hier u. im folg. V. die Anaphora u. den Parallelismus der Versglieder. — *Cancri bracchia*, vgl. 4, 114. Dies Gestirn steht am südl. Himmel. — 12. *occasus* — *ortus*, s. zu 4,

Iamque cadente die veritus se credere nocti
Constitit Hesperio, regnis Atlantis, in orbe,
Exiguamque petit requiem, dum Lucifer ignes
Evocet Aurorae, currus Aurora diurnos.
  Hic hominum cunctos ingenti corpore praestans
Iapetionides Atlas fuit. Ultima tellus
Rege sub hoc et pontus erat, qui Solis anhelis
Aequora subdit equis et fessos excipit axes.
Mille greges illi totidemque armenta per herbas
Errabant, et humum vicinia nulla premebant.
Arboreae frondes auro radiante virentes
Ex auro ramos, ex auro poma tegebant.
  'Hospes,' ait Perseus illi, 'seu gloria tangit
Te generis magni, generis mihi Iuppiter auctor;
Sive es mirator rerum, mirabere nostras:
Hospitium requiemque peto.' Memor ille vetustae
Sortis erat: Themis hanc dederat Parnasia sortem:
'Tempus, Atla, veniet, tua quo spoliabitur auro
Arbor, et hunc praedae titulum Iove natus habebit.'
Id metuens solidis pomaria clauserat Atlas
Moenibus et vasto dederat servanda draconi,
Arcebatque suis externos finibus omnes.
Huic quoque 'Vade procul, ne longe gloria rerum,

221. — 13. *Iam* gehört zu *cadente die*. — 14. *Hesperio in orbe*, s. zu 2, 6 *peregrinum orbem*. — 15. *Lucifer*, vgl. die Schilderung 4, 143 ff. Bei *Aurora* denke das Verbum wiederholt. *currus diurnos*, d. i. solis.

17—48. **Perseus und Atlas.** — 17. *hominum cunctos*, eine seltene Verbindung, wobei der Genit. nicht als partit., sondern als Quantitätsgenitiv zu fassen ist, „die Gesammtheit der Menschen". — 18. *Ultima*, nach welcher Richtung hin? ist durch die folg. Worte bestimmt. — 19. *qui* beziehe auf *pontus*, vgl. 4, 99. — 21. Was sind *greges* neben *armenta?* vgl. 7, 77. — 22. *humum*, wie unser „Grund und Boden"; *premebant* „beengte". Warum der Plural bei *vicinia?* 14, 36 *rustica turba vetant*. — 23. *frondes auro radiante virentes*, das Laub schimmerte in grünlichem Goldglanze. — 24. *Ex auro ramos, poma*, s. zu 1, 20 *sine pondere*. Dies sind die später von Hercules entführten Aepfel der Hesperiden, der Töchter des Atlas, worauf das Orakel 30 f. geht.

25. Jeder der beiden mit *seu* — *sive* eingeleiteten Sätze hat sogleich seinen Nachsatz hinter sich. — 26. *generis auctor* hier „Vater". — 27. *rerum*, gestarum. — 29. *Sortis* wie 3, 206. — *Themis Parnasia*, vgl. 3, 159. — 31. *titulus alicuius rei* eigentl. der Ehrenname, den man von einer Sache bekommt, d. i. „der Ruhm davon", vgl. 16, 56. *titulum servatae pubis Achivae*. — *Iove natus* unbestimmt „ein —". — 35. *longe absit* „dich gänzlich im Stiche lasse, dir ganz und gar nichts helfe", wenn ich

Quam mentiris' ait, 'longe tibi Iuppiter absit!'
Vimque minis addit, manibusque expellere temptat
Cunctantem et placidis miscentem fortia dictis.
Viribus inferior — quis enim par esset Atlanti
Viribus? — 'At quoniam parvi tibi gratia nostra est,
Accipe munus!' ait, laevaque a parte Medusae
Ipse retroversus squalentia prodidit ora.
Quantus erat, mons factus Atlas: nam barba comaeque
In silvas abeunt, iuga sunt humerique manusque;
Quod caput ante fuit, summo est in monte cacumen;
Ossa lapis fiunt. Tum partes auctus in omnes
Crevit in inmensum — sic di statuistis — et omne
Cum tot sideribus caelum requievit in illo.
   Clauserat Hippotades aeterno carcere ventos,
Admonitorque operum caelo clarissimus alto
Lucifer ortus erat. Pennis ligat ille resumptis
Parte ab utraque pedes, teloque accingitur unco,
Et liquidum motis talaribus aëra findit.
Gentibus innumeris circumque infraque relictis,
Aethiopum populos Cepheaque conspicit arva.
Illic inmeritam maternae pendere linguae
Andromedan poenas inmitis iusserat Ammon.
Quam simul ad duras religatam bracchia cautes
Vidit Abantiades, — nisi quod levis aura capillos

dich nämlich mit Gewalt verjage. — 38. *fortia* „heftige, drohende“. — 40. *At* steht zuweilen im Eingang von Ausrufen und Aufforderungen, die den Gegensatz zu einem aus dem Vorhergehenden zu ergänzenden Gedanken bilden. Hier ist der vollständige Gedanke: du verweigerst mir die Gastfreundschaft, wohlan, so nimm von mir ein Geschenk. Vgl. 20, 20. 37, 198. — *gratia* wie 4, 324. — 41. Das Haupt der *Medusa* hatte die Eigenschaft, Alle, die es anblickten, in Stein zu verwandeln. Daher zieht er es hervor *ipse retroversus*, um nicht selbst dieses Schicksal zu haben. — 42. *squalentia* „starrend“ von struppigen Schlangenhaaren. — 44. *abeunt*, s. zu 3, 74 *in villos abeunt vestes* — *iuga* „Gebirgsjoche“.

49—174. Perseus und Andromeda. — 49. *aeterno carcere* d. h. wohin sie ewig wieder zurückkehren müssen. Vorher (7) waren sie entfesselt gewesen. — 51. *ille*, Perseus. — *ligat* hier „umbindet“. — 52. *Parte ab utraque pedes* für utrumque pedem. — *telum uncum*, das Schwert mit sichelförmigem Ansatz, das ihm ebenfalls Mercur geliehen hatte, 112 *falcatus ensis*, 253 *hamatus ensis*, 349 *Cyllenis harpe*. — 55. *Cephea* (Adject.), des Königs Cepheus. — 56. *maternae linguae*, die Mutter der Andromeda hiess Cassiöpe. Das Nähere s. im mythol. Reg. unter *Andromeda*. — 57. *inmitis* heisst Ammon nur in Bezug auf den hier gegebenen Orakelspruch. — 58. *simul* wie 3, 68. — *religatam bracchia*, s. zu 3, 103 *tectus vultum*. — 59. *nisi quod*

Moverat, et tepido manabant lumina fletu,
Marmoreum ratus esset opus — trahit inscius ignes
Et stupet et visae correptus imagine formae
Paene suas quatere est oblitus in aëre pennas.
Ut stetit, 'O' dixit 'non istis digna catenis,
Sed quibus inter se cupidi iunguntur amantes,
Pande requirenti nomen terraeque tuumque,
Et cur vincla geras.' Primo silet illa, nec audet
Appellare virum virgo, manibusque modestos
Celasset vultus, si non religata fuisset:
Lumina, quod potuit, lacrimis implevit obortis.
Saepius instanti, sua ne delicta fateri
Nolle videretur, nomen terraeque suumque,
Quantaque maternae fuerit fiducia formae,
Indicat. Et nondum memoratis omnibus unda
Insonuit, veniensque inmenso belua ponto
Inminet et latum sub pectore possidet aequor.
 Conclamat virgo. Genitor lugubris et una
Mater adest, ambo miseri, sed iustius illa;
Nec secum auxilium, sed dignos tempore fletus
Plangoremque ferunt, vinctoque in corpore adhaerent:
Cum sic hospes ait: 'Lacrimarum longa manere
Tempora vos poterunt, ad opem brevis hora ferendam est.
Hanc ego si peterem Perseus, cui Iuppiter auctor,

„abgesehen davon dass". — 60. *lumina* brauchen die Dichter häufig für *oculi*. — 61. *trahit ignes* „er fängt Feuer", von einer plötzlich entstehenden Leidenschaft; *inscius* „ohne es selbst zu wissen". — 64. *stetit*, auf dem Erdboden. — 65. *Sed* (iis catenis), *quibus*. — *cupidi amantes* „sehnsüchtig Liebende". — 68. *Appellare* hier „anreden". — *virgo* betone im Gegensatz zu *vir* „sie, die Jungfrau, den Mann". Wegen der Wortstellung und des Gleichklanges s. zu 8, 81 u. 6, 60. — 70. *quod potuit*, vgl. 8, 34 *quod non potuere vetare*, — 71. Der Satz *sua ne — videretur* hängt von *indicat* ab. Betone *sua*, denn der Sinn ist: damit es nicht schiene, als wolle sie eigene Vergehen nicht eingestehen. — 73. *fiducia maternae formae*, d. i. „der Stolz der Mutter auf ihre Schönheit". — 74. *omnibus*, hier substantiv., was bei *omnium* u. *omnibus* als Neutr. selten ist. — 75. *Insonuit*, s. zu 4, 152 *sonantia frena*. — 76. *Inminet ponto* „ragt darüber empor", veranschaulicht die Höhe des Unthiers, wie die folgenden Worte (*possidet* „bedeckt") die Breite desselben. Vgl. Plinius hist. nat. IX, 6, 5 vom Walfisch: *eminebat dorso multum super aquas, carinae vice inversae.*

78. Betone *ambo*. — *iustius*, warum? — 79. *Nec* wie 4, 408. — *dignos tempore* „der Lage angemessen". — 81. *longa tempora*, der Plural verstärkt noch den Gegensatz zu *brevis hora est*. — *manere vos poterunt* „werden euch möglicher Weise (oder vielleicht) erwarten". — 83. *auctor* für pater, vgl. oben 26 *generis auctor*

Gorgonis anguicomae Perseus superator, et alis
Aetherias ausus iactatis ire per auras,
Praeferrer cunctis certe gener. Addere tantis
Dotibus et meritum, faveant modo numina, tempto:
Ut mea sit servata mea virtute, paciscor.'
   Accipiunt legem — quis enim dubitaret? — et orant,
Promittuntque super regnum dotale parentes.
Ecce velut navis praefixo concita rostro
Sulcat aquas, iuvenum sudantibus acta lacertis,
Sic fera dimotis inpulsu pectoris undis
Tantum aberat scopulis, quantum balearica torto
Funda potest plumbo medii transmittere caeli:
Cum subito iuvenis pedibus tellure repulsa
Arduus in nubes abiit. Ut in aequore summo
Umbra viri visa est, visam fera saevit in umbram.
Utque Iovis praepes, vacuo cum vidit in arvo
Praebentem Phoebo liventia terga draconem,
Occupat aversum, neu saeva retorqueat ora,
Squamigeris avidos figit cervicibus ungues:
Sic celer, inmisso praeceps per inane volatu
Terga ferae pressit, dextroque frementis in armo
Inachides ferrum curvo tenus abdidit hamo.
Vulnere laesa gravi modo se sublimis in auras
Attollit, modo subdit aquis, modo more ferocis

und 13, 27 *mihi Tantalus auctor*. — 84. Die Wiederholung des Namens an derselben Stelle des Verses steigert noch den Nachdruck. — 87. *Dotibus* „Eigenschaften, Vorzüge“.

89. *lex* hier „Bedingung, Vorschlag“. — 90. *super*, Adverb. = insuper. — *dotale* „als Mitgift“. — 91. Verbinde *sulcat praefixo rostro*. — 92. *iuvenes*, häufige Bezeichnung der Schiffsmannschaft, vgl. 7, 147. — 93. Da sich der vorausgehende Vergleich nur auf *dimotis inpulsu pectoris undis* bezieht, so löse auf *sic fera dimovit inpulsu pectoris undas, et tantum cet.* — 94. *Tantum — quantum medii caeli funda transmittere potest* „ein solches Stück, wie mitten durch den Luftraum eine Schleuder zu durchmessen vermag“. — *torto* „geschwungen“ zum Wurfe. — 97. *Arduus abiit*, wie 4, 337 *petit arduus arcem*. Ueber die Quantität von *abiit* s. zu *subiit*, 2, 26. — *in aequore summo* wie 8, 109. — 98. Wegen der chiastischen Wiederholung s. zu 3, 142. — 99. *Iovis praepes*, der Adler. — *vacuo* „frei“ von Bäumen. — 100. *Phoebo* wie 4, 141; *praebentem Phoebo*, im D. ein Wort. — 101. *aversum* d. i. „von hinten“. — *neu*, s. zu 1, 72. — 103. Subject? s. zu 2, 13. Vgl. unten 123. — *inmisso praeceps volatu* „beschleunigten Fluges herabstürzend“, vgl. 3, 118 *inmittite habenas*. — *inane* dichter. für *aër*. — 104. *pressit* wie 4, 179 *dum male optatos nondum premis axes*. — 105. *curvus hamus* die hakenförmige Krümmung des Schwertes, s. zu 52. — 106. *se* gehört auch

Versat apri, quem turba canum circumsona terret.
Ille avidos morsus velocibus effugit alis,
Quaque patent, nunc terga cavis super obsita conchis,
Nunc laterum costas, nunc qua tenuissima cauda
Desinit in piscem, falcato verberat ense.
Belua puniceo mixtos cum sanguine fluctus
Ore vomit. Maduere graves adspergine pennae;
Nec bibulis ultra Perseus talaribus ausus
Credere, conspexit scopulum, qui vertice summo
Stantibus exstat aquis, operitur ab aequore moto.
Nixus eo rupisque tenens iuga prima sinistra
Ter quater exegit repetita per ilia ferrum.
  Litora cum plausu clamor superasque deorum
Implevere domos. Gaudent, generumque salutant,
Auxiliumque domus servatoremque fatentur
Cassiope Cepheusque pater. Resoluta catenis
Incedit virgo, pretiumque et causa laboris.
  Ipse manus hausta victrices abluit unda;
Anguiferumque caput dura ne laedat arena,
Mollit humum foliis, natasque sub aequore virgas
Sternit, et inponit Phorcynidos ora Medusae.
Virga recens bibulaque etiamnum viva medulla
Vim rapuit monstri, tactuque induruit huius,
Percepitque novum ramis et fronde rigorem.
At pelagi Nymphae factum mirabile temptant

zu *subdit* und *versat*. — 110. *patent* „eine Blösse bieten“. Subj. *terga, costae, cauda*. — *super*, Adverb. „auf seiner Oberfläche“; *obsita conchis*, wie die Schultern des Triton 3, 170. — 111. *tenuissima cauda* „der dünnste Theil des Schweifes“, s. zu 3, 134 *summa in ulmo*. — 114. *Maduere graves pennae*, proleptisch für maduere ita, ut graves fierent „wurden nass und schwer“, s. zu 6, 76 *vitiatas inficit auras*. — 115. *Nec* s. zu 2, 22. — *bibulis* „Wasser saugend“. — 117. *Stantibus*, die Bedeut. ergiebt sich aus dem Gegensatz *moto*. — *ab* s. zu 3, 92. — 118. *prima* wie 9, 128 *primo saxo*. — 119. *exigere* eigentl. durch und durch stossen, so dass die Waffe auf der andern Seite wieder herausdringt, vgl. unten 312. — *repetita* wiederholt gstroffen, d. i. „mit wiederholtem Angriff, immer aufs Neue“: 12, 198 *repetita percussit pectora*. 23, 45 *repetita robora caedit*.

120. *clamor cum plausu implevere*, warum der Plural? s. zu 1, 56 *cum fulminibus venti*. — *superas* d. i. caelestes. — 121. *generum* „als —“. — 122. *fatentur* (eum esse) *auxilium servatoremque domus*.

127. *Mollit* „benimmt ihm die Härte“. — 129. *recens* „frisch gepflückt“. — *viva* hier „saftig“. — 130. *rapuit* „nahm schnell in sich auf“. *Vim monstri*, s. zu 41. — 131. *novum* wie 3, 148. — 132. *factum*

Pluribus in virgis, et idem contingere gaudent,
Seminaque ex illis iterant iactata per undas.
Nunc quoque curaliis eadem natura remansit,
Duritiam tacto capiant ut ab aëre, quodque
Vimen in aequore erat, fiat super aequora saxum.
Dis tribus ille focos totidem de cespite ponit,
Laevum Mercurio, dextrum tibi, bellica Virgo,
Ara Iovis media est. Mactatur vacca Minervae,
Alipedi vitulus, taurus tibi, summe deorum.
Protinus Andromedan et tanti praemia facti
Indotata rapit. Taedas Hymenaeus Amorque
Praecutiunt; largis satiantur odoribus ignes,
Sertaque dependent tectis, et ubique lyraeque
Tibiaque et cantus, animi felicia laeti
Argumenta sonant. Reseratis aurea valvis
Atria tota patent, pulchroque instructa paratu
Cepheni proceres ineunt convivia regis.
Postquam epulis functi generosi munere Bacchi
Diffudere animos, cultusque genusque locorum
Quaerit Lyncides moresque animumque virorum.
Quae simul edocuit, 'Nunc, o fortissime,' dixit
'Fare precor, Perseu, quanta virtute quibusque
Artibus abstuleris crinita draconibus ora.'

mirabile temptant pluribus in virgis, indem sie dieselben dem Medusenhaupte nähern. — 134. *iterant iactata* „streuen wiederholt". Dieser V. soll die weitere Verbreitung der Korallen erklären. — 135. *Nunc quoque* wie 5, 27. — 136. *Duritiam tacto capiant ut ab aëre*, diese Meinung war selbst bis in die neuere Zeit verbreitet, obwohl sie ganz irrthümlich ist.

139. Warum erhält *Mercurius* einen Altar? und warum *Juppiter?* — *bellica Virgo*, Minerva, die mit Helm, Schild und Speer dargestellt wurde. Sie hatte dem Perseus zu seinem Unternehmen den unten 167 erwähnten ehernen Schild geliehen. — 140. *vacca* den weiblichen Gottheiten pflegte man weibl. Opferthiere zu schlachten, vgl. 37, 6. — 141. *Alipes*, Mercurius, s. zu 2. — 142. *et tanti praemia facti*, erläuternder Zusatz (Epexegese, s. zu 3, 8) zu *Andromedan*; unter *praemia* ist das Ehebündniss mit ihr zu verstehen. — 143. *rapit* „setzt sich in schleunigen Besitz". — *Indotata* „auch ohne Mitgift". — 144. *Praecutiunt*, näml. dem Hochzeitszuge voraus. — *ignes*, auf den Opferaltären. — 149. Verb. *Cepheni proceres*, die cephenischen Vornehmen.

150. *generosi*, h. von der edlen Eigenschaft des Weines. — 151. *genus locorum* „die natürliche Beschaffenheit der Gegend", *cultus* „die Arten ihrer Benutzung oder Bearbeitung". — 152. *Lyncides* ist Perseus, s. das mythol. Reg. — 153. Zu *edocuit* u. *dixit* ist als Subj. aus 149 *rex* zu entnehmen. Vgl. 397. 41, 70. — 154. *Fare* Imperativus. — 155. *crinita draconibus* d. i. anguicoma.

Narrat Agenorides, gelido sub Atlante iacentem
Esse locum solidae tutum munimine molis,
Cuius in introitu geminas habitasse sorores
Phorcidas, unius partitas luminis usum.
Id se sollerti furtim, dum traditur, astu
Subposita cepisse manu; perque abdita longe
Deviaque et silvis horrentia saxa fragosis
Gorgoneas tetigisse domos; passimque per agros
Perque vias vidisse hominum simulacra ferarumque
In silicem ex ipsis visa conversa Medusa.
Se tamen horrendae clipei, quod laeva gerebat,
Aere repercusso formam adspexisse Medusae,
Dumque gravis somnus colubrasque ipsamque tenebat,
Eripuisse caput collo; pennisque fugacem
Pegason et fratrem matris de sanguine natos.
Addidit et longi non falsa pericula cursus:
Quae freta, quas terras sub se vidisset ab alto,
Et quae iactatis tetigisset sidera pennis.
Dumque ea Cephenum medio Danaëius heros
Agmine commemorat, fremida regalia turba
Atria complentur; nec coniugialia festa
Qui canat, est clamor, sed qui fera nuntiet arma:

157. *moles* hier „Felsmauer". — 159. *luminis* wie 60. — 160. *dum traditur* d. i. während es die eine Schwester der andern übergiebt. In diesem Moment konnten beide nicht sehen, so dass Perseus seine Hand unterschieben und das Auge entwenden kann. Der Indicat., weil dieser Zwischensatz ein erklärender Zusatz des Dichters ist. Ebenso 166 u. 168. — 164. Dieser V. hat scheinbar eine Sylbe zuviel, die jedoch vor dem Anfangsvokal des folgenden Verses elidirt wird. Ein solcher Vers heisst *Versus hypermeter*. — 165. *ex ipsis*, d. i. aus ihrer eigenen Gestalt. — 166. *Se tamen cet.* in wiefern bildet dieser Satz einen Gegensatz zu dem vorigen? — *clipei, quod,* bemerke die seltener gebrauchte neutrale Form *clipeum*. — 167. (in) *aere clipei repercusso* „in der Wiederspiegelung des ehernen Schildes". Der latein. Ausdruck ist nicht genau, da nicht das Erz wiedergespiegelt wird, sondern der darin erscheinende Gegenstand, wie 4, 140 *gemmae clara repercusso reddebant lumina Phoebo.* — 169. *pennis fugacem,* Pegasus war ein geflügeltes Ross. — 170. *fratrem,* den Riesen *Chrysaor*. Er und Pegasus entsprangen aus dem Blute der getödteten Medusa. — 171. *falsa* wie 4, 7. — *cursus* wie *currere* werden zuweilen auch vom Fluge gebraucht, vgl. 15. 31. 19, 47.

174—408. Perseus und Phineus. — 174. *heros* (ἥρως) homerischer Ehrenname, der hauptsächlich Abkömmlingen von Göttern oder auch von Fürsten beigelegt wird. „Held" darf man es nur da übersetzen, wo damit auch wirklich kriegerische Tüchtigkeit verbunden ist, sonst „der Erlauchte, der Gottentstammte". — 177. *arma* oft metonym. für *pu-*

Inque repentinos convivia versa tumultus
Adsimilare freto possīs, quod saeva quietum
Ventorum rabies motis exasperat undis.
  Primus in his Phineus, belli temerarius auctor,
Fraxineam quatiens aeratae cuspidis hastam,
'En' ait 'en adsum praereptae coniugis ultor;
Nec mihi te pennae, nec falsum versus in aurum
Iuppiter eripiet.' Conanti mittere Cepheus
'Quid facis?' exclamat 'quae te, germane, furentem
Mens agit in facinus? Meritisne haec gratia tantis
Redditur? hac vitam servatae dote rependis?
Quam tibi non Perseus, verum si quaeris, ademit,
Sed grave Nereïdum numen, sed corniger Ammon,
Sed quae visceribus veniebat belua ponto
Exsaturanda meis. Illo tibi tempore rapta est,
Quo peritura fuit: nisi si, crudelis, id ipsum
Exigis, ut pereat, luctuque levabere nostro.
Scilicet haud satis est, quod te spectante revincta est,
Et nullam quod opem patruus sponsusve tulisti:
Insuper, a quoquam quod sit servata, dolebis,
Praemiaque eripies? Quae si tibi magna videntur,
Ex illis scopulis, ubi erant adfixa, petisses!

gnae. — 179. *possis*, wie ist die zweite Person zu übersetzen? s. zu 8, 151. — *saeva quietum*, die Wortstellung wie 68. 3, 51. 8, 81. Zu *quietum* füge im D. „vorher“ hinzu.

182. *aeratae cuspidis*, Genit. qualit. „mit —“. — 183. *praereptae coniugis* „wegen —“. Dem Phineus, dem Bruder des Cepheus, war Andromeda bereits versprochen gewesen. — 184. *falsum in aurum* „in erlogenes Gold“, vgl. 171. Der Sinn: noch Juppiter, von dem du lügst, dass er als goldner Regen vom Himmel herabgekommen und so dein Vater geworden sei. — 185. *mittere*, ohne Object wie unser „werfen, schleudern“. — 187. *Mens* hier „Leidenschaft“. — 190. *grave* wie 9, 36. — *corniger*, Juppiter Ammon wurde mit Widderhörnern dargestellt. Die Wiederholung von *sed* hebt den Gegensatz immer aufs Neue und daher eindringlicher hervor, vgl. 12, 232. — 191. *veniebat ponto*, s. zu 3, 104 *fluit unda capillis*. — 192. *exsaturanda visceribus meis*, löse mit „um zu“ auf; *visceribus meis*, wie wir sagen „von meinem Fleisch und Bein“, d. i. von meinem Kinde. — 193. *nisi si* hebt das bedingende Verhältnis des Satzes stärker hervor als das blosse *nisi* „ausgenommen, wenn“ oder „es müsste denn sein, dass“. — 194. *levabere*, soviel als *delectabere*. Das Futur. ist oft im D. durch „wollen“ zu bezeichnen, ebenso 197 und 198 *dolebis, eripies*. — 195. *Scilicet*. mit starkem Hohne wie 7, 139. — *te spectante* „vor deinen Augen“. *revincta est*, vgl. 58 *religatam bracchia*. — 196. *nullam patruus sponsusve* „weder als Oheim noch als Bräutigam irgend welche“, s. zu 9, 27 u. 3, 161. — 198. *magna* s. zu 4, 192 *sed leve pondus erat*. — 199. *petisses*, der Conj. Imperf. und Plusquamperf.

Nunc sine, qui petiit, per quem haec non orba senectus,
Ferre, quod et meritis et voce est pactus, eumque
Non tibi, sed certae praelatum intellege morti.'
Ille nihil contra; sed et hunc et Persea vultu
Alterno spectans, petat hunc ignorat, an illum:
Cunctatusque brevi contortam viribus hastam,
Quantas ira dabat, nequiquam in Persea misit.
Ut stetit illa toro, stratis tum denique Perseus
Exsiluit, teloque ferox inimica remisso
Pectora rupisset, nisi post altaria Phineus
Isset; et — indignum! — scelerato profuit ara.
Fronte tamen Rhoeti non irrita cuspis adhaesit;
Qui postquam cecidit, ferrumque ex osse revulsum est,
Calcitrat et positas adspergit sanguine mensas.
Tum vero indomitas ardescit vulgus in iras,
Telaque coniciunt, et sunt qui Cephea dicunt
Cum genero debere mori. Sed limine tecti
Exierat Cepheus, testatus iusque fidemque
Hospitiique deos, ea se prohibente moveri.
Bellica Pallas adest et protegit aegide fratrem
Datque animos. Erat Indus Athis, quem flumine Gange
Edita Limnate vitreis peperisse sub undis

steht oft in auffordernder Bedeutung von dem, was hätte geschehen sollen. — 200. Constr. *Nunc sine eum, qui petiit, per quem cet., ferre, quod cet.* — *petiit*, betone als Gegensatz zu *petisses* „der sie wirklich geholt hat". — Mit *haec* weist er auf seine eigene Person „dies mein". — 201. *voce* „mit ausdrücklichen Worten", vgl. 3, 82 *voce probant.*

203. *contra* ersetzt zuweilen bei Erwiderungen, wie unser „dagegen, darauf" das Verbum des Sagens. Vgl. die Bem. zu 9, 7 *secum.* — 205. *Cunctatus brevi*, vgl. 16, 307 *brevi spatio silet.* — *contortam*, s. zu 94 *torto plumbo.* — *viribus, quantas*, im D. kann das entsprechende demonstrative Beiwort nicht wie im Lat. wegbleiben. — 206. *nequiquam*, s. zu 8, 51. — 207. *torus* und *strata* bezeichnen hier die Polster, auf denen man bei Tisch lag. Ueber die Ablat. *toro* u. 211 *fronte* s. zu 1, 13 *longo margine.* — 209. *Pectora inimica*, nur auf Phineus zu beziehen, s. zu 2, 5 *ora.* — *altaria* ist nur im Plural gebräuchlich, auch wo, wie hier, nur ein Altar, nämlich der der Hausgötter, zu verstehen ist. — 210. *indignum!* „wie unverdient!" — 213. *Calcitrat*, in Todeszuckungen.

214. *Tum vero* wie 6, 72. — *vulgus*, die Menge, welche den Phineus begleitet. — 215. *sunt qui* „Manche", findet sich zuweilen auch mit dem Indicativ, meist jedoch nur bei den Dichtern. — 218. *ea se prohibente* „dieser Aufruhr erhebe sich trotz seiner Abwehr".

219. *Pallas* hat man unsichtbar gegenwärtig zu denken. — *fratrem*, auch der Vater der Minerva war Juppiter. — 220. *animos* wie 6, 54. — *flumine Gange edita*, für

Creditur, egregius forma, quam divite cultu
Augebat, bis adhuc octonis integer annis,
Indutus chlamydem Tyriam, quam limbus obibat
Aureus; ornabant aurata monilia collum,
Et madidos murra curvum crinale capillos.
Ille quidem iaculo quamvis distantia misso
Figere doctus erat, sed tendere doctior arcus.
Tum quoque lenta manu flectentem cornua Perseus
Stipite, qui media positus fumabat in ara,
Perculit et fractis confudit in ossibus ora.
Hunc ubi laudatos iactantem in sanguine vultus
Assyrius vidit Lycabas, iunctissimus illi
Et comes et veri non dissimulator amoris:
Postquam exhalantem sub acerbo vulnere vitam
Deploravit Athin, quos ille tetenderat arcus
Arripit et 'Mecum tibi sint certamina' dixit,
'Nec longum pueri fato laetabere, quo plus
Invidiae quam laudis habes.' Haec omnia nondum
Dixerat, emicuit nervo penetrabile telum,
Vitatumque tamen sinuosa veste pependit.
Vertit in hunc harpen spectatam caede Medusae
Acrisioniades adigitque in pectus. At ille
Iam moriens, oculis sub nocte natantibus atra,
Circumspexit Athin, seque adclinavit in illum,

genita. — 223. *integer* „jugendlich frisch". — *bis octonis*, die Dichter wenden zur Vermeidung der grösseren Zahlwörter gern die Zahlbestimmung durch Multiplication an. — 224. *Indutus chlamydem*, s. zu 3, 108. — *Tyriam*, d. i. von tyrischem Purpur. — 226. Zu *curvum crinale* („Haarschmuck, Diadem") wiederhole *ornabat*. — 227. *quamvis* gehört bloss zu *distantia*. Beim Positiv von Adjectiven und Adverbien heisst *quamvis* „noch so", eigentl. wie sehr du willst, wenn auch noch so. — 229. *Tum quoque* gehört zu *flectentem*. — *cornua*, die gekrümmten Bügel des Bogens, die häufig aus Horn bestanden, weshalb der Bogen selbst zuweilen *cornu* heisst: 12, 108. 32, 41. *lenta* wie 6, 66 *lenta spina*. — 231. *confudit ora* „verwirrte (machte unkenntlich) die Gesichtszüge"; *fractis in ossibus* „auf den zerschmetterten (Schädel) Knochen". — 232. *laudatos* „gepriesen", vgl. 222. — 233. Die Apposition übersetze durch einen Relativsatz. — 235. Beim Uebers. ordne *arripit, postquam — deploravit Athin, arcus, quos cet.* — *sub*, eigentl. unter dem Einfluss, d. i. „in Folge". — 238. *longum*, Zeitbestimmung, ein Langes d. i. „lange". — *fato* wie 3, 196. — *quo* beziehe auf *fato*. — 240. *emicuit*, über die Art der Satzverbindung s. zu 4, 78. — 241. *Vitatum* löse als Concessivsatz auf, mit dem Gegensatz *sinuosa tamen veste pependit*. — 242. *spectatam* „erprobt, bewährt". — 244. *natantibus* von dem unsicher werdenden Blicke des Sterbenden, auf den

Et tulit ad manes iunctae solacia mortis.
Ecce Syenites, genitus Metione, Phorbas
Et Libys Amphimedon, avidi committere pugnam,
Sanguine, quo late tellus madefacta tepebat,
Conciderant lapsi: surgentibus obstitit ensis,
Alterius costis, iugulo Phorbantis adactus.
At non Actoriden Erytum, cui lata bipennis
Telum erat, hamato Perseus petit ense, sed altis
Exstantem signis multaeque in pondere massae
Ingentem manibus tollit cratera duabus,
Infligitque viro. Rutilum vomit ille cruorem,
Et resupinus humum moribundo vertice pulsat.
Inde Semiramio Polydaemona sanguine cretum,
Caucasiumque Abarin, Sperchionidenque Lycetum,
Intonsumque comas Helicem, Phlegyanque Clytumque
Sternit, et exstructos morientum calcat acervos.
Nec Phineus ausus concurrere cominus hosti,
Intorquet iaculum; quod tetulit error in Idan,
Expertem frustra belli et neutra arma secutum
Ille tuens oculis inmitem Phinea torvis
'Quandoquidem in partes' ait 'abstrahor, accipe, Phineu,
Quem fecisti hostem, pensaque hoc vulnere vulnus!'
Iamque remissurus tractum de corpore telum
Sanguine defectos cecidit collapsus in artus.

sich das Dunkel des Todes (*nox atra*) hinabsenkt. — 246. *solacia*, wegen des Plur. s. zu *irae* 3, 4.

248. *avidi committere*, s. zu 7, 107 *conscendere ocior*, — 249. *madefacta tepebat*, übers. „lau benetzt war", so dass das Verbum in ein Adverbium übergeht, wie 134 *iterant iactata*. — 250. *surgentibus* „ihrem Aufstehen". — *ensis*, Persei. — 251. *Alterius costis, iugulo Phorbantis*, Chiasmus, s. zu 3, 78. — 254. *altis exstantem signis*, mit hohen Bildwerken hervortretend, statt „mit hoch hervortretenden Bildwerken", so dass die Eigenschaft der Bildwerke auf das Gefäss selbst übertragen ist. Die ehernen Mischkrüge pflegten mit erhaben gearbeiteten Bildwerken geschmückt zu sein. Genauer 37, 66 *signis exstantibus asper crater*. — *in pondere multae massae ingentem* „ungeheuer im Gewicht seiner grossen Masse". — 258. *cretus* (v. *cresco*) steht bei den Dichtern oft für *natus; sanguine* d. i. genere. — 261. *morientum* wie 327 *cadentum*, s. zu 1, 83 *moderantum*. — *calcat*, um vor Leichen an die Gegner zu kommen.

262. *Nec* übersetze wie 79. Wozu gehört die Negation? s. oben zu 115. — *concurrere hosti*, s. zu 1, 19 *pugnabant calidis*. — 263. *error* „ein Fehlwurf". — 264. *neutra arma sequi* „sich an keine von beiden Parteien anschliessen" (neutral bleiben). — 266. *in partes* „zur Parteinahme". — *accipe hostem* „nimm zum Feind". — 267. *hoc vulnere*, mit dieser, die ich dir jetzt versetzen will. — 269. *collabi in artus*, im D. be-

Tum quoque Cephenum post regem primus Hodites
Ense iacet Clymeni; Prothoënora percutit Hypseus,
Hypsea Lyncides. Fuit et grandaevus in illis
Emathion, aequi cultor timidusque deorum;
Quem quoniam prohibent anni bellare, loquendo
Pugnat et incessit, scelerataque devovet arma.
Huic Chromis amplexo tremulis altaria palmis
Decutit ense caput; quod protinus incidit arae,
Atque ibi semianimi verba exsecrantia lingua
Edidit, et medios animam exspiravit in ignes.
Hinc gemini fratres, Broteasque et caestibus Ammon
Invictus, vinci si possent caestibus enses,
Phinea cecidere manu, Cererisque sacerdos
Ampycus, albenti velatus tempora vitta.
Tu quoque, Iapetide, non hos adhibendus ad usus,
Sed qui, pacis opus, citharam cum voce moveres,
Iussus eras celebrare dapes festumque canendo.
Cui procul adstanti plectrumque inbelle tenenti
Pettalus irridens 'Stygiis cane cetera' dixit
'Manibus,' et laevo mucronem tempore fixit.

stimmter „in die Kniee zusammensinken".

270. Bis jetzt hat Perseus allein gegen Phineus und seine Schaar gekämpft. Die Tödtung des Idas verwickelt auch die übr. Freunde des Cepheus in den Kampf, der nun allgemein wird. Die zunächst erzählte Ermordung Wehrloser, des greisen *Emathion*, des Priester *Ampycus* und des Sänger *Iapetides*, durch Phineus und dessen Genossen lässt das endliche Schicksal dieser Partei um so gerechtfertigter erscheinen. — *primus post regem Cephenum*, der Würde nach. — 273. *aequi cultor timidusque deorum*, vgl. die ähnliche Stelle 3, 160 f. Die Dichter dehnen den Gebrauch des Genit. bei Adjectiven weiter aus, als die Prosa. So nachher 302 *ditissimus agri*. — 274. *loquendo* gehört sowohl zu *pugnat* als zu *incessit* (v. incesso). — 278. *semianimi* sprich viersylbig, so dass *i* vor *a* wie *j* lautet, s. zu 1, 77 *deerat*. — 281. Betone *invictus* und übersetze *si* durch „wenn nur". Der Sinn: im Cästuskampf unbesiegt, und auch jetzt, wenn u. s. w. — 282. *Phinea*, s. zu 55 *Cephea arva*. — 283. *albenti vitta*, dem gewöhnlichen Schmuck der Priester. — 284. *Tu quoque* — *iussus eras*, der Sinn: auch du warst, wie der Priester *Ampycus*, zum Feste gezogen worden und kamst um wie er. — *adhibendus* „tauglich", s. zu 7, 69 *tremendos*. Die Apposition zum Vocativ hier seltener Weise im Nomin. — *hos* d. i. bellicos *ad usus* „zu solcherlei Gebrauch", vgl. 9, 108. — 285. *Sed qui — moveres*, d. i. sed ad citharam movendam adhibendus. *pacis opus*, Apposition zum ganzen Prädicate *citharum cum voce moveres*, vgl. 6, 106. Auch wir sagen „die Cither rühren"; *cum voce* „unter Begleitung von Gesang". — 287. *Cui*, der Dativ hängt von *dixit* ab. — 289. *tempus* „der Schlaf" am Haupte im Sin-

Concidit et digitis morientibus ille retemptat
Fila lyrae, casuque fuit miserabile carmen.
Nec sinit hunc inpune ferox cecidisse Lycormas,
Raptaque de dextro robusta repagula posti
Ossibus inlisit mediae cervicis; at ille
Procubuit terrae mactati more iuvenci.
Demere temptabat laevi quoque robora postis
Cinyphius Pelates: temptanti dextera fixa est
Cuspide Marmaridae Corythi lignoque cohaesit.
Haerenti latus hausit Abas; nec corruit ille,
Sed retinente manum moriens e poste pependit.
Sternitur et Menaleus, Perseïa castra secutus,
Et Nasamoniaci Dorylas ditissimus agri,
Dives agri Dorylas, quo non possederat alter
Latius, aut totidem tollebat farris acervos.
Huius in obliquo missum stetit inguine ferrum:
Letifer ille locus. Quem postquam vulneris auctor
Singultantem animam et versantem lumina vidit,
Bactrius Halcyoneus, 'Hoc, quod premis' inquit 'habeto
De tot agris terrae,' corpusque exsangue reliquit.
Torquet in hunc hastam calido de vulnere raptam
Ultor Abantiades, media quae nare recepta
Cervice exacta est in partesque eminet ambas.
Dumque manum Fortuna iuvat, Clytiumque Claninque,
Matre satos una, diverso vulnere fudit.

gul. ist selten. — 290. *retemptat* „greift noch einmal“.

292. *Nec* übers. wie 79. Ebenso 299. — *Lycormas* gehört, wie der Zusammenhang zeigt, zur Partei des Perseus: ebenso, wie es scheint, *Pelates* (297), so dass *Corythus* u. *Abas* Gefährten des Phineus wären. — 293. *posti* sehr seltene Ablativform st. *poste*. — 294. *mediae cervicis*, Pettali. — 295. *Procubuit terrae*, s. zu 4, 19 *caelo porrexit*. — 296. *robora* „das eichene Holzwerk“. — 299. *haurire* steht zuweilen metaphorisch vom Reissen einer tiefen Wunde („tief aufreissen“), so dass dadurch, wie beim Schöpfen, das Innere herausgekehrt wird. — 301. *castra sequi* wie *arma sequi* 365. — 303. *Dives agri Dorilas*, über diese Art der Wiederholung s, zu 3, 175 *bucina*. — *quo* übers. wie 7, 107. — *possedisse* (v. possīdo) „in Besitz haben“, *late* „weitläufige Besitzungen haben“. Vgl. Nep. Paus. 3, 3 *superbe respondebat, crudeliter imperabat*. — 305. *in obliquo inguine* d. i. „in der schrägen Neigung der Weiche“. — 306. *vulneris auctor*, dazu gehört als Apposition *Bactrius Halcyoneus*. — 307. *Singultare* hier gegen die Gewohnheit transitiv „ausröcheln“. — 308. Verbinde *hoc terrae* „dieses Stückchen Erde“.

311. *recipitur hasta* „der Speer dringt ein“. — 312. *in partesque*, vgl. 3, 227 *inter seque*. — 313. *manum*, Abantiadae. — 314. *satos* s. zu 1, 82. — Beachte den Gegens.

Nam Clytii per utrumque gravi librata lacerto
Fraxinus acta femur, iaculum Clanis ore momordit.
Occidit et Celadon Mendesius; occidit Astreus,
Matre Palaestina, dubio genitore creatus;
Aethionque sagax quondam ventura videre,
Tunc ave deceptus falsa; regisque Thoactes
Armiger, et caeso genitore infamis Agyrtes.
 Plus tamen exhausto superest; namque omnibus unum
Opprimere est animus. Coniurata undique pugnant
Agmina pro causa meritum inpugnante fidemque.
Hac pro parte socer frustra pius et nova coniunx
Cum genitrice favent ululatuque atria complent;
Sed sonus armorum superat gemitusque cadentum,
Pollutosque semel multo Bellona penates
Sanguine perfundit renovataque proelia miscet.
Circueunt unum Phineus et mille secuti
Phinea; tela volant hiberna grandine plura
Praeter utrumque latus praeterque et lumen et aures.
Adplicat hinc humeros ad magnae saxa columnae,
Tutaque terga gerens adversaque in agmina versus
Sustinet instantes. Instabat parte sinistra
Chaonius Molpeus, dextra Nabathaeus Ethemon.
Tigris ut auditis diversa valle duorum
Exstimulata fame mugitibus armentorum

una, diverso, s. zu 179 *saeva quietum*. — *fudit* „streckte nieder". — 315. *Clytii*, im D. setze den Dativ. — 316. *Fraxinus* metonym. für *hasta fraxinea*, wie *pinus* für *navis*. — *iaculum ore momordit* bezeichnet die Art der Verwundung. — 317. Die bis 321 Genannten werden sämmtlich von Perseus getödtet. — 218. *dubio* „nicht sicher bekannt". — 319. *sagax videre*, s. zu 249 *avidi committere*. — 320. *falsa* hier „trügerisch", weil er ihm die Gefahr nicht angezeigt hatte. Denn aus dem Flug und Geschrei der Vögel deuteten die Seher die Zukunft. — *regis*, Phinei. Ueber die Stellung der Appos. s. zu 4, 66.

322. *Plus exhausto* „mehr als vollbracht war", vgl. *exhausta pericula* 37, 16. — *omnibus unum*, s. zu 314. — 323. *animus mihi est* = cupio. — 324. Verbinde *pro causa* („die Sache") *inpugnante meritum fidemque*. — 325. *Hac pro parte* (d. i. pro Perseo) *favent* („zeigen ihre Gunst") entspricht dem obigen *pugnant pro causa*. — *frustra pius* „vergebens pflichtgetreu, gewissenhaft". — 327. *superat*, ohne bestimmtes Object „übertönt". — 328. Auch *Bellona* ist unsichtbar zugegen, vgl. 219. — 332. *Praeter* „daneben vorbei". — *lumen*, s. zu 60. — 333. *hinc* wie 3, 107. — 334. *gerens* übersetze wie 8, 108. — 337. Ordne *ut tigris exstimulata fame, mugitibus duorum armentorum diversa valle auditis, nescit*. — 338. Der Abl. *fame* hat immer $\bar{e}$, weil *fames* in der ältern Sprache nach der 5. Decl. flectirt wurde. — Beachte den spondeischen Ausgang, s. zu 1, 14. Um

Nescit, utro potius ruat, et ruere ardet utroque:
Sic dubius Perseus, dextra laevane feratur,
Molpea traiecti submovit vulnere cruris,
Contentusque fuga est. Neque enim dat tempus Ethemon,
Sed furit et, cupiens alto dare vulnera collo,
Non circumspectis exactum viribus ensem
Fregit, et extrema percussae parte columnae
Lamina dissiluit, dominique in gutture fixa est.
Non tamen ad letum causas satis illa valentes
Plaga dedit: trepidum Perseus et inermia frustra
Bracchia tendentem Cyllenide confodit harpe.
Verum ubi virtutem turbae succumbere vidit,
'Auxilium' Perseus, 'quoniam sic cogitis ipsi,'
Dixit 'ab hoste petam. Vultus avertite vestros?
Si quis amicus adest!' et Gorgonis extulit ora.
'Quaere alium, tua quem moveant miracula!' dixit
Thescelus, utque manu iaculum fatale parabat
Mittere, in hoc haesit signum de marmore gestu.
Proximus huic Ampyx animi plenissima magni
Pectora Lyncidae gladio petit, inque petendo
Dextera diriguit, nec citra mota nec ultra.
At Nileus, qui se genitum septemplice Nilo
Ementitus erat, clipeo quoque flumina septem
Argento partim, partim caelaverat auro,
'Adspice,' ait 'Perseu, nostrae primordia gentis:
Magna feres tacitas solacia mortis ad umbras,
A tanto cecidisse viro' .... pars ultima vocis
In medio suppressa sono est, adapertaque velle
Ora loqui credas, nec sunt ea pervia verbis.

so auffallender malt der folgende Vers durch seinen schnellen Dactylenfall, wozu noch die häufigen *r* kommen, die wilde Gier des Tigers. — 339. *utro* u. *utroque* Adverb. Chiastische Wiederholung wie 98. — 340. *feratur*, s. zu 4, 100; *dextra laevane*, wie 7, 132. — 342. *fuga*, illius. — 344. *exactum* „zum Ausholen geschwungen“. — 346. *Lamina* h. „die Klinge“. — *domini*, im D. füge hinzu „des eigenen“.

350. *turbae*, d. i. multitudini hostium. — 352. *ab hoste*, wer dies sei, lehrt sogleich das Folgende.

354. *miracula* „Wunderkünste“; *moveant*, d. i. terreant. — 355. Dem *ut* entspricht *in hoc gestu*, s. zu 9, 140. — 356. *haesit* wie 9, 144. — 359. *mota*, das Partic. Perf. Pass. lässt sich zuweilen durch ein Verbaladjectivum auf: lich od. bar übersetzen. — 360. *septemplice Nilo*, s. zu 3, 260. — 361. *clipeo quoque cet.* ist dem vorhergehenden Relativsatze beigeordnet. — 362. *caelaverat* „hatte — lassen“. — 364. *solacia mortis*, vgl. 246. — 365. *A tanto cecidisse viro* „von der Hand —“. — 366. *sono* „Sprechen“. — 367. *credas* s. zu

Increpat hos 'Vitio' que 'animi, non viribus' inquit
'Gorgoneis torpetis' Eryx: 'incurrite mecum
Et prosternite humi iuvenem magica arma moventem!'
Incursurus erat: tenuit vestigia tellus,
Inmotusque silex armataque mansit imago.
Hi tamen ex merito poenas subiere; sed unus
Miles erat Persei, pro quo dum pugnat, Aconteus,
Gorgone conspecta saxo concrevit oborto.
Quem ratus Astyages etiamnum vivere, longo
Ense ferit: sonuit tinnitibus ensis acutis.
Dum stupet Astyages, naturam traxit eandem,
Marmoreoque manet vultus mirantis in ore.
Nomina longa mora est media de plebe virorum
Dicere. Bis centum restabant corpora pugnae:
Gorgone bis centum riguerunt corpora visa.
Paenitet iniusti tunc denique Phinea belli.
Sed quid agat? Simulacra videt diversa figuris,
Agnoscitque suos, et nomine quemque vocatum
Poscit opem, credensque parum, sibi proxima tangit
Corpora: marmor erant. Avertitur, atque ita supplex
Confessasque manus obliquaque bracchia tendens,
'Vincis,' ait 'Perseu! remove fera monstra, tuaeque
Saxificos vultus, quaecumque ea, tolle Medusae!
Tolle, precor: non nos odium regnive cupido
Compulit ad bellum: pro coniuge movimus arma.

179. — *nec* wie 292. — 368. *Vitioque animi*, d. i. „aus Schwäche oder Mangel des Muthes". Wozu gehört *que?* s. zu 4, 6.

373. *ex merito* „nach —". — 374. *Persei* sprich zweisylbig, s. zu 1, 77. *miles P. eet.* „ein Streiter für Perseus, Namens Aconteus, der, indem er für diesen kämpft—". — 377. *tinnitus*, den Plur. übersetze durch das collective „Geklirr"; *acutis* „grell". — 378. *traxit* wie 3, 250 *faciem traxere*. — 379. *mirantis*, im D. das Abstractum. — 380. *longa mora est* wie 3, 52. — *media plebs* (32, 18) od. *homines de media plebe* „Leute gewöhnlichen Schlages" (eig. der mittleren Volksschicht), die sich durch Nichts auszeichnen. — 381. Passend steht hier, wo es auf die körperliche Umwandlung ankommt, *corpora* für *homines*. — *restabant pugnae* „waren zum Kampfe noch übrig, noch kampffähig". — 382. Welchen Grund hat die Wiederholung? s. zu 3, 142.

385. *nomine quemque vocatum*, im D. mit Weglassung des Particip. „jeden mit Namen". — 386. *parum* hier „noch nicht völlig". — 388. *Confessas* „die sich (durch ihre bittende Haltung) für überwunden erklärten". — *obliqua* „seitwärts gebogen", weil er sich zugleich abwendet. — 390. *quaecumque ea*, est, d. h. welche wunderbare Bewandniss es immer damit haben mag. — 392. *pro coniuge* d. h. um mir die versprochene Gattin zu erkämpfen. —

Causa fuit meritis melior tua, tempore nostra.
Non cessisse piget. Nihil, o fortissime, praeter
Hanc animam concede mihi, tua cetera sunto!'
Talia dicenti neque eum, quem voce rogabat,
Respicere audenti 'Quod' ait, 'timidissime Phineu,
Et possum tribuisse et magnum est munus inerti,
Pone metum, tribuam: nullo violabere ferro.
Quin etiam mansura dabo monimenta per aevum,
Inque domo soceri semper spectabere nostri,
Ut mea se sponsi soletur imagine coniunx.'
Dixit, et in partem Phorcynida transtulit illam,
Ad quam se trepido Phineus obverterat ore.
Tum quoque conanti sua vertere lumina cervix
Deriguit, saxoque oculorum induruit humor.
Sed tamen os timidum vultusque in marmore supplex
Submissaeque manus faciesque obnoxia mansit.
Victor Abantiades patrios cum coniuge muros
Intrat, et inmeriti vindex ultorque parentis
Adgreditur Proetum; nam fratre per arma fugato
Acrisioneas Proetus possederat arces.
Sed nec ope armorum nec, quam male ceperat, arce
Torva colubriferi superavit lumina monstri.
Te tamen, o parvae rector, Polydecta, Seriphi,
Nec iuvenis virtus per tot spectata labores
Nec mala mollierant; sed inexorabile durus
Exerces odium, nec iniqua finis in ira est.
Detrectas etiam laudem, fictamque Medusae

393. *Causa* wie 324. — *melior* „gerechter"; *meritis*, *tempore* „hinsichtlich —". *tempore* s. zu 183.

396. *voce* „mit Worten", nicht zugleich mit Blicken. — 397. *ait*, Subject? — 398. *tribuisse*, s. zu 3, 14 *haud timeam dixisse*. — *iners* h. „Feigling". — 400. *Quin etiam* „ja sogar". — *aevum* hier „ewige Zeit". — 403. *Phorcynida*, für das Haupt derselben, das Ganze für den Theil, s. zu 7, 178 *mare*. — 406. *saxo*, d. i. durch Versteinerung. — 408. *submissae* „flehend erhoben", in der 388 angegebenen Stellung. — *obnoxia* hier „unterwürfig".

409—422. Prötus u. Polydectes in Stein verwandelt. — 409. *patrios muros*, d. i. die Stadt Argos. — 410. *parens* ist hier der Grossvater des Perseus, *Acrisius*, König von Argos, der damals von seinem Bruder *Proetus* vertrieben worden war. — *inmeriti* „obwohl er es nicht (um Perseus) verdient hatte". — 413. *male* d. i. ungerechter Weise. — 414. *lumina*, d. h. die versteinernde Macht derselben.

416. *iuvenis*, Persei. — *spectata* wie 242. — *per* hier „während oder unter". — 417. *mala* „Leiden, Drangsale". — 418. *esse* mit *in* und dem Ablat. ist oft durch

Arguis esse necem. 'Dabimus tibi pignora veri:
Parcite luminibus!' Perseus ait, oraque regis
Ore Medusaeo silicem sine sanguine fecit.

12. Die Musen und die Töchter des Pieros. Ceres und Proserpina.

(V, 250—268. 294—571. 642—678.)

Hactenus aurigenae comitem Tritonia fratri
Se dedit. Inde cava circumdata nube Seriphon
Deserit, a dextra Cythno Gyaroque relictis,
Quaque super pontum via visa brevissima, Thebas
Virgineumque Helicona petit; quo monte potita
Constitit et doctas sic est adfata sorores:
'Fama novi fontis nostras pervenit ad aures,
Dura Medusaei quem praepetis ungula rupit:
Is mihi causa viae. Volui mirabile factum
Cernere; vidi ipsum materno sanguine nasci.'
Excipit Uranie: 'Quaecumque est causa videndi
Has tibi, diva, domos, animo gratissima nostro.
Vera tamen fama est, et Pegasus huius origo

„haben" zu übersetzen. — 420. *veri*, s. zu. 2, 41. — 421. *Parcite* „wahret". — 422. *silicem sine sanguine*, s. zu 1, 20 *sine pondere*.

Diese Erzählung schliesst sich an die vorige. Minerva hat ihren Bruder Perseus (*aurigena frater*) auf seiner ganzen abenteuerlichen Fahrt gegen die Medusa bis zu seiner endlichen Ankunft in Seriphos begleitet. Hier verlässt sie ihn, um den Wohnsitz der Musen aufzusuchen. — 2. *cava circumdata nube*, eine Wolke ist das gewöhnliche Mittel der Götter, um sich selbst oder andere Gegenstände vor den Augen der Menschen unsichtbar zu machen: 13, 72. 35, 32. 38, 19. 50, 60 f. — 5. *Virgineum* wie 4, 250. — *potiri loco* heisst zuweilen einen Ort, wohin man gestrebt hat, erreichen. — 6. *doctae sorores*, die Musen. *Doctus* „kunstgeübt" ist das herkömmliche Beiwort der Musen sowohl als der Dichter. — 8. *Medusaeus praepes*, das Flügelross Pegasus, das aus dem Blute der getödteten Medusa entstand, vgl. 11, 171. Durch seinen Hufschlag entsprang auf dem Helicon der Musenquell *Hippocrēne* („Rossquell"). — *rupit* d. i. rumpendo saxum aperuit „hervorschlug". — 10. *vidi ipsum* (praepetem Medusaeum) *cet.* Dadurch begründet sie ihre Theilnahme an dem Ereigniss. — 11. *Excipit* „nimmt hierauf d. Wort". — Verbinde *quaecumque tibi est causa*. — 12. *Has domos* „diese unsere Behausung". — *gratissima*, est. — 13. *origo* wie 1, 79.

Fontis'; et ad latices deduxit Pallada sacros.
Quae mirata diu factas pedis ictibus undas,
Silvarum lucos circumspicit antiquarum
Antraque et innumeris distinctas floribus herbas,
Felicesque vocat pariter studioque locoque
Mnemonidas. Subito pennae sonuere per auras,
Voxque salutantum ramis veniebat ab altis.
Suspicit, et linguae quaerit tam certa loquentes
Unde sonent, hominemque putat Iove nata locutum.
Ales erat, numeroque novem, sua fata querentes,
Institerant ramis imitantes omnia picae.
Miranti sic orsa deae dea: 'Nuper et istae
Auxerunt volucrum victae certamine turbam.
Pieros has genuit, Pellaeis dives in arvis,
Paeonis Euippe mater fuit. Illa potentem
Lucinam noviens, noviens paritura, vocavit.
Intumuit numero stolidarum turba sororum,
Perque tot Haemonias et per tot Achaïdas urbes
Huc venit et tali committit proelia voce:
"Desinite indoctum vana dulcedine vulgus
Fallere: nobiscum, si qua est fiducia vobis,
Thespiades, certate, deae; nec voce nec arte
Vincemur, totidemque sumus. Vel cedite victae
Fonte Medusaeo et Hyantea Aganippe,
Vel nos Emathiis ad Paeonas usque nivosos
Cedamus campis. Dirimant certamina Nymphae."

16. *lucos silvarum antiquarum* „der Hain aus alter (ehrwürdiger) Waldung". Die Dichter setzen häufig Gegenstände, die die Gottheit angehen, wie *luci*, *templa*, *arae*, in den Plur., auch wo nur an die Einheit zu denken ist, s. zu 3, 14 *Palatia*. Beachte den spondeischen Ausgang, s. zu 1, 14. — 17. *distinctas*, s. zu 7, 175. — 18. *studio*, s. zu 7, 81. — 19. *sonuere* s. die Bem. zu 4, 152. — 20. *Vox salutantum*, das Wort der Begrüssenden, d. i. „ein Gruss". Das Gekrächz der Elstern — denn solche waren es — hat einige Aehnlichkeit mit d. griech. *χαῖρε* „sei gegrüsst". Daher pflegte man sie, sowie Raben und Papageien, abzurichten, diesen Gruss zu rufen. — 21. Ordne *et quaerit, unde linguae tam certa loquentes sonent*, vgl. 7, 76. Subject? s. zu 2, 13. — *tam certa* „so deutlich". — 23. *Ales* collect.; der Singul. im Gegens. zu *hominem*. — 24. *imitantes omnia* „Alles nachschwatzend", ist als allgemeine Eigenschaft der Elstern aufzufassen.

25. *deae dea*, vgl. 6, 60. 95 u. unten 115. 236. — 26. *victae certamine* enthält den Grund ihrer Verwandlung. — 29. *noviens* s. zu *quotiens* 10, 26. Weshalb ist es wiederholt? s. zu 3, 142. — 32. *proelia* „die Streitigkeiten". — 33. *vana dulcedine* „durch leeren Wohlklang", der des Kunstwerthes entbehrt. — 37. Beachte den doppelten Hiatus in der Cäsur des 3. Fusses vor *et* und in der Arsis des 5., s. zu 4, 275.

Turpe quidem contendere erat, sed cedere visum
Turpius. Electae iurant per flumina Nymphae,
Factaque de vivo pressere sedilia saxo.
Tunc sine sorte prior, quae se certare professa est,
Bella canit superum, falsoque in honore Gigantas
Ponit, et extenuat magnorum facta deorum;
Emissumque ima de sede Typhoëa terrae
Caelitibus fecisse metum, cunctosque dedisse
Terga fugae, donec fessos Aegyptia tellus
Ceperit et septem discretus in ostia Nilus.
Huc quoque terrigenam venisse Typhoëa narrat,
Et se mentitis superos celasse figuris:
"Duxque gregis" dixit "fit Iuppiter; unde recurvis
Nunc quoque formatus Libys est cum cornibus Ammon.
Delius in corvo, proles Semeleïa capro,
Fele soror Phoebi, nivea Saturnia vacca,
Pisce Venus latuit, Cyllenius ibidis alis."
'Hactenus ad citharam vocalia moverat ora:
Poscimur Aonides. — Sed forsitan otia non sint,
Nec nostris praebere vacet tibi cantibus aures?'
'Ne dubita, vestrumque mihi refer ordine carmen'
Pallas ait, nemorisque levi consedit in umbra.

40. *Turpc quidem contendcre erat*, für Göttinnen der Wettstreit mit anmassenden Sterblichen. — 41. *iurant*, näml. unparteiisch entscheiden zu wollen. Es sind Quell- od. Flussnymphen, die bei ihren Gewässern schwören. — 42. *vivo* „natürlich", im Gegensatz zu: behauen od. künstlich bearbeitet. — *presscre*, s. zu 4, 179.

43. *sinc sortc prior*, ein neuer Beweis ihrer Anmassung. Gewöhnlich näml. wurde durch das Loos entschieden, welche von den streitenden Parteien den Wettkampf beginnen sollte. — *professa est* „sich bereit erklärte". — 44. *falso in honore ponit* „legt falschen Ruhm bei". Die Herabsetzung u. Verspottung der Götter durch ihren Gesang lässt neben ihrer übrigen Anmassung die nachher erfolgte Strafe um so gerechtfertigter erscheinen. — 49. *Ceperit* = exceperit. — 51. Das Part. *mentitus* wird von den Dichtern auch in passiv. Bedeut. gebraucht. — 52. *Dux gregis* d. i. ein Widder. Auch die übrigen hier angeführten Verwandlungen der Götter hängen zum Theil mit ägypt. oder orientalischen Mythen zusammen. — 54. *in corvo*, der Rabe war dem Apollo heilig, da ihm vor andern Vögeln die Gabe der Vorausverkündung beigelegt wurde. — *prolcs Scmeleïa* wie 7, 12. — *capro*, der Bock war das übliche Opfer für Bacchus. — 55. *soror Phoebi*, Diana. — 56. *ibidis alis* für ibide.

57. *ora* „Lippen". — 58. *Poscimur* „wir werden aufgerufen". Ueber die Satzverbindung s. zu 4, 78. — 59. *vacat mihi* „ich habe (freie) Zeit". — 60. *ordine*, nicht bloss im Allgemeinen, wie den Gesang der Gegnerinnen. — 61. *levi in umbra* (Gegensatz *densa*) „an

Musa refert: 'Dedimus summam certaminis uni.
Surgit et inmissos hedera collecta capillos
Calliope querulas praetemptat pollice chordas
Atque haec percussis subiungit carmina nervis:
"Prima Ceres unco glebam dimovit aratro,
Prima dedit fruges alimentaque mitia terris,
Prima dedit leges: Cereris sunt omnia munus.
Illa canenda mihi est. Utinam modo dicere possem
Carmina digna dea: certe dea carmine digna est!
Vasta giganteis ingesta est insula membris
Trinacris, et magnis subiectum molibus urguet
Aetherias ausum sperare Typhoëa sedes.
Nititur ille quidem pugnatque resurgere saepe;
Dextra sed Ausonio manus est subiecta Peloro,
Laeva, Pachyne, tibi, Lilybaeo crura premuntur,
Degravat Aetna caput, sub qua resupinus arenas
Eiactat flammamque fero vomit ore Typhoeus.
Saepe remoliri luctatur pondera terrae,
Oppidaque et magnos devolvere corpore montes.
Inde tremit tellus, et rex pavet ipse silentum,
Ne pateat latoque solum retegatur hiatu,
Inmissusque dies trepidantes terreat umbras.
Hanc metuens cladem tenebrosa sede tyrannus
Exierat, curruque atrorum vectus equorum

einer leichtbeschatteten Stelle". — 62. *summam certaminis* d. i. den gesammten Wettkampf. — 63. *inmissi capilli* „frei herabhängende Haare". — *hedera collecta capillos* „nachdem sie sich das Haar mit Epheu aufgeknüpft hatte", s. zu 8, 112 *laniata comas*. Zum Gesange pflegte man sich zu schmücken, besonders mit Kränzen, vgl. 30, 81. — 64. *querulas* hier „sanft tönend". — 65. *subiungit* „stimmt dazu an".

68. *Prima dedit leges*, in welchem Sinne ist dies richtig? Vgl. Schiller's „Eleusisches Fest". — 69. *dicere*, s. zu 1, 1.

71. ff. Raub der Proserpina. Vgl. Fast. IV, 419 ff., im Tirocin. poët. III, 12. — *giganteis* „riesige", nicht: der Giganten; denn es sind die Glieder des Typhoeus gemeint. — 73. *ausum sperare aetherea sedes* enthält die Ursache seiner Bestrafung, vgl. 46 ff. Die Schilderung des Typhoeus in seinem gefesselten Zustande ist die schlagendste und würdigste Erwiederung auf den Spott im Gesange der Gegnerin. — 74. *pugnat resurgere*, der Infin. bei *pugnare, luctari* u. ä. ist dichterisch. — 75. Ueber die Stellung von *sed* s. zu 7, 216. — *Pelorus* hat den Beinamen *Ausonius* wegen der Nachbarschaft Italiens, dessen alter Name *Ausonia* war. — 77. *arenae* dürften hier „Aschenwolken" sein. — 81. *rex silentum*, vgl. 4, 292 *regem infernum*. Die Schatten der Unterwelt konnten nicht sprechen. Ueber die Form *silentum* s. zu 1, 83.

85. *curru atrorum equorum*, s. zu 11, 183 *aeratae cuspidis hastam*.

Ambibat Siculae cautus fundamina terrae.
Postquam exploratum satis est loca nulla labare,
Depositique metus, videt hunc Erycina vagantem
Monte suo residens, natumque amplexa volucrem
"'Arma manusque meae, mea, nate, potentia'" dixit,
"'Illa, quibus superas omnes, cape tela, Cupido,
Inque dei pectus celeres molire sagittas,
Cui triplicis cessit fortuna novissima regni.
Tu superos ipsumque Iovem, tu numina ponti
Victa domas ipsumque, regit qui numina ponti.
Tartara quid cessant? cur non matrisque tuumque
Imperium profers? Agitur pars tertia mundi.
Et tamen in caelo, quae iam patientia nostra est,
Spernimur, ac mecum vires minuuntur Amoris.
Pallada nonne vides iaculatricemque Dianam
Abscessisse mihi? Cereris quoque filia virgo,
Si patiemur, erit; nam spes adfectat easdem.
At tu pro socio, si qua est ea gratia, regno
Iunge deam patruo.'" Dixit Venus: ille pharetram

Alles was der Unterwelt angehört, wird dunkelfarbig geschildert, vgl. 129. 9, 23 *nigri regia Ditis.* — *vectus*, s. zu 3, 157. — 86. Beachte die Form *ambibat.* — 88. *metus*, setze auch im D. einen Plural. — 89. *monte suo*, der Berg *Eryx* im westl. Sicilien, auf welchem Venus (*Erycina*) einen berühmten Tempel hatte. — *natus volucer*, Amor od. Cupido. — 90. Sie nennt ihren Sohn *arma*, *manus meae* (wir „meine Rechte"), *mea potentia*, weil sie durch seine Hand und Waffe ihre Macht ausübt, indem er mit seinen Pfeilen die Herzen verwundet. — 93. *fortuna* hier soviel als *sors*, das Loos od. der durch das Loos bestimmte Antheil. Als näml. Juppiter, Neptunus und Pluto um die dreifache Herrschaft über den Himmel, das Meer und die Unterwelt loosten (s. zu 4, 322), fiel das letzte Loos, die Unterwelt dem Pluto zu. — *cessit* wie 1, 74. — 96. *cessant*, näml. sich uns zu unterwerfen. — *tuum* wie 8, 121. — 97. *Agitur* „es handelt sich um", vgl. *Nam tua res agitur, paries si proximus ardet* (Horat.). — 98. *Et tamen in caelo* „und dennoch selbst im Himmel", Einwurf gegen die obigen Worte *tu superos ipsumque Iovem domas.* — *quae iam patientia nostra est*, d. i. pro ea, qua iam sumus, patientia „zufolge (vermöge) unserer jetzigen Langmuth". — 99. *mecum* d. i. cum meis viribus „zugleich mit den meinigen". — *Amoris*, nachdrücklicher als *tuae*, s. zu 7, 53. Beachte, wie sie den Ehrgeiz des Sohnes aufzustacheln sucht. — 101. *Abscessisse mihi* d. i. sich meiner Macht entzogen haben. Jene beiden Göttinnen blieben nämlich unvermählt. — *Cereris filia*, Proserpina; *virgo erit*, mit dem Begriff der immerwährenden Dauer „wird für immer sein, wird bleiben". — 102. *easdem*, wie Pallas und Diana. — 103. *pro socio regno* „zum Frommen unserer gemeinschaftlichen Herrschaft". — *si qua est ea gratia* „wenn das überhaupt eine Gunst zu nennen ist", da es zugleich dein eigener Vortheil erheischt. — 104. *deam*, Proserpinam; *patruo*, Plutoni,

Solvit et arbitrio matris de mille sagittis
Unam seposuit, sed qua nec acutior ulla
Nec minus incerta est, nec quae magis audiat arcus.
Oppositoque genu curvavit flexile cornu,
Inque cor hamata percussit arundine Ditem.
Haud procul Hennaeis lacus est a moenibus altae,
Nomine Pergus, aquae. Non illo plura Caystros
Carmina cycnorum labentibus audit in undis.
Silva coronat aquas cingens latus omne, suisque
Frondibus ut velo Phoebeos submovet ignes;
Frigora dant rami, Tyrios humus humida flores;
Perpetuum ver est. Quo dum Proserpina luco
Ludit et aut violas aut candida lilia carpit,
Dumque puellari studio calathosque sinumque
Implet, et aequales certat superare legendo,
Paene simul visa est dilectaque raptaque Diti:
Usque adeo est properatus amor. Dea territa maesto
Et matrem et comites, sed matrem saepius, ore
Clamat, et, ut summa vestem laniarat ab ora
Collecti flores tunicis cecidere remissis;
Tantaque simplicitas puerilibus adfuit annis,
Haec quoque virgineum movit iactura dolorem.
Raptor agit currus, et nomine quemque vocatos
Exhortatur equos, quorum per colla iubasque

denn Pros. war die Tochter des Juppiter. — 105. *Solvit*, näml. das Band, welches ihn schloss. — 106. *qua* s. zu 7, 107 *quo non alius ocior.* — *nec* — *ullus*, *nec*, der deutsche Sprachgebrauch verlangt „keiner weder — noch“. — 107. *quae magis audiat* (gehorche), s. zu 1, 77. Der Relativsatz lässt sich durch ein Adject. wiedergeben. — 108. *cornu* s. zu 11, 230. — 109. *arundo*, häufig metonymisch für den daraus gefertigten Pfeil.

111. Ueber die Schwäne des *Caystros* vgl. 4, 283 f. — 114. *ut velo*, in den Amphitheatern wurden zum Schutz gegen Sonne und Regen grosse Segeltücher über die Zuschauerräume gespannt. — 115. *Frigora*, unser Collectivum „Kühlung“. — *Tyrios*, d. i. purpureos. — 119. *certat superare*, s. zu 74 *pugnat resurgere.* — 120. *simul* „zu gleicher Zeit“. — *visa est dilectaque raptaque* erinnert an Cäsar's *veni, vidi, vici.* Auch der Rhythmus deutet die Schnelligkeit der Handlung an. — *Diti*, s. zu 3, 173 *bucina sumitur illi.* — 121. *Usque adeo* „bis zu dem Grade“. — *est properatus* „wurde beschleunigt“, durch die Kraft des auserlesenen Pfeiles. — Verbinde *maesto ore.* — 122. *matrem et comites clamat* d. h. sie ruft „Mutter! Gefährtinnen!“ — 123. *ut laniarat* über das Zerreissen des Gewandes s. zu 4, 366 *laniata sinus.* — 124. *tunicis*, wegen des Plur. s. zu 4, 78 *currus.* — 125. *simplicitas* „natürlicher, kindlicher Sinn“. — 127. *nomine quemque* Apposition zu *vocatos*, s. zu 1, 59. — Das Particip. wie 11, 385.

Excutit obscura tinctas ferrugine habenas;
Perque lacus altos et olentia sulphure fertur
Stagna Palicorum, rupta ferventia terra,
Et qua Bacchiadae, bimari gens orta Corintho,
Inter inaequales posuerunt moenia portus
Est medium Cyanes et Pisaeae Arethusae,
Quod coit angustis inclusum cornibus aequor.
Hic fuit, a cuius stagnum quoque nomine dictum est,
Inter Sicelidas Cyane celeberrima Nymphas;
Gurgite quae medio summa tenus exstitit alvo,
Agnovitque deam, "'Nec longius ibitis'" inquit.
"'Non potes invitae Cereris gener esse: roganda,
Non rapienda fuit. Quod si componere magnis
Parva mihi fas est, et me dilexit Anapis;
Exorata tamen, nec, ut haec, exterrita nupsi.'"
Dixit, et in partes diversas bracchia tendens
Obstitit. Haud ultra tenuit Saturnius iram,
Terribilesque hortatus equos in gurgitis ima

129. *Excutit per* „schüttelt sie darüber", so dass sie locker darauf herumschlagen. — *obscura tinctas ferrugine*, s. zu 85. — 130. *fertur*, s. zu 4, 100. — 131. (in) *rupta terra* „in einer Erdspalte". — 133. *posuerunt moenia* (wie 6, 13), näml. in späterer Zeit. Es ist Syracus gemeint, das zwei Häfen von ungleicher Grösse hatte.

134. ff. Cyane. — Ordne *est aequor medium Cyanes ect., quod coit ect.* — *aequor* hier ein Stück Meer „eine Meeresbucht", der sogenannte grosse Hafen von Syracus. Oestlich schloss diesen die Halbinsel Ortygia, auf welcher sich die Quelle *Arethusa* befand; in seinem westl. Winkel mündete das Flüsschen *Cyane*, vor seiner Ausmündung einen Sumpf bildend. — *medius* steht zuweilen bei Dichtern mit dem Genit. statt *inter* vgl. 289. 299; doch sagt auch Caesar b. g. I, 34 *uti aliquem locum medium utriusque colloquio deligeret.* IV, 19 *locum esse delectum medium fere regionum earum, quas Suevi obtinerent.* — Beachte den Hiatus *Pisaeae Arethusae*, s. zu 4, 275. — 135. *coit* „sich zusammenzieht". — *cornua* hier „Landspitzen"; *angusta* hier „eng bei einander liegend". — 136. Ordne *Hic fuit Cyane, celeberrima inter Sicelidas Nymphas, a cuius nomine stagnum quoque dictum est.* Wegen der Stellung der Präpos. *a* s. zu 4, 111. — 138. *summa tenus alvo* übersetze nach 7, 173 *novissima cauda.* — 139. *deam*, Proserpinam. — *nec longius ibitis, inquit*, d. i. et dixit: non longius ibitis, so dass von *nec* nur die Negation zum Anführungssatze, das Bindewort dagegen zum folgenden *inquit* gehört, wie bei der ähnlichen Anknüpfung mit *que*. — 140. *roganda*, a matre „zu erbitten". — 142. *et* „auch". — Das Flüsschen *Anapis* vereinigt sich mit der Cyane kurz vor ihrer Mündung, was der Dichter als eine Vermählung beider auffasst. — 143. *Exorata, nec exterrita* „durch Bitten, nicht durch Schrecken bezwungen". — 146. *in gurgitis ima*, die Verbindung substantiv. gebrauchter Neutra von Adjectiven, besonders im Plur., mit einem Genit. wie *ardua mon-*

Contortum valido sceptrum regale lacerto
Condidit. Icta viam tellus in Tartara fecit,
Et pronos currus medio cratere recepit.
At Cyane raptamque deam contemptaque fontis
Iura sui maerens, inconsolabile vulnus
Mente gerit tacita, lacrimisque absumitur omnis,
Et, quarum fuerat magnum modo numen, in illas
Extenuatur aquas. Molliri membra videres,
Ossa pati flexus, ungues posuisse rigorem;
Primaque de tota tenuissima quaeque liquescunt,
Caerulei crines digitique et crura pedesque:
Nam brevis in gelidas membris exilibus undas
Transitus est. Post haec humeri tergusque latusque
Pectoraque in tenues abeunt evanida rivos.
Denique pro vivo vitiatas sanguine venas
Lympha subit, restatque nihil, quod prendere possis.
Interea pavidae nequiquam filia matri
Omnibus est terris, omni quaesita profundo.
Illam non udis veniens Aurora capillis
Cessantem vidit, non Hesperus; illa duabus
Flammiferas pinus manibus succendit ab Aetna,
Perque pruinosas tulit inrequieta tenebras.
Rursus ubi alma dies hebetarat sidera, natam
Solis ab occasu solis quaerebat ad ortus.
Fessa labore sitim collegerat, oraque nulli
Colluerant fontes, cum tectam stramine vidit

tis, caerula caeli u.ä. ist bei Dichtern sehr häufig. — 147. *Contortum*, s. zu 11, 94 *torto plumbo*. — 148. *Condidit* „stiess es hinunter“. — 149. Der Plur. *currus* wie 4, 78.

150. *raptam — contempta*, im D. Substantiva. *contempta fontis iura*, weil sich Pluto gegen ihren Willen durch ihr Gewässer Bahn gebrochen hatte. — 151. *inconsolabile* hier „durch keinen Trost heilbar“. — 154. *videres*, s. zu 2, 74 *scires*. — 155. *pati flexus* „sich biegen lassen“. — 156. *de tota*, im D. füge „Gestalt“ hinzu. — 157. *Caerulei*, s. zu 3, 113 *caeruleus frater*. — 160. *abeunt in* wie 3, 74 *in villos abeunt vestes*. — 161. *vitiatas* d. i. von der Auflösung ergriffen.

163. *matri*, s. zu 120 *Diti*. — 164. *profundo* wie 3, 169. — 165. Wozu *non* gehört, sieht man aus *non Hesperus*. — *udis*, weil sie dem Ocean entsteigt. — 166. *duabus manibus*, so dass sie in jeder Hand eine hielt. — 167. *succendit ab Aetna*, im D. wird hier das Ortsverhältniss anders aufgefasst. — 169. *alma dies*, die Dichter brauchen den Singul. *dies* auch in gewöhnl. Bedeutung häufig als Femin. — 170. *Solis occasus* und *ortus* sind hier die Himmelsgegenden. Wegen des Plur. *ortus* s. zu 4, 221. — 171. *sitim colligere* „heftigen Durst bekommen“. So bezeichnet öfter *colligere* das Entstehen einer heftigen Empfindung, die man in sich gleichsam immer mehr ansammelt und stei-

Forte casam parvasque fores pulsavit. At inde
Prodit anus, divamque videt, lymphamque roganti
Dulce dedit, tosta quod texerat ante polenta.
Dum bibit illa datum, duri puer oris et audax
Constitit ante deam, risitque avidamque vocavit.
Offensa est, neque adhuc epota parte, loquentem
Cum liquido mixta perfudit diva polenta.
Conbibit os maculas, et quae modo bracchia gessit,
Crura gerit; cauda est mutatis addita membris;
Inque brevem formam, ne sit vis magna nocendi,
Contrahitur, parvaque minor mensura lacerta est.
Mirantem flentemque et tangere monstra parantem
Fugit anum, latebramque petit; aptumque colori
Nomen habet, variis stellatus corpora guttis.
  Quas dea per terras et quas erraverit undas,
Dicere longa mora est: quaerenti defuit orbis,
Sicaniam repetit, dumque omnia lustrat eundo,
Venit et ad Cyanen. Ea ni mutata fuisset,
Omnia narrasset; sed et os et lingua volenti
Dicere non aderant, nec quo loqueretur, habebat.
Signa tamen manifesta dedit, notamque parenti,
Illo forte loco delapsam in gurgite sacro,
Persephones zonam summis ostendit in undis.
  Quam simul agnovit, tamquam tunc denique raptam
Scisset, inornatos laniavit diva capillos,
Et repetita suis percussit pectora palmis.

gert, z. B. *colligere odium, rabiem.* — *ora* wie 57. — 175. *Dulce*, hier substantiv. „ein süsser Trank"; *tosta quod texerat ante polenta*, sie hatte den Trank mit gerösteter und geschrotener Gerste bestreuet. Aehnlich bei Homer Il. 11, 640. — 176. *durus* „roh"; *audax* „frech". — 178. *neque adhuc cet.* ordne beim Uebersetzen *et, nondum epota parte* (durch „da" aufzulösen), *perfudit diva loquentem polenta mixta cum liquido* (Substantiv.). Ueber *neque* s. zu 2, 22. Die Verwandlungen werden öfter durch Besprengen mit einer Flüssigkeit vollzogen, vgl. unten 269. — 180. *Conbibit* „saugt ein". — „Was er eben nur als Arme führte, führt er als Beine". — 184. *monstra* wie 10, 29. — 185. *aptum colori nomen*, den Namen *stellio* „Sterneidechse". — 186. *stellatus* löse durch „da" auf. Ueber den Plur. *corpora* s. zu 2, 5 *ora*.

188. *longa mora est* wie 3, 52. — *defuit orbis*, d. h. es war kein Theil der Erde übrig, wo sie noch hätte suchen können. — 192. *quo*, Abl. instrum. „ein Mittel, wie". — 193. Verbinde *notam parenti zonam*. — 194. *sacro*, weil er die Nymphe Cyane birgt. — 195. *summis*, wie 4, 298 *summo profundo*.

196. *tunc denique* „da erst". — 198. *repetita* wie 11, 119 *Ter qua-*

Nescit adhuc, ubi sit; terras tamen increpat omnes
Ingratasque vocat nec frugum munere dignas,
Trinacriam ante alias, in qua vestigia damni
Repperit. Ergo illic saeva vertentia glebas
Fregit aratra manu, parilique irata colonos
Ruricolasque boves leto dedit, arvaque iussit
Fallere depositum, vitiataque semina fecit.
Fertilitas terrae, latum vulgata per orbem,
Falsa iacet: primis segetes moriuntur in herbis,
Et modo sol nimius, nimius modo corripit imber,
Sideraque ventique nocent, avidaeque volucres
Semina iacta legunt; lolium tribulique fatigant
Triticeas messes et inexpugnabile gramen.
Tum caput Eleis Alpheïas extulit undis,
Rorantesque comas a fronte removit ad aures,
Atque ait: "'O toto quaesitae virginis orbe
Et frugum genitrix, inmensos siste labores,
Neve tibi fidae violenta irascere terrae.
Terra nihil meruit, patuitque invita rapinae.
Nec sum pro patria supplex; huc hospita veni:
Pisa mihi patria est, et ab Elide ducimus ortus;
Sicaniam peregrina colo, sed gratior omni
Haec mihi terra solo est. Hos nunc Arethusa penates,
Hanc habeo sedem; quam tu, mitissima, serva.
Mota loco cur sim tantique per aequoris undas

ter exegit repetita per ilia ferrum. — 199. *ubi sit*, filia. — 203. Verbinde *parili leto dedit.* — 205. *Fallere* hier „um etwas betrügen"; *depositum* „das Anvertraute", d.i. die Aussaat. — *vitiata fecit*, im D. ein Wort. — 206. *terrae*, Siciliens, das wegen seiner ausserordentl. Fruchtbarkeit berühmt war. — 207. *Falsa iacet* „liegt als trügerisch darnieder". — *primis in herbis* „im ersten Aufkeimen". — 208. *corripit* „rafft sie hin". — 209. *Sideraque*, den Gestirnen wurde grosser Einfluss auf die Witterung, besonders auf Hitze und Nässe zugeschrieben, vgl. 7, 86 *sidus pluviale Capellae.* Ueber *que* in der Arsis s. zu 3, 31. — 210. *fatigant messes* d.i. lassen die der Ernte zureifende Frucht nicht aufkommen, entkräften und ersticken sie.

212. *Alpheïas* ist die 134 genannte *Arethusa.* Den Grund dieser Benennung und warum ihre Gewässer *Eleae* heissen, s. im mythol. Reg. unter *Areth.* — 214. *O*, über die Stellung s. 4, 310. — 216. *terrae tibi fidae*, s. zu 206. — 219. *Nec sum pro patria supplex*, bin also unparteiisch bei meinem Urtheile über das Land, dessen Vorzüge allein mich gewonnen haben (*sed gratior omni cet.*). — *ortus*, über den Plur. s. zu 4, 74. — 221. *penates*, s. zu 3, 12. Sie setzt ihren Namen statt „ich", um die Göttin mit demselben bekannt zu machen. — 223. *loco* „von meinem Platze" in der Hei-

Advehar Ortygiam, veniet narratibus hora
Tempestiva meis, cum tu curaque levata
Et vultus melioris eris. Mihi pervia tellus
Praebet iter, subterque imas ablata cavernas
Hic caput attollo desuetaque sidera cerno.
Ergo dum Stygio sub terris gurgite labor,
Visa tua est oculis illic Proserpina nostris:
Illa quidem tristis neque adhuc interrita vultu,
Sed regina tamen, sed opaci maxima mundi,
Sed tamen inferni pollens matrona tyranni.'"
Mater ad auditas stupuit ceu saxea voces,
Attonitaeque diu similis fuit. Utque dolore
Pulsa gravi gravis est amentia, curribus auras
Exit in aetherias. Ibi toto nubila vultu
Ante Iovem passis stetit invidiosa capillis:
"'Proque meo veni supplex tibi, Iuppiter'" inquit,
"'Sanguine proque tuo. Si nulla est gratia matris,
Nata patrem moveat; neu sit tibi cura, precamur,
Vilior illius, quod nostro est edita partu.
En quaesita diu tandem mihi nata reperta est,
Si reperire vocas amittere certius, aut si
Scire, ubi sit, reperire vocas. Quod rapta, feremus,
Dummodo reddat eam: neque enim praedone marito
Filia digna tua est, si iam mea filia non est.'"

math. — *per* ist hier „darunter weg", wie anderwärts „darüber hin", s. zu 3, 123. — 224. *veniet narratibus hora*, beginne den Nachsatz „für diese meine —", s. zu 6, 13 *qua requieverit herba, moenia fac condas*. — 226. *melioris* d. i. „heiterer". — *pervia tellus* „ein Gang durch die Erde, unterirdischer Gang", s. zu 3, 2 *facto recenti*. — 229. *Stygio gurgite* d. h. in der Tiefe des Todtenreiches. — 231. Dieser und die beiden folgenden Verse sind Apposit. zu *tua Proserpina*. — *Illa quidem*, vor *quidem* — *sed* wird oft durch *ille* oder *is* auf den erwähnten Gegenstand noch einmal hingewiesen; im D. bleiben dann diese Pronomina gewöhnlich unübersetzt. — 232. Ueber das wiederholte *sed* s. zu 11, 191. — *maxima*, substantiv. „die Höchste".

234. *ad* wie 8, 118 *ad nomen Thisbes*. — *auditas*, s. zu 150 *raptam deam*. — 236. *curribus*, er wurde von Schlangen gezogen, vgl. 297. — 238. *invidiosa* „voll Groll", gegen den Räuber. — 239. *veni* „ich bin oder stehe hier". — *tibi* gehört zu *supplex*. — 240. *Sanguis* steht oft wie unser „Blut" für „Kind". — *gratia matris*, vgl. 4, 324 *nec fratris nec mea gratia*. — 242. *nostro est edita partu*, d. i. ex me parta est, non ex Iunone. — 245. *Quod rapta*, est. — 246. *reddat*, wer? — *praedone* hier adjectivisch; übersetze „eines Räubers als Gemahl". — 247. Betone die Gegensätze *tua* — *mea*; zu *non est* wiederhole *digna*. Der Sinn: schon meine Tochter verdient keinen Räuber zum Gemahl, viel weniger deine Tochter.

Iuppiter excepit: "'Commune est pignus onusque
Nata mihi tecum: sed, si modo nomina rebus
Addere vera placet, non hoc iniuria factum,
Verum amor est; neque erit nobis gener ille pudori,
Tu modo, diva, velis. Ut desint cetera, quantum est
Esse Iovis fratrem! Quid, quod nec cetera desunt,
Nec cedit nisi sorte mihi? Sed tanta cupido
Si tibi discidii est, repetet Proserpina caelum,
Lege tamen certa, si nullos contigit illic
Ore cibos; nam sic Parcarum foedere cautum est.'"
Dixerat. At Cereri certum est educere natam.
Non ita fata sinunt, quoniam ieiunia virgo
Solverat et, cultis dum simplex errat in hortis,
Poeniceum curva decerpserat arbore pomum,
Sumptaque pallenti septem de cortice grana
Presserat ore suo. Solusque ex omnibus illud
Ascalaphus vidit, quem quondam dicitur Orphne,
Inter Avernales haud ignotissima Nymphas,
Ex Acheronte suo silvis peperisse sub atris:
Vidit, et indicio reditum crudelis ademit.
Ingemuit regina Erebi, testemque profanam
Fecit avem, sparsumque caput Phlegethontide lympha
In rostrum et plumas et grandia lumina vertit.

248. *Excepit* wie 11. — *Commune* (wozu *tecum* gehört) ist mit Nachdruck an die Spitze gestellt, um der wiederholten Erinnerung, dass Proserpina auch seine Tochter sei, zu begegnen. — *onus*, d. i. Gegenstand der Sorge. — 250. Ordne *hoc factum non iniuria est, verum amor*. — 252. *velle* hier „einwilligen". — *Ut* wie 4, 110. — *cetera*, die übrigen wünschenswerthen Vorzüge, wie Macht und Herrschaft. — 253. *Quid quod*, elliptisch für: was sagst du dazu, dass, kürzer „wie nun, dass". — 254. *cedit* „nachsteht". — *sorte* s. zu *fortuna* 93. — 256. *Lege* s. zu 11, 89. — 257. *Parcarum foedere cautum est* „es ist durch die feste Bestimmung der Parcen verordnet". Es war aber Glaubenssatz, dass die Bestimmungen der Parcen selbst nicht von Juppiter geändert werden könnten.

258 ff. Ascalaphus. — *certum mihi est* „ich bin entschlossen". — 260. *Solverat* „gebrochen hatte". — *simplex* hier „arglos". — 361. *Poeniceum pomum* „ein Granatapfel". — 266. *Ex Acheronte suo peperit* „gebar ihrem geliebten Acheron". Durch die Possessivpronomina wird zuweilen die enge Beziehung zu einer Person oder Sache ausgedrückt, wobei sich die Uebersetzung nach dem jedesmal. Verhältniss richtet, vgl. oben 230 *tua Proserpina;* 18, 40 *sua Cynthia*. — 267. *Vidit*, durch diese Wiederholung des Hauptbegriffes wird die durch die Einschaltung unterbrochene Erzählung wieder aufgenommen. — 268. *profana avis* „ein Unglücksvogel", vgl. 274 f. — 269. *caput in rostrum cet. vertit*, weil der Kopf des Uhu nichts als die grossen Augen, den Schnabel und Fe-

Ille sibi ablatus fulvis amicitur ab alis,
Inque caput crescit, longosque reflectitur ungues,
Vixque movet natas per inertia bracchia pennas,
Foedaque fit volucris, venturi nuntia luctus,
Ignavus bubo, dirum mortalibus omen.
Hic tamen indicio poenam linguaque videri
Commeruisse potest: vobis, Acheloïdes, unde
Pluma pedesque avium, cum virginis ora geratis?
An quia, cum legeret vernos Proserpina flores,
In comitum numero, doctae Sirenes, eratis?
Quam postquam toto frustra quaesistis in orbe,
Protinus ut vestram sentirent aequora curam,
Posse super fluctus alarum insistere remis
Optastis; facilesque deos habuistis, et artus
Vidistis vestros subitis flavescere pennis.
Ne tamen ille canor mulcendas natus ad aures
Tantaque dos oris linguae deperderet usum,
Virginei vultus et vox humana remansit.
At medius fratrisque sui maestaeque sororis
Iuppiter ex aequo volventem dividit annum.

dern sehen lässt. — 271. *sibi ablatus*, d. i. seiner bisherigen Gestalt entkleidet. — *amicitur ab alis*, vgl. 11, 117 *operitur ab aequore*. — 272. *In caput crescit* „verdickt sich nach dem Kopfe". — *longos reflectitur ungues* „bekommt lange zurückgebogene Krallen", über den Accus. s. zu 3, 103 *tectus vultum*. — 273. *Vix* wie 6, 71. — *per* („darüberhin") *inertia bracchia* gehört zu *natas*.

276 ff. Die Sirenen. — 278. *Pluma* wie 8, 161. — *cum* wie 1, 59. — *gerere* ist oft mit „haben" zu übersetzen. Der Oberkörper der Sirenen war der einer Jungfrau, der Unterkörper der eines Vogels. — 279. *An* „oder etwa". Auf die zu 3, 34 angegebene Weise steht zuweilen *an*, wenn einer vorausgegangenen Frage die Antwort oder eine Vermuthung in Form einer neuen Frage hinzugefügt wird. Die vollständ. Frage würde hier lauten *utrum propter aliam causam, an, quia cet.* — 280. *doctae*, s. zu 6 *doctas sorores*. — 282. *ut vestram sentirent aequora curam*, d. h. damit ihr eure sorgfältige Nachforschung auch auf das Meer ausdehnen könntet. — 283. *super fluctus insistere*, eigentl. über den Wellen stehen zu bleiben, ohne zu versinken, d. i. „sich schwebend zu erhalten". — 284. *faciles* „willfährig". — 285. *subitis* wie 3, 153. — 286. *mulcere aures* „den Ohren schmeicheln". — 287. *Tanta*, s. zu 4, 212. — 288. *remansit*, das Prädicat, obwohl auch zu *virginei vultus* gehörig, ist hier dem Numerus nach nur auf das zunächststehende Subject bezogen.

289. *medius* „als Vermittler zwischen"; über den Genit. s. zu 134, vgl. auch 299. — 290. Verbinde *ex aequo dividit*, s. zu 8, 35 *ex aequo captis mentibus*. — *volventem*, eigentlich sich wälzend „rollend". Einige Verba intransitiva, die eine Bewegung oder Veränderung bezeichnen, wie

Nunc dea, regnorum numen commune duorum,
Cum matre est totidem, totidem cum coniuge menses.
Vertitur extemplo facies et mentis et oris;
Nam modo quae poterat Diti quoque maesta videri,
Laeta deae frons est: ut sol, qui tectus aquosis
Nubibus ante fuit, victis e nubibus exit.
  Demptis iam curis geminos dea fertilis angues
Curribus admovit, frenisque coërcuit ora,
Et medium caeli terraeque per aëra vecta est,
Atque levem currum Tritonida misit in urbem
Triptolemo partimque rudi data semina iussit
Spargere humo, partim post tempora longa recultae.
  Iam super Europen sublimis et Asida terram
Vectus erat iuvenis: Scythicas advertitur oras.
Rex ibi Lyncus erat: regis subit ille penates.
Qua veniat, causamque viae nomenque rogatus
Et patriam "'Patria est clarae mihi'" dixit "'Athenae;
Triptolemus nomen. Veni nec puppe per undas,
Nec pede per terras: patuit mihi pervius aether.
Dona fero Cereris, latos quae sparsa per agros
Frugiferas messes alimentaque mitia reddant.'"
Barbarus invidit, tantique ut muneris auctor

muto, moveo, verto, volvo nehmen zuweilen im Activ. reflexive Bedeutung an. — 291. *regnorum duorum*, der Ober- und Unterwelt. — 293. *facies et mentis et oris* „ihre Seelenstimmung und ihre Mienen". — 294. *quae* beziehe auf *frons*. — *Diti quoque*, der gewohnt war nur ernste und traurige Mienen um sich zu sehen. — 295. *deae*, Proserpinae. — 296. Betone *victis*.

297 ff. Triptolemus. — Ihrer Sorge entlastet gedenkt Ceres (*dea fertilis*) wieder ihres Berufes als Göttin des Feldbaues, und sucht theils den Ackerbau nach solchen Gegenden zu verbreiten, wo er bis dahin noch unbekannt war, theils ihn da wieder zu heben, wo man ihn während ihres langen Umherirrens vernachlässigt hatte. Zum Werkzeuge bedient sie sich des Triptolemus aus Athen, und leiht ihm, um schneller ihren Zweck zu erreichen, den eigenen Drachenwagen. — 299. Verbinde *per aëra medium caeli terraeque*. — 300. *Tritonis urbs*, Athen, die Stadt der Minerva, welche auch den Beinamen *Tritonia* führte, s. ob. 1. — 301. *rudis humus*, der noch gar nicht bebaute Boden, *post tempora longa reculta*, der nach langer Unterbrechung wieder bepflügte. Ueber den Dativ bei *spargere* s. zu 4, 19 *caelo bracchia porrexit*.

303. *sublimis* zum Verbum wie *arduus abiit* 11, 97. — 304. *Scythicas advertitur oras*, über die Satzverbindung s. zu 58; über den Accus. zu 7, 90 *adducor litora*. — 306. *Qua*, d. i. qua via; denn, da er durch die Luft kam, hatte man ihn nicht ankommen sehen. — 309. *pervius aether* „der Weg durch die Luft", vgl. 226 *pervia tellus*. — 311. *reddant* „wiedererstatten sollen". — 312. *au-*

Ipse sit, hospitio recipit, somnoque gravatum
Adgreditur ferro. Conantem figere pectus
Lynca Ceres fecit; rursusque per aëra iussit
Mopsopium iuvenem sacros agitare iugales."
Finierat dictos e nobis maxima cantus.
At Nymphae vicisse deas Helicona colentes
Concordi dixere sono. Convicia victae
Cum iacerent, "Quoniam" dixit "certamine vobis
Supplicium meruisse parum est, maledictaque culpae
Additis, et non est patientia libera nobis:
Ibimus in poenas et, qua vocat ira, sequemur."
Rident Emathides spernuntque minacia verba;
Conataeque loqui et magno clamore protervas
Intentare manus, pennas exire per ungues
Adspexere suos, operiri bracchia plumis;
Alteraque alterius rigido concrescere rostro
Ora videt, volucresque novas accedere silvis,
Dumque volunt plangi, per bracchia mota levatae
Aëre pendebant, nemorum convicia, picae.
Nunc quoque in alitibus facundia prisca remansit
Raucaque garrulitas studiumque inmane loquendi.'

ctor hier „der Geber". — 113. *hospitio* übersetze durch ein Adverbium. Ebenso 319 *concordi sono*. — *somno gravatum*, s. zu 3, 62 *gravem somno*. — 316. Hier endet der Gesang der Calliope, und Urania berichtet nun noch den Ausgang des Wettstreites.

317. *dictos* d. i. die von mir eben berichteten. — *e nobis maxima* „unsere erhabenste Schwester". Auch Hesiod bezeichnet die Calliope als *προφερεστάτη ἁπάσεων*. Sie galt vorzugsweise als Repräsentantin des epischen Gesanges. — 320. *dixit*, Calliope. — *certamine*, theils durch die Herausforderung dazu, theils durch die in demselben erlittene Niederlage. — 322. *et non est patientia libera* „und uns Nachsicht nicht freisteht" = uns verwehrt ist. Darum nicht *nec*. Vgl. 4, 174 *non est mora libera nobis*. — 323. *Ire in poenas* „zur Bestrafung schreiten". — *qua vocat ira, sequemur* d. i. ea via, qua ut sequamur ira vocat, sequemur. Aehnlich im D. folgen, wo die Pflicht ruft. — 325. *que* wird auch zuweilen zur Anknüpfung von etwas Entgegengesetztem gebraucht, wo im D. „aber" oder „doch" steht. — 329. *volucres novas* „als —"; *accedere silvis* „ein Zuwachs für den Wald, d. i. zu Waldbewohnern werden." — 330. *plangi* „sich vor Jammer schlagen", vgl. 9, 130. — 331. *pendebant* wie 11, 3. — *convicia*, im D. mit Beseitigung der Metonymie „die Lästerer". — 332. *Nunc quoque* wie 5, 27.

13. Niobe.

(VI, 146—312.)

Lydia tota fremit, Phrygiaeque per oppida facti
Rumor it et magnum sermonibus occupat orbem.
Ante suos Niobe thalamos cognoverat illam,
Tum cum Maeoniam virgo Sipylumque colebat;
Nec tamen admonita est poena popularis Arachnes
Cedere caelitibus verbisque minoribus uti.
Multa dabant animos: sed enim nec coniugis artes,
Nec genus amborum magnique potentia regni
Sic placuere illi, quamvis ea cuncta placerent,
Ut sua progenies; et felicissima matrum
Dicta foret Niobe, si non sibi visa fuisset.
Nam sata Tiresia venturi praescia Manto
Per medias fuerat, divino concita motu,

Minerva hatte die Lydierin *Arachne*, die es gewagt hatte, sich mit ihr in einen Wettstreit in der Webekunst einzulassen, in eine Spinne verwandelt. Die Kunde von diesem göttl. Strafgericht war es, wovon ganz Lydien erscholl (*fremit*). — 2. *sermonibus occupat* „erfüllt mit dem Gespräch darüber". — 3. *Ante suos thalamos* „vor ihrer Vermählung", s. zu 9, 5. *Niobe*, die Tochter des Tantalus, der über Lydien und Phrygien herrschte, war mit *Amphīon*, dem König von Theben in Böotien vermählt. — *illam*, Arachnen. — 5. *admonita est* übersetze nach 7, 224 *talibus exemplis monitae*. — *popularis* hier „Landsmännin". — 6. *verbis minoribus uti* „bescheidener, demüthiger reden", Gegens. *magna loqui* 4, 4. — 7. *animos* wie 4, 3. — Die Verbindung der adversativen Partikeln *sed, at, verum* mit *enim* rührt von einer Verschmelzung des adversativen Satzes mit einem begründenden her. Getrennt würden sie hier lauten: *multa dabant animos, sed praeter cetera progenies eius; neque enim coniugis artes, nec cet. sic placuere illi.* Uebersetzen lässt sich *sed enim* durch „aber" od. „doch freilich", „aber natürlich." — *coniugis artes*, ihr Gemahl Amphion war ein so ausgezeichneter Sänger und Citherspieler, dass, als er Theben mit einer Mauer umgab, die Steine seinem Saitenspiel folgend sich von selbst zusammenfügten, vgl. 33. — 8. *genus amborum*, Juppiter war der Vater sowohl des Amphion als des Tantalus. Weitläufiger wird die hohe Abkunft der Niobe unten 27 ff. auseinandergesetzt. Die Abstammung aus göttlichem Geschlecht erscheint immer als ein Gegenstand hohen Stolzes, vgl. 11, 26. 83. — 11. *sibi visa fuisset*, nämlich felicissima matrum.

12. *Nam* „nämlich". Die folg. Erzählung dient zur Erläuterung und Begründung des vorhergehenden Ausspruches. — *sata* s. zu 1, 82 *satus Iapeto*. — 13. *per medias vias*, der Stadt Theben. —

Vaticinata vias: 'Ismenides, ite frequentes
Et date Latonae Latonigenisque duobus
Cum prece tura pia, lauroque innectite crinem:
Ore meo Latona iubet.' Paretur, et omnes
Thebaïdes iussis sua tempora frondibus ornant,
Turaque dant sanctis et verba precantia flammis.
Ecce venit comitum Niobe celeberrima turba
Vestibus intexto Phrygiis spectabilis auro
Et, quantum ira sinit, formosa; movensque decoro
Cum capite inmissos humerum per utrumque capillos
Constitit, utque oculos circumtulit alta superbos,
'Quis furor, auditos' inquit 'praeponere visis
Caelestes? aut cur colitur Latona per aras,
Numen adhuc sine ture meum est? Mihi Tantalus auctor,
Cui licuit soli superorum tangere mensas;
Pleïadum soror est genitrix mea; maximus Atlas
Est avus, aetherium qui fert cervicibus axem;
Iuppiter alter avus; socero quoque glorior illo.
Me gentes metuunt Phrygiae, me regia Cadmi
Sub domina est, fidibusque mei commissa mariti
Moenia cum populis a meque viroque reguntur.
In quamcumque domus adverti lumina partem,
Inmensae spectantur opes. Accedit eodem

divinus motus „göttliche Eingebung". — 14. *Vaticinari* hier nicht weissagen, sondern nur: in begeisterter Rede verkünden. — 16. *lauro*, weil dieser dem Apollo heilig war. — 19. *sanctis flammis*, über die Wortstellung s. zu 8, 90.

20. *celeberrima turba comitum*, „zahlreich umgeben von einer Schaar Begleiterinnen". Die vornehmen Frauen des Alterthums zeigten sich öffentlich stets nur in Begleitung von einer oder mehreren Dienerinnen. — 31. Bunt gestickte oder gewirkte Gewänder galten für eine phrygische Erfindung. — 23. *inmissos* wie 12, 63. Das zornige Schütteln des Haupthaares wie bei Juppiter, ehe er zu sprechen beginnt 3, 17. — 24. *alta* d. i. „hoch aufgerichtet". — 25. *Quis furor*, ebenso beginnt Pentheus 7, 23. — *auditos caelestes visis* „die Himmlischen, die man nur durch Hörensagen kennt, den sichtbaren" (s. zu 11, 359 *mota*). Wen sie unter den Letzteren versteht, lehrt sogleich das Folgende. — 26. *per aras* „rings (in den Landen) an Altären", s. zu 4, 2 *per urbes*. — 27. Gegensätze *Latona* — *numen meum;* Asyndeton des schärferen Gegensatzes halber. — *auctor* wie *generis auctor* 11, 26. — 28. *tangere mensas* d. h. an ihrem Tische sitzen. — 29. *Pleïadum soror*, die Hyade *Dione*. Sowohl die Hyaden als die Pleiaden waren Töchter des *Atlas*. — *Iuppiter alter avus, socero quoque cet.* s. zu 8. — 32. Verbinde *sub me domina*. — 33. *fides* „das Saitenspiel"; *commissa* „zusammengefügt". — 35. *adverti*. im D. das Präs. Welche von beiden Sprachen fasst hier das Zeit-

Digna dea facies. Huc natas adice septem
Et totidem iuvenes, et mox generosque nurusque.
Quaerite nunc, habeat quam nostra superbia causam,
Nescio quoque audete satam Titanida Coeo
Latonam praeferre mihi, cui maxima quondam
Exiguam sedem pariturae terra negavit!
Nec caelo nec humo nec aquis dea vestra recepta est:
Exsul erat mundi, donec miserata vagantem
"Hospita tu terris erras, ego" dixit "in undis,"
Instabilemque locum Delos dedit. Illa duorum
Facta parens: uteri pars haec est septima nostri.
Sum felix: quis enim neget hoc? felixque manebo:
Hoc quoque quis dubitet? tutam me copia fecit.
Maior sum, quam cui possit Fortuna nocere;
Multaque ut eripiat, multo mihi plura relinquet.
Excessere metum mea iam bona. Fingite demi
Huic aliquid populo natorum posse meorum,
Non tamen ad numerum redigar spoliata duorum,
Latonae turbam; quae quantum distat ab orba?
Ite, satisque superque sacri; laurumque capillis
Ponite.' Deponunt, infectaque sacra relinquunt
Quodque licet, tacito venerantur murmure numen.

verhältniss schärfer auf? — 37. *adice*, s. zu 3, 22. — 39. *Quaerite nunc*, der ironische Imperativ, wo man voraussetzt, dass es nicht geschehen werde. — *habeat* steht mit Nachdruck voran. — 40. Ordne *et audete praeferre mihi Titanida Latonam, satam nescio quo Coeo. Nescio quis* vertritt wie unser „ich weiss nicht welcher od. was für einer" die Stelle eines unbestimmten Pronomen, häufig mit verächtlichem Ausdrucke. *Coeus* war einer der Titanen. — 41. Beachte den Gegens. *maxima* — *exiguam*. Den Superl. übersetze wie 4, 249. — 42. *sedem pariturae negavit*, Juno hatte aus Eifersucht gegen Latona der Erde verboten, dieselbe aufzunehmen. Das Particip. löse als Zeitsatz auf. — 43. *vestra*, spöttisch, soviel als: die eben nur ihr als Göttin verehrt. — 44. *Exsul* verbinden die Dichter zuweilen mit dem Genit. vgl. *orbus* 7, 10. — *miserata vagantem dixit*, Subject *Delos*, s. zu 2, 13. — 45. *ego* (erro) *in undis*, die Insel Delos soll, bevor Apollo dort geboren wurde, unstät auf dem Meere geschwommen sein, weshalb sie 14, 21 *erratica Delos* heisst. — 47. *uteri nostri* d. i. „meiner Leibesfrucht". — 48. Betone *Sum* und *manebo*. — 49. *copia*, natorum. — 50. *quam qui* nach einem Comparativ „als dass (ich, du, er)". — 51. *ut* wie 4, 110. — 52. *Excessere metum* „sind über Befürchtung hinaus, darüber erhaben". — 54. *spoliata* fasse in concessivem Sinne auf. — 55. *turbam* spöttisch von der blossen Zweizahl, dem stolzen *populo natorum meorum* entsprechend. — *quae*, Latona. — 56. *satisque superque*, vgl. 9, 14. — 57. *Ponite* wie 3, 168. Ueber den Ablat. *capillis* s. zu 3, 104 *fluit unda capillis*. — *infecta* wie 8, 10. — 58. *Quod licet*, s. zu 8, 34 *quod non potuere vetare*.

Indignata dea est; summoque in vertice Cynthi
Talibus est dictis gemina cum prole locuta:
'En ego vestra parens, vobis animosa creatis,
Et, nisi Iunoni, nulli cessura dearum,
An dea sim, dubitor, perque omnia saecula cultis
Arceor, o nati, nisi vos succurritis, aris.
Nec dolor hic solus: diro convicia facto
Tantalis adiecit, vosque est postponere natis
Ausa suis, et me, quod in ipsam reccidat, orbam
Dixit, et exhibuit linguam scelerata paternam.'
Adiectura preces erat his Latona relatis:
'Desine' Phoebus ait, 'poenae mora longa querella est,'
Dixit idem Phoebe; celerique per aëra lapsu
Contigerant tecti Cadmeïda nubibus arcem.
Planus erat lateque patens prope moenia campus,
Adsiduis pulsatus equis, ubi turba rotarum
Duraque mollierat subiectas ungula glebas.
Pars ibi de septem genitis Amphione fortes
Conscendunt in equos, Tyrioque rubentia suco
Terga premunt, auroque graves moderantur habenas.
E quibus Ismenos, qui matri sarcina quondam
Prima suae fuerat, dum certum flectit in orbem
Quadrupedis cursus spumantiaque ora coërcet,

61. *vobis animosa creatis* „stolz euch geboren zu haben“. — 62. *cessura* „Willens zu weichen“. — 63. *dubitor* „werde bezweifelt“, vgl. 4, 52 *dubitati parentis*. — *An dea sim*, in welchen Worten der Niobe liegt ein solcher Zweifel angedeutet? Ueber *an* s. zu 8, 105. — 64. *Arceor* hier „werde davon verdrängt“, weil Niobe ihr zu opfern verboten hatte. — 65. *dolor* wie 9, 11 *nil poterit Iuno nisi inultos flere dolores*. — 67. *reccidat*, mit *cc* schreibt man *reccidere*, wenn *re* lang gebraucht wird. — 68. *linguam paternam*, d. h. die Vermessenheit der Zunge ihres Vaters. Tantalus hatte auch mit der Zunge gesündigt, indem er die Geheimnisse der Götter, welche er an deren Tafel vernommen, ausplauderte. — 70. Ordne *longa querella mora est poenae*. — 71. *lapsu* „Flug“, vgl. 3, 50 *summo delabor Olympo*. — 72. *Contigerant*, das Plusquamperf. bezeichnet zuweilen die schnelle und sofortige Vollendung einer Sache, ehe noch etwas Anderes geschehen konnte. Im D. lässt sich dies durch ein hinzugefügtes „schon“ bezeichnen. — *tecti nubibus* s. zu 12, 2.

74. *Adsiduis*, s. zu 1, 4 *perpetuum*. — *turba rotarum* „das Getümmel der Räder“, weil man sich hier im Wagenlenken übte. — 75. *mollierat* d. i. zu weichem Staub zermalmt hatte. — 76. *Pars conscendunt*, vgl. 9, 77. Die Reitübungen entlehnt Ovid einer späteren Zeit, im heroischen Zeitalter bediente man sich der Wagen. Solche Anachronismen sind bei den Dichtern und besonders in den Metamorphosen sehr häufig. — 80. *certus orbis* „ein bestimmter Kreis“, wie er auf Reitbahnen vorgezeichnet zu sein pflegt. —

'Ei mihi!' conclamat, medioque in pectore fixa
Tela gerit, frenisque manu moriente remissis
In latus a dextro paulatim defluit armo.
Proximus, audito sonitu per inane pharetrae,
Frena dabat Sipylus: veluti cum praescius imbris
Nube fugit visa pendentiaque undique rector
Carbasa deducit, ne qua levis effluat aura.
Frena dabat: dantem non evitabile telum
Consequitur, summaque tremens cervice sagitta
Haesit, et exstabat nudum de gutture ferrum.
Ille, ut erat pronus, per crura admissa iubasque
Volvitur, et calido tellurem sanguine foedat.
Phaedimus infelix et aviti nominis heres
Tantalus, ut solito finem inposuere labori,
Transierant ad opus nitidae iuvenile palaestrae;
Et iam contulerant arto luctantia nexu
Pectora pectoribus, cum tento concita nervo,
Sicut erant iuncti, traiecit utrumque sagitta.
Ingemuere simul, simul incurvata dolore
Membra solo posuere, simul suprema iacentes
Lumina versarunt, animam simul exhalarunt.

84. *Tela* hier nur ein Pfeil, s. zu 4, 78 *currus*. — 84. *in latus*. im D. ein Adverbium.

85. *sonitu pharetrae*, des Apollo, den er jedoch hinter seiner Wolke nicht sieht, *per inane* wie 11, 103. — 86. *Frena dare*, ähnlich wie *inmittere habenas* (3, 118) „die Zügel schiessen lassen". Er suchte nämlich zu entfliehen. — 87. *rector*, navis. — Verbinde *undique deducit*. — *pendentia*, an den Raaen aufgebunden hängend, ohne schon herabgelassen zu sein. — 88. *qua*, parte. — *effluat*, ohne zur Flucht benutzt worden zu sein. — 89. *Frena dabat*, ähnliche Wiederholung wie 12, 267. — *dantem*, „wie er es thut", s. z. 1, 33 *secuit sectamque*. — 92. *ut erat pronus* übersetze nach 4, 303 *ut erat circumdata*. Beim schnellen Jagen pflegt sich der Reiter vorzuneigen. — *per crura admissa* „über die dahinstürmenden Schenkel" des Rosses; *admittere equum*, das Pferd jagen lassen, anspornen, ähnl. wie *frena dare*, und *inmittere habenas*.

96. *nitidae* d. i. von Oel glänzend, weil die Ringer den Körper mit Oel salbten. Das Attribut ist von den Ringenden auf die Uebung selbst übertragen. Vgl. 9, 23 *fera regia Ditis;* 11, 255 *altis exstantem signis cratera*. — 98. *concita* „fortgeschnellt". — 100. Die hier sehr wirksame Wiederholung erinnert an Fast. II, 403 f. *Nata simul, moritura simul, simul ite sub undas corpora!* — 101. *solo*, s. zu 1, 13 *longo margine*. — *suprema lumina versarunt*, dafür 17, 90 *supremo versantes lumina motu*. Uebers. „zum letzten Male", s. oben zu 74 *adsiduis*. — 102. Auch der langsam verklingende spondeische Ausgang des Verses (s. zu 1, 14) ist der geschilderten Sache angemessen.

Adspicit Alphenor, laniataque pectora plangens
Advolat, ut gelidos conplexibus adlevet artus:
Inque pio cadit officio; nam Delius illi
Intima fatifero rupit praecordia ferro.
Quod simul eductum, pars est pulmonis in hamis
Eruta, cumque anima cruor est effusus in auras.
At non intonsum simplex Damasichthona vulnus
Adficit. Ictus erat, qua crus esse incipit, et qua
Mollia nervosus facit internodia poples;
Dumque manu temptat trahere exitiabile telum,
Altera per iugulum pennis tenus acta sagitta est.
Expulit hanc sanguis, seque eiaculatus in altum
Emicat, et longe terebrata prosilit aura.
Ultimus Ilioneus non profectura precando
Bracchia sustulerat, 'di' que 'o communiter omnes,'
Dixerat, ignarus non omnes esse rogandos,
'Parcite!' Motus erat, cum iam revocabile telum
Non fuit, Arcitenens, minimo tamen occidit ille
Vulnere, non alte percusso corde sagitta.

Fama mali populique dolor lacrimaeque suorum
Tam subitae matrem certam fecere ruinae,
Mirantem potuisse irascentemque, quod ausi
Hoc essent superi, quod tantum iuris haberent.
Nam pater Amphion ferro per pectus adacto
Finierat moriens pariter cum luce dolorem.
Heu quantum haec Niobe Niobe distabat ab illa,
Quae modo Latoïs populum submoverat aris,

103. *laniata plangens*, d. i. ita plangens, ut lanientur, s. zu 6, 76 *vitiatas inficit*. — 105. *que*, s. zu 12, 325. — 106. *ferro* für die daraus gefertigte Pfeilspitze. — 107. *simul* = simulac, *eductum*, est. — 109. Verbinde *non simplex*. — *intonsum*, vollständiger 11, 260 *intonsum comas*. Die griech. Knaben trugen, bis sie mannbar wurden, unverschnittenes Haar. — 110. *esse* bleibt hier unübersetzt. — 114. Beachte die Fülle des Ausdruckes, indem immer ein neuer Begriff hinzutritt: *sanguis se eiaculatur*, *in altum emicat*, *longe prosilit*, *terebrat auram*. Vgl. die ähnliche Schilderung beim Tode des Pyramus 8, 94 ff. — 116. *non profectura* „die nichts ausrichten sollten“, s. zu 1, 55 *motura*. — 117. Wozu gehört *que?* s. zu 4, 6. — 118. *non omnes*, sed Apollinem tantum. — 120. *minimo vulnere*, das sich regende Mitleiden des Gottes hatte die Kraft des Schusses gemindert.

123. *certam fecere* für das gewöhnlichere *certiorem fecere*. Ebenso 33, 6. — 124. *potuisse*, als Subject ist *superos*, als Object *hoc* aus dem Folgenden zu entnehmen. — 126. Der Satz mit *Nam* erklärt, weshalb bei der Schilderung der Schmerzensscene des Vaters nicht weiter gedacht wird, vgl. 4, 360. — 127. *lux* für vita.

Et mediam tulerat gressus resupina per urbem,
Invidiosa suis: at nunc miseranda vel hosti!
Corporibus gelidis incumbit, et ordine nullo
Oscula dispensat natos suprema per omnes.
A quibus ad caelum liventia bracchia tollens,
'Pascere, crudelis, nostro, Latona, dolore,
Corque ferum satia' dixit. 'Per funera septem
Efferor! Exsulta, victrixque inimica triumpha!
Cur autem victrix? Miserae mihi plura supersunt,
Quam tibi felici: post tot quoque funera vinco.'
Dixerat, et sonuit contento nervus ab arcu:
Qui praeter Nioben unam conterruit omnes.
Illa malo est audax. Stabant cum vestibus atris
Ante toros fratrum demisso crine sorores.
E quibus una trahens haerentia viscere tela
Inposito fratri moribunda relanguit ore.
Altera solari miseram conata parentem
Conticuit subito, duplicataque vulnere caeco est.
Haec frustra fugiens collabitur, illa sorori
Inmoritur; latet haec, illam trepidare videres.
Sexque datis leto diversaque vulnera passis
Ultima restabat; quam toto corpore mater,
Tota veste tegens 'Unam minimamque relinque!
De multis minimam posco' clamavit 'et unam!'
Dumque rogat, pro qua rogat, occidit. Orba resedit
Exanimes inter natos natasque virumque,
Diriguitque malis. Nullos movet aura capillos,
In vultu color est sine sanguine, lumina maestis
Stant inmota genis: nihil est in imagine vivum.

— 130. *resupina*, d. i. „mit zurückgeworfenem Haupt“. Auch *ferre gressus* bezeichnet das stolze Einherschreiten. — 131. *Invidiosa suis*, „ein Gegenstand des Neides für ihre Freunde“. — *vel* hier verstärkend „sogar, selbst auch“. — 134. *A quibus* wie 9, 49 *ab illo Sisyphon adspiciens*. — *liventia*, in Folge der Schläge, die sie sich in ihrem Jammer versetzt hat. — 135. *Pascere*, Imperat. Pass. — 136. *per funera septem efferor* „durch die sieben Leichen werde auch ich ins Grab gestürzt“. Nep. Arist. 3, 2 *tanta paupertate decessit, ut, qui efferretur, vix reliquerit*. — 139. Betone *vinco* „bin ich Siegerin!“

140. *ab arcu*, Dianae, welche nun die Töchter erlegt, obwohl dies Ov. nicht ausdrücklich sagt. — 143. *torus* hier „Leichenbett“. *demisso crine*, ein Zeichen der Trauer. — 144. *viscere*, fratris. — 147. *duplicare* hier „zusammenkrümmen“, vgl. 100 *incurvata membra dolore*. — *caeco* „unsichtbar“. — 149. *trepidare* „zitternd hin und her eilen“; *videres*, s. zu 2, 74 *scires*. — 154. Ueber *que* s. zu 105. — 156. *malis* „vor Unglück“. — 157. *color sine sanguine*

Ipsa quoque interius cum duro lingua palato
Congelat, et venae desistunt posse moveri;
Nec flecti cervix, nec bracchia reddere motus,
Nec pes ire potest: intra quoque viscera saxum est.
Flet tamen, et validi circumdata turbine venti
In patriam rapta est. Ibi fixa cacumine montis
Liquitur, et lacrimas etiam nunc marmora manant.

14. Verwandlung lycischer Bauern in Frösche. Marsyas.

(VI, 313—400.)

Tum vero cuncti manifestam numinis iram
Femina virque timent, cultuque inpensius omnes
Magna gemelliparae venerantur numina divae;
Utque fit, a facto propiore priora renarrant.
E quibus unus ait: ‘Lyciae quoque fertilis agris
Non inpune deam veteres sprevere coloni.
Res obscura quidem est ignobilitate virorum,
Mira tamen. Vidi praesens stagnumque locumque
Prodigio notum; nam me iam grandior aevo
Inpatiensque viae genitor deducere lectos
Iusserat inde boves, gentisque illius eunti

„blutlose Blässe“, s. zu 1, 20 *sine pondere*. — 159. *duro* „verhärtet“. — 160. *vena movetur* „die Ader schlägt“. — 163. *circumdata turbine* „mitten im Wirbel“. — 164. *in patriam*, s. oben 4. — *montis*, Sipyli. Man zeigte dort unter dem Namen der Niobe einen Felsen, der von weitem einer sitzenden Frauengestalt glich. — 165. *Liquitur* „sie träufelt“, wie oft von Felsen Wassertropfen herabsickern. — *manare* in transit. Bedeutung „fliessen lassen“ ist selten.

Das furchtbare Schicksal der Niobe erweckt im Volke die Erinnerung an andere Vorfälle ähnlicher Art, und namentlich werden zwei erzählt, wo sich Latona und ihr Sohn Apollo für begangenen Frevel gerächt hatten. — 3. *Magna numina* (Plur. majest.) „das erhabene Wesen“; *divae gemelliparae*, der Latona, wie auch 6 *deam*. — 4. *a* hier „auf Veranlassung“. — *renarrant* „erzählen wieder“, was vorher in Vergessenheit gerathen war. — 7. *obscura*, d. i. wenig bekannt; *ignobilitate virorum*, weil es nur Landleute waren, die verwandelt wurden. — 8. *praesens*, d. i. „in eigener Person, oder mit eigenen Augen“. — *locus* ist in Vergleich zu *stagnum* der weitere Begriff, „die Gegend“, wo das Wunder geschah. — 10. *Inpatiens viae*, „der Anstrengung des Weges nicht mehr gewachsen“. — 11. *inde*, aus

Ipse ducem dederat. Cum quo dum pascua lustro,
Ecce lacu medio sacrorum nigra favilla
Ara vetus stabat, tremulis circumdata cannis.
Restitit et pavido 'Faveas mihi' murmure dixit
Dux meus, et simili, 'Faveas' ego murmure dixi.
Naïadum Faunine foret tamen ara rogabam
Indigenaeve dei, cum talia rettulit hospes:
"Non hac, o iuvenis, montanum numen in ara est:
Illa suam vocat hanc, cui quondam regia coniunx
Orbem interdixit, quam vix erratica Delos
Errantem accepit, tum cum levis insula nabat.
Illic incumbens cum Palladis arbore palmae
Edidit invita geminos Latona noverca.
Hinc quoque Iunonem fugisse puerpera fertur,
Inque suo portasse sinu duo numina, natos.
Iamque Chimaeriferae, cum sol gravis ureret arva,
Finibus in Lyciae longo dea fessa labore
Sidereo siccata sitim collegit ab aestu,
Uberaque ebiberant avidi lactantia nati.
Forte lacum mediocris aquae prospexit in imis
Vallibus: agrestes illic fruticosa legebant
Vimina cum iuncis gratamque paludibus ulvam.
Accessit positoque genu Titania terram
Pressit, ut hauriret gelidos potura liquores.

Lycien. — Verbinde *ducem illius* (d. i. Lyciae) *gentis*. — *eunti* „mir auf meinem Wege". — 13. Ordne *ara vetus, nigra sacrorum favilla*. — 17. Ordne *rogabam tamen, ara foret Naiadum, Faunine indigenaeve dei*.

20. *regia coniunx*, Juno. — *cui orbem interdixit*, s. zu 13, 41 f. — — 21. Mit den beiden Relativsätzen verhält es sich wie 4, 217. — *erratica Delos*, s. zu 13, 45. Der Gleichklang *erratica errantem* bezeichnet auch äusserlich das gleiche Schicksal beider, wie es Ov. der Insel selbst in den Mund legt: *Hospita tu terris erras, ego in undis*. — 23. *incumbens* „sich anlehnend"; *palmae cum Palladis arbore*, d. i. palmae et Palladis arbori, s. zu 1, 56 *cum fulminibus ventos*. Ebenso unten 33. — *Palladis arbor*, der Oelbaum, den Minerva zuerst gepflanzt hatte. — 24. *Edidit* = peperit. — *noverca*, Juno, weil das Zwillingspaar der Latona den Juppiter zum Vater hatte, s. die Bem. zu 9, 5. — 57. Verb. *Lyciae Chimaeriferae* „das die Chimära (s. das myth. Reg.) hervorgebracht". — *gravis* „drückend". — 28. *Finibus in Lyciae* s. zu 1, 35. — 29. *sidereo ab aestu siccata*, s. zu 4, 31 *positos sub ignibus Indos sidereis*. Wegen *ab* s. zu 3, 92 *tot ab ignibus*. — *sitim collegit*, wie 12, 171. — 31. *mediocris* „mässig gross". — *in imis vallibus*, s. zu 3, 134 *summa in ulmo*. — 33. *gratam paludibus*, d. i. womit sich Sümpfe gern bedecken, was gern an S. wächst. — 34. *Titania*, vgl. 13, 40. — 35. *Pressit* „stützte sich auf". — *potura* „zum Trunke". —

Rustica turba vetant. Dea sic adfata vetantes:
"'Quid prohibetis aquis? usus communis aquarum est.
Nec solem proprium natura nec aëra fecit
Nec tenues undas: ad publica munera veni.
Quae tamen ut detis, supplex peto. Non ego nostros
Abluere hic artus lassataque membra parabam,
Sed relevare sitim. Caret os humore loquentis,
Et fauces arent, vixque est via vocis in illis.
Haustus aquae mihi nectar erit, vitamque fatebor
Accepisse simul: vitam dederitis in unda.
Hi quoque vos moveant, qui nostro bracchia tendunt
Parva sinu;'" et casu tendebant bracchia nati.
Quem non blanda deae potuissent verba movere?
Hi tamen orantem perstant prohibere, minasque,
Ni procul abscedat, conviciaque insuper addunt.
Nec satis est: ipsos etiam pedibusque manuque
Turbavere lacus, imoque e gurgite mollem
Huc illuc limum saltu movere maligno.
Distulit ira sitim: neque enim iam filia Coei
Supplicat indignis, nec dicere sustinet ultra
Verba minora dea; tollensque ad sidera palmas
"'Aeternum stagno'" dixit "'vivatis in isto!'"
Eveniunt optata deae: iuvat esse sub undis,
Et modo tota cava submergere membra palude,

36. *turba vetant*, warum kann das Prädicat im Plural stehen? vgl. 3, 82 *pars voce probant.*
38. *proprium* „zum ausschliessl. Eigenthum". — 39. *munera*, naturae; *publica* wie 4, 67. — 40. Constr. *et tamen* (quamquam ad publica munera veni) *supplex peto, ut ea mihi detis.* — In *peto* beachte die Verkürzung des *o*, die sich Ov. sonst nur noch in *puto* erlaubt, s. 33, 16. 39, 125. — 41. *artus* „Gelenke". — 42. *loquentis*, übersetze nach *eunti* 11. — 43. *est via vocis in illis* „die Stimme findet einen Weg hindurch". — 45. *vitam* nachdrucksvoll wiederholt. — *dederītis*, das *i* in den Endungen *is*, *imus* und *itis* im Conj. Perf. und Fut. exact. war ursprünglich lang. — *in unda* „im Wasser", d. i. mit dem W. — 46. *nostro sinu* statt e nostro sinu, s. zu 3, 104 *fluit unda capillis.*

54. *Distulit*, d. i. liess ihn für den Augenblick vergessen. — *neque iam*, s. zu 4, 262. — *filia Coei* s. 13, 40. — 55. *sustinet* wie 9, 31. — 56. *Verba minora* wie 13, 6; *dea* d. i. als sie sich für eine Göttin ziemen. — *tollensque*, an einen negativen Satz wird zuweilen ein bejahender durch *que* angeknüpft, wo im D. „sondern" steht. — *sidera* wird auch da für *caelum* gebraucht, wo an ein wirkliches Erblicken der Gestirne nicht zu denken ist. — 57. *Aeternum* „ewige Zeit", vgl. 11, 238 *longum laetabere.*

58. *iuvat*, wen? Unbetonte Pronomina werden als Obj. zuweilen weggelassen, wenn sie sich aus dem Zusammenhange ergeben. — 59. Beachte den Wechsel *modo — nunc — modo*, vgl. 4, 220. 6, 77. — *cava palude* „in der Höhlung

Nunc proferre caput, summo modo gurgite nare;
Saepe super ripam stagni consistere, saepe
In gelidos resilire lacus. Sed nunc quoque turpes
Litibus exercent linguas, pulsoque pudore,
Quamvis sint sub aqua, sub aqua maledicere temptant.
Vox quoque iam rauca est, inflataque colla tumescunt,
Ipsaque dilatant patulos convicia rictus.
Terga caput tangunt, colla intercepta videntur;
Spina viret, venter, pars maxima corporis, albet;
Limosoque novae saliunt in gurgite ranae."
Sic ubi nescio quis Lycia de gente virorum
Rettulit exitium, Satyri reminiscitur alter,
Quem Tritoniaca Latous arundine victum
Adfecit poena. 'Quid me mihi detrahis?' inquit.
'A! piget, a! non est' clamabat 'tibia tanti!'
Clamanti cutis est summos direpta per artus;
Nec quicquam nisi vulnus erat: cruor undique manat,
Detectique patent nervi, trepidaeque sine ulla
Pelle micant venae; salientia viscera possis
Et perlucentes numerare in pectore fibras.
Illum ruricolae, silvarum numina, Fauni
Et Satyri fratres et tunc quoque carus Olympus

oder Tiefe des Sumpfes". — 60. *summo gurgite* wie 4, 298 *summo profundo.* — 63. *Lites* hier „zänkisches Geschrei". — *pulso* lässt sich durch eine blosse Präpos. übersetzen. — 62. Der Klang dieses Verses ahmt das Froschgequak nach. Zu *sub aqua* im Nachsatze füge im D. „selbst" oder „sogar" hinzu. — 67. *intercepta* „dazwischen herausgenommen", weil der Kopf dicht am Rumpfe sitzt. — 60. *novae ranae* „als neu geschaffene Frösche".

70. Verbinde *exitium virorum de gente Lycia.* — 71. *Satyri*, er hiess *Marsyas* und hatte auf der Flöte einen Wettstreit mit dem Citherspiele Apollo's gewagt. Er wurde jedoch überwunden, und da bestimmt worden war, dass der Sieger mit dem Besiegten nach Gutdünken verfahren dürfe, so zog ihm Apollo die Haut ab. — 72. *arundo* für *tibia*, der Stoff für die Sache daraus. *Tritoniaca* heisst die Flöte, weil sie von der Minerva (*Tritonia* s. 12, 1) zuerst erfunden war. Jene warf sie jedoch weg, weil sie beim Blasen das Gesicht entstellte, worauf Marsyas dieselbe fand. — 73. *me* für: meine Haut, die gleichsam die äussere Person darstellt. — 74. *piget*, me tecum certasse. — *non est tanti* „ist nicht so viel werth", um wegen ihrer so Schreckliches zu dulden. — 75. *summos per artus* wie 4, 266 *in corpora summa.* — 78. *salire* hier „klopfen". — *possis*, s. zu 3, 80 *putes.* — 80. Verbinde *ruricolae Fauni;* über die Stellung der Apposition s. zu 4, 137. — 81. *tunc quoque* „auch da noch", unter den Qualen des Todes, vgl. 18, 139 *perque manentem nunc quoque, cum pereo, amorem. Olympus* war der Freund und Schüler des Marsyas.

Et Nymphae flerunt, et quisquis montibus illis
Lanigerosque greges armentaque bucera pavit.
Fertilis inmaduit madefactaque terra caducas
Concepit lacrimas ac venis perbibit imis;
Quas ubi fecit aquam, vacuas emisit in auras.
Inde petens rapidum ripis declivibus aequor
Marsya nomen habet, Phrygiae liquidissimus amnis.

15. Boreas und Orithyia.

(VI, 679—721.)

Quattuor ad iuvenes totidem generarat Erechtheus
Femineae sortis; sed erat par forma duarum.
E quibus Aeolides Cephalus te coniuge felix,
Procri, fuit; Boreae glacialis terra nocebat,
Dilectaque diu caruit deus Orithyia,
Dum rogat et precibus mavult quam viribus uti.
Ast ubi blanditiis agitur nihil, horridus ira,
Quae solita est illi nimiumque domestica vento,
'Et merito!' dixit: 'quid enim mea tela reliqui,
Saevitiam et vires iramque animosque minaces,
Admovique preces, quarum me dedecet usus?
Apta mihi vis est: vi tristia nubila pello,

— 84. Verbinde *fertilis terra*, s. zu 8, 90. — *inmaduit madefactaque*, s. zu 1, 33 *secuit sectamque*. — *caducus* kann heissen, was fällt, was gefallen ist, und was hinfällig ist. — 86. *emisit*, als eine Quelle; *vacuas* („frei“) *in auras*, Gegensatz zu *venae imae*. — 87. *Inde*, d. i. ex illo loco, ubi emittitur. Als Subject ist aus dem Vorhergehenden *aqua* zu denken. — *ripis declivibus*, Abl. modi, hier durch „zwischen“ auszudrücken. — 88. *Marsya*, welchen Casus erwartet man statt des Nominativus? s. jedoch zu 3, 7 *lactea nomen habet*. Die Endung *a* statt der griech. *as* oder *es* nach der 1. Decl. wie in *Aeeta* 16, 170. *Proca* 46, 14. *Nicia* Nep. Alc. 3, 1.

2. *sors* brauchen die Dichter zuweilen für *sexus*, das Allgemeine für das Besondere. Auch dies heisst Synekdoche, s. zu 3, 286. — *forma* wie 11, 73. — 3. Von *Cephalus* und *Procris* handelt unten der 18. Abschnitt. — 4. *glacialis terra*, wo seine Heimath war. — 5. *Orithyia*, viersylbig, so dass der Ausgang des Verses spondeisch ist, s. zu 1, 14. — 6. *Dum* „so lange“. — 7. *nihil agitur* „es wird nichts ausgerichtet“. — 9. Verbinde *illi vento*. — *domestica* „von Haus aus eigen“. — 9. *Et merito*, der vollständige Gedanke: ich richte nichts aus, und mit Recht! — 12. *Apta mihi est* soviel als *decet me*, im Gegensatz zu *quarum me dedecet usus*. — *nubila pello*, vgl. 3, 166 *nimbis aquilone remotis*. —

Vi freta concutio nodosaque robora verto
Induroque nives et terras grandine pulso.
Idem ego, cum fratres caelo sum nactus aperto —
Nam mihi campus is est — tanto molimine luctor,
Ut medius nostris concursibus insonet aether,
Exsiliantque cavis elisi nubibus ignes.
Idem ego, cum subii convexa foramina terrae,
Subposuique ferox imis mea terga cavernis,
Sollicito manes totumque tremoribus orbem.
Hac ope debueram thalamos petiisse, socerque
Non orandus erat, mihi sed faciendus Erechtheus.'
  Haec Boreas aut his non inferiora locutus
Excussit pennas; quarum iactatibus omnis
Adflata est tellus latumque perhorruit aequor.
Pulvereamque trahens per summa cacumina pallam
Verrit humum, pavidamque metu caligine tectus
Orithyian amans fulvis amplectitur alis.
Dum volat, arserunt agitati fortius ignes;
Nec prius aërii cursus subpressit habenas,
Quam Ciconum tenuit populos et moenia raptor.
Illic et gelidi coniunx Actaea tyranni
Et genitrix facta est, partus enixa gemellos,
Cetera qui matris, pennas genitoris haberent.

13. *verto* „stürze um". — 15. *nancisci* hier „antreffen". — 16. Betone *mihi*. — 17. *insonet*, s. zu 4, 152. — 18. *elisi*, wie Funken aus dem Steine. Ueber die Entstehung der Blitze vgl. 3, 106 u. die Bem. — 19. Auch die Erdbeben, glaubte man, rührten von Winden her, die sich in unterirdischen Höhlen verfangen hätten. — 21. *Sollicito manes*, wird 12, 81 ff. ausführlicher geschildert. — 22. *debueram*, s. zu 7, 34 *decebat*. — *petiisse*, im D. der Infin. Praes. Nach den Ausdrücken, welche bezeichnen, was hätte geschehen sollen, folgt mehrentheils der Infin. Perf. — *thalamos*, s. zu 9, 5. — 23. Ordne *Erechtheus non orandus* (wie 12, 140 *roganda*), *sed faciendus mihi erat socer*. Aus dem Gegensatz ergiebt sich für *faciendus* von selbst der Begriff des Gewaltsamen. Die Cäsur des Verses verlangt die Interpunction hinter *erat*. Die Nachstellung von *sed* wie 7, 216. 12, 75. 17, 70. Vgl. auch 16, 37 *quamquam non ista precanda sed facienda mihi*.

24. *non inferiora* „nicht weniger stolz" vgl. *verba minora*, 13, 6. — 25. *pennas*, s. zu 3, 102. — 27. *Pulveream pallam*, weil der Sturm Alles in Staub hüllt. — 30. *agitati ignes*, das gleichsam durch den Flug angefachte Feuer der Leidenschaft. — 31. *cursus*, s. zu 11, 172. — *subpressit*, Subject? s. zu 2, 13. — 32. *tenere* hier „erreichen". — *moenia* wie 6, 13. — 33. Ordne *Actaea* (d. i. Attica, die attische Jungfrau) *facta est et coniunx gelidi tyranni, et genitrix*. — 34. *partus* für filios. — 35. *Cetera* d. i. die übrige Gestalt, *qui — haberent*, der Conjunct. wie 1, 77 *quod dominari posset*. —

Non tamen has una memorant cum corpore natas,
Barbaque dum rutilis aberat subnixa capillis,
Inplumes Calaisque puer Zetesque fuerunt.
Mox pariter pennae ritu coepere volucrum
Cingere utrumque latus, pariter flavescere malae.
Ergo ubi concessit tempus puerile iuventae,
Vellera cum Minyis nitido radiantia villo
Per mare non notum prima petiere carina.

16. Iason und Medea.

(VII, 1—353.)

Iamque fretum Minyae Pagasaea puppe secabant;
Perpetuaque trahens inopem sub nocte senectam
Phineus visus erat, iuvenesque Aquilone creati
Virgineas volucres miseri senis ore fugarant;
Multaque perpessi claro sub Iasone tandem
Contigerant rapidas limosi Phasidos undas.
Dumque adeunt regem Phrixeaque vellera poscunt,
Voxque datur numeris magnorum horrenda laborum
Concipit interea validos Aeetias ignes.
Et luctata diu postquam ratione furorem
Vincere non poterat, 'Frustra, Medea, repugnas!

37. *que* übersetze wie 14, 56. — *dum* wie oben 6. — *subnixa* lässt sich hier durch „unterhalb" übersetzen; eig. unten sich anlehnend. — *rutilis*, s. zu 4, 350. — 40. *flavescere*, vom blonden Bartwuchs. — 41. *iuventae*, Dat. „dem kräftigen Jünglingsalter", vgl. 7, 147. 11, 92. — 42. *Vellera radiantia nitido villo*, das goldene Vliess. — 43. *prima carina*, auf dem Schiffe Argo, die der Sage nach das erste Schiff war. Durch diesen Schluss bildet sich der Dichter den Uebergang zu der folgenden Erzählung.

---

2. *Perpetua sub nocte*, denn er war blind. — *trahere* hier „hinschleppen". — 3. *visus erat* wie 3, 181. — *iuvenes Aquilone creati*, s. die vorhergehende Erzähl. 34 ff. — 4. *Virgineae volucres* sind die Harpyien, s. das myth. Reg. unter *Phineus*. — 5. *perpessi* — *contigerant*, Minyae. — *Iasone* s. zu 1, 82 *Iapeto*. — 7. *regem*, Aeeten. — *Phrixea vellera*, das goldene Vliess, s. das mythol. Reg. — 8. *Vox* hier „Antwort, Bescheld". Ordne *horrenda numeris magnorum laborum*. Der Plur. *numeri* erhöht den Begriff der Menge „eine lange Reihe", s. zu 29. — 9. *Concipit ignes* übers. nach der Bem. zu 3, 4 *concipit iras*. — 10. *luctata* fasse als Concessivsatz. — *postquam non poterat*, über das Imperf. nach *postquam* s. zu 2, 25 *postquam sub Iove mundus erat*. — *furor* hier „die wahnsinnige Leidenschaft".

Nescio quis deus obstat' ait; 'mirumque, nisi hoc est
Aut aliquid certe simile huic, quod amare vocatur.
Nam cur iussa patris nimium mihi dura videntur?
Sunt quoque dura nimis. Cur, quem modo denique vidi,
Ne pereat, timeo? quae tanti causa timoris?
Excute virgineo conceptas pectore flammas,
Si potes infelix! — Si possem, sanior essem;
Sed gravat invitam nova vis, aliudque cupido,
Mens aliud suadet. Video meliora proboque:
Deteriora sequor. — Quid in hospite, regia virgo,
Ureris, et thalamos alieni concipis orbis?
Haec quoque terra potest, quod ames, dare. Vivat, an ille
Occidat, in dis est. Vivat tamen; idque precari
Vel sine amore licet. Quid enim commisit Iason?
Quem, nisi crudelem, non tangat Iasonis aetas
Et genus et virtus? quem non, ut cetera desint,
Ore movere potest? Certe mea pectora movit.
At nisi opem tulero, taurorum adflabitur ore,

12. *Nescio quis*, s. zu 13, 40. — *obstat*, näml. quominus vincas furorem. — 14. *iussa patris*, die von Aeetes dem Iason aufgegebenen Arbeiten. — 15. *Sunt* nachdrücklich betont, wie 4, 13. — *modo denique* wie 7, 142. Ordne *cur timeo*, *ne pereat*, *quem vidi*. — 17. Die vorhergehenden Fragen haben es ihr zur Gewissheit gemacht, dass es Liebe sei, was sie fühle. Ihr jungfräulicher Sinn gebietet ihr dies Gefühl aus ihrem Herzen zu tilgen. — *conceptas flammas*, s. zu 9 *concipit ignes*. — 18. *Si possem cet.* „wenn ich es könnte", ist die Antwort auf die Aufforderung *Excute cet.*, sie fühlt sogleich, dass sie es nicht kann. — 19. *invitam*, me. — *nova* übersetze nach 7, 12 *novus Liber*. — 20. *Mens*, was oben 10 *ratio*.

21. Sie sucht nun durch Vernunftgründe die Leidenschaft zu überwinden, und ruft zuerst ihren fürstlichen Stolz zu Hülfe. Betone daher *regia virgo* im Gegensatz zu *hospes*. — *in hospite ureris*, ähnlich wie *in pelice saevae* 9, 131; übersetze jedoch „erglühst für —". — 22. *concipis* „fassest den Gedanken an", vgl. 4, 30 *concipit aethera mente*. — *thalamos*, vgl. 15, 22. — *alieni orbis* „in —"; über *orbis* s. zu 2, 6 *peregrinum orbem*. — 24. *in dis est* „steht bei den Göttern". — *Vivat tamen*, durch die erkünstelte Gleichgültigkeit der vorhergehenden Worte bricht sogleich wieder die Theilnahme für Iason hervor, die sie jedoch nicht als Liebe, sondern nur als Pflicht der Menschlichkeit auslegt. — 25. *Vel*, s. zu 13, 131 *vel hosti*. — 27. *virtus*, hier in eigentlicher Bedeutung „Männlichkeit". — *ut* wie 12, 252; *cetera*, aetas, genus, virtus. — 28. *Ore* „durch die Schönheit seines Antlitzes". — 29. Ihr obiger Wunsch *vivat tamen* führt sie auf die Nothwendigkeit, ihn bei der Ausführung der aufgetragenen Arbeiten zu unterstützen; denn ohne diese Unterstützung ist er verloren. — *taurorum adflabitur ore cet.*, es war ihm befohlen, mit Feuer schnaubenden Stieren ein Stück Land zu pflügen; dann in die Furchen Drachenzähne zu säen, aus denen ge-

Concurretque suae segetis tellure creatis
Hostibus, aut avido dabitur fera praeda draconi.
Hoc ego si patiar, tum me de tigride natam,
Tum ferrum et scopulos gestare in corde fatebor.
Cur non et specto pereuntem, oculosque videndo
Conscelero? cur non tauros exhortor in illum
Terrigenasque feros insopitumque draconem?
Di meliora velint! Quamquam non ista precanda,
Sed facienda mihi. — Prodamne ego regna parentis,
Atque ope nescio quis servabitur advena nostra,
Ut per me sospes sine me det lintea ventis,
Virque sit alterius, poenae Medea relinquar?
Si facere hoc, aliamve potest praeponere nobis,
Occidat ingratus! Sed non is vultus in illo,
Non ea nobilitas animo est, ea gratia formae,
Ut timeam fraudem meritique oblivia nostri.
Et dabit ante fidem, cogamque in foedera testes
Esse deos. Quin tuta times! Accingere, et omnem
Pelle moram. Tibi se semper debebit Iason,
Te face sollemni iunget sibi, perque Pelasgas

waffnete Männer entstehen sollten. Endlich musste er das goldene Vliess dem Drachen, der es bewachte, rauben. Das Nähere unten 100 ff. — 30. *Concurret* mit dem Dat., wie 11, 263. Verbinde *hostibus suae segetis* „seiner eigenen Saat“, die er selbst gesät. — — 34. Der Zusammenhang: bin ich einmal so grausam ihn ohne Hülfe zu lassen, warum sehe ich nicht auch zu u. s. w. — 35. *exhortor* „hetze“. — 37. *Di meliora velint*, unser „die Götter mögen mich bewahren“, dass ich mich nämlich solcher Unmenschlichkeit schuldig machen sollte. — *Quamquam* knüpft zuweilen eine Berichtigung an das eben Gesagte. „Obwohl ich darum nicht bitten, sondern dazu thun muss“, d. h. ich muss nicht die Götter bitten, mich vor solcher Unmenschlichkeit zu bewahren, sondern durch thätige Hülfe, die ich dem Iason leiste, selbst dahin wirken.

38. Nach den letzten Worten schon entschieden dem Iason beizustehen, hält ihr ihre Vernunft den Verrath, den sie dadurch an ihrem Vater begeht, und die mögliche Treulosigkeit des Fremdlings vor. — *Prodamne*, dem Aeetes war prophezeit, dass er so lange herrschen würde, als er das goldene Vliess behielte. Die Fut. übers. hier durch „sollen“; ebenso 46 *dabit*. — *regna* „die Herrschaft“. — 39. *nescio quis advena*, mit erkünstelter Verachtung, s. zu 13, 40. — 40. Beachte den Gegensatz *per me* — *sine me*. — 41. *Medea*, s. zu 7, 53 *Penthea*. — 43. *is* „von der Art“; ebenso nachher *ea*. — 46. *ante*, bevor ich ihm beistehe; *fidem dare* h. „einen Eid leisten“. — *cogam cet.* ich will zur Schliessung des Bündnisses die Götter nöthigen als Zeugen gegenwärtig zu sein. — 48. *Quin tuta times*, sie spottet über ihre allzugrosse Bedenklichkeit, „warum nicht auch fürchten, od. ei du fürchtest, wo du ganz sicher bist“. — *Accingere*, „ans Werk“, eigentlich? — 48. *se*, d. i. vitam suam. — 49. *fax*

Servatrix urbes matrum celebrabere turba. —
Ergo ego germanam fratremque patremque deosque
Et natale solum, ventis ablata, relinquam?
Nempe pater saevus, nempe est mea barbara tellus,
Frater adhuc infans, stant mecum vota sororis:
Maximus intra me deus est. Non magna relinquam,
Magna sequar: titulum servatae pubis Achivae,
Notitiamque loci melioris, et oppida, quorum
Hic quoque fama viget, cultusque artesque locorum,
Quemque ego cum rebus, quas totus possidet orbis,
Aesoniden mutasse velim; quo coniuge felix
Et dis cara ferar, et vertice sidera tangam. —
Quid, quod nescio qui mediis incurrere in undis
Dicuntur montes, ratibusque inimica Charybdis

in metonym. Bedeut. wie *taeda* 4, 16. — *per* wie 4, 2. — 50. *Servatrix*, des Iason und der Argonauten.

51. Der Gedanke, wie die griech. Mütter sie als Retterin ihrer Söhne preisen würden, erweckt in ihr auf einen Augenblick das Gefühl der Pflicht gegen die eigenen Angehörigen und das Heimathland. — *germanam*, diese Schwester hiess *Chalciŏpe* und war an *Phryxus* vermählt; *fratrem*, Apsyrtum, der noch ein kleiner Knabe war; *deos*, näml. patrios. — 53. *Nempe* (mit *nam* verwandt) steht häufig mit einer gewissen Ironie, indem das Gesagte unter dem Scheine, als solle es begründet werden, widerlegt wird, „ja doch, freilich". — 54. *mecum* „auf meiner Seite". — 55. *Maximus* („der mächtigste") *intra me deus est* dient als Antwort auf *deos relinquam.* Sie meint den Amor „den Allesbesieger", wie ihn ein anderer alter Dichter nennt. — 56. *sequar* „werde nachgehen". — *titulum* wie 11, 31 *praedae titulum.* Das Particip *servatae* übersetze nach 13, 61 *creatis.* — 58. *cultus* hier „die feine Bildung". Medea schildert hier Griechenland, wie es erst später war, s. zu 13, 76. — 56. Ordne *et Aesoniden, quem — mutasse velim*, s. zu 1, 64 *quae litora.* — *cum rebus mutasse* hier „darum eintauschen". Wegen des Infin. Perf. s. zu 3, 14 *haud timeam dixisse.* — *res, quas totus possidet orbis* „alle Güter der ganzen Welt". — 60. *quo coniuge* (Ablat. causae) wegen dessen als Gemahl, d. i. „als dessen Gattin". — 61. *ferar* = *efferar*, Nep. Lys. 4, 2 *summis eum fert laudibus.* Die Endsylbe ist durch die Arsis verlängert s. zu 4, 278. — *dis cara*, warum? — *vertice sidera tangam*, ein Bild, das bei den Dichtern öfter vorkommt, zur Bezeichnung des höchsten Glückes oder Ruhmes, vgl. 50, 131.

62. Auch der letzte Grund, der sie abhalten könnte, die Gefahren der weiten Fahrt, wird sehr leicht von ihr beseitigt. — *Quid, quod*, s. zu 12, 253. — *nescio qui montes*, die Symplegadischen Felsen am Eingange in den Pontus Euxinus, die fortwährend zusammenschlugen. Nachdem es der Argo auf ihrer Fahrt nach Kolchis gelungen war hindurchzusegeln, standen sie still; davon ist jedoch Medea nicht unterrichtet. — *incurrere*, gegen das Schiff. — 63. *Charybdis* u. *Scylla* nennt sie als bekannte Schrecknisse der Meere. Auch kamen die Argonauten auf

Nunc sorbere fretum nunc reddere, cinctaque saevis
Scylla rapax canibus Siculo latrare profundo?
Nempe tenens quod amo, gremioque in Iasonis haerens
Per freta longa ferar. Nihil illum amplexa verebor;
Aut, si quid metuam, metuam de coniuge solo! —
Coniugiumne vocas, speciosaque nomina culpae
Inponis, Medea, tuae? Quin adspice, quantum
Adgrediare nefas, et dum licet, effuge crimen!'
Dixit: et ante oculos rectum pietasque pudorque
Constiterant, et victa dabat iam terga Cupido.
Ibat ad antiquas Hecates Perseïdos aras,
Quas nemus umbrosum secretaque silva tegebat.
Et iam fortis erat, pulsusque recesserat ardor:
Cum videt Aesoniden, exstinctaque flamma revixit.
Erubuere genae, totoque recanduit ore,
Utque solet ventis alimenta adsumere, quaeque
Parva sub inducta latuit scintilla favilla,
Crescere et in veteres agitata resurgere vires:
Sic iam lentus amor, iam quem languere putares,
Ut vidit iuvenem, specie praesentis inarsit.
Et casu solito formosior Aesone natus
Illa luce fuit: posses ignoscere amanti.
Spectat, et in vultu, veluti tum denique viso,
Lumina fixa tenet, nec se mortalia demens

ihrer abenteuerlichen Rückfahrt wirklich dorthin. — 66. *tenens* „im Besitz".

69. Bei dem Worte *coniunx* wird noch einmal in ihr der Zweifel mächtig, ob sie auch, von Iason entführt, ein wirkliches Ehebündniss mit ihm zu hoffen habe: und der Gedanke an die Schande, welche sie dann erwartet, giebt ihrem Entschlusse eine andere Wendung. — 70. *Quin* beim Imperat. dient zur Aufforderung „siehe doch ja". — 72. Ist *pietas* die Pflicht oder Liebe gegen die Angehörigen, so richtet sich die Uebersetzung nach dem jedesmaligen Verhältniss, hier „Kindespflicht oder -liebe". — 73. Das Attribut *victa*, dem Sinne nach zu *Cupido* gehörig, ist auf *terga* bezogen.

74. *Ibat*, Medea. Sie geht in den Hain der *Hecate*, weil diese Göttin der Zauberkunst vorstand, in der sie selbst sehr erfahren war. — *arae* nur von einem Altar, s. zu 12, 16 *luci*. — 75. *secreta* „einsam gelegen". — 76. *fortis* „starken Muthes" ihrer Leidenschaft gegenüber. — 78. *recanduit* „erglühte". — 79. Ordne *ut scintilla solet ventis alimenta sumere, et, quae parva — latuit, crescere ect.* und vertausche das Relativum mit „nachdem". — 81. *agitata* wie 15, 30. — 82. *iam lentus* übersetze, um im Bilde zu bleiben „schon matt glimmend". — *putares*, s. zu 2, 74 *scires*. Ebenso 85 *posses*. — 83. *species* h. „schöne Gestalt". — 84. *solito* gehört nicht zu *casu*, sondern zum Comparativ „als gewöhnlich". — 85. *lux* wie 4, 25. — 86. *tum denique* wie 12, 196, vgl.

Ora videre putat, nec se declinat ab illo.
Ut vero coepitque loqui, dextramque prehendit
Hospes, et auxilium submissa voce rogavit,
Promisitque torum, lacrimis ait illa profusis:
'Quid faciam, video; nec me ignorantia veri
Decipiet, sed amor. Servabere munere nostro:
Servatus promissa dato.' Per sacra triformis
Ille deae, lucoque foret quod numen in illo,
Perque patrem soceri cernentem cuncta futuri
Eventusque suos et tanta pericula iurat.
Creditus accepit cantatas protinus herbas,
Edidicitque usum, laetusque in tecta recessit.
Postera depulerat stellas aurora micantes:
Conveniunt populi sacrum Mavortis in arvum,
Consistuntque iugis. Medio rex ipse resedit
Agmine purpureus sceptroque insignis eburno.
Ecce adamanteis Vulcanum naribus efflant
Aeripedes tauri, tactaeque vaporibus herbae
Ardent; utque solent pleni resonare camini,
Aut ubi terrena silices fornace soluti
Concipiunt ignem liquidarum adspergine aquarum:
Pectora sic intus clausas volventia flammas
Gutturaque usta sonant. Tamen illis Aesone natus
Obvius it. Vertere truces venientis ad ora
Terribiles vultus praefixaque cornua ferro,
Pulvereumque solum pede pulsavere bisulco,

oben *modo denique*. — 89. *que — que*, s. zu 2, 42. — 91. *torus* steht ähnlich wie *thalamus* oft metonym. in der Bedeutung „Ehe“.

92. *Quid faciam*, d. h. dass ich Unrecht thue; daher *veri* hier „des Rechten“. — 94. *promissa dare* hier „das Versprochene leisten“. — *Per* wie 3, 26. — *triformis dea*, Hecate, welche mit drei Köpfen dargestellt wurde, vgl. unten 194 *triceps Hecate*. — 95. Ordne *et* (per) *numen*, *quod foret in illo luco*. — 96. *pater soceri futuri* ist der Sonnengott, dessen Sohn Aeetes war. — 97. *Eventus suos* d. i. „bei den Erfolgen seines Unternehmens“. — 98. *Creditus* statt: postquam ei creditum est. Dieser Gebrauch von *credor* statt mihi creditur ist eine seltene Unregelmässigkeit. — *cantatas*, eigentl. über die eine Zauberformel gesungen worden war, d. i. „geweiht oder bezaubert“.

102. *iugis*, d. i. auf den benachbarten Höhen, s. zu 1, 13 *longo margine*. — 104. *adamanteis*, s. zu 9, 37 *ante fores clausas adamante*. — *Vulcanus* metonymisch für *ignis*, s. zu 3, 25 *Nereus*. — 106. *resonare* s. zu 4, 152. — 107. *silices* sind hier „Kalksteine“; *soluti* d. i. ihrer Festigkeit beraubt „mürbe gebrannt“; *terrena* „aus irdenen Ziegeln“, vgl. 8, 31 *coctiles muri*. — 108. *Concipiunt ignem*, von der Hitze, die sich beim Löschen des Kalkes entwickelt. — 111. *truces*, Voss: „mit

Fumificisque locum mugitibus impleverunt.
Deriguere metu Minyae. Subit ille nec ignes
Sentit anhelatos — tantum medicamina possunt —
Pendulaque audaci mulcet palearia dextra,
Subpositosque iugo pondus grave cogit aratri
Ducere, et insuetum ferro proscindere campum.
Mirantur Colchi: Minyae clamoribus augent
Adiciuntque animos. Galea tum sumit aëna
Vipereos dentes, et aratos spargit in agros.
Semina mollit humus valido praetincta veneno,
Et crescunt fiuntque sati nova corpora dentes.
Utque hominis speciem materna sumit in alvo
Perque suos intus numeros componitur infans,
Nec nisi maturus communes exit in auras:
Sic ubi visceribus gravidae telluris imago
Effecta est hominis, foeto consurgit in arvo;
Quodque magis mirum est, simul edita concutit arma.
Quos ubi viderunt praeacutae cuspidis hastas
In caput Haemonii iuvenis torquere parantes,
Demisere metu vultumque animumque Pelasgi.
Ipsa quoque extimuit, quae tutum fecerat illum;
Utque peti vidit iuvenem tot ab hostibus unum,

Trotz". — 114. *mugitibus impleverunt*, der spondeische Ausgang entspricht der geschilderten Sache wie 11, 338 *mugitibus armentorum*. — 115. *nec* wie 4, 408. — 116. *medicamina*, jene bezauberten Kräuter, mit denen er sich bestrichen hat, oder die er bei sich trägt. — 119. *insuetum*, des Pfluges ungewohnt, weil heiliges Gebiet (oben 101 hiess es *sacrum Mavortis arvum*) nicht bearbeitet werden durfte.

121. *animos* wie 11, 221 *dat animos*. — 122. *Vipereos dentes*, es war ein Theil der Zähne von dem Drachen, welchen Cadmus getödtet hatte (s. den 6. Abschn.). Minerva hatte sie dem Aeetes übergeben. Vgl. zu der folg. Stelle 6, 102—130. — 123. *praetincta veneno* gehört zu *semina*, denn der Drache war giftig gewesen, s. zu 6, 49. — 126, *Per suos numeros*, nach der Reihenfolge seiner Theile „Theil um Theil", s. zu 3, 266 *trunca suis numeris*. — — 128. *ubi* „sobald". — *imago hominis* „die Gestalt eines Mannes", um anzudeuten, dass es kein gewöhnlicher Mann ist. — 129. *Effecta est* „fertig ist". — *foeto*, das ihn hervorgebracht hat „mütterlich". — 130. *magis mirum*, den Compar. übersetze nach 4, 400 *propior*. — *simul* gehört zu *edita*, näml. aus dem Boden. — 131. *Quos*, da im Vorhergehenden hinlänglich angedeutet ist, dass sich das Hervortreten von Männergestalten mehrfach wiederholte, so wird mit *quos* fortgefahren, als ob *homines* vorausgegangen wäre. Man nennt dies eine *Constructio ad sensum* oder *κατὰ σύνεσιν*. Vgl. 2, 74 *natos*. — *praeacutae cuspidis* s. zu 11, 183 *aeratae cuspidis hastam*. Merke, dass *prae* in Zusammensetzungen vor einem Vocale verkürzt wird. — 132. *Haemonius iuvenis*, Iason,

Palluit, et subito sine sanguine frigida sedit,
Neve parum valeant a se data gramina, carmen
Auxiliare canit, secretasque advocat artes.
Ille gravem medios silicem iaculatus in hostes
A se depulsum Martem convertit in ipsos.
Terrigenae pereunt per mutua vulnera fratres,
Civilique cadunt acie. Gratantur Achivi,
Victoremque tenent, avidisque amplexibus haerent.
Tu quoque victorem complecti, barbara, velles:
Obstitit incoepto pudor. At complexa fuisses;
Sed te, ne faceres, tenuit reverentia famae.
Quod licet, affectu tacito laetaris, agisque
Carminibus grates et dis auctoribus horum.
Pervigilem superest herbis sopire draconem,
Qui, crista linguisque tribus praesignis et uncis
Dentibus horrendus, custos erat arboris aureae.
Hunc postquam sparsit Lethaei gramine suci,
Verbaque ter dixit placidos facientia somnos,
Quae mare turbatum, quae concita flumina sistunt:
Somnus in ignotos oculos sibi venit, et auro
Heros Aesonius potitur, spolioque superbus,
Muneris auctorem secum, spolia altera, portans
Victor Iolciacos tetigit cum coniuge portus.

weil er aus Thessalien (*Haemonia*) stammte. — 137. *Neve*, s. zu 1, 72. — *carmen* hier „eine Zauberformel“. — 140. *Martem*, s. zu 6, 122 *suo Marte cadunt*, in Folge des Steinwurfes wenden die Männer ihre Waffen gegen einander selbst. — 142. *Civili acie* wie 6, 117 *civilibus bellis*. — 144. *velles* „möchtest“. — 145. „Von *pudor*, der Scham, die auch ohne Zeugen die jungfräuliche Sitte zu verletzen scheut, ist die *reverentia famae*, die Achtung des Rufes, die Furcht sich in übeln Leumund zu bringen, unterschieden“. Hpt. — *At* „dennoch“ (etsi pudor obstitit). — 147. *Quod licet* wie 13, 58. — 148. *affectu* hier „Entzücken“. — 149. *Carminibus* (Dat.) wie 137. — *dis*, den Gottheiten der Zauberei, vorzüglich der Hecate. — *horum*, carminum.

151. *aureae* lies zweisylbig, s. zu 1, 77 *deest*. Das Attribut *aurea* ist vom goldenen Vliess auf den Baum übertragen, an dem es hing, wie 22, 63 *purpureae vites*. — 152. *Lethaei*, d. h. der die Eigenschaft des Lethe (s. das mythol. Reg.) hat. — 153. *ter*, die Dreizahl kommt bei heiligen und magischen Gebräuchen sehr häufig vor, vgl. unten 189 f. — 155. *in oculos sibi ignotos*, die ihm, dem Schlaf, noch unbekannt waren, da er nie in dieselben kam. — *auro*, das Genus für die Species, s. zu 15, 2. — 156. *potĭtur*, von *potior* finden sich, meist jedoch nur bei Dichtern, auch die Formen *potĭtur*, *potĭmur*, *potĕrer* nach der 3. Conjug. — 157. *Muneris auctorem*, Medeam. *auctor* auf ein Femin. zu beziehen ist ungewöhnlich.

Haemoniae matres pro gnatis dona receptis
Grandaevique ferunt patres, congestaque flamma
Tura liquefaciunt, inductaque cornibus aurum
Victima vota cadit. Sed abest gratantibus Aeson,
Iam propior leto fessusque senilibus annis;
Cum sic Aesonides: 'O cui debere salutem
Confiteor, coniunx, quamquam mihi cuncta dedisti,
Excessitque fidem meritorum summa tuorum,
Si tamen hoc possunt — quid enim non carmina possint? —
Deme meis annis, et demptos adde parenti;'
Nec tenuit lacrimas. Mota est pietate rogantis,
Dissimilemque animum subiit Aeeta relictus.
Nec tamen affectus tales confessa 'Quod' inquit
'Excidit ore pio, coniunx, scelus? Ergo ego cuiquam
Posse tuae videor spatium transscribere vitae?
Nec sinat hoc Hecate, nec tu petis aequa; sed isto,
Quod petis, experiar maius dare munus, Iason.
Arte mea soceri longum temptabimus aevum,
Non annis revocare tuis, modo diva triformis
Adiuvet et praesens ingentibus adnuat ausis.'

159 ff. Verjüngung des Aeson. — *dona ferunt* ist von Opfergaben zu verstehen, die durch die folg. Worte genauer bestimmt werden. — 161. *inducta cornibus aurum*, man pflegte die Hörner der Opferthiere zu vergolden. *Inducta* ist nach Art der Verba des Ankleidens construirt, s. zu 3, 108 *varios induta colores*. — 162. *gratari* hier nicht = gratulari wie 142, sondern „ein Dankfest feiern". — 164. *cum sic Aesonides* mit Weglassung des Verbum dicendi, s. zu 9, 7. — 167. Ordne den Nachsatz: *tamen, si hoc possunt carmina (quid enim non possint?), deme meis annis*. Vgl. die ähnliche Stellung von *tamen* 14, 40 *quae tamen ut detis, supplex peto*. — 168. *Deme meis annis*, als Objectsaccusativ, der jedoch auch im D. wegfallen kann, denke *aliquos*. Zu *deme et demptos* vgl. *secuit sectamque* 1, 33. — 170. *Aeeta relictus subiit animum* (Medeae) *dissimilem* (pio erga patrem animo Iasonis). Ueber den Nom. *Aeeta* st. *Aeetes* s. zu 14, 88 *Marsya*. — *subire animum* „vor die Seele treten". Wegen der Endsylbe in *subiit* s. zu 2, 26. — 171. *Nec tamen confessa* löse durch „ohne zu" auf, s. zu 2, 22. — 172. *pio* in Bezug auf seinen Vater, *scelus* in Bezug auf seine Gattin; ähnliches Oxymoron wie 6, 5 *facto pius et sceleratus eodem*. — *Ergo* leitet zuweilen, wie unser „also", einen Vorwurf oder einen Ausbruch des Unwillens ein. — 173. *videor posse* „du traust mir zu, dass ich könne". — *transscribere*, die Metapher (s. zu 3, 118) ist vom Wechsler entlehnt, der den Besitz einer Geldsumme von Einem auf den Andern überschreibt. — 174. *sinat*, bescheidene Behauptung „würde zulassen". — *isto* verbinde mit dem Compar. — 176. Gegensatz *arte mea, non annis tuis revocare temptabimus*. — 178. *praesens* heisst oft, wer mit seiner Hülfe und seinem Einfluss bei der Hand ist „wirksam, mächtig", vgl. 7, 150.

Tres aberant noctes, ut cornua tota coirent
Efficerentque orbem. Postquam plenissima fulsit
Ac solida terras spectavit imagine luna,
Egreditur tectis vestes induta recinctas,
Nuda pedem, nudos humeris infusa capillos,
Fertque vagos mediae per muta silentia noctis
Incomitata gradus. Homines volucresque ferasque
Solverat alta quies: nullo cum murmure saepes
Inmotaeque silent frondes, silet humidus aër:
Sidera sola micant. Ad quae sua bracchia tendens
Ter se convertit, ter sumptis flumine crinem
Inroravit aquis, ternisque ululatibus ora
Solvit, et in dura submisso poplite terra
'Nox' ait 'arcanis fidissima, quaeque diurnis
Aurea cum luna succeditis ignibus, astra,
Tuque triceps Hecate, quae coeptis conscia nostris
Adiutrixque venis, cantusque artesque magorum,
Quaeque magos, Tellus, pollentibus instruis herbis,
Auraeque et venti montesque amnesque lacusque,
Dique omnes nemorum, dique omnes noctis adeste!
Quorum ope, cum volui, ripis mirantibus amnes

179. *Tres aberant noctes, ut*, nach dem Muster von *multum abest, ut*. — *cornua*, lunae; *tota* ziehe zum Verbum. Die Vollmondnächte wurden für das Sammeln und Bereiten von Wunderkräutern als besonders günstig erachtet. — 182. *recinctas*, s. zu 3, 220 *cinctas resolvite vestes*. Hier wird sogar, wie der folg. V. zeigt, auch jedes andere Band am Körper gelöst. — 183. Ueber die Accus. *pedem* u. *capillos* s. zu 3, 103 *tectus vultum*. — *nudos*, d. i. ohne Binde. — 184. *muta silentia* wie 9, 18. — 186. *Solverat*, der Schlaf löst die Glieder von der Anspannnug während der Tagesthätigkeit. — *nullo cum murmure* „ohne irgend ein Geräusch", vgl. 2, 1 *vindice nullo*. — 487. *humidus* vom Nachtthau. — 189. *Ter*, s. zu 153. — *se convertit*, im Kreise herum. — *flumine*, es musste fliessendes Wasser sein, s. zu 3, 209. — 190. *ternis*, die Dichter brauchen zuweilen die Distributivzahl statt der Cardinalzahl.

192. *quaeque*, wozu gehört *que?* s. zu 2, 45. Ebenso nachher 196. — *diurnis ignibus*, d. i. soli. — 193. *Aurea* verbinde mit *luna*. Es ist zweisylbig zu sprechen wie 151 *aureae*. — 194. *conscius* mit dem Dativ der Sache, von der man Mitwisser ist, ist auch der guten Prosa nicht fremd. — 195. *cantusque artesque magorum*, es darf nicht Wunder nehmen, dass auch diese hier angerufen werden, da Medea nicht bloss Gottheiten, sondern überhaupt alle Kräfte nennt, die ihr bei ihrem Zauber Beistand leisten können. Besonders aber sind diese magischen Mittel nach Erwähnung der Hecate, der Göttin der Zauberei, ganz an ihrem Platze. Aehnlich oben 148 *agisque carminibus grates et dis auctoribus horum*. — 198. *adeste* „stehet mir bei". — 199. *Quorum ope* ist auf alle in der

In fontes redicre suos, concussaque sisto,
Stantia concutio cantu freta, nubila pello
Nubilaque induco, ventos abigoque vocoque,
Vipereas rumpo verbis et carmine fauces,
Vivaque saxa sua convulsaque robora terra
Et silvas moveo, iubeoque tremescere montes
Et mugire solum, manesque exire sepulchris.
Te quoque, Luna, traho, quamvis Temesaea labores
Aera tuos minuant; currus quoque carmine nostro
Pallet avi, pallet nostris Aurora venenis.
Vos mihi taurorum flammas hebetastis, et unco
Inpatiens oneris collum pressistis aratro;
Vos serpentigenis in se fera bella dedistis,
Custodemque rudem somni sopistis, et aurum
Vindice decepto Graias misistis in urbes.
Nunc opus est sucis, per quos renovata senectus
In florem redeat primosque recolligat annos.
Et dabitis; neque enim micuerunt sidera frustra,
Nec frustra volucrum tractus cervice draconum
Currus adest.' Aderat demissus ab aethere currus.
Quo simul adscendit frenataque colla draconum
Permulsit manibusque leves agitavit habenas,
Sublimis rapitur, subiectaque Thessala Tempe

vorhergehenden Anrufung genannten Gegenstände zu beziehen. — *ripis*, metonymisch der Ort für die Bewohner desselben. — 200. Verbinde *concussaque freta sisto*. — 201. *Stantia* wie 11, 117 *stantibus aquis*. — 203. *rumpo* „zerbersten lasse". Ovid. Am. II, 1, 25 *Carmine dissiliunt, abruptis faucibus, angues*. — *verbis et carmine*, Hendiadyoin für *verbis carminis*, s. zu 6, 32 *cristis et auro*. — 204. *Viva saxa* wie 12, 42. — Verbinde *et robora convulsa terra sua*. Ueber die Stellung von *que* s. zu 3, 227. — 205. *moveo*, bewege sie von ihrem Platze, versetze sie. — 207. *traho* „ziehe dich an", d. i. übe meine Anziehungskraft auf dich aus, um dich bei meinen Zauberkünsten zu gebrauchen. Bei Mondfinsternissen, glaubte man, werde der Mond von solchem Zauberwerk umstrickt u. man könne ihn dann in seinem Kampfe gegen dasselbe (*labores tuos*) durch das Getös mit ehernen Instrumenten unterstützen. — *Temesaea* ist nur ein sogenanntes schmückendes Beiwort (epitheton ornans), das für den Sinn des Satzes gleichgültig ist. Die Dichter lieben es aber die Dinge möglichst genau zu bezeichnen, um eine desto lebendigere Vorstellung von ihnen zu erwecken. — 208. *currus avi*, s. zu 96. — 210. *Vos* ist an alle die 192—198 genannten Gegenstände gerichtet. — 212. Verbinde *bella in se*. — 213. *aurum* wie 155. — 214. *Vindice*, d. i. dracone. — 217. *dabitis*, eos, näml. *sucos*. Das helle Funkeln der Gestirne ist ihr ein günstiges Anzeichen der Gewährung. — 219. *Currus*, ihr Grossvater, der Sonnengott, hatte ihn gesendet.

Despicit, et Threces regionibus adplicat angues;
Et quas Ossa tulit, quas altum Pelion herbas,
Othrys quas Pindusque et Pindo maior Olympus,
Perspicit, et placitas partim radice revellit,
Partim succidit curvamine falcis aënae.
Multa quoque Apidani placuerunt gramina ripis,
Multa quoque Amphrysi, neque eras inmunis, Enipeu;
Nec non Penëus, nec non Spercheïdes undae
Contribuere aliquid, iuncosaque litora Boebes.
Carpsit et Euboïca vivax Anthedone gramen,
Nondum mutato vulgatum corpore Glauci.
Et iam nona dies curru pennisque draconum
Nonaque nox omnes lustrantem viderat agros,
Cum rediit; neque erant tacti, nisi odore, dracones,
Et tamen annosae pellem posuere senectae.
   Constitit adveniens citra limenque foresque,
Et tantum caelo tegitur, refugitque viriles
Contactus, statuitque aras e caespite binas,
Dexteriore Hecates, ast laeva parte Iuventae.
Has ubi verbenis silvaque incinxit agresti,
Haud procul egesta scrobibus tellure duabus
Sacra facit, cultrosque in guttura velleris atri

223. *Threce* = Thracia. Bei den Dichtern heisst oft der ganze Landstrich nördl. von Thessalien Thracien. — 227. *aënae*, bei der Zauberei bediente man sich nicht eiserner, sondern eherner Instrumente, vgl. unten 247. — 229. *inmunis eras* „bliebst ohne Beitrag". — 230. *Nec non* „und auch, und nicht minder" ist hier durch Anaphora wiederholt statt *nec non Penëus et Spercheïdes undae contribuere aliquid*. In der guten Prosa steht *nec* und *non* immer getrennt, auch knüpft es nie einen einzelnen Begriff an wie unten 318. — 232. *Anthedon* heisst *Euboïca*, weil es am Euripus, der Insel Euböa gegenüber lag. Aehnlich 12, 75 *Ausonio Peloro*. — *vivax* „belebend", vgl. 3, 258 *vivaci solo*. — 233. Verbinde *Nondum vulgatum*. — *mutato corpore* übersetze blos „durch die Verwandlung". Die Verwandlung des *Glaucus* ist im 43. Abschn. erzählt. — 234. Verbinde *curru pennisque draconum lustrantem omnes agros*. — 236. *non nisi* „nur". — *odore*, der Kräuter, die den Aeson verjüngen sollten. Dass sie schon durch ihren blossen Geruch die Häutung der Schlangen bewirkten, ist der stärkste Beweis für ihre Kraft.

238. Der Sinn: sie betrat das Haus nicht, um näml. nichts Unreines zu berühren. — 240. *aras binas* „ein Paar Altäre". Bei Personen und Dingen, die ein Paar bilden, steht *bini*. — 242. *verbenae*, von einem geweihten Orte genommenes Kraut. — *silva* hier „Buschwerk". — 243. *egesta scrobibus* statt e scrob., s. zu 3, 104. — *duabus*, die eine für Pluto (249 *umbrarum rex*), die andere für Proserpina. Wenn man den unterirdischen Göttern opferte, so liess man das Blut in eine Grube fliessen. — 244. *cultros*,

Conicit, et patulas perfundit sanguine fossas.
Tum super invergens liquidi carchesia Bacchi
Aeneaque invergens tepidi carchesia lactis
Verba simul fudit, terrenaque numina civit,
Umbrarumque rogat rapta cum coniuge regem,
Ne properent artus anima fraudare senili.
Quos ubi placavit precibusque et murmure longo,
Aesonis effoetum proferri corpus ad auras
Iussit, et in plenos resolutum carmine somnos,
Exanimi similem stratis porrexit in herbis.
Hinc procul Aesoniden, procul hinc iubet ire ministros,
Et monet arcanis oculos removere profanos.
Diffugiunt iussi. Passis Medea capillis
Bacchantum ritu, flagrantes circuit aras,
Multifidasque faces in fossa sanguinis atra
Tinguit, et intinctas geminis accendit in aris,
Terque senem flamma, ter aqua, ter sulphure lustrat.
  Interea validum posito medicamen aëno
Fervet et exultat spumisque tumentibus albet.
Illic Haemonia radices valle resectas
Seminaque floresque et sucos incoquit acres.
Adicit extremo lapides oriente petitos
Et, quas Oceani refluum mare lavit, arenas.

man hat nur an ein Messer zu denken, s. zu 4, 78 *currus*. — *guttura velleris atri* „die schwarzwollige Kehle“ für: in die Kehle eines schwarzwolligen Schafes. Den unterirdischen Gottheiten wurden schwarze Opfertbiere dargebracht, den himmlischen weisse, vgl. 37, 79. — 245. *Conicit* wie 6, 90. — 246. *Bacchus*, metonymisch für *vinum*. — 247. *Aenea*, s. zu 227. Was bezweckt die Wiederholung derselben Worte? s. zu 3, 142. — 248. *terrena numina*, die im folg. V. genannten; *civit*, ad sacra. — 250. *Ne properent cet.*, sie fürchtete näml., dass bei dem unten 285 ff. geschilderten Verfahren sich die unterird. Gottheiten der Seele des Greises bemächtigen möchten. — 251. *precibusque et murmure longo*, Hendiadyoin für precibus longo murmure enunciatis „lange vor sich hergemurmelte Gebetsformeln“, s. zu 203. — 253. *resolutum*, s. zu 186 *solverat*. — 255. *procul ite profani*, war die gewöhnliche Formel, mit der bei geheimen religiösen Gebräuchen die Uneingeweihten aufgefordert wurden, sich zu entfernen. — 257. *iussi* übersetze wie 3, 237. — 258. *Bacchantum ritu* bezieht sich auf *passis capillis*, vgl. 7, 218. Ueber die Genitivform s. zu 1, 83. — 260. *Tinguit et intinctas* s. zu 168 *deme et demptos*. — 261. *lustrat*, dies geschah durch dreimaliges Umschreiten mit den genannten Gegenständen. Mit dem Wasser besprengte man zugleich.

262. *posito*, über Feuer. — 264. *Illic*, in aëno. — *Haemonia vallis*, Thessala Tempe 222. — 265. *Seminaque* über *que* in der Arsis, s. zu 3, 31. — 267. *refluum* „in sich zurückflutend“ (griech. ἀψόῤῥοος)

Addit et exceptas luna pernocte pruinas
Et strigis infames ipsis cum carnibus alas,
Inque virum soliti vultus mutare ferinos
Ambigui prosecta lupi. Nec defuit illic
Squamea Cinyphii tenuis membrana chelydri
Vivacisque iecur cervi, quibus insuper addit
Ora caputque novem cornicis saecula passae.
His et mille aliis postquam sine nomine rebus
Propositum instruxit mortali barbara maius,
Arenti ramo iampridem mitis olivae
Omnia confudit summisque inmiscuit ima.
Ecce vetus calido versatus stipes aëno
Fit viridis primo, nec longo tempore frondes
Induit, et subito gravidis oneratur olivis.
At, quacumque cavo spumas eiecit aëno
Ignis, et in terram guttae cecidere calentes,
Vernat humus, floresque et mollia pabula surgunt.
Quae simul ac vidit, stricto Medea recludit
Ense senis iugulum, veteremque exire cruorem
Passa, replet sucis. Quos postquam conbibit Aeson
Aut ore acceptos, aut vulnere, barba comaeque
Canitie posita nigrum rapuere colorem;
Pulsa fugit macies, abeunt pallorque situsque,

weil der Ocean die ganze Erde umkreist. — 268. *luna pernocte*, d. i. bei Vollmond, denn nur dann steht der Mond die ganze Nacht hindurch am Himmel. S. auch zu 179. — 269. *infames*, weil die Federn dieses Vogels häufig bei Zaubereien angewendet wurden. — 270. Ordne *et prosecta lupi ambigui, soliti mutare vultus ferinos in virum. Prosecta* hiess, was vom Opferthiere zum Opfer abgeschnitten wurde „die Opfereingeweide". — *ambiguus* (vgl. 4, 41) *lupus*, ein wandelbarer Wolf, d. i. ein sogenannter Werwolf, von dem man glaubte, dass er zu Zeiten die Gestalt eines Mannes annehmen könnte. — *vultus* wie 1, 6. — 272. *Squamea membrana*, im D. ein Wort. — 273. *Vivax* hier „lang lebend". Vom Hirsch sowie von der Krähe glaubte man, dass sie ein sehr hohes Alter erreichten. — 274. *Ora* hier „Schnabel". — *saecula* stehen zuweilen in der Bedeut. „Menschenalter"; *passae* „über welche hingegangen waren". — 275. *rebus sine nomine*, s. zu 1, 20 *sine pondere*. — 276. *barbara*, Medea wie 144. — *Propositum mortali maius*, d. i. propositum majus, quam mortalem decet „ihr sterbliche Kraft überschreitendes Vorhaben". Vgl. 14, 56 *verba minora dea*. — 277. Verbinde *iampridem arenti*. — *mitis olivae*, die Eigenschaft des Oeles ist auf den Baum übergetragen, s. zu 151 *arboris aureae*. — 280. *nec* knüpft zuweilen einen Satz an, von dem nur ein Wort negirt werden soll; welches hier? — 287. *conbibit* wie 12, 180. — 289. *rapuere* wie 11, 130 *vim rapuit* (virga) *monstri*. Die Schnelligkeit des ganzen Herganges wird auch durch *pulsa fugit* angedeutet. — 290. *situs* hier die missfarbige Unebenheit

Adiectoque cavae supplentur corpore rugae,
Membraque luxuriant. Aeson miratur, et olim
Ante quater denos hunc se reminiscitur annos.
Viderat ex alto tanti miracula monstri
Liber; et admonitus iuvenes nutricibus annos
Posse suis reddi, capit hoc a Colchide munus.
Neve doli cessent, odium cum coniuge falsum
Phasias adsimulat, Peliaeque ad limina supplex
Confugit; atque illam, quoniam gravis ipse senecta est,
Excipiunt natae. Quas tempore callida parvo
Colchis amicitiae mendacis imagine cepit.
Dumque refert inter meritorum maxima, demptos
Aesonis esse situs, atque hac in parte moratur,
Spes est virginibus Pelia subiecta creatis,
Arte suum parili revirescere posse parentem.
Iamque petunt, pretiumque iubent sine fine pacisi.
Illa brevi spatio silet et dubitare videtur,
Suspenditque animos ficta gravitate rogantes:
Mox ubi pollicita est, 'Quo sit fiducia maior
Muneris huius,' ait 'qui vestras maximus aevo est
Dux gregis inter oves, agnus medicamine fiet.'
Protinus innumeris effoetus laniger annis
Attrahitur flexo circum cava tempora cornu.

und Welkheit der Haut. — 291. *corpus* h. „Fleisch", vgl. 3, 246. — 292. *luxuriant* „strotzen" von Fülle u. Kraft. — 293. *hunc se reminiscitur* „erinnert sich seiner als eines solchen".

294 ff. Verjüngung der nysäischen Nymphen. — *monstri* wie 4, 398. — 295. *iuvenes* gehört als Adject. zu *annos*. — *nutricibus*, die Nymphen vom Berge Nysa in Asien, denen Bacchus, nachdem ihn zuerst Ino aufgezogen hatte, zur weiteren Erziehung übergeben worden war.

297 ff. Rache an Pelias. — *Neve doli cessent*, auch vorher, bei der Unterstützung des Iason und der Flucht aus Kolchis, hatte Medea schon vielfach ihre List bewiesen. — *falsum* wie 4, 7. — 298. *limina*, häufig für das Haus. — 301. *cepit* „nahm sie für sich ein". — 302. *inter meritorum maxima*, näml. um den undankbaren Iason. — 303. *situs*, etwa „die Altersrunzeln", vgl. 290. — *hac in parte*, d. i. bei diesem Theile ihrer Erzählung. — 304. *Spes subiecta est* „die Hoffnung wurde im Stillen erregt"; denn *sub* in Compositis bezeichnet oft, dass etwas heimlich oder unter der Hand geschieht. Gegensatz 306 *Iamque petunt*, sie treten mit ihrer Bitte hervor. — *pretium sine fine* („unbegrenzt"), s. zu 275 *rebus sine nomine*. — 308. *Suspendit* „lässt in Ungewissheit". Dazu gehört *ficta gravitate* („Bedächtigkeit"). — 310. Ordne *qui vestras inter oves maximus aevo dux gregis est*. — 311. *fiet*, das Futur. übersetze wie 88.

313. *cornu* collectiv von beiden Hörnern wie 3, 170 *humeros in-*

Cuius ut Haemonio marcentia guttura cultro
Fodit et exiguo maculavit sanguine ferrum,
Membra simul pecudis validosque venefica sucos
Mergit in aere cavo. Minuunt ea corporis artus,
Cornuaque exurunt, nec non cum cornibus annos,
Et tener auditur medio balatus aëno:
Nec mora, balatum mirantibus exsilit agnus,
Lascivitque fuga, lactantiaque ubera quaerit.
Obstupuere satae Pelia; promissaque postquam
Exhibuere fidem, tum vero inpensius instant.
  Ter iuga Phoebus equis in Hibero flumine mersis
Dempserat, et quarta radiantia nocte micabant
Sidera, cum rapido fallax Aeetias igni
Inponit purum laticem et sine viribus herbas.
Iamque neci similis resoluto corpore regem
Et cum rege suo custodes somnus habebat,
Quem dederant cantus magicaeque potentia linguae:
Intrarant iussae cum Colchide limina natae,
Ambierantque torum. 'Quid nunc dubitatis inertes?
Stringite' ait 'gladios, veteremque haurite cruorem,
Ut repleam vacuas iuvenili sanguine venas.
In manibus vestris vita est aetasque parentis!
Si pietas ulla est, nec spes agitatis inanes,
Officium praestate patri, telisque senectam
Exigite, et saniem coniecto emittite ferro!'
His, ut quaeque pia est, hortatibus impia prima est,

nato murice tectum. — 314. *Haemonio* d. i. magico; denn Thessalien war durch Zauberei berüchtigt. — 315. *fodit,* das Subj. im Nachs., s. zu 2, 13. — *exiguo,* weil das Alter die Blutmasse verringert. — 317. *ea* geht zwar dem Sinne nach auf *validos sucos,* spricht dies aber allgemeiner aus: das was im Kessel war. Zuweilen folgt auf ein männliches oder weibliches Substant. das Pronomen im Neutrum, indem jener Gegenstand nur allgemein als Sache aufgefasst wird. — 318. *nec non,* s. zu 230. — 320. *Nec mora* wie 6, 46. — *balatum mirantibus,* Dativus. — 321. *Lascivit fuga,* im D. umgekehrt „flieht muthwillig". — 323. *exhibuere fidem* „sich als zuverlässig erwiesen hatten". — *tum vero* wie 6, 72.

324. *Hiberum flumen,* der Ocean, der im Westen die iberische Halbinsel umströmt. — 325. *micabant sidera,* bedeutungsvoll für Zauberei, vgl. 217. — 331. *iussae,* s. zu *iussi* 257. — 333. *haurire* hier „ausfliessen lassen". — 335. In welchem Sinn? — 336. *pietas,* s. zu 72. — *nec spes agitatis inanes* „und nicht eitle Hoffnungen nährt", ohne die That vollbringen zu wollen, die sie bedingt. — 338. *sanies* hier das durch Alter verdorbene Blut, eigentl. blutiger Eiter. — *coniecto* wie 245. — 339. *His hortatibus,* den Abl. übers. durch „in Folge". — *ut quaeque*

Et, ne sit scelerata, facit scelus. Haud tamen ictus
Ulla suos spectare potest, oculosque reflectunt,
Caecaque dant saevis aversae vulnera dextris.
Ille, cruore fluens, cubito tamen adlevat artus,
Semilacerque toro temptat consurgere, et inter
Tot medius gladios pallentia bracchia tendens
'Quid facitis, gnatae? quid vos in fata parentis
Armat?' ait. Cecidere illis animique manusque
Plura locuturo cum verbis guttura Colchis
Abstulit, et calidis laniatum mersit in undis.
  Quod nisi pennatis serpentibus isset in auras,
Non exempta foret poenae. Fugit alta superque
Pelion umbrosum, Philyreïa tecta, superque
Othryn et eventu veteris loca nota Cerambi.

17. Die Mirmydonen.

(VII, 490—660.)

Classis ab Oenopiis etiamnum Lyctia muris
Spectari poterat, cum pleno concita velo
Attica puppis adest in portusque intrat amicos,
Quae Cephalum patriaeque simul mandata ferebat.
Aeacidae longo iuvenes post tempore visum

pia est, je nachem jede kindliche Liebe besitzt, d. i. „jede, je mehr sie kindliche L. besitzt", vgl. 4, 441 *ut quaeque altissima*. Beachte das doppelte Oxymoron in dieser Stelle. — 341. *potest* d. i. gewinnt es über sich. — 342. *Caeca* „ungesehen", von ihnen selbst. — 343. Wie ist *cruore fluens* wegen des folg. *tamen* zu übersetzen? s. zu 11, 241 *vitatumque tamen*. — 346. *in fata* „zum Verderben", s. zu 8, 123 *dabit in vulnera vires* und zu 3, 196 *fatis*. Aehnlich 29, 38 *ad vatis fata recurrunt*. — 349. *Abstulit* „schnitt ab".

352. *Philyreïa tecta* (Appos. zu *Pelion*) „die Wohnung des Philyreers", d. i. des Centauren Chiron, eines Sohnes der Philyra und des Saturnus. — 353. *eventus* soviel als exitus „Ende", womit hier die Verwandlung bezeichnet ist, s. *Cerambus* im myth. Reg.

Der König Minos von Creta hatte Krieg gegen Athen begonnen, weil dort sein Sohn Androgeos getödtet worden war. Beide Theile suchten Bundesgenossen zu werben. Auch nach Aegina, das früher *Oenopia* hiess, kam Minos, um den König *Aeacus* für sich zu gewinnen, erhielt aber abschlägigen Bescheid, weil man schon seit alter Zeit mit Athen verbündet sei. Und kaum waren die cretischen Schiffe (*classis Lyctia*) abgesegelt, so erschien auch schon eine atheniensische Gesandtschaft, um die Insel an das alte Bündniss zu erinnern. — 5. *Aeacidae iuvenes*, die Söhne

Agnovere tamen Cephalum, dextrasque dedere,
Inque patris duxere domum. Spectabilis heros
Et veteris retinens etiamnum pignora formae
Ingreditur, ramumque tenens popularis olivae
A dextra laevaque duos aetate minores
Maior habet, Clyton et Buten, Pallante creatos.
Postquam congressus primi sua verba tulerunt,
Cecropidum Cephalus peragit mandata, rogatque
Auxilium, foedusque refert et iura parentum,
Imperiumque peti totius Achaidos addit.
Sic ubi mandatam iuvit facundia causam,
Aeacus, in capulo sceptri nitente sinistra,
'Ne petite auxilium, sed sumite,' dixit 'Athenae;
Nec dubie vires, quas haec habet insula, vestras
Ducite et omnia, quae rerum status iste mearum.
Robora non desunt: superat mihi miles et hosti.
Gratia dis, felix et inexcusabile tempus!'
'Immo ita sit,' Cephalus 'crescat tua civibus opto

des Königs *Aeacus*, sie hiessen *Telamon*, *Peleus* und *Phocus*. — Wie *visum* zu übersetzen sei, wird durch das folg. *tamen* angedeutet, s. zu 11, 241 *vitatumque tamen*. — *longo post tempore*, näml. nachdem sie ihn zum erstenmal gesehen; denn *Cephalus* war schon früher einmal in Aegina gewesen, s. unten 27. — 7. Die Bedeutung von *heros* s. zu 11, 174. — 8. *veteris formae pignora*, Beweise seiner früheren Schönheit, durch die er einst berühmt gewesen. — 9. *ramus olivae*, das Zeichen des Friedens sowohl als der um Hülfe Flehenden. *popularis* hier „heimisch oder vaterländisch"; denn Attica galt für das Vaterland der Olive. — 10. *A dextra laevaque*, s. zu 4, 57. — 11. Was *maior* hier heisse, lehrt *aetate minores*. — *Clytos* u. *Butes* sind Athener.

12. *Congressus primi* „die ersten Begegnungen"; *sua verba tulerunt*, hatten die ihnen zukommenden Worte gebracht, d. h. die üblichen Begrüssungsworte. — 13. *Cecropidum* für Cecropidarum. — 14. *iura* hier „Verpflichtungen oder Verbindlichkeiten", die sich auf das *foedus* gründeten. — 15. *peti*, von Minos. — 19. *Nec*, die Negation gehört nur zu *dubie* „ohne Bedenken", s. zu 16, 280. — 20. *Ducite vestras*, d. i. existimate v. — *et omnia*, vestra ducite. Zu *quae rerum status iste mearum* ist aus dem vorhergehenden Relativsatze *habet* wiederholt zu denken. — 21. *superat mihi miles et hosti* „reichlich sind Krieger vorhanden für mich und für den Feind", d. h. mich zu vertheidigen und sie gegen den Feind zu senden. Ueber das collective *miles*, s. zu 3, 251 *femina*. — 22. *inexcusabile* „die keine Ausflüchte zulässt", wenn man um Hülfe gebeten wird.

23. Um *immo ita sit* richtig zu verstehen, ist *crescat* nachdrücklich zu betonen. Der Sinn: Nein, nicht genug, vielmehr so sei es; wachsen möge noch deine Stadt an Bürgern. Denn so erfreulich der Anblick einer so schönen Jugend ist, so scheinen mir doch von den alten Bewohnern viele

Urbs' ait. 'Adveniens equidem modo gaudia cepi,
Cum tam pulchra mihi, tam par aetate iuventus
Obvia processit. Multos tamen inde requiro,
Quos quondam vidi vestra prius urbe receptus.'
Aeacus ingemuit, tristique ita voce locutus:
'Flebile principium melior fortuna secuta est.
Hanc utinam possem vobis memorare sine illo!
Ordine nunc repetam, neu longa ambage morer vos:
Ossa cinisque iacent, memori quos mente requiris.
Et quota pars illi rerum periere mearum!
Dira lues ira populis Iunonis iniquae
Incidit, exosae dictas a pelice terras.
Dum visum mortale malum, tantaeque latebat
Causa nocens cladis, pugnatum est arte medendi:
Exitium superabat opem, quae victa iacebat.
Principio caelum spissa caligine terras
Pressit, et ignavos inclusit nubibus aestus;
Dumque quater iunctis explevit cornibus orbem
Luna, quater plenum tenuata retexuit orbem,
Letiferis calidi spirarunt flatibus austri.
Constat et in fontes vitium venisse lacusque,
Miliaque incultos serpentum multa per agros
Errasse atque suis fluvios temerasse venenis.
Strage canum primo volucrumque oviumque boumque
Inque feris subiti deprensa potentia morbi.

gestorben zu sein. — 24. *modo* wie 1, 87. — 25. *par aetate* näml. unter sich. — 26. *inde* d. i. ex illis.

31. Nach *neu longa ambage morer vos* ist unterdrückt *scito*, wie zuweilen vor einem zu gebenden Aufschlusse geschieht, vgl. 21, 33. — 32. *memor mens* „Erinnerung". — 33. *illi*, quos requiris; *res meae* hier die Unterthanen. Der Sinn: und die, welche du vermissest, waren nur der kleinste Theil meiner gestorbenen Unterthanen. — 34. *iniquus* hier „feindselig". — 35. *dictas a* („nach") *pelice terras*, d. i. Aeginam. Aeacus war ein Sohn des Juppiter u. der Nymphe Aegina, und hatte seiner Insel, die früher Oenopia hiess, zu Ehren seiner Mutter den Namen *Aegina* gegeben. *Pelex* übersetze wie 9, 131; s. auch die Bem. zu 9, 5. — 36. *mortale*, „ein natürlich menschliches", wie es die Menschen im natürlichen Lauf der Dinge zu betreffen pflegt. In der Schilderung der Seuche folgt Ov. der Beschreibung der bekannten atheniensischen Pest bei Thucydides (II, 47 ff.) und Lucretius (VI, 1137 ff.).

40. *ignavos*, ab effectu, vgl. 2, 59 *lurida aconita*, 4, 231 *gelida formido*. — 41. *iunctis* „durch Vereinigung", vgl. 16, 171 *ut cornua tota coirent efficerentque orbem*. — 42. *tenuata retexuit* „durch Abnahme auflöste", wie man ein Gewebe wieder aufzieht. — 44. *vitium* „Verderbniss". — 47. Ordne *potentia subiti morbi primo deprensa est strage canum*

Concidere infelix validos miratur arator
Inter opus tauros medioque recumbere sulco.
Lanigeris gregibus balatus dantibus aegros
Sponte sua lanaeque cadunt et corpora tabent.
Acer equus quondam magnaeque in pulvere famae
Degenerat palmas, veterumque oblitus honorum
Ad praesepe gemit leto moriturus inerti.
Non aper irasci meminit, non fidere cursu
Cerva, nec armentis incurrere fortibus ursi:
Omnia languor habet, silvisque agrisque viisque
Corpora foeda iacent, vitiantur odoribus aurae.
Mira loquar: non illa canes avidaeque volucres,
Non cani tetigere lupi; dilapsa liquescunt,
Adflatuque nocent et agunt contagia late.
Pervenit ad miseros damno graviore colonos
Pestis, et in magnae dominatur moenibus urbis.
Viscera torrentur primo, flammaeque latentis
Indicium rubor est et ductus anhelitus igni.
Aspera lingua tumet, tepidisque arentia ventis
Ora patent, auraeque graves captantur hiatu.
Non stratum, non ulla pati velamina possunt,
Dura sed in terra ponunt praecordia; nec fit
Corpus humo gelidum, sed humus de corpore fervet.
Nec moderator adest, inque ipsos saeva medentes
Erumpit clades, obsuntque auctoribus artes.
Quo propior quisque est servitque fidelius aegro,
In partem leti citius venit. Utque salutis
Spes abiit, finemque vident in funere morbi,
Indulgent animis et nulla, quid utile, cura est:

cet. *inque feris*. — 52. *que — et*, s. zu 1, 29. — 53. *magnae famae* gehört als Genit. qualit. zu *equus*. — *in pulvere*, metonymisch für „die stäubende Rennbahn", das äussere Merkmal für die Sache selbst. — 54. *Degenerare* steht einigemal bei Dichtern mit dem Accus. statt mit *a*. „Artet von der Gewohnheit die Palme zu erringen aus, verlernt sie". — *honorum* wie 3, 387. — 55. *iners* hier „ruhmlos". — 62. *Adflatus* hier „Ausdünstung".

66. *igni*, Ablat. modi, im D. ein Adverb. — 67. Verbinde *patent tepidis ventis* (Dat.); dies sowohl als *aurae graves captantur hiatu* drückt die Gier nach Kühlung der innern Hitze aus, die aber bei der Schwüle und Verdorbenheit der Luft (vgl. 43) keine Befriedigung findet. — 70. *Dura* hier „unempfindlich" gegen die Härte und Kälte des Erdbodens; *praecordia* steht zuweilen durch Synekdoche für *pectus*. — 72. *moderator* „einer, der dem Uebel Schranken setzen könnte". — 73. *obsunt*, durch die Gefahr der Ansteckung; *auctoribus* „denen, die sie ausüben". — 75. Bei *citius* ist *eo* weggelassen wie 8, 37. — *in partem leti venit* d. i. particeps fit leti. — 77. *Indulgent animis* „lassen ihren Begierden freien Lauf". — *quid*

Utile enim nihil est. Passim positoque pudore
Fontibus et fluviis puteisque capacibus haerent,
Nec sitis est exstincta prius quam vita bibendo.
Inde graves multi nequeunt consurgere, et ipsis
Inmoriuntur aquis; aliquis tamen haurit et illas.
Tantaque sunt miseris invisi taedia lecti:
Prosiliunt, aut si prohibent consistere vires,
Corpora devolvunt in humum, fugiuntque penates
Quisque suos; sua cuique domus funesta videtur,
Et quia causa latet, locus est in crimine notus.
Semianimes errare viis, dum stare valebant,
Adspiceres, flentes alios terraque iacentes,
Lassaque versantes supremo lumina motu.
Membraque pendentis tendunt ad sidera caeli,
Hic, illic, ubi mors deprenderat, exhalantes.
  Quid mihi tunc animi fuit? an, quod debuit esse,
Ut vitam odissem et cuperem pars esse meorum?
Quo se cumque acies oculorum flexerat, illic
Vulgus erat stratum, veluti cum putria motis
Poma cadunt ramis agitataque ilice glandes.
Templa vides contra gradibus sublimia longis:
Iuppiter illa tenet. Quis non altaribus illis
Irrita tura tulit? Quotiens, pro coniuge coniunx,
Pro gnato genitor dum verba precantia dicit,

utile, über das fehlende *sit* s. zu 7, 213. — 78. *posito pudore*, weil nackt. Wegen des Particips s. die Bem. zu 14, 63. *pulso pudore*. — 79. *haerent* „liegen unablässig daran", s. zu 8, 18. — 81. *Inde* d. i. bibendo *graves*. — 82. *aliquis* hier soviel als „der und jener" oder „Mancher". — 85. *fugiunt — quisque suos*, s. zu 1, 59. — 87. *causa*, mali. — *locus notus*, s. zu 3, 208 *vada nota*. — *in crimine est* „gilt für schuldig, man misst ihm die Schuld bei". Vgl. 10, 4 *tamquam fortuna locorum, non sua se premeret*. — 88. *Semianimes*, s. zu 11, 279. — 89. *Adspiceres*, s. zu 2, 74 *scires*. — 91. *Membra*, d. i. manus oder bracchia, s. zu 16, 155 *auro*. — *pendentis caeli* auch wir sagen „ein schwer herabhängender Himmel". Ueber *sidera*, das hier unübersetzt bleiben kann, s. zu 14, 56. — 92. Der spondeische Ausgang wie 13, 102.

93. *Quid mihi animi fuit*, s. zu 3, 196 *quid tibi nunc animi foret?* — *an* (id), *quod debuit esse*, oder so, wie mir sein musste, d. i. „etwa anders, als mir sein musste". Ueber die Art der Frage s. zu 12, 279. — 94. *pars meorum* „einer von meinen Unterthanen", die bereits gestorben waren. — 95. *quicumque* wird zuweilen durch ein dazwischen gestelltes, meist tonloses Wort getrennt, Tmesis s. zu 1, 64. — 98. *Templa*, von einem Tempel, wie 12, 16 *lucos*. — *contra* „gegenüber". — Was ist *gradibus longis* für ein Ablat.? wir sagen „hoch auf lang ansteigenden Stufen", s. zu 7, 135 *pars aure susurrat*. Der Tempel lag auf einem hohen Berge. — 100. Ordne *quo-*

Non exoratis animam finivit in aris,
Inque manu turis pars inconsumpta reperta est!
Admoti quotiens templis, dum vota sacerdos
Concipit et fundit purum inter cornua vinum,
Haud exspectato ceciderunt vulnere tauri!
Ipse ego sacra Iovi pro me patriaque tribusque
Cum facerem natis, mugitus victima diros
Edidit, et subito collapsa sine ictibus ullis
Exiguo tinxit subiectos sanguine cultros.
Fibra quoque aegra notas veri monitusque deorum
Perdiderat: tristes penetrant ad viscera morbi.
Ante sacros vidi proiecta cadavera postes,
Ante ipsas, quo mors foret invidiosior, aras.
Pars animam laqueo claudunt, mortisque timorem
Morte fugant, ultroque vocant venientia fata.
Corpora missa neci nullis de more feruntur
Funeribus; neque enim capiebant funera portae.
Aut inhumata premunt terras, aut dantur in altos
Indotata rogos. Et iam reverentia nulla est,
Deque rogis pugnant, alienisque ignibus ardent.

tiens coniunx, dum pro coniuge, genitor, dum pro gnato verba precantia dicit, finivit animam cet. — 102. *Non exoratis* „durch kein Flehen bewegt“. — 104. *Admoti*, Subject? s. zu 2, 13. — 105. *Concipere vota* „Gelübde aussprechen“, eigentl. sie in die übliche Form bringen (formuliren). — *purum* d. i. nicht mit Wasser gemischt. — 106. *Haud exspectato vulnere* löse auf wie *nec renovatus* 2, 22. — 109. *sine ictibus ullis*, man hieb zuerst das Rind mit dem Beile in den Nacken, dass es zusammenstürzte (23, 40). Dann wurde das Messer von unten an die Kehle gesetzt und so hineingestossen, was *subicere* od. *supponere cultrum* hiess. — 110. *Exiguo*, floss wenig Blut, so war dies eine üble Vorbedeutung. — 111. Die kranken Eingeweide taugten nicht mehr wahre Vorzeichen zu geben. — 112. *morbi* „Krankheitserscheinungen“. — 113. *cadavera*, von Menschen. — 114. *quo mors foret invidiosior* „um den Tod noch widerwärtiger erscheinen zu lassen“. — 115. *Pars* mit folg. Plur. wie 3, 82. — *animam claudere* „den Athem verschliessen“. — *mortis timorem morte fugant*, d. h. dadurch, dass sie sich lieber gleich selbst tödten, suchen sie der langen Todesfurcht zu entgehen. — 116. *fata* wie 3, 196. — 117. *missa neci*, ähnlich dem häufigen *leto dare*. — *nullis de more funeribus* „ohne die gebräuchliche Leichenfeier“, vgl. 2, 1 *vindice nullo*. — *feruntur* für efferuntur. — 118. *neque enim capiebant*, d. h. sie waren nicht weit genug zu fassen und hindurchzulassen. Denn man pflegte die Todten ausserhalb der Thore an der Landstrasse zu bestatten. — 120. *Indotata* d. i. ohne die üblichen Todtenopfer, als Weihrauch, Oel, Gewänder, Waffen, Schmucksachen u. dgl. — 121. *De rogis pugnant*, Manche, statt selbst einen Scheiterhaufen für die Leiche, die sie bestatten wollen, zu errichten, suchen sich eines von An-

Qui lacriment, desunt, indefletaeque vagantur
Natarum matrumque animae, iuvenumque senumque:
Nec locus in tumulos, nec sufficit arbor in ignes.
Attonitus tanto miserarum turbine rerum,
"Iuppiter o!" dixi "si te non falsa loquuntur
Dicta sub amplexus Aeginae Asopidos isse,
Nec te, magne pater, nostri pudet esse parentem:
Aut mihi redde meos, aut me quoque conde sepulchro!"
Ille notam fulgore dedit tonitruque secundo.
"Accipio, sintque ista precor felicia mentis
Signa tuae" dixi; "quod das mihi, pigneror omen."
Forte fuit iuxta patulis rarissima ramis
Sacra Iovi quercus de semine Dodonaeo.
Hic nos frugilegas adspeximus agmine longo
Grande onus exiguo formicas ore gerentes,
Rugosoque suum servantes cortice callem.
Dum numerum miror, "Totidem, pater optime," dixi
"Tu mihi da cives, et inania moenia supple!"
Intremuit ramisque sonum sine flamine motis
Alta dedit quercus. Pavido mihi membra timore
Horruerant, stabantque comae. Tamen oscula terrae
Roboribusque dedi; nec me sperare fatebar,
Sperabam tamen, atque animo mea vota fovebam.
Nox subit, et curis exercita corpora somnus
Occupat. Ante oculos eadem mihi quercus adesse

dern errichteten Scheiterhaufens zu bemächtigen. — *ardent*, Subj. corpora. — 122. *indefletae*, die Seelen unbeklagter und unbestatteter Todten konnten den Styx nicht überschreiten. — 124. *in tumulos — in ignes* s. zu 4, 313 *fauces in verba resolvo*.

126. Ueber *si* im Eingange von Gebeten s. zu 3, 215. — *falsa* wie 4, 7. — 127. *sub amplexus ire* „umarmen". — 128. *nostri parentem*, der Genit. des Personalpronomens, wo die gute Prosa das Possessivum verlangt. — 130. *secundo* gehört sowohl zu *fulgore* als zu *tonitru*. Für günstig galt dies Zeichen, bei den Griechen, wenn es auf der rechten, bei den Römern, wenn es auf der linken Seite wahrgenommen wurde. — 131. *Accipio*, näml. omen, d. h. ich nehme das Vorzeichen als solches auf, verstehe es als solches. — 132. *pigneror* „nehme es zum Unterpfand der Erfüllung!"

133. *rarissima patulis ramis*, sehr selten wegen der weiten Ausbreitung ihrer Aeste, d. i. „von einer sehr seltenen Ausbreitung der Aeste". Damit stimmt unten 147 *ramos totidem* u. 149 *subiectis in arvis*. Vgl. XIV, 337 *rara quidem facie, sed rarior arte canendi*. — 140. Verbinde *sonum dedit* („ein Brausen"). — 143. *Roboribus* wie 6, 92. — *nec fatebar* „und sprach es zwar nicht aus".

145. *corpora* ist nur von Aeacus zu verstehen, s. zu 2, 5 *ora*. — *exercita* übers. nach 4, 318 *exer-*

Et ramos totidem totidemque animalia ramis
Ferre suis visa est, pariterque tremiscere motu,
Graniferumque agmen subiectis spargere in arvis;
Crescere quod subito et maius maiusque videri,
Ac se tollere humo rectoque adsistere trunco,
At maciem numerumque pedum nigrumque colorem
Ponere, et humanam membris inducere formam.
Somnus abit. Damno vigilans mea visa, querorque
In superis opis esse nihil. At in aedibus ingens
Murmur erat, vocesque hominum exaudire videbar
Iam mihi desuetas. Dum suspicor has quoque somni,
Ecce venit Telamon properus, foribusque reclusis
"Speque fideque, pater," dixit "maiora videbis.
Egredere!" Egredior, qualesque in imagine somni
Visus eram vidisse viros, ex ordine tales
Adspicio noscoque. Adeunt regemque salutant.
Vota Iovi solvo, populisque recentibus urbem
Partior et vacuos priscis cultoribus agros,
Myrmidonasque voco, nec origine nomina fraudo.
Corpora vidisti: mores quos ante gerebant,
Nunc quoque habent, parcumque genus patiensque laborum,
Quaesitique tenax, et qui quaesita reservent.
Hi te ad bella pares annis animisque sequentur,
Cum primum, qui te feliciter attulit, eurus' —
Eurus enim attulerat — 'fuerit mutatus in austros.'

ccor. — 150. *Crescere* und die folgenden Infinitive sind sogenannte Infinitivi historici. Durch diese wird mehrentheils eine Reihe schnell aufeinander folgender Handlungen oder die Entwickelung eines Zustandes in seinen einzelnen Momenten lebendiger dargestellt, indem alle Aufmerksamkeit auf das blosse Geschehen gerichtet wird. — *maius maiusque*, die Wiederholung malt das allmälige Fortschreiten des Wachsthumes. Vgl. 4, 210 *penitus penitusque*. — *videri* „erscheinen". — 151. *recto* d. i. erecto. — 155. *nihil*, hier mit langer Endsylbe, seinem Ursprunge aus *ne hīlum* „nicht ein Fäschen" gemäss. — 156. *videbar* (mihi) „ich wähnte". Ebenso 161. — 157. Zu *somni* (v. somnium) ergänze *esse*. — 159. *Speque fideque maiora*, die Substant. lassen sich im D. mit Verbis vertauschen. — 162. *regem*, mich als König. — 165. *Myrmidonas*, *μύρμηξ* heisst griech. die Ameise. — *nec origine nomina fraudo* d. i. ich halte in ihrem Namen ihren Ursprung fest. — 166. Beachte den Gegensatz *corpora* („Gestalten") und *mores*. — 167. *parcumque genus cet.* Apposition zu dem Subjecte von *habent*. — 168. *Quaesiti tenax* bezeichnet das hartnäckige Behaupten des Erworbenen, *qui quaesita reservent* (s. zu 1, 77 *quod posset*) das sorgsame Aufbewahren und Erhalten desselben. Statt auf das nächste Substantiv *genus* ist *qui* auf das entferntere Subject von *habent* bezogen.

18. Cephalus und Procris.

(VII, 661—699. 753—865.)

Talibus atque aliis longum sermonibus illi
Implevere diem: lucis pars ultima mensae
Est data, nox somnis. Iubar aureus extulerat sol:
Flabat adhuc eurus redituraque vela tenebat.
Ad Cephalum Pallante sati, cui grandior aetas,
Ad regem Cephalus simul et Pallante creati
Conveniunt; sed adhuc regem sopor altus habebat.
Excipit Aeacides illos in limine Phocus;
Nam Telamon fraterque viros ad bella legebant.
Phocus in interius spatium pulchrosque recessus
Cecropidas ducit; cum quis simul ipse resedit,
Adspicit Aeoliden ignota ex arbore factum
Ferre manu iaculum, cuius fuit aurea cuspis.
Pauca prius mediis sermonibus ille locutus
'Sum nemorum studiosus' ait 'caedisque ferinae;
Qua tamen e silva teneas hastile recisum,
Iandudum dubito: certe si fraxinus esset,'
Fulva colore foret; si cornus, nodus inesset.
Unde sit, ignoro; sed non formosius isto
Viderunt oculi telum iaculabile nostri.'
Excipit Actaeis e fratribus alter et 'Usum
Maiorem specie mirabere' dixit 'in isto.

Von dem Vorhergehenden bildet sich der Dichter einen Uebergang zu der Erzählung des atheniensischen Abgesandten *Cephalus* vom Verluste seiner Gattin *Procris*. — 1. Wer *illi* sind, ist aus dem Eingange des vor. Abschnittes zu ersehen. — 2. *Lucis* wie 4, 25. — 4. *Flabat adhuc eurus*, s. 17, 170 f. — *tenebat* für retinebat. — 5. Zur Erläuterung dient 17, 10 f. — 9. *fraterque*, seinen Namen s. zu 17, 5. — 10. *in interius spatium pulchrosque recessus*, Hendiadyoin für in pulchros recessus interioris spatii, s. zu 6, 32 *cristis et auro*. Ueber *recessus* s. zu 3, 15. — 11. *cum quis*, s. zu 4, 377. — *simul* wie 3, 68. — 12. *Aeolides* vgl. 15 3. — 14. *Pauca prius mediis sermonibus locutus* „nachdem er zuvor wenige Reden dazwischen gewechselt". — 15. *Sum studiosus* „ich bin ein Freund, liebe". — 16. Beachte die Kürze des Ausdruckes für *qua tamen e silva* („aus was für Gehölz") *hastile recisum sit, quod tenes*. Vgl. 17, 33 *et quota pars illi rerum periere mearum*. — 17. *dubito*, s. zu 7, 104 *quod numen in isto corpore sit, dubito*.

21. *Excipit* wie 12, 11. — 22. *Maiorem usum* übersetze als ob dastände: magis mirabere usum quam speciem; den Compar. nach 4, 400.

Consequitur, quodcumque petit, fortunaque missum
Non regit, et revolat nullo referente cruentum.'
Tum vero iuvenis Nereïus omnia quaerit,
Cur sit et unde datum, quis tanti muneris auctor.
Quaerenti Cephalus tristis tactusque dolore
Coniugis amissae lacrimis ita fatur obortis:
'Hoc me, nate dea, — quis possit credere? — telum
Flere facit, facietque diu, si vivere nobis
Fata diu dederint. Hoc me cum coniuge cara
Perdidit; hoc utinam caruissem munere semper!
Procris erat, si forte magis pervenit ad aures
Orithyia tuas, raptae soror Orithyiae:
Si faciem moresque velis conferre duarum,
Dignior ipsa rapi. Pater hanc mihi iunxit Erechtheus,
Hanc mihi iunxit amor. Felix dicebar eramque.
Non ita dis visum est, aut nunc quoque forsitan essem.
Dat nova nupta mihi, tamquam se parva dedisset
Dona, canem munus; quem cum sua traderet illi
Cynthia, "Currendo superabit" dixerat "omnes."
Dat simul et iaculum, manibus quod, cernis, habemus.
Muneris alterius quae sit fortuna, requiris?
Accipe: mirandi novitate movebere facti.
Carmina Laïades non intellecta priorum

25. *Tum vero* wie 6, 72. — *iuvenis Nereïus*, Phocus, s. *Phocus* im mythol. Reg. Derselbe nachher 29 *nate dea*. — 26. *muneris auctor* wie 12, 312.

30. *Flere me facit*, auch wir „macht mich weinen". Die Dichter erlauben sich einzelne Verba, die sonst *ut* nach sich haben, mit dem Infin. zu verbinden. — 31. Ueber *dare* mit dem Infin. s. zu 3, 145. — 34. Den Raub der *Orithyia* s. im 15. Abschnitt. — 35. *velis* s. zu 3, 80 *putes*. — 36. *Dignior ipsa rapi*, über den Infin. bei *dignus* s. zu 3, 79 *perire digna*. — 37. Weshalb ist *hanc mihi iunxit* wiederholt? s. zu 3, 142. — 38. *aut nunc quoque est*. vollständig ausgedrückt: aut, si ita dis visum esset, nunc quoque forsitan essem felix, wir „sonst würde ich". — 39. *tamquam se parva dedisset dona* „als ob sie sich selbst als zu kleines Geschenk gegeben hätte"; wegen der Uebers. des Positiv. s. zu 4, 192 *sed leve pondus erat*. — 40. *sua Cynthia* (d. i. Diana) „ihre verehrte Cynthia", s. zu 12, 266 *ex Acheronte suo peperit*. Procris war vorher eine eifrige Jägerin gewesen. — 42. *cernis*, parenthetisch; im D. füge „wie" hinzu. — 44. *Accipe* „vernimm". — *movebere*, s. zu 8, 233 *coniugis augurio Titania mota est*.

45. Die Umgegend Thebens wurde durch die Sphinx, ein Ungeheuer, halb Jungfrau halb Löwe, beunruhigt, welche Allen, die ihr naheten, ein Räthsel (*carmina*) aufgab, und sie dann, wenn sie es nicht lösen konnten, erwürgte. Endlich löste Oedipus, der Sohn des Laius (*Laïades*) je-

Solverat ingeniis, et praecipitata iacebat
Inmemor ambagum vates obscura suarum.
Protinus Aoniis inmittitur altera Thebis
Pestis, et exitio multi pecorumque suoque
Rurigenae pavere feram. Vicina iuventus
Venimus et latos indagine cinximus agros.
Illa levi velox superabat retia saltu,
Summaque transibat positarum lina plagarum.
Copula detrahitur canibus, quas illa sequentes
Effugit et celeri non segnior alite ludit.
Poscor et ipse meum consensu Laelapa magno:
Muneris hoc nomen. Iandudum vincula pugnat
Exuere ipse sibi, colloque morantia tendit.
Vix bene missus erat, nec iam poteramus, ubi esset,
Scire; pedum calidus vestigia pulvis habebat,
Ipse oculis ereptus erat. Non ocior illo
Hasta, nec excussae contorto verbere glandes,
Nec Gortyniaco calamus levis exit ab arcu.
Collis apex medii subiectis imminet arvis:
Tollor eo, capioque novi spectacula cursus,
Quo modo deprendi, modo se subducere ab ipso
Vulnere visa fera est, nec limite callida recto

nes Räthsel, worauf sich die Sphinx selbst durch einen Sturz vom Felsen tödtete. — Verbinde *non intellecta ingeniis priorum*, denen näml. die Sphinx ihr Räthsel vorgelegt hatte. — 47. *vates obscura*, die Sphinx, weil sie dunkle Räthselsprüche (*ambages*) gesungen hatte. — *inmemor* „nicht mehr gedenkend". — 49. *Pestis* hier ein Verderben verbreitendes Ungeheuer, u. zwar ein raubgieriger Fuchs, dem die Thebaner monatlich einen Knaben zum Frass bringen mussten, und dem vom Schicksal bestimmt war im Lauf nicht eingeholt zu werden. — Ordne *et multi rurigenae pavere* (von pasco) *feram exitio et pecorum et suo*. — 52. *retia* und *plagae* möchten hier kaum als verschieden zu denken sein; im zweiten Satze kommt nur das betonte *summa lina* als neuer Begriff hinzu. — 55. *ludit* soviel als *eludit*, was eigentl. vom Fechter gesagt wird, der einem Hiebe oder Stosse geschickt ausweicht. — 56. *Poscor meum Laelapa*, vgl. 2, 50 *non tantum segetes poscebatur humus*, — *Laelaps*, λαῖλαψ, bedeutet „Sturmwind". — 57. *pugnat exuere*, s. zu 12, 74 *nititur ille pugnatque resurgere*. — 59. *Vix bene* wie 4, 78. — 60. *calidus* „noch warm von der Berührung" d. i. so eben berührt. — 62. Prädicat zu *hasta* und *glandes* ist *exit* „entfliegt". — *glandes*, bleierne Kugeln, die man mit der Schleuder warf; *verber* hier die Schnur an der Schleuder. — 63. *calamus* für sagitta wie *arundo* 12, 109. — *Gortyniaco*, durch Synekdoche für das allgemeinere *Cretico*, vgl. 17, 1 *Lyctia classis*. Gortyn war eine Stadt auf Creta, die Cretenser aber waren als Bogenschützen berühmt. — 65. *Tollor*, d. i. adscendo. — *cursus* „ein Rennen"; *novi* wie 9, 10. — 66. *Quo* beziehe auf *cursus*. — 67. Von *vulnus* gilt

In spatiumque fugit, sed decipit ora sequentis
Et redit in gyrum, ne sit suus impetus hosti.
Imminet hic, sequiturque parem, similisque tenenti
Non tenet, et vanos exercet in aëra morsus.
Ad iaculi vertebar opem; quod dextera librat
Dum mea, dum digitos amentis indere tempto,
Lumina deflexi. Revocataque rursus eodem
Rettuleram: medio, mirum! duo marmora campo
Adspicio; fugere hoc, illud latrare putares.
Scilicet invictos ambo certamine cursus
Esse deus voluit, si quis deus adfuit illis.'
Hactenus, et tacuit. 'Iaculo quod crimen in ipso est?'
Phocus ait. Iaculi sic crimina reddidit ille.
'Gaudia principium nostri sunt, Phoce, doloris:
Illa prius referam. Iuvat o meminisse beati
Temporis, Aeacida, quo primos rite per annos
Coniuge eram felix, felix erat illa marito.
Mutua cura duos et amor socialis habebat;
Nec Iovis illa meo thalamos praeferret amori,
Nec, me quae caperet, non si Venus ipsa veniret,
Ulla erat: aequales urebant pectora flammae.
Sole fere radiis feriente cacumina primis
Venatum in silvas iuvenaliter ire solebam,
Nec mecum famulos nec equos nec naribus acres
Ire canes, nec lina sequi nodosa sinebam:
Tutus eram iaculo. Sed cum satiata ferinae

die Bem. zu *ictus* 6, 64. — 68. *In spatium* „in das Weite". — 69. *suus* „sein gewohnter", s. zu 1, 17 *sua forma*. — 70. *Imminet* „ist ihm dicht auf der Ferse". — *parem*, celeritate. — 71. *Non tenet*, im D. füge „doch" hinzu. — *exercet morsus* „thut Bisse". — 74. *Revocata* übers. „auf's Neue". — 76. *Adspicio*, über die Satzverbindung s. zu 4, 78. — *putares* s. zu 2, 74 *scires*. — 78. *si quis deus cet.* er lässt es zweifelhaft, ob wirklich ein Gott, oder vielleicht nur Zauber im Spiel gewesen sei.

79. *Hactenus*, kurz für *hactenus locutus erat*. Vgl. *contra* 11, 204. — 80. *reddidit* „berichtete", als Erwiederung auf jenes Frage.

83. *rite* d. i. wie es sich unter Gatten ziemt. — 84. Ueber die chiastische Wiederholung s. zu 3, 142. Mit gleichem Parallelismus der Versglieder unten 115. 3, 76. 12, 292. 19, 31. 20, 63. — 85. *socialis* hier = coniugalis. — 86. *praeferret*, der Conj. Imperf. steht zuweilen in hypothetischen Sätzen statt des Conj. Plusquamperf., indem die Sache lebendiger so dargestellt wird, als ob sie noch stattfinden könnte. Ebenso nachher *caperet* — *veniret*. — *Iovis thalamos*, s. zu 9, 5. — 89. *fere* hier „mehrentheils". — 90. *iuvenalis, iuvenaliter* seltnere Formen für *iuvenilis, iuveniliter*. — 93. *satiatus* mit dem Genit. findet sich nur in einigen Dichterstellen. — Der Indic. Imperf. nach *cum* in der Bedeutung „jedesmal wenn,

Dextera caedis erat, repetebam frigus et umbras,
Et, quae de gelidis exhalat vallibus, auram.
Aura petebatur medio mihi lenis in aestu,
Auram exspectabam: requies erat illa labori.
"Aura," recordor enim, "venias" cantare solebam,
"Meque iuves, intresque sinus, gratissima, nostros
Utque facis, relevare velis, quibus urimur, aestus!"
Forsitan addiderim — sic me mea fata trahebant —
Blanditias plures et "Tu mihi magna voluptas"
Dicere sim solitus, "tu me reficisque fovesque:
Tu facis, ut silvas, ut amem loca sola, meoque
Spiritus iste tuus semper captatur ab ore."
  Vocibus ambiguis deceptam praebuit aurem
Nescio quis, nomenque aurae tam saepe vocatum
Esse putans Nymphae, Nympham mihi credit amari.
Criminis extemplo ficti temerarius index
Procrin adit, linguaque refert audita susurra.
Credula res amor est: subito conlapsa dolore,
Ut sibi narratur, cecidit, longoque refecta
Tempore se miseram, se fati dixit iniqui,
Deque fide questa est, et crimine concita vano,
Quod nihil est, metuit, metuit sine corpore nomen,
Et dolet infelix veluti de pelice vera.
Saepe tamen dubitat, speratque miserrima falli,
Indicioque fidem negat, et, nisi viderit ipsa,
Damnatura sui non est delicta mariti.
  Postera depulerant Aurorae lumina noctem:
Egredior silvamque peto, victorque per herbas

so oft als", vgl. 20, 209. — 94. *frigus et umbras*, s. zu 10 *in interius spatium pulchrosque recessus.* — 95. *exhalat* „heraufhaucht", der intrans. Gebrauch dieses Verbum ist selten. — 96. *mihi petebatur*, s. zu 3, 173. Ebenso unten 108 *mihi amari.* — 98. Beachte, dass die Worte seines Gesanges auch so gedeutet werden können, als wären sie an eine Geliebte, Namens *Aura*, gerichtet. Deshalb 106 *voces ambiguae.* — 99. *iuvare* hier „erquicken". — *sinus* s. zu 3, 105. — 101. *addiderim* „ich mag hinzugefügt haben". — 104. *sola* wie 6, 10 *solis in arvis.*

107. *Nescio quis*, s. zu 13, 40. — 110. Verbinde *lingua susurra* „flüsternd", wie es bei dergl. Zuträgereien geschieht. — 111. Wie hier *res*, so brauchen wir „Ding oder Wesen". — *conlapsa cecidit*, näml. ohnmächtig; daher *refecta* „wieder zu sich gekommen". — 113. *fati iniqui*, Genit. qualit., daher eigentl. mit Unglück behaftet „ein Unglückskind". — 114. *De fide*, a me laesa. — *crimen* hier „Beschuldigung". — 115. *Quod nihil est*, Object zu *metuit*, im D. kurz „ein Nichts". — 116. *pelex* wie 9, 131.

121. *victor*. etwa „nach glücklicher Jagd". — *per herbas*, kurz

"Aura veni" dixi, "nostroque medere labori;"
Et subito gemitus inter mea verba videbar
Nescio quos audisse. "Veni" tamen "optima!" dixi.
Fronde levem rursus strepitum faciente caduca
Sum ratus esse feram, telumque volatile misi.
Procris erat, medioque tenens in pectore vulnus
"Ei mihi!" conclamat. Vox est ubi cognita fidae
Coniugis, ad vocem praeceps amensque cucurri.
Semianimem et sparsas foedantem sanguine vestes
Et sua, me miserum! de vulnere dona trahentem
Invenio, corpusque meo mihi carius ulnis
Mollibus attollo, scissaque a pectore veste
Vulnera saeva ligo, conorque inhibere cruorem,
Neu me morte sua sceleratum deserat, oro.
Viribus illa carens et iam moribunda coëgit
Haec se pauca loqui: "Per nostri foedera lecti,
Perque deos supplex oro superosque meosque,
Per si quid merui de te bene, perque manentem
Nunc quoque, cum pereo, causam mihi mortis, amorem,
Ne thalamis Auram patiare innubere nostris."
Dixit; et errorem tum denique nominis esse
Et sensi et docui. Sed quid docuisse iuvabat?
Labitur, et parvae fugiunt cum sanguine vires;
Dumque aliquid spectare potest, me spectat, et in me
Infelicem animam nostroque exhalat in ore:

für *per herbas iacens* od. *stratus.* — 123. *videbar* wie 17, 156. — 124. *tamen* gehört zu *dixi*, obwohl durch das Geräusch schon aufmerksam gemacht. Wegen der Stellung vgl. 14, 40. 16, 167. — 125. *caduca* hier, was gefallen ist, s. zu 14, 84 *caducae lacrimae.* — 127. *tenens* kann hier bloss durch „mit" übersetzt werden, vgl. *gerens* 8, 108. — 131. *sua dona*, s. zu 1, 13 *ponderibus suis.* — *de vulnere trahentem* widerspricht der 24 genannten Eigenschaft des Speeres. Doch hat die Schilderung des tragischen Vorganges durch diese Abweichung nur gewonnen. — 133. *veste*, mea.

137. *foedera lecti* „Ehebündniss". — 138. *superosque meosque* gehört zu *deos*. Mit *di mei* meint sie die unterirdischen Gottheiten, denen sie als Sterbende bereits angehört. — 139. *Per si quid cet.* für per id, quod de te bene merui, si quid est. Zu *per* in Beschwörungen tritt zuweilen statt des Accus. ein Nebensatz, vgl. 38, 424. — 140. *causam mihi mortis* Apposition zu *manentem nunc quoque amorem.* — 141. *thalamis innubere nostris* „an meine Stelle als Gattin treten".

142. *tum denique* wie 16, 86. — 145. *in me* wird durch *nostro in ore* erklärt: er empfängt im Kuss ihren letzten Hauch. — 147. *vultu meliore* wie 12, 226. — *secura* „von ihrer Sorge befreit".

Sed vultu meliore mori secura videtur.'
Flentibus haec lacrimans heros memorabat; et ecce
Aeacus ingreditur duplici cum prole novoque
Milite, quem Cephalus cum fortibus accipit armis.

19. Dädalus.

(VIII, 157—259.)

Stat regi Cretes monstrum removere biforme,
Multiplicique domo caecisque includere tectis.
Daedalus ingenio fabrae celeberrimus artis
Ponit opus, turbatque notas, et lumina flexum
Ducit in errorem variarum ambage viarum.
Non secus ac liquidus Phrygiis Maeandros in arvis
Ludit, et ambiguo lapsu refluitque fluitque,
Occurrensque sibi venturas adspicit undas,

148. *heros*, s. zu 17, 7. — 149. *duplici cum prole*, s. zu 9. — 150. Ueber den Singul. *milite* s. zu 17, 21. — *cum fortibus armis*, so viel als instructum f. armis.

Die Gattin des Königs Minos von Creta, Pasiphaë hatte ein Ungeheuer geboren, das halb Mann, halb Stier war und *Minotaurus* genannt wurde. Um es den Augen der Welt zu entziehen, liess Minos von *Daedalus* das Labyrinth bauen, schloss den Minotaurus in dasselbe und nährte ihn dort mit Menschenfleisch. Zu diesem Zweck hatte er den Athenern als Sühne für die Ermordung seines Sohnes Androgeos einen Tribut von 7 Knaben und 7 Mädchen auferlegt, welcher alle neun Jahre, oder nach Andern jährlich entrichtet werden musste, um dem Minotaurus zum Frasse in das Labyrinth gesperrt zu werden. Die dritte Opfersendung wurde von *Theseus*, dem Sohne des atheniensischen Königs *Aegeus* angeführt. Dieser tödtete den Minot. und gelangte mit Hülfe eines Knäuels Wolle, den ihm *Ariadne*, die Tochter des Minos, gegeben hatte, glücklich aus dem Labyrinthe. Er floh dann mit *Ariadne*, verliess sie aber auf der Insel *Naxos* oder *Dia*.

1 ff. Erbauung des Labyrinthes. — *Stat mihi* „ich bin fest entschlossen": Nep. Att. 21, 6 *mihi stat alere morbum desinere*. — *monstrum biforme*, an einer andern Stelle nennt es Ov. *semibovemque virum*, *semivirumque bovem*. — 2. *Multiplici* „vielfach verschlungen". Hendiadyoin (s. zu 6, 32) statt *multiplici domo caecorum tectorum*, mit dem gleichen Unterschied zwischen *domus* und *tecta* wie 3, 8. — 3. *ingenium fabrae artis* „Talent in der Baukunst". — 4. *opus*, multiplicem domum. — *notas*, durch die man sich darin hätte zurecht finden können. — Ordne *ducit lumina* (wie 11, 60) *ambage variarum viarum in flexum errorem* „in ein gewundenes Irrsal". — 7. *Ludit* wird durch die folgende Schilderung erklärt, vgl. 4, 277. — *ambiguo* „zweifelhaft", ob vorwärts oder rück-

Et nunc ad fontes, nunc ad mare versus apertum
Incertas exercet aquas: ita Daedalus implet
Innumeras errore vias, vixque ipse reverti
Ad limen potuit: tanta est fallacia tecti.
Quo postquam geminam tauri iuvenisque figuram
Clausit, et Actaeo bis pastum sanguine monstrum
Tertia sors annis domuit repetita novenis;
Utque ope virginea nullis iterata priorum
Ianua difficilis filo est inventa relecto:
Protinus Aegides rapta Minoïde Diam
Vela dedit, comitemque suam crudelis in illo
Litore destituit. Desertae et multa querenti
Amplexus et opem Liber tulit; utque perenni
Sidere clara foret, sumptam de fronte coronam
Inmisit caelo. Tenues volat illa per auras,
Dumque volat, gemmae nitidos vertuntur in ignes,
Consistuntque loco, specie remanente coronae,
Qui medius Nixique genu est Anguemque tenentis.
Daedalus interea, Creten longumque perosus
Exsilium tactusque loci natalis amore,
Clausus erat pelago. 'Terras licet' inquit 'et undas
Obstruat, at caelum certe patet: ibimus illac.

wärts, *refluitque fluitque*, im D. ist entweder die Stellung umzukehren, oder zu *fluit* „vorwärts" hinzuzufügen. Vgl. 20, 277. — 10. *Incertas* „unschlüssig"; *exercet* s. zu 4, 318.

13 ff. Ariadne. — Der Vordersatz, der bis *relecto* (V. 17) reicht, besteht aus drei coordinirten Gliedern, deren beide ersten mit *postquam*, das dritte mit *ut* eingeleitet ist. — 14. Ordne *et tertia sors, repetita annis novenis, domuit monstrum bis Actaeo sanguine pastum.* — 15. *sors* heisst die Tributsendung, weil die Opfer durch das Loos bestimmt wurden. — *annis novenis* d. i. *nono quoque anno* — 16. Ordne *utque ianua difficilis, nullis priorum iterata, ope virginea* (Ariadnes) *inventa est filo relecto.* Ueber den Dat. *nullis* bei *iterata* („wieder erreicht") s. zu 3, 173. — 17. *difficilis* d. i. schwer wiederzufinden. — *relegere* hier „wieder aufwickeln". — 21. *Amplexus et opem tulit*, Voss: „naht ihr mit Schutz und Umarmung". — 22. *de fronte*, Ariadnes. — 25. Verbinde *loco, qui medius est.* — 26. Ueber den Genit. bei *medius* s. zu 12, 134 *medium Cyanes et Pisaeae Arethusae.* — *Nixus genu* „der Knieende" ist ein Sternbild; ebenso *Anguem tenens* „der Schlangenhalter".

27 ff. Flucht des Dädalus von Creta; Tod des Icarus. — *perosus* u. *tactus* („ergriffen") übers. als Concessivsatz. Denn der Sinn ist: obwohl er gern Creta verlassen hätte, konnte er doch nicht, weil ihn rings das Meer einschloss. — 28. *Exsilium*, aus seiner Vaterstadt. Die Ursache s. im myth. Reg. u. *Daedalus.* — 29. Ueber *licet* mit folg. Conjunctiv s. zu 4, 89 *placeat sibi quisque licebit.* — 30. *Ob-*

Omnia possideat, non possidet aëra Minos.'
Dixit, et ignotas animum dimittit in artes,
Naturamque novat. Nam ponit in ordine pennas
A minima coeptas, longam breviore sequente,
Ut clivo crevisse putes. Sic rustica quondam
Fistula disparibus paulatim surgit avenis.
Tum lino medias et ceris adligat imas,
Atque ita compositas parvo curvamine flectit,
Ut veras imitetur aves. Puer Icarus una
Stabat et, ignarus sua se tractare pericla,
Ore renidenti modo, quas vaga moverat aura,
Captabat plumas, flavam modo pollice ceram
Mollibat, lusuque suo mirabile patris
Inpediebat opus. Postquam manus ultima coeptis
Inposita est, geminas opifex libravit in alas
Ipse suum corpus, motaque pependit in aura.
  Instruit et natum, 'Medio' que 'ut limite curras,
Icare,' ait 'moneo, ne, si demissior ibis,
Unda gravet pennas, si celsior, ignis adurat:
Inter utrumque vola. Nec te spectare Booten
Aut Helicen iubeo strictumque Orionis ensem:

struat, Minos. — *at*, vgl. 4, 325. — 31. *Omnia possideat*, der einräumende Conjunctiv „mag auch —". — 32. *animum dimittit* „sendet seine Gedanken darnach aus, richtet sie darauf". — 33. *Naturam novat* „er verwandelt seine Natur", indem er gleichsam die eines Vogels annimmt, s. zu 9, 125 *nomen faciemque novat.* — *Nam* wie 13, 12. — 34. *longam breviore sequente* schildert die Art der Zusammensetzung im Allgemeinen, ohne besondere Beziehung auf *a minima coeptas.* — 35. *Ut clivo crevisse putes*, denn Bäume, die an einem Abhange wachsen, ragen über einander hervor. Ueber *putes* s. zu 3, 80. — *quondam* beim Präsens, besonders in Vergleichungen, bezeichnet die jeweilige Wiederholung „zuweilen, zu Zeiten". — 36. *Fistula*, s. zu 5, 3. — 39. *veras aves*, kurz statt veras avium alas. — 40 *sua se tractare pericla* „dass er mit seiner eigenen Gefahr tändele", metonym. statt mit den Dingen, die ihm Gefahr drohten. Ov. liebt dergl. Vorausandeutungen eines unglücklichen Ausganges, deren Zweck leicht einzusehen ist. Sehr wirksam z. B. unten 54 ff. Vgl. 4, 155. 6, 135 ff. — 41. *renidenti* „strahlend" vor Freude. — 43. *Mollibat*, veraltete Form des Imperf. der 4. Conjug. — 45. *libravit corpus in alas* „hängte den Körper ins Gleichgewicht zwischen die Fittige", vgl. 1, 13 *pendebat in aëre tellus ponderibus librata suis.* — 46. *mota*, durch die Flügel.

47. *curras*, hier vom Flug, vgl. 15, 31 *aërius cursus;* 11, 172. — 48. *demissior* „zu tief". — 49. *ignis*, solis. — 50. Die genannten Gestirne am nördlichen Himmel dienten den Schiffern zur Orientirung. Icarus soll die Beobachtung derselben dem Vater überlassen und seine Aufmerksamkeit immer nur darauf richten, diesem

Me duce carpe viam!' Pariter praecepta volandi
Tradit, et ignotas humeris accommodat alas.
Inter opus monitusque genae maduere seniles,
Et patriae tremuere manus. Dedit oscula nato
Non iterum repetenda suo, pennisque levatus
Ante volat, comitique timet, velut ales, ab alto
Quae teneram prolem produxit in aëra nido;
Hortaturque sequi damnosasque erudit artes,
Et movet ipse suas et nati respicit alas.
Hos aliquis, tremula dum captat arundine pisces,
Aut pastor baculo stivave innixus arator
Vidit, et obstupuit, quique aethera carpere possent,
Credidit esse deos. Et iam Iunonia laeva
Parte Samos — fuerant Delosque Parosque relictae —
Dextra Lebinthos erat foecundaque melle Calymne:
Cum puer audaci coepit gaudere volatu,
Deseruitque ducem, caelique cupidine tractus
Altius egit iter. Rapidi vicinia solis
Mollit odoratas, pennarum vincula, ceras.
Tabuerant cerae: nudos quatit ille lacertos,
Remigioque carens non ullas percipit auras;
Oraque caerulea patrium clamantia nomen
Excipiuntur aqua, quae nomen traxit ab illo.
At pater infelix, nec iam pater, 'Icare!' dixit,
'Icare' dixit 'ubi es? qua te regione requiram?'
'Icare!' dicebat: pennas adspexit in undis,
Devovitque suas artes, corpusque sepulchro

zu folgen. Vgl. 7, 86. — 52. *carpere viam*, s. zu 6, 12. Aehnlich nachher 64 *aethera carpere* wie 11, 2. — 53. *ignotas* übersetze nach *notus* 3, 208.

54. *Inter opus* beziehe auf *accommodat alas*. — 56. *Non repetenda* „die er nicht wiederholen sollte". — 59. *Hortatur*, Dädalus. — *erudire* erlaubt sich hier der Dichter nach dem Muster von *docere* zu construiren. — 61. *aliquis* wie 17, 82. — *arundine* gleichbedeutend mit *calamus* 7, 79. — 62. *innixus* gehört auch zu *baculo*. — 63. *quique*, wozu gehört *que?* s. zu 2, 45. — 64. *Iunonia* heisst *Samos* wegen des dort herrschenden Cultus der Iuno. Das 66 folgende *erat* gehört auch zu diesem Satzgliede. Der Flug ging im Bogen erst nördlich über die Cycladen. und nachdem diese zurückgeblieben, östlich zwischen *Samos* und den beiden südl. davon gelegenen kleinen Inseln *Lebinthos* und *Calymne* hindurch. Vgl. ars am. 2, 79 ff. — 69. *rapidi* wie 4, 154 *rapidae flammae*. — 70. *odoratas* „duftend", in Folge des Schmelzens. — 71. *nudos*, alis. — 72. *non ullas percipit auras* „fängt keine Lüfte auf", um von ihnen getragen zu werden. — 74. *nomen*, den Namen *mare Icarium* zwischen Chios und Cos. — 75. *nec iam* wie 4, 262. — 77. Warum

Condidit; et tellus a nomine dicta sepulti.
Hunc miseri tumulo ponentem corpora nati
Garrula limoso prospexit ab elice perdix,
Et plausit pennis, testataque gaudia cantu est:
Unica tunc volucris nec visa prioribus annis,
Factaque nuper avis, longum tibi, Daedale, crimen.
Namque huic tradiderat, fatorum ignara, docendam
Progeniem germana suam, natalibus actis
Bis puerum senis, animi ad praecepta capacis.
Ille etiam medio spinas in pisce notatas
Traxit in exemplum, ferroque incidit acuto
Perpetuos dentes, et serrae repperit usum.
Primus et ex uno duo ferrea bracchia nodo
Vinxit, ut, aequali spatio distantibus illis,
Altera pars staret, pars altera duceret orbem.
Daedalus invidit, sacraque ex arce Minervae
Praecipitem misit, lapsum mentitus. At illum,
Quae favet ingeniis, excepit Pallas avemque
Reddidit et medio velavit in aëre pennis.
Sed vigor ingenii quondam velocis in alas
Inque pedes abiit, nomen, quod et ante, remansit.
Non tamen haec alte volucris sua corpora tollit,
Nec facit in ramis altoque cacumine nidos:
Propter humum volitat, ponitque in saepibus ova,
Antiquique memor metuit sublimia casus.

hier *dicebat*, vorher *dixit?* — 79. *tellus*, die Insel *Icaros* südlich von Chios.

80 ff. Perdix. — 83. *unica* d. i. der einzige von seiner Art. — 84. *longum tibi, Daedale, crimen*, Erläuterung zu *facta nuper avis*. Der Sinn: und neulich erst zum Vogel geworden, was für dich, Däd., ein bleibender Vorwurf ist. — 87. *bis senis natalibus actis*, Ablat. qualit. zu *puerum*, im D. kürzer auszudrücken. *Natalem agere*, den Geburtstag begehen. — *capacis ad praecepta* „empfänglich für —“, eigentl. in Hinsicht auf. — 89. *traxit in exemplum* „nahm zum Muster“. — 91. *ex uno nodo* „von einem Gelenkknoten ausgehend“. Ueber die Stellung *ex uno duo* s. zu 8, 81. — 93. Welches Instrument ist also hier beschrieben?

94. *arx Minervae*, die Acropolis von Athen. — 95. *lapsum* d. i. illum lapsum esse. — 96. *ingeniis*, s. zu 3. — 99. *quod et ante*, fuerat. Er hatte also *Perdix* geheissen und behielt nun auch als Vogel diesen Namen. — 103. *antiqui*, die Bedeut. s. zu 2, 28.

20. Die Calydonische Jagd. Meleagros.

(VIII, 260—545.)

Iamque fatigatum tellus Aetnaea tenebat
Daedalon, et sumptis pro supplice Cocalus armis
Mitis habebatur. Iam lamentabile Athenae
Pendere desierant Thesea laude tributum.
Templa coronantur, bellatricemque Minervam
Cum Iove disque vocant aliis, quos sanguine voto
Muneribusque datis et acerris turis adorant.
Sparserat Argolicas nomen vaga fama per urbes
Theseos, et populi, quos dives Achaïa cepit,
Huius opem magnis inploravere periclis.
Huius opem Calydon, quamvis Meleagron haberet,
Sollicita supplex petiit prece. Causa petendi
Sus erat, infestae famulus vindexque Dianae.
Oenea namque ferunt pleni successibus anni
Primitias frugum Cereri, sua vina Lyaeo,
Palladios flavae latices libasse Minervae.
Coeptus ab agricolis superos pervenit ad omnes

Von der Luftreise des *Daedalus* kommt der Dichter noch einmal auf die im Beginne des vorigen Abschnittes erwähnte Tödtung des Minotaurus durch *Theseus* zurück, und bildet sich so den Uebergang zu der neuen Erzählung. — *fatigatum*, von seinem langen Fluge bis nach Sicilien. Hier fand er bei dem Könige *Cocalus* Schutz, der ihn gegen den verfolgenden *Minos* vertheidigte. — 2. *sumptis pro supplice armis* enthält den Grund von *mitis habebatur*, ist also als Causalsatz zu übersetzen. — 4. *laus* hier „ruhmvolle That", vgl. Nep. Timoth. 2, 3 *cuius laudis ut memoria maneret, Timotheo statuam posuerunt.* — 5. Mit dieser Schilderung des Dankfestes ist die ihren einzelnen Momenten nach ähnliche 16, 159 ff. zu vergleichen. — 6. *vocant*, ad sacra, wie 16, 248 *terrena numina civit.* Vgl. 21, 85. — *aliis* d. i. ceteris. — *sanguine* „Opferblut". — 7. *muneribus* wie *dona* 4, 108. — 8. *Argolicas* für *Graecas*, wie nachher *Achaia* für *Graecia*, pars pro toto, vgl. 18, 63 *Gortyniaco ab arcu.* — 9. *cepit* „in sich fasste".

14. *namque* wie 13, 12; über die Stellung s. zu 3, 144. — *pleni successibus anni* gehört als Beifügung zu allen drei folgenden Objecten *primitias frugum*, *vina*, *Palladios latices;* übersetze „von dem an Segen oder Erträgnissen reichen Jahre der Ceres die Erstlinge der Feldfrüchte, dem Lyäus u. s. w.". — 15. *sua* s. zu 1, 17 *sua forma.* — 16. *Palladios latices*, das Oel, s. zu 14, 23. — 17. *coeptus ab agricolis*, nämlich *superis*, „bei den Gottheiten des Landbaues begonnen". Dies sind hier *Ceres*, *Bacchus* und wegen des Oelbaumes auch *Pallas*; den Gegens. bilden

Ambitiosus honor: solas sine ture relictas
Praeteritae cessasse ferunt Latoïdos aras.
Tangit et ira deos. 'At non inpune feremus,
Quaeque inhonoratae, non et dicemur inultae'
Inquit, et Oeneos ultorem spreta per agros
Misit aprum, quanto maiores herbida tauros
Non habet Epiros, sed habent Sicula arva minores.
Sanguine et igne micant oculi, riget ardua cervix,
Et setae similes rigidis hastilibus horrent;
Fervida cum rauco latos stridore per armos
Spuma fluit, dentes aequantur dentibus Indis;
Fulmen ab ore venit, frondes adflatibus ardent.
Is modo crescentes segetes proculcat in herba,
Nunc matura metit fleturi vota coloni
Et Cererem in spicis intercipit: area frustra,
Et frustra exspectant promissos horrea messes.
Sternuntur gravidi longo cum palmite foetus,
Bacaque cum ramis semper frondentis olivae.
Saevit et in pecudes: non has pastorve canesve,
Non armenta truces possunt defendere tauri.

superi omnes. — 18. *ambitiosus* hier „den Ehrgeiz (der Götter) erweckend“, vgl. die ähnl. Bedeut. von *invidiosus* 24, 16. — 19. *cessare* hier „müssig stehen“, weil nicht darauf geopfert wird. — 20. Verbinde *et deos*, wie im folg. V. *non et inultae dicemur.* — Ueber *at* s. zu 11, 40. Der Sinn: hat man mich beleidigt, so will ich es doch wenigstens nicht ungestraft dulden. — 21. *quaeque,* wozu gehört *que?* s. zu 2, 45. — *dicemur* gehört auch zu *quae inhonoratae* „und wenn ungeehrt, will ich nicht auch ungerächt heissen“. — 22. *inquit* hinter die angeführte Rede gestellt ist selten. — *Oeneos*, die Quantität lehrt, ob Adject. od. Genit., vgl. 4 *Thesea.* — 23. Vor *quanto* ist wie 11, 206 im D. das entsprechende Demonstr. hinzuzufügen „so gross, wie damit verglichen“. Wegen der Uebersetzung des vergleich. Abl. s. zu 7, 107 *quo non alius ocior.* Die Rinder aus *Epiros* waren durch ihre gewaltige Grösse berühmt. — 24. *sed habent Sicula arva minores,* der Sinn: in Sicilien aber, das doch auch durch seine Heerden berühmt ist, giebt es in Vergleich damit kleinere Stiere. — 26. *horrent* „sträuben sich“. — 28. *aequantur,* eigentl. stellen sich gleich, d. i. „kommen gleich“ an Grösse; *dentes Indi* sind Elephantenzähne. — 29. *fulmen* hier nicht wie 3, 143 (*nec vires fulminis apro prosunt*), sondern von feurigem Athem. Aehnlich von den Stieren des Aeetes 16, 105 *taetae vaporibus herbae ardent.* — 30. *in herba,* vgl. 12, 207 *primis segetes moriuntur in herbis.* Gegensatz *in spicis.* — 31. *modo* — *nunc* wie 14, 59. — *vota coloni* wie 3, 111. — *fleturi* „dem Jammer bestimmt ist“, von der Rache der Göttin, s. zu *motura* 1, 55. — 32. *Ceres* metonym. für *fruges.* — 34. Die Bedeut. von *foetus* ergiebt sich aus *cum palmite.* — 36. *pecudes* hat zum steigernden Gegensatz *armenta.* — *ve* — *ve* statt *vel* — *vel* ist dichterisch.

Diffugiunt populi, nec se nisi moenibus urbis
Esse putant tutos; donec Meleagros et una
Lecta manus iuvenum coïere cupidine laudis:
Tyndaridae gemini, spectatus caestibus alter,
Alter equo, primaeque ratis molitor Iason,
Et cum Pirithoo, felix concordia, Theseus,
Et duo Thestiadae; proles Aphareïa, Lynceus
Et velox Idas, et iam non femina Caeneus,
Leucippusque ferox, iaculoque insignis Acastus,
Hippothousque, Dryasque, et cretus Amyntore Phoenix,
Actoridaeque pares, et missus ab Elide Phyleus.
Nec Telamon aberat magnique creator Achillis,
Cumque Pheretiade et Hyanteo Iolao
Impiger Eurytion, et cursu invictus Echion,
Naryciusque Lelex, Panopeusque, Hyleusque, feroxque
Hippasus, et primis etiamnum Nestor in annis,
Et quos Hippocoon antiquis misit Amyclis,
Penelopesque socer cum Parrhasio Ancaeo,
Ampycidesque sagax, et adhuc a coniuge tutus
Oeclides, nemorisque decus Tegeaea Lycaei.
Rasilis huic summam mordebat fibula vestem,
Crinis erat simplex, nodum collectus in unum,
Ex humero pendens resonabat eburnea laevo
Telorum custos, arcum quoque laeva tenebat.
Talis erat cultu: facies, quam dicere vere
Virgineam in puero, puerilem in virgine possis.
Hanc pariter vidit, pariter Calydonius heros

39. *una*, Adverb. — 42. *equo* ist ebenfalls Abl. instrum., im D. „zu Ross“, s. zu 7, 135 *aure susurrat*. — *primae ratis*, s. zu 15, 43. — 43. *felix concordia*, Appositon zu *Theseus cum Pirithoo*, deren feste Freundschaft sprüchwörtlich war. So stehen zuweilen Abstracta zur Bezeichnung von Personen, vgl. 22, 98 von Philem. u. Baucis *templi tutela fuere* u. 37, 38 von Nestor *aevi prudentia nostri*. Hier übers. „das glückliche Eintrachtsbild“. — 45. *iam non* „bereits nicht mehr“. Die Erklärung von *iam non femina* s. im myth. Reg. unter *Caeneus*. — 47. *cretus* wie 11, 259. — 49. *magni creator Achillis*, Peleus, der Bruder des *Telamon*. — 50. Beachte den Hiatus im 3. u. 5. Fusse wie 12, 37. Ebenso V. 55 im 5. Fusse. — 55. *Penelopes socer*, Laërtes, der Vater des Odysseus. — 56. *sagax* hier von der Gabe der Weissagung wie 11, 320 *sagax ventura videre*. — 57. Verbinde *nemoris Lycaei*. — *Tegeaea* ist *Atalanta*, die aus *Tegĕa* in Arcadien stammte und als Jägerin berühmt war. — 58. *mordebat* „hakte zusammen“. — 61. *telorum custos*, d. i. pharetra, daher Femin. — 62. *cultus* umfasst hier Tracht und Bewaffnung; ähnlich 23, 127. — *quam possis* wie 1, 77 *quod dominari in cetera posset;* die 2. Person wie 3, 80 *putes*. — 63. Chiastisches Wortspiel, ähnlich dem zu 19, 1 angeführten. — 64. Das wieder-

Optavit, renuente deo, flammasque latentes
Hausit, et 'O felix, si quem dignabitur' inquit
'Ista virum!' Nec plura sinit tempusque pudorque
Dicere: maius opus magni certaminis urguet.
Silva frequens trabibus, quam nulla ceciderat aetas,
Incipit a plano devexaque prospicit arva.
Quo postquam venere viri, pars retia tendunt,
Vincula pars adimunt canibus, pars pressa sequuntur
Signa pedum, cupiuntque suum reperire periclum.
Concava vallis erat, quo se demittere rivi
Adsuerant pluvialis aquae: tenet ima lacunae
Lenta salix ulvaeque leves iuncique palustres
Viminaque et longa parvae sub arundine cannae.
Hinc aper excitus medios violentus in hostes
Fertur, ut excussis elisi nubibus ignes.
Sternitur incursu nemus, et propulsa fragorem
Silva dat. Exclamant iuvenes, praetentaque forti
Tela tenent dextra lato vibrantia ferro.
Ille ruit spargitque canes, ut quisque furenti
Obstat, et obliquo latrantes dissipat ictu.
Cuspis Echionio primum contorta lacerto
Vana fuit, truncoque dedit leve vulnus acerno.
Proxima, si nimiis mittentis viribus usa
Non foret, in tergo visa est haesura petito:
Longius it; auctor teli Pagasaeus Iason.
'Phoebe,' ait Ampycides 'si te coluique coloque,
Da mihi, quod petitur, certo contingere telo!'

holte *pariter* drückt völlige Gleichzeitigkeit aus. — Wer *Calydonius heros* sei, ist aus V. 11 zu ersehen. — 65. *renuente deo* „doch ohne Zustimmung der Gottheit". Er war, wie 261 lehrt, bereits vermählt. Beachte die prophetische Andeutung, s. zu 19, 40. — 66. *Hausit* „sog ein". — *si quem dignabitur virum* „wenn sie einen für würdig halten wird als Gatten, d. h. ihr Gatte zu sein". — 67. *nec* wie 4, 408.

69. *frequens*, s. zu 11, 6 *frequens colubris*. — 70. *Incipit a plano*, dadurch, sowie durch die folgenden Worte ist zugleich angedeutet, wie er sich fortsetzte. — 72. *pressa* d. i. impressa ab apro. — 73. *suum periclum* wie 19, 4.

75. *ima lacunae*, vgl. 12, 146 *in gurgitis ima*. — 79. *fertur*, s. zu 4, 100 *ne ferar in praeceps*. — *excussis* „geschüttelt" vom Sturm, vgl. 15, 18. 1, 56. — 80. In *propulsa* ist die Präposition genau wiederzugeben. — 81. *silva* hiernach *nemus* „Gehölz". Vgl. 6, 80. — 84. *obliquo*, denn der Eber haut in schräger Richtung.

89. *it* ist das Perf. für *iit*. — *auctor teli*, kurz „der Schütze". — 90. Warum der Ampycide den *Phoebus* anruft, ergiebt sich aus V. 56. Ueber den Beginn des Gebetes mit *si* s. zu 3, 215. — 91. *dare* mit dem Infin. wie 3, 145.

Qua potuit, precibus deus adnuit: ictus ab illo est,
Sed sine vulnere, aper; ferrum Diana volanti
Abstulerat iaculo, lignum sine acumine venit.
Ira feri mota est nec fulmine lenius arsit:
Emicat ex oculis, spirat quoque pectore flamma.
Utque volat moles adducto concita nervo,
Cum petit aut muros, aut plenas milite turres:
In iuvenes certo sic impete vulnificus sus
Fertur, et Eupalamon Pelagonaque, dextra tuentes
Cornua, prosternit. Socii rapuere iacentes.
At non letiferos effugit Enaesimus ictus
Hippocoonte satus: trepidantem et terga parantem
Vertere succiso liquerunt poplite nervi.
Forsitan et Pylius citra Troiana perisset
Tempora; sed sumpto posita conamine ab hasta
Arboris insiluit, quae stabat proxima, ramis,
Despexitque, loco tutus, quem fugerat hostem.
Dentibus ille ferox in querno stipite tritis
Imminet exitio, fidensque recentibus armis
Ornytidae magni rostro femur hausit adunco.
At gemini, nondum caelestia sidera, fratres,
Ambo conspicui, nive candidioribus ambo

— *quod petitur*, im D. ein Subst. — 92. *qua* übers. wie 4, 136 *qua licuit.* Es galt nämlich für die Götter das Gesetz, dass keiner eine Handlung des andern ungeschehen machen konnte. — 93. In *Diana* ist hier ungewöhnlicher Weise die erste Sylbe lang. — 95. *ferus* als Substant. ist bei den Dichtern häufig. — 96. *emicat* „sprüht“, Subj. *flamma.* — 97. *moles* „ein Felsblock“, wie man sie bei Belagerungen mit der *balista* od. *catapulta* schleuderte. Diese Maschinen hatten ähnlich wie der Bogen eine Sehne, die man spannte (*adducebatur*). — 99. *impete* wie 6, 79. — *vulnificus sus,* ein einsylbiges Wort am Schluss des Verses giebt diesem zuweilen grosse Kraft, indem der sinkende Ton noch einmal sich zu erheben genöthigt wird. — 101. *cornua,* die Jäger bilden eine Art Schlachtordnung, indem sie den Eber im Halbkreis umstellen. — 104. *succiso*, ab apro. — *liquerunt* „versagten den Dienst“. Im Knie laufen viele Flechsen zusammen. — 105. *Pylius*, Nestor, der aus Pylos stammte. — *citra,* näml. von jener Jagd aus gerechnet, die dem trojan. Kriege vorausging, daher hier soviel als *ante.* — 106. *conamen* „Ansatz“, beim Springen; *ponere* hier „aufstemmen“. — 107. *insiluit ramis*, wegen des Dativ s. zu 2, 67. — 108. *despexit*, nicht: verachtete.

109. *terere* hier „wetzen“. — 110. *imminet exitio* wie 2, 58. — *recentibus*, in Bezug auf *tritis.* — 111. *rostro*, durch Synekdoche der ganze Rüssel für die Hauer. — *hausit* wie 11, 300 *haurire latus.* — 112. *gemini fratres*, die Tyndariden (41) *Castor* und *Pollux*, s. *Tyndaridae* im myth. Reg. Sie erschienen stets mit weissen Ros-

Vectabantur equis, ambo vibrata per auras
Hastarum tremulo quatiebant spicula motu.
Vulnera fecissent, nisi saetiger inter opacas
Nec iaculis isset nec equo loca pervia silvas.
Persequitur Telamon, studioque incautus eundi
Pronus ab arborea cecidit radice retentus.
Dum levat hunc Peleus, celerem Tegeaea sagittam
Inposuit nervo sinuatoque expulit arcu.
Fixa sub aure feri summum destringit arundo
Corpus, et exiguo rubefecit sanguine saetas.
Nec tamen illa sui successu laetior ictus,
Quam Meleagros erat. Primus vidisse putatur,
Et primus sociis visum ostendisse cruorem,
Et 'Meritum' dixisse 'feres virtutis honorem.'
Erubuere viri, seque exhortantur, et addunt
Cum clamore animos, iaciuntque sine ordine tela.
Turba nocet iactis et, quos petit, inpedit ictus.
Ecce furens contra sua fata bipennifer Arcas
'Discite, femineis quid tela virilia praestent,
O iuvenes, operique meo concedite' dixit.
'Ipsa suis licet hunc Latonia protegat armis,
Invita tamen hunc perimet mea dextra Diana.'
Talia magniloquo tumidus memoraverat ore,
Ancipitemque manu tollens utraque securim
Institerat digitis, primos suspensus in artus:
Occupat audentem, quaque est via proxima leto,

sen. — 114. *vectabantur*, hier vom Reiten zu verstehen. — 116. Ordne *nisi saetiger isset inter opacas silvas, loca nec iaculis nec equo pervia*. Beachte die eigenthümliche Verschränkung der Worte, vgl. 7, 76. 95. 12, 21. — 119. *ab* s. zu 3, 92. — 120. *Peleus*, s. zu 49. — 122. *summum corpus* wie 4, 266. — 124. *ictus*, wegen der Uebers. s. zu 6, 64. — 127. *honor* wie 3, 287. — 128. *addunt* „erhöhen". — 129. *Cum* „unter". — 130. *turba*, iacientium; *iactis*, telis. — *ictus, quos petit*, die Masse hindert das Treffen, welches sie begehrt, d. h. hindert, wie sie begehrt, zu treffen.

131. *Arcas*, seinen Namen s. 141. — *furens contra sua* (wie 1, 13) *fata*, indem er sich durch seine Unbesonnenheit in einen vorzeitigen, ihm noch nicht vom Schicksal bestimmten Tod stürzt. — 132. *quid*, d. i. quantum, vgl. unten 179 *quantum distent*. — 133. *concedite* „gebt Raum". — 135. *invita* ist mit Absicht an den Anfang des Satzes und des Verses gestellt, s. zu 1, 1 *in nova*. Dergleichen Ruhmredigkeiten der Gottheit gegenüber sind immer ein sicheres Zeichen des nahen Verderbens, vgl. 7, 49 ff. 13, 25 ff. 138. 23, 31 ff. — 138. *digiti* hier „die Fusszehen"; *primos suspensus in artus* „auf die äussersten Fussspitzen erhoben". — 139. *occupat* „kommt zuvor", Subject im folg. Satzgliede. Ueber die Satzverbindung s. zu 4, 78.

Summa ferus geminos direxit ad inguina dentes.
Concidit Ancaeus, glomerataque sanguine multo
Viscera lapsa fluunt, madefactaque terra cruore est.
Ibat in adversum proles Ixionis hostem
Pirithous, valida quatiens venabula dextra.
Cui 'Procul' Aegides 'o me mihi carior' inquit
'Pars animae consiste meae! licet eminus esse
Fortibus: Ancaeo nocuit temeraria virtus.'
Dixit, et aerata torsit grave cuspide cornum;
Quo bene librato votique potente futuro
Obstitit aesculea frondosus ab arbore ramus.
Misit et Aesonides iaculum, quod casus ab illo
Vertit in inmeriti fatum latrantis, et inter
Ilia coniectum tellure per ilia fixum est.
At manus Oenidae variat, missisque duabus
Hasta prior terra, medio stetit altera tergo.
Nec mora, dum saevit, dum corpora versat in orbem,
Stridentemque novo spumam cum sanguine fundit,
Vulneris auctor adest, hostemque irritat ad iram,
Splendidaque adversos venabula condit in armos.
Gaudia testantur socii clamore secundo,
Victricemque petunt dextrae coniungere dextram;
Inmanemque ferum multa tellure iacentem
Mirantes spectant, neque adhuc contingere tutum
Esse putant; sed tela tamen sua quisque cruentat.
Ipse pede inposito caput exitiabile pressit,

143. *in adversum hostem* „gerade auf den Feind los", wörtlich? Aehnlich 159. — 145. Verbinde *procul consiste, pars animae meae carior mihi me.* Aehnliche Verschränkungen s. zu 7, 133. — 146. *licet*, nobis. — 148. *cornum* ist hier der Schaft aus Kornelkirschholz, das häufig zu Speerschäften diente, vgl. 18, 18. Das Neutr. *cornum* in der Bedeut. Kornelkirschholz, statt des Fem. *cornus* ist sonst nicht gewöhnlich; ähnlich jedoch *ebenus* (Fem.) und *ebenum*. — 149. *futurum potens voti* „im Begriff, das erwünschte Ziel zu erreichen". Beachte diesen meton. Gebrauch von *votum;* ähnlich *spes* 33, 115. — 151. *ab illo*, apro. — 152. *in fatum* wie 16, 346 *in fata parentis.* — *latrans* metonymisch für *canis.*

154. *variare* intrans. sich verschieden oder wechselnd zeigen. hier „verschiedenen Erfolg haben". — 156. *nec mora* wie 6, 46. — *saevit*, das Subj. ist leicht aus dem Zusammenhange zu entnehmen. — 157. *novo*, weil er schon einmal geblutet hatte, s. 123.

160. *clamor secundus* „Beifallsgeschrei". — 161. *petere*, wenn es sich der Bedeutung von *cupere* nähert, verbinden die Dichter zuweilen mit dem Infin. — 162. *multa tellure iacentem*, das im Liegen ein weites Stück Boden bedeckte. — 165. *pressit* wie 4, 179. —

Atque ita 'Sume mei spolium, Nonacria, iuris'
Dixit 'et in partem veniat mea gloria tecum.'
Protinus exuvias, rigidis horrentia saetis
Terga dat et magnis insignia dentibus ora.
Illi laetitiae est cum munere muneris auctor:
Invidere alii, totoque erat agmine murmur.
E quibus ingenti tendentes bracchia voce
'Pone age, nec titulos intercipe, femina, nostros!'
Thestiadae clamant 'nec te fiducia formae
Decipiat, ne sit longe tibi captus amore
Auctor!' et huic adimunt munus, ius muneris illi.
Non tulit, et tumida frendens Mavortius ira
'Discite, raptores alieni' dixit 'honoris,
Facta minis quantum distent!' hausitque nefando
Pectora Plexippi, nil tale timentia, ferro.
Toxea, quid faciat dubium, pariterque volentem
Ulcisci fratrem fraternaque fata timentem
Haud patitur dubitare diu, calidumque priori
Caede recalfecit consorti sanguine telum.
Dona deum templis, nato victore, ferebat,
Cum videt exstinctos fratres Althaea referri.
Quae plangore dato maestis clamoribus urbem
Implet, et auratis mutavit vestibus atras.
At simul est auctor necis editus, excidit omnis
Luctus et a lacrimis in poenae versus amorem est.
Stipes erat, quem, cum partus enixa iaceret

166. *atque ita* wie 3, 66. — *Nonacria*, Atalanta, vom Berge *Nonacris* in Arcadien. — *mei iuris* „worauf ich das Recht habe, die mir gebührt“. — 167. *in partem veniat tecum*, soll mit dir zur Theilung kommen „soll mir mit dir gemeinschaftlich sein“. — 169. *terga* hier nur „die Haut“.

173. Ueber *nec* für *neve* s. zu 4, 160. — *titulos nostros* „unsern Ruhm“ (s. zu 11, 31), da die Beutestücke ein Ruhm für Meleager's ganze Familie waren, der die beiden Thestiaden (s. d. myth. Reg.) als seine Oheime angehörten. — 175. *decipiat te*, d. h. verlocke dich uns Trotz zu bieten. — *longe esse* gleichbedeutend mit *longe abesse* 11, 35. — 176. *auctor*, muneris. — *illi*, Meleagro.

177. *Mavortius*, Meleager wurde von Vielen für einen Sohn des *Mars* gehalten. Diese Benennung scheint hier nicht ohne Absicht gewählt, weil sie gewissermassen zur Erklärung des unbändigen Zornausbruches dient. — 179. *hausit* wie 111. — 181. *pariter* bezeichnet *volentem* u. *timentem* als gleichzeitig. — 184. *consors* steht zuweilen bei Dichtern für *frater* od. *fraternus*.

185. *Dona* wie 16, 169. — 188. *auratis mutavit vestibus atras* wie 16, 59 *cum rebus, quas totus possidet orbis, Aesoniden mutasse velim*. — 189. *editus* wie 4, 74. — 190. *poenae* (d. i. ultionis) *amor* im D. ein Wort. — 191. *partus*, der Plur. hier nur von einem

Thestias, in flammam triplices posuere sorores;
Staminaque inpresso fatalia pollice nentes
'Tempora' dixerunt 'eadem lignoque tibique
O modo nate, damus.' Quo postquam carmine dicto
Excessere deae, flagrantem mater ab igne
Eripuit torrem, sparsitque liquentibus undis.
Ille diu fuerat penetralibus abditus imis,
Servatusque tuos, iuvenis, servaverat annos.
Protulit hunc genitrix, taedasque et fragmina poni
Imperat, et positis inimicos admovet ignes.
Tum conata quater flammis inponere ramum,
Coepta quater tenuit. Pugnant materque sororque,
Et diversa trahunt unum duo nomina pectus.
Saepe metu sceleris pallebant ora futuri:
Saepe suum fervens oculis dabat ira ruborem.
Et modo nescio quid similis crudele minanti
Vultus erat, modo quem misereri credere posses.
Cumque ferus lacrimas animi siccaverat ardor,
Inveniebantur lacrimae tamen. Utque carina,
Quam ventus ventoque rapit contrarius aestus,
Vim geminam sentit, paretque incerta duobus:
Thestias haud aliter dubiis affectibus errat,
Inque vices ponit, positamque resuscitat iram.

Sohne, dem Meleager, s. zu 2, 5 *ora*. Vgl. unten 230 *uteri mala pignora nostri*. — 192. *triplices sorores* die drei Parcen. — *in flammam posuere*, der Accus., um anzudeuten, dass das Holzscheit zwar in die Flamme gethan wurde, aber nicht darin blieb. — 193. *inpresso*, staminibus, wie es beim Spinnen geschehen muss. — 195. *carmen* hier „Schicksalsspruch, Weissagung“. — 200. Um den innern Kampf und die Handlungsweise der *Althaea* im Folgenden richtig zu beurtheilen, muss man wissen, dass sie sich der herrschenden Sitte der Blutrache gemäss für verpflichtet hält, den gemordeten Brüdern den Mörder zum Sühnopfer zu bringen. Ohne solche Rache, glaubte man, gelangten die Seelen der Gemordeten nicht zur Ruhe. — *taedae*, „Kienspäne“. — 202. *conari* drückt hier die Anstrengung und den Kampf aus, den es ihr jedesmal kostete „ansetzen“. — 203. *coepta tenuit* „hielt mit ihrem Beginnen ein, hemmte es“. — 204. *diversa*, obwohl grammatisch zu *duo nomina* gehörig, ist beim Uebers. zum Verbum zu ziehen „nach verschiedenen Seiten“, s. zu 1, 4 *perpetuum*. — 205. *futuri* „das geschehen sollte“. — 206. *suum* in Bezug auf *ira*, dem die Röthe eigenthümlich ist, s. zu 1, 17 *sua forma*. — 207. Ordne *modo vultus erat similis minanti nescio quid crudele, modo* (tali) *quem cet.* — 209. *cum* mit dem Indic. Plusquamperf. in gleicher Bed. wie 18, 93. — *lacrimas*, die Zeichen der Mutterliebe. — 211. *aestus* „die Strömung des Meeres“. — 212. *incerta* wie 19, 10 *incertas aquas*. — 213. *errat* „schwankt hin und her“. — 214. *In vices*, s. zu 8, 45. — *po-*

Incipit esse tamen melior germana parente,
Et consanguineas ut sanguine leniat umbras,
Impietate pia est. Nam postquam pestifer ignis
Convaluit, 'Rogus iste cremet mea viscera' dixit.
Utque manu dira lignum fatale tenebat,
Ante sepulchrales infelix adstitit aras,
'Poenarum' que 'deae triplices, furialibus' inquit,
'Eumenides, sacris vultus advertite vestros.
Ulciscor facioque nefas, mors morte pianda est;
In scelus addendum scelus est, in funera funus:
Per coacervatos pereat domus impia luctus!
An felix Oeneus nato victore fruetur,
Thestius orbus erit? Melius lugebitis ambo!
Vos modo, fraterni manes animaeque recentes,
Officium sentite meum, magnoque paratas
Accipite inferias, uteri mala pignora nostri! —
Ei mihi! quo rapior? Fratres ignoscite matri!
Deficiunt ad coepta manus. Meruisse fatemur
Illum, cur pereat: mortis mihi displicet auctor. —

nere im Gegens. zu *resuscitare* „machen, dass er sich legt, d. i. beruhigen".

215. *melior germana parente*, „eine bessere Schwester als Mutter". Ebenso Trist. 1, 7, 18 *Thestias* (fertur) *melior matre fuisse soror*. — 217. *impietate pia* „durch Pflichtverletzung pflichttreu", ein ähnliches Oxymoron wie 6, 5 *facto pius et sceleratus eodem* u. 16, 339. — 218. *rogus*, mit Beziehung auf den Scheiterhaufen, worauf man die Todten verbrannte. — *mea viscera* wie 11, 191. — 220. *sepulchrales arae* waren Altäre bei den Grabmälern, auf denen man den Verstorbenen Todtenopfer brachte. Hier ist der brennende Holzstoss gemeint, auf welchem sie den Brüdern das Leben des Sohnes als Racheopfer darbringen will.

221. In dem nun folg. Selbstgespräch wird, nachdem sie sich Anfangs fest entschlossen zeigt, ihr Entschluss durch die immer wieder hervorbrechenden Muttergefühle aufs Neue schwankend gemacht. *Poenarum deae triplices*, die drei Furien oder Eumeniden, die Rachegöttinnen. Diese ruft sie an, weil sie im Begriffe ist ein Racheopfer (*furialia sacra*) zu bringen. — 223. *nefas* ist auch zu *ulciscor* Object. — 226. *An*, s. zu 3, 34. — *felix Oeneus*, nicht „der glückliche Oen."; *frui* hier „sich an etwas erfreuen". Dieses und das folg. Futur. übers. wie 16, 38 *prodamne*. Ebenso nacher 234 f. — 227. *melius lugebitis ambo* d. h. besser wird sein, ihr trauert beide. — 228. *Vos modo cet.*, dies ist der Gedanke, der sie jetzt ganz erfüllt. — *animaeque recentes* „ihr eben hinabgestiegenen Seelen" ist Epexegese zu *manes*, s. zu 3, 8 *tecta regalemque domum*. Aehnlich *umbrae recentes* 9, 19. — 229. *officium meum* d. i. den Dienst, den ich euch jetzt aus Schwesterpflicht leiste. — *magno*, Abl. pretii.

231. *rapior*, das Pass. übers. nach 3, 216 *flectitur*. — Der Hauptton liegt auf *matri*. — 233. *cur pereat*, soviel als: ut propter

Ergo inpune feret, vivusque et victor et ipso
Successu tumidus regnum Calydonis habebit;
Vos cinis exiguus gelidaeque iacebitis umbrae?
Haud equidem patiar. Pereat sceleratus, et ille
Spemque patris regnique trahat patriaeque ruinam! —
Mens ubi materna est? ubi sunt pia iura parentum,
Et, quos sustinui, bis mensum quinque labores?
O utinam primis arsisses ignibus infans,
Idque ego passa forem! — Vixisti munere nostro,
Nunc merito moriere tuo. Cape praemia facti,
Bisque datam, primum partu, mox stipite rapto,
Redde animam, vel me fraternis adde sepulchris. —
Et cupio et nequeo. Quid agam? modo vulnera fratrum
Ante oculos mihi sunt et tantae caedis imago,
Nunc animum pietas maternaque nomina frangunt.
Me miseram! Male vincetis, sed vincite, fratres:
Dummodo, quae dedero vobis solacia, vosque
Ipsa sequar.' Dixit, dextraque aversa trementi
Funereum torrem medios coniecit in ignes.
Aut dedit, aut visus gemitus est ille dedisse
Stipes, ut invitis correptus ab ignibus arsit.

hanc causam pereat. — *auctor* schliesst mit Nachdruck den Vers. Der Sinn: dass ich, seine Mutter ihn tödten soll.

234. *inpune ferre* „ungestraft davonkommen". — 236. *exiguus* „ein Wenig". — *iacebitis* ist durch ein Zeugma (s. zu 4, 343) auch mit *umbrae* verbunden, was wegen des nachdrücklichen Gegensatzes, den *iac.* zum Vorhergehenden bildet, weniger auffällig erscheint. — 238. *trahere* in Bezug auf *spem*, mit sich in die Vernichtung, in Bezug auf *ruinam*, nach sich ziehen. Dass er Stolz und Stütze seines Vaterlandes war, zeigte oben 11.

239. *ubi est — sunt*, d. h. habe ich ihrer ganz vergessen? — *iura* wie 17, 14. — 240. *bis mensum quinque labores*, von der Schwangerschaft. Der Genit. *mensum* kommt nicht nur bei Dichtern, sondern auch in der Prosa vor, Caes. b. g. 1, 5 *trium mensum cibaria*. — 241. *primis ignibus*, s. oben 196. — 243. *tuo* wie 8, 121. — 245. *vel me fraternis adde sepulchris* d. i. oder lege auch mich zu den Brüdern ins Grab.

246. Den Worten *et cupio et nequeo* ist ein neuer Versuch vorausgegangen. Um die durch *et — et* ausgedrückte Gleichzeitigkeit der Gegensätze wiederzugeben, übers. „ich will zugleich und kann doch nicht". — *modo — nunc* wie oben 30. — 247. Ueber die Uebers. von *tantae* s. zu 4, 213. — 249. *Male* „auf eine unselige Weise", wie sie oben 223 f. durch *facio nefas* u. *in scelus addendum scelus* est ausgesprochen hat. — 250. *solacia* „der Trost" für die Gemordeten ist der zum Racheopfer dargebrachte Sohn; ihm und den Brüdern wünscht sie selbst im Tode zu folgen. — 251. *aversa*, vgl. 16, 341.

Inscius atque absens flamma Meleagros ab illa
Uritur, et caecis torreri viscera sentit
Ignibus, ac magnos superat virtute dolores.
Quod tamen ignavo cadat et sine sanguine leto,
Maeret, et Ancaei felicia vulnera dicit;
Grandaevumque patrem fratresque piasque sorores
Cum gemitu sociamque tori vocat ore supremo,
Forsitan et matrem. Crescunt ignisque dolorque,
Languescuntque iterum: simul est exstinctus uterque,
Inque leves abiit paulatim spiritus auras,
Paulatim cana prunam velante favilla.
  Alta iacet Calydon: lugent iuvenesque senesque,
Vulgusque proceresque gemunt, scissaeque capillos
Planguntur matres Calydonides Eueninae.
Pulvere canitiem genitor vultusque seniles
Foedat humi fusus, spatiosumque increpat aevum.
Nam de matre manus diri sibi conscia facti
Exegit poenas, acto per viscera ferro.
Non mihi si centum deus ora sonantia linguis,
Ingeniumque capax totumque Helicona dedisset,
Tristia persequerer miserarum dicta sororum.
Inmemores decoris liventia pectora tundunt,
Dumque manet corpus, corpus refoventque foventque;

255. *inscius*, d. i. ohne Ahnung von dem Geschehenen. — *ab* s. zu 3, 92. — 258. Wegen der Stellung von *tamen* vgl. 14, 40 *quae tamen ut detis, supplex peto.* — *ignavo* wie 17, 55 *leto inerti.* — *sine sanguine* vertritt die Stelle eines Adjectivs, s. zu 1, 26 *sine pondere.* — 260. *pias* „liebend, zärtlich". — 261. *sociam tori*, d. i. uxorem. — *ore supremo* „mit dem letzten Laute des Mundes", vgl. 13, 100 *suprema lumina versarunt.* — 262. *ignis*, des brennenden Holzscheites. — 264. Durch die Wiederholung von *paulatim* wird die völlige Uebereinstimmung im Verlauf der beiden Ereignisse noch mehr versinnlicht. Vgl. 13, 100 ff. *simul.*

266. *Alta*, soviel als mächtig oder stolz; *iacet* „liegt gebeugt". — 267. *que* hinter *vulgus* ist durch die Arsis lang, s. zu 3, 31. — 268. *planguntur* übers. reflexiv. Der gehaltene spondeische Ausgang wie 13, 102. — 270. *spatiosum*, bei weitem stärker als *longum*. — 271. *Nam*, ähnlich wie 4, 360. 13, 126. — *manus*, ipsius, im D. füge „die eigene" hinzu. — 273. *Non mihi si cet.* Diese schon von Homer gebrauchte Wendung kehrt bei mehreren Dichtern auf ähnliche Weise wieder, um die Unmöglichkeit zu bezeichnen, etwas Gewaltiges in seinem ganzen Umfange zu beschreiben. — Verbinde *centum linguis.* — 274. *capax* „umfassend", um eine solche Fülle des Stoffes zu bewältigen. — *totum Helicona*, d. h. die Gesangeskunst des ganzen Helicon, der bekanntlich der Sitz der Musen war. — 275. *persequi* hier „vollständig oder ausführlich berichten". — 276. *liventia pectora tundunt* statt ita tundunt ut liveant. Ueber diese Prolepsis s. zu 6, 76. 11, 114. — 277. *dum manet corpus*

Oscula dant ipsi, posito dant oscula lecto.
Post cinerem cineres haustos ad pectora pressant;
Adfusaeque iacent tumulo, signataque saxo
Nomina complexae lacrimas in nomina fundunt.
Quas, Parthaoniae tandem Latonia clade
Exsatiata domus, praeter Gorgenque nurumque
Nobilis Alcmenae, natis in corpore pennis
Adlevat, et longas per bracchia porrigit alas,
Corneaque ora facit, versasque per aëra mittit.

21. Theseus bei Achelous. Die Echinaden.

(VIII, 546—588.)

Interea Theseus, sociati parte laboris
Functus, Erechtheas Tritonidos ibat ad arces.
Clausit iter fecitque moras Achelous eunti
Imbre tumens. 'Succede meis' ait, 'inclite, tectis,
Cecropida, nec te committe rapacibus undis.
Ferre trabes solidas, obliquaque volvere magno
Murmure saxa solent. Vidi contermina ripae
Cum gregibus stabula alta trahi, nec fortibus illic

d. h. so lange er noch nicht bestattet ist. — *fovent*, indem sie sich mit ihrem Körper über die kalte Leiche werfen. Zu der Wortfolge *refoventque foventque* vgl. 19, 7 *refluitque fluitque* und die Bem. — 278. *lectus* wie *torus* 13, 143. — 279. *post cinerem*, kurz statt postquam cinis factus est, durch die Verbrennung. — *haurire* hier = colligere. — 280. *saxo*, über den Ablat. s. zu 1, 13 *longo margine*. Sehr ähnlich ist die Schilderung von der trauernden Mutter des Phaëthon 4, 369 f. — 383. *nurus Alcmenae*, Deianira, die Gattin des Hercules. Es waren nur zwei, die verwandelt wurden; als Vögel hiessen sie *Meleagrides* „Perlhühner".

Noch einmal benutzt der Dichter die Person des *Theseus*, um eine Anzahl neuer Verwandlungen anzuknüpfen. Auf der Rückkehr nämlich von der calydonischen Jagd kehrt dieser bei dem Flussgotte Achelous ein, dessen Mahl durch eine Reihe von Erzählungen gewürzt wird, welche in diesem und den drei folgenden Abschnitten enthalten sind. — 1. *sociatus labor*, die calydonische Jagd. — 2. *Tritonidos ad arces*, s. zu 19, 94. — 3. Kehrte Theseus auf dem geraden Wege nach Athen zurück, so hatte er den *Achelous*, der im Westen von *Calydon* zwischen Aetolien und Acarnanien fliesst, nicht zu überschreiten. Dem Dichter sind jedoch dergleichen Ungenauigkeiten nachzusehen. — 4. *ait*, Achelous. — 5. *nec*, s. zu 20, 173. — 6. *obliqua* „quer liegend". — 8. Constr. *nec armentis profuit illic fortibus esse, nec equis velocibus esse*, vgl. 20,

Profuit armentis, nec equis velocibus esse.
Multa quoque hic torrens, nivibus de monte solutis
Corpora turbineo iuvenilia vertice mersit.
Tutior est requies, solito dum flumina currant
Limite, dum tenues capiat suus alveus undas.'
Adnuit Aegides 'Utar' que, 'Acheloë, domoque
Consilioque tuo' respondit; et usus utroque est.
Pumice multicavo nec levibus atria tophis
Structa subit: molli tellus erat humida musco;
Summa lacunabant alterno murice conchae.
Iamque duas lucis partes Hyperione menso
Discubuere toris Theseus comitesque laborum:
Hac Ixionides, illa Troezenius heros
Parte Lelex, raris iam sparsus tempora canis,
Quosque alios parili fuerat dignatus honore
Amnis Acarnanum, laetissimus hospite tanto.
Protinus adpositas nudae vestigia Nymphae
Instruxere epulis mensas, dapibusque remotis
In gemma posuere merum. Tum maximus heros,
Aequora prospiciens oculis subiecta, 'Quis' inquit
'Ille locus?' digitoque ostendit, et 'Insula nomen
Quod gerat illa, doce; quamquam non una videtur.'

146 *licet eminus esse fortibus.* — 10. Der Plur. *nives* wie 4, 253; *de monte solvere* „vom Gebirge herabschmelzen". — 12. *flumina* wie 3, 261. — 13. *tenues*, Gegens. zu *tumens* V. 4. — *suus*, in Bezug auf *undas*, „ihr ihnen gehöriges, ihr eigentliches", s. zu 1, 17 *sua forma.*

16. *nec levibus tophis* d. i. et tophis non lēvibus (nicht lĕvibus), s. zu 16, 280. — 18. *summa*, atria, d. i. ihre Decke. — *lacunabant* „schmückten wie mit getäfelter Arbeit". Die getäfelten Decken der Prachtgemächer hiessen *lacunaria* oder *laquearia*. — 19. *lucis* wie 18, 2. — *menso*, die Dichter brauchen *metiri* auch in der Bedeutung „durchmessen d. i. durchlaufen", wie *emetiri*. — 21. *Troezenius heros* heisst *Lelex*, der 20, 52 *Narycius* genannt wurde, weil er sich wahrscheinlich in Troezen aufzuhalten pflegte, vgl. 22, 12. — 22. *raris* „einzelne", wie Nep. Milt. 5, 3 *arbores multis locis erant rarae.* — 24. *amnis Acarnanum*, Achelous. — *tanto*, s. zu 4, 212. — 25. *vestigia* h. „die Fusssohlen"; über den Accus. s. zu 16, 183 *nuda pedem*. Die Bedienung in entblössten Füssen war ein Zeichen der Ehrerbietung. — 26. *mensas*, s. zu 3, 68. — *dapibus remotis*, während des eigentlichen Essens pflegte nicht getrunken zu werden. — 27. *gemma*, metonym. für eine Schale von Edelstein. — *maximus heros*, Theseus. — 28. *aequora*, der Achelous ergiesst sich ins Meer, und vor seiner Mündung liegt eine Inselgruppe. — 29. *et* verbindet die beiden Glieder der angeführten Rede, ohne selbst dazu zu gehören. Vollständig würde es lauten: er sagte — und fuhr fort. — 30. *quamquam*, s. zu 16, 37.

Amnis ad haec 'Non est' inquit, 'quod cernimus, unum:
Quinque iacent terrae, spatium discrimina fallit.
Quoque minus spretae factum mirere Dianae,
Naïdes hae fuerant. Quae cum bis quinque iuvencos
Mactassent, rurisque deos ad sacra vocassent,
Inmemores nostri festas duxere choreas.
Intumui, quantusque feror, cum plurimus umquam,
Tantus eram, pariterque animis inmanis et undis
A silvis silvas et ab arvis arva revelli,
Cumque loco Nymphas, memores tum denique nostri,
In freta provolvi. Fluctus nosterque marisque
Continuam diduxit humum, partesque resolvit
In totidem, mediis quot cernis Echinadas undis.'

22. Philemon und Baucis.

(VIII, 611—724.)

Amnis ab his tacuit. Factum mirabile cunctos
Moverat: inridet credentes, utque deorum
Spretor erat mentisque ferox Ixione natus,
'Ficta refers, nimiumque putas, Acheloë, potentes
Esse deos,' dixit 'si dant adimuntque figuras.'
Obstupuere omnes, nec talia dicta probarunt;

32. *terrae* „Stücken Landes". — *fallere* heisst zuweilen bei Dichtern einenGegenstand um die ihm eigenthümliche Wirkung betrügen „unwirksam oder unmerklich machen, z. B. *fallere tempus*, *horas*, *labores*, *curas*. — 33. *spretae factum Dianae*, die Sendung des calydon. Ebers, s. 20, 18 ff. Nach *quo minus mirere* ist unterdrückt *scito* od. *audi*, s. zu 17, 31. — 35. *ruris deos*, eine Aufzählung solcher s. 3, 30 f. — 37. *feror* s. zu 20, 79. Zu *cum plurimus umquam* denke *feror* wiederholt, vgl. 20, 21. — *plurimus* „am vollsten oder wasserreichsten". — 38. *animis* „Zorn", vgl. die Bem. zu 4, 3.

1. *ab* bezeichnet zuweilen die unmittelbare zeitliche Folge; *ab his*, nach Beendigung dieser seiner Erzählung, s. den vor. Abschnitt. — 2. *moverat* wie 3, 233 *mota est*. — *inridet*, Ixione natus, s. 20, 143 f. — *credentes* „die Gläubigen". — Den Zwischensatz mit *ut erat* übers. nach 4, 303; *que* verbinde mit *dixit*. Pirithous erscheint als Erbe des Frevelmuthes seines Vaters *Ixion* (s. das myth. Reg.). Er selbst versuchte später dem Pluto die Proserpina zu entführen u. wurde deshalb im Tartarus angeschmiedet. — 3. *mentis ferox*, nach dem Muster der bei Dichtern und spätern Prosaikern häufigen Redensarten *aeger*, *anxius*, *fidens animi* u. ä. S. auch die Bemerk. zu 11, 273 *timidus deorum*. — 5. *si dant*, nämlich nach deiner Meinung.

Ante omnesque Lelex, animo maturus et aevo,
Sic ait: 'Inmensa est, finemque potentia caeli
Non habet, et quicquid superi voluere, peractum est.
Quoque minus dubites, tiliae contermina quercus
Collibus est Phrygiis, modico circumdata muro —
Ipse locum vidi; nam me Pelopeïa Pittheus
Misit in arva, suo quondam regnata parenti —
Haud procul hinc stagnum est, tellus habitabilis olim,
Nunc celebres mergis fulicisque palustribus undae.
Iuppiter huc specie mortali, cumque parente
Venit Atlantiades positis caducifer alis.
Mille domos adiere, locum requiemque petentes:
Mille domos clausere serae. Tamen una recepit,
Parva quidem, stipulis et canna tecta palustri,
Sed pia Baucis anus parilique aetate Philemon
Illa sunt annis iuncti iuvenilibus, illa
Consenuere casa, paupertatemque fatendo
Effecere levem nec iniqua mente ferendo.
Nec refert, dominos illic famulosne requiras:
Tota domus duo sunt, idem parentque iubentque.
  Ergo ubi caelicolae parvos tetigere penates
Submissoque humiles intrarunt vertice postes,
Membra senex posito iussit relevare sedili,
Quo superiniecit textum rude sedula Baucis.
Inde foco tepidum cinerem dimovit, et ignes
Suscitat hesternos, foliisque et cortice sicco
Nutrit, et ad flammas anima producit anili;
Multifidasque faces ramaliaque arida tecto

7. *Ante omnesque*, s. zu 3, 227 *inter seque*. — *Lelex*, s. zu 21, 22. — 10. *Quoque minus dubites*, derselbe Fall wie 21, 23. — 12. *Pelopeïa arva*, Phrygien, woher Pelops stammte, dessen Vater Tantalus König von Phrygien war. *Pittheus*, König von Trözen, war der Sohn des Pelops. — 13. Das passive *regnatus*, besonders mit einem Dat. der thätigen Person, ist bei den Dichtern ziemlich häufig. — 15. *celebres mergis* „zahlreich besucht von —", vgl. 13, 20 *comitum Niobe celeberrima turba*. — 17. *Atlantiades*, s. zu 5, 6 u. 25. Mercur wurde mit Flügelschuhen und einem Heroldstabe (*caduceus*) dargestellt; daher *caducifer*, was jedoch hier nur zur Bezeichnung seines Wesens dient. In seiner menschlichen Verhüllung hatte er natürlich Stab wie Flügelschuhe abgelegt. — 19. Warum ist *mille domos* wiederholt? s. zu 3, 142. — 23. *fatendo*, d. h. dadurch, dass sie kein Hehl daraus machten, sich ihrer nicht schämten. — 24. *nec iniqua mente ferendo*, d. i. et aequa mente „mit Gleichmuth", s. zu 21, 16 *nec levibus tophis*. — 25. *Nec refert* „nnd gleichviel ist es"; *dominos illic famulosne requiras*, abhängige disjunctive Frage. — 26. *idem*, über die Form s. zu 3, 77.

30. *Quo*, Adverb. — 33. *anili* d. i. „altersschwach". — 34. *faces*

Detulit, et minuit, parvoque admovit aëno;
Quodque suus coniunx riguo collegerat horto,
Truncat olus foliis. Furca levat ille bicorni
Sordida terga suis nigro pendentia tigno,
Servatoque diu resecat de tergore partem
Exiguam, sectamque domat ferventibus undis.
Interea medias fallunt sermonibus horas,
Concutiuntque torum de molli fluminis ulva
Inpositum lecto sponda pedibusque salignis.
Vestibus hunc velant, quas non nisi tempore festo
Sternere consuerant; sed et haec vilisque vetusque
Vestis erat, lecto non indignanda saligno.
Accubuere dei. Mensam succincta tremensque
Ponit anus; mensae sed erat pes tertius inpar;
Testa parem fecit. Quae postquam subdita clivum
Sustulit, aequatam mentae tersere virentes.
Ponitur hic bicolor sincerae baca Minervae,
Conditaque in liquida corna autumnalia faece,
Intibaque et radix et lactis massa coacti,
Ovaque non acri leviter versata favilla:
Omnia fictilibus. Post haec caelatus eodem
Sistitur argento crater, fabricataque fago

wie *taedae* 20, 200. — *tecto* „vom Boden oder Speicher". — 35. *minuere* hier vom Spalten od. Zerknicken des Holzes. — 36. *suus* bezeichnet hier, wie zu 12, 266 und 18, 40 bemerkt ist, die enge Beziehung zu ihrem Gatten „ihr lieber Gatte". — 37. *Truncat foliis*, im D. ein Wort. — *levat* hier „er hebt herunter". — 38. *suis* von *sus*; *sordida*, durch den Rauch. — 40. *domat*, wie 3, 67 *mollit aquis ferventibus*.

41. *fallunt medias horas* „sie vertreiben die Zwischenzeit", s. zu 21, 32 *spatium discrimina fallit*. — 42. *torus* ist hier bloss „das Polster", *lectus* „die Lagerstätte", auf welche das Polster kommt, *sponda* „das Gestell" der letzteren. — 43. *sponda pedibusque salignis*, Abl. qualit. zu *lecto*. Das Attribut *salignis* gehört auch zu *sponda*. — 44. *Vestes* hier „Decken". — *non nisi* wie 16, 236. — 46. *lecto* (Dat.) *non indignanda* ist scherzhaft gesagt „so dass sich die Lagerstätte darüber nicht beschweren durfte", als wäre die Decke für sie zu kostbar. — 47. *succincta* „aufgeschürzt" wie es Diener zu thun pflegen, um nicht bei ihren Geschäften durch das Gewand behindert zu werden. — 48. Tische mit drei Füssen galten zu Ovid's Zeiten für ärmlich. Man liebte damals Tische mit einem Fuss. — 49. *clivus* hier „die Neigung" des Tisches nach der einen Seite. — 50. *aequatam*, *mensam*. — 51. *bicolor*, nämlich grün und schwarz; *baca Minervae*, die Olive, s. zu 20, 16; *sincerae* „rein, züchtig, jungfräulich". — 52. *Condita*, d. i. „eingelegt". — 53. *Intibum* „Endivie", eine Art Salat. Unter *radix* ist hier der Rettig zu verstehen. — *lac coactum* „geronnene Milch", *massa lactis co.* „Käse" — 54. *non acri* „nicht mehr glühend". — 55. *fictilibus* wegen des Abl. s. zu 1, 13 *longo*

Pocula, qua cava sunt, flaventibus illita ceris.
Parva mora est, epulasque foci misere calentes;
Nec longae rursus referuntur vina senectae,
Dantque locum mensis paulum seducta secundis.
Hic nux, hic mixta est rugosis carica palmis,
Prunaque et in patulis redolentia mala canistris,
Et de purpureis collectae vitibus uvae.
Candidus in medio favus est. Super omnia vultus
Accessere boni, nec iners pauperque voluntas.
Interea totiens haustum cratera repleri
Sponte sua, per seque vident succrescere vina.
Attoniti novitate pavent, manibusque supinis
Concipiunt Baucisque preces timidusque Philemon,
Et veniam dapibus nullisque paratibus orant.
Unicus anser erat, minimae custodia villae,
Quem dis hospitibus domini mactare parabant.
Ille celer penna tardos aetate fatigat
Eluditque diu, tandemque est visus ad ipsos
Confugisse deos. Superi vetuere necari,

margine. Die bisher genannten Gegenstände bildeten den ersten Gang der Mahlzeit, das Voressen. — *caelatus eodem argento,* nämlich wie die eben erwähnten Thongefässe; scherzhaft statt: ebenfalls von Thon. Auch *caelatus* ist diesem Scherz angemessen, da es in der Regel nur von künstlich erhabener Arbeit gebraucht wird. — 57. *qua cava sunt*, d. h. in der Höhlung. — 58. *Parva mora est* übers. nach *nulla mora est* 3, 207. Jetzt wird das Hauptgericht, aus dem gekochten Schinken bestehend, aufgetragen, und da auch zugleich der Nachtisch (*mensae secundae*) erscheint, so wird das Weingefäss unterdess wieder weggenommen (*rursus referuntur*), um ein wenig bei Seite gestellt (*paulum seducta*) diesen Speisen Platz zu machen. S. auch die Bem. zu 21, 26. — 59. *Nec*, die Negation gehört nur zu *longae*, s. oben zu 24. — 61. *Hic*, beim Nachtisch. — *palmae*, hier „Datteln"; *rugosae*, weil sie gedörrt sind. — 63. *purpureis vitibus*, weil sie voll purpurner Trauben hängen, vgl. 16, 151 *arboris aureae*. — 65. *nec iners pauperque voluntas* würde in Prosa lauten: nec iners pauperve vol. oder et vol. nec iners nec pauper „die weder träge noch kärgliche Gutwilligkeit". Die Dichter erlauben sich zuweilen auch da die Verbindung durch *et* oder *que*, wo die Negation des ersten Begriffes auch zum zweiten gehört. In Prosa geschieht dies nur, wenn beide Begriffe ganz in einen verschmelzen.

66. *totiens haustum* „aus dem so oft geschöpft worden war". — 67. *per se* wie 2, 14. — 68. *novitas* hier „die wunderbare Erscheinung". — *manibus supinis* „mit (gegen die Brust) zurückgebogenen Händen", wie Betende und Flehende zu thun pflegen. — 69. *Concipiunt preces* wie 17, 105 *vota sacerdos concipit*. — 70. *nullis paratibus* „Mangel an aller Zurüstung". — 71. *custodia*, das Abstractum für das Concretum wie unten 98 *tutela*. Den Römern galt bekanntlich die Gans für ein besonders wachsames Thier. —

"Di" que "sumus, meritasque luet vicinia poenas
Impia" dixerunt; "vobis inmunibus huius
Esse mali dabitur, modo vestra relinquite tecta,
Ac nostros comitate gradus, et in ardua montis
Ite simul." Parent ambo, baculisque levati
Nituntur longo vestigia ponere clivo.
Tantum aberant summo, quantum semel ire sagitta
Missa potest: flexere oculos, et mersa palude
Cetera prospiciunt, tantum sua tecta manere.
Dumque ea mirantur, dum deflent fata suorum,
Illa vetus, dominis etiam casa parva duobus
Vertitur in templum: furcas subiere columnae,
Stramina flavescunt, aurataque tecta videntur,
Caelataeque fores, adopertaque marmore tellus.
Talia tum placido Saturnius edidit ore:
"Dicite, iuste senex et femina coniuge iusto
Digna, quid optetis." Cum Baucide pauca locutus,
Iudicium superis aperit commune Philemon:
"Esse sacerdotes, delubraque vestra tueri
Poscimus; et quoniam concordes egimus annos,
Auferat hora duos eadem, nec coniugis umquam
Busta meae videam, neu sim tumulandus ab illa."
Vota fides sequitur: templi tutela fuere,
Donec vita data est. Annis aevoque soluti
Ante gradus sacros cum starent forte, locique
Inciperent casus, frondere Philemona Baucis,
Baucida conspexit senior frondere Philemon.
Iamque super geminos crescente cacumine vultus
Mutua, dum licuit, reddebant dicta "Vale" que

minimae, den Superl. übers. wie 4, 249. — 77. *vobis dabitur inmunibus esse*, vgl. 21, 9 *nec armentis profuit fortibus esse.* Ueber *dare* c. Infin. s. zu 3, 145. — 79. Die active Form *comito* kommt nur bei Dichtern vor. — *in ardua montis*, s. zu 12, 146 *ima gurgitis.* — 80. *simul* d. i. nobiscum. — 81. *nituntur vestigia ponere* drückt die Anstrengung des Steigens aus.

85. *ea*, die erwähnte Erscheinung. — *sui* sind hier Nachbarn und Freunde. — 86. Ordne *illa vetus casa, dominis etiam duobus parva* „die sogar für ihre beiden Herren klein (nicht: zu klein) war". — 87. *furcas subiere columnae* „an die Stelle der gabelförmigen Stützen (des Daches) traten Säulen". — 88. *flavescunt* wird sogleich durch *aurata* erläutert. — *tecta* hier „das Dach"; *videntur* wie 17, 150. — 89. *Caelatae fores*, vgl. 4, 36 ff. — 91. *iustus* „rechtschaffen".

98. *fides* wie 7, 19 *dicta fides sequitur.* — *templi tutela fuere*, vgl. 7, 109 *prorae tutela, Melanthus.* — 99. *soluti* „aufgerieben". — 101. *Inciperent* „davon zu erzählen begannen". — 102. *senior* übers. wie 5, 23. — 104. *Mutua reddebant*, im D. ein Wort. —

"O coniunx" dixere simul, simul abdita texit
Ora frutex. Ostendit adhuc Tyaneïus illic
Incola de gemino vicinos corpore truncos.
Haec mihi non vani — neque erat cur fallere vellent —
Narravere senes. Equidem pendentia vidi
Serta super ramos, ponensque recentia dixi:
"Cura pii dis sunt, et qui coluere, coluntur.'"

23. Erysichthon.

(VIII, 725—878.)

Desierat; cunctosque et res et moverat auctor:
Thesea praecipue, quem facta audire volentem
Mira deum innixus cubito Calydonius amnis
Talibus adloquitur: 'Sunt, o fortissime, quorum
Forma semel mota est et in hoc renovamine mansit;
Sunt, quibus in plures ius est transire figuras,
Ut tibi, complexi terram maris incola, Proteu.
Nam modo te iuvenem, modo te videre leonem;
Nunc violentus aper, nunc, quem tetigisse timerent,
Anguis eras, modo te faciebant cornua taurum.
Saepe lapis poteras, arbor quoque saepe videri;

105. *abdita texit*, s. zu 6, 76 *vitiatas inficit auras*. — 106. *Tyaneïus*, Ovid schrieb wahrscheinlich einen anderen Namen; denn *Tyana* liegt nicht in Phrygien, sondern in Cappadocien. — 107. *truncos* für arbores; *de gemino corpore* vertritt die Stelle eines Adjectivsatzes „aus den beiden Leibern entstanden".

108. *non vani* „zuverlässig, wahrheitsliebend". — *non est cur* „es ist kein Grund, weshalb". — 110. *Serta*, die als Weihgeschenke aufgehängt waren, vgl. 23, 21. — 111. *coluere* eos, *coluntur* ab iis „sind ihnen ein Gegenstand der Fürsorge" oder mit Berücksichtigung des Wortspieles „werden von ihnen geehrt"; über die Weglassung des Pronomens s. zu 14, 58.

1. *auctor* „der Erzähler". d. h. die würdige und schöne Art, wie er die Erzähl. vorgetragen hatte. — 3. Verbinde *facta mira deum*, Genit. — *innixus cubito*, man hat sich zu erinnern, dass sie bei Tisch lagen. S. die Bem. zu 3, 18. — *Calydonius amnis*, Achelous, weil er im Gebiete von Calydon floss; die Stadt selbst aber lag mehr östlich am Euenus. — 4. *Talia, talibus* steht bei Verbis dicendi oft in der Bedeutung „folgendermassen". — Ueber den Indicativ nach *sunt qui* s. zu 11, 215. — 5. *mota est*, d. i. mutata est. — 6. *ius mihi est* c. Infin. = licet „es steht mir zu, ich habe die Macht". — 7. *Proteus* hiess deshalb 4, 41 *ambiguus*. — 8. *videre*, beachte die Quantität. — 9. *tetigisse*, s. zu 3, 14 *haud timeam dixisse*. — 11. *videri* „gesehen werden".

Interdum, faciem liquidarum imitatus aquarum,
Flumen eras, interdum undis contrarius ignis.
Nec minus Autolyci coniunx, Erysichthone nata,
Iuris habet. Pater huius erat, qui numina divum
Sperneret, et nullos aris adoleret honores.
Ille etiam Cereale nemus violasse securi
Dicitur et lucos ferro temerasse vetustos.
Stabat in his ingens annoso robore quercus,
Una nemus: vittae mediam memoresque tabellae
Sertaque cingebant, voti argumenta potentis.
Saepe sub hac Dryades festas duxere choreas,
Saepe etiam manibus nexis ex ordine trunci
Circuiere modum, mensuraque roboris ulnas
Quinque ter implebat; nec non et cetera tanto
Silva sub hac, silva quanto fuit herba sub omni.
Non tamen idcirco ferrum Triopeïus illa
Abstinuit, famulosque iubet succidere sacrum
Robur; et ut iussos cunctari vidit, ab uno
Edidit haec rapta sceleratus verba securi:
"Non dilecta deae solum, sed et ipsa licebit
Sit dea, iam tanget frondente cacumine terram!"
Dixit; et obliquos dum telum librat in ictus,
Contremuit gemitumque dedit Deoïa quercus,

14. *Erysichthone nata*, ihr Name war *Mestra*. — 15. *qui sperneret* „einer, der —" s. zu 15, 35 *qui haberent*. — 16. *honores* heissen oft auch die den Göttern dargebrachten Ehrengaben, die Opfer. — 17. *etiam* wie 22, 86. — 18. *lucos ferro temerasse vetustos*, nicht blosse Wiederholung des vorhergehenden Gedankens; durch die Bezeichnung des *nemus* als *lucus*, und zwar *vetustus* erscheint der Frevel noch grösser. Wegen des Plur. s. zu 12, 16. — 19. *robore* übers. wie 6, 92. — 20. *Una nemus* „sie allein schon ein Wald". — *mediam*, quercum. — *vittae*, weisse Binden dienten vielfach als heiliger Schmuck, nicht nur der Priester (11. 284) und Opferthiere, sondern auch der Altäre und geweihten Bäume. — *memores tabellae* „Gedenktäfelchen", auch *tabellae votivae* genannt. Man schrieb darauf von der Gottheit empfangene Wohlthaten, oder stellte dergl. auch bildlich dar. — 21. *Serta*, vgl. 22, 110. — Gewöhnlich sagt man *potens voti* von dem, der das Gewünschte oder Erflehte erlangt hat (20, 149); hier heisst das *votum* selbst *potens*, soviel als: votum, quod valuit „ein erfolgreiches Gebet oder Gelübde". — 23. *trunci modum circuiere* d. h. sie massen umschreitend den Umfang des Stammes. — 24. *que* knüpft hier eine Erläuterung an „und zwar". — 25. *nec non et* „und nicht minder auch, und ebenso auch". S. über *nec non* zu 16, 230. — Cstr. *cetera silva tanto fuit sub hac* (d. i. tanto hac inferior fuit), *quanto herba sub omni silva fuit*.

30. Verbinde *securi ab uno* (famulo) *rapta*. — 31. Constr. *non solum dilecta* (sit) *deae licebit, sed et ipsa sit dea*, s. zu 4, 89 *placeat sibi quisque licebit*. — 32. *iam* hier

Et pariter frondes, pariter pallescere glandes
Coepere, ac longi pallorem ducere rami.
Cuius ut in trunco fecit manus impia vulnus,
Haud aliter fluxit discusso cortice sanguis,
Quam solet, ante aras ingens ubi victima taurus
Concidit, abrupta cruor e cervice profundi.
Obstupuere omnes, aliquisque ex omnibus audet
Deterrere nefas, saevamque inhibere bipennem.
Adspicit hunc, "Mentis" que "piae cape praemia" dixit
Thessalus, inque virum convertit ab arbore ferrum,
Detruncatque caput, repetitaque robora caedit,
Redditus e medio sonus est cum robore talis:
"Nympha sub hoc ego sum Cereri gratissima ligno:
Quae tibi factorum poenas instare tuorum
Vaticinor moriens, nostri solacia leti."
Persequitur scelus ille suum; labefactaque tandem
Ictibus innumeris adductaque funibus arbor
Corruit, et multam prostravit pondere silvam.
Attonitae Dryades damno nemorumque suoque,
Omnes germanae, Cererem cum vestibus atris
Maerentes adeunt, poenamque Erysichthonis orant.
Adnuit his, capitisque sui pulcherrima motu
Concussit gravidis oneratos messibus agros;
Moliturque genus poenae miserabile, si non
Ille suis esset nulli miserabilis actis,
Pestifera lacerare Fame. Quae quatenus ipsi
Non adeunda deae est, — neque enim Cereremque Famemque
Fata coire sinunt — montani numinis unam,

„sofort". — 35. *pariter — pariter* wie 20, 64. — 36. *ducere* übersetze „sich damit überziehen", vgl. *formam ducere* 3, 240. — 39. *victima* Apposition zu *ingens taurus*. — 40. *abrupta* „durchhauen".

42. *Deterrere nefas*, ab arbore „den Frevel vom Baume abwehren". — 44. *Thessalus*, Erysichthon. — 45. *repetita robora caedit* übers. nach 11, 119 *exegit repetita per ilia ferrum*. — 46. Ordne *cum talis sonus redditus est*. — 49. *moriens*, man glaubte, dass die in den Bäumen wohnenden Dryaden zugleich mit diesen stürben. — *solacia leti*, vgl. 20, 250.

53. *suoque*, weil sie eine ihrer Schwestern verloren. — 56. *capitis sui motu* gehört zu *concussit*. Aehnlich werden 3, 17, wo Juppiter sein Haupthaar schüttelt, Erde, Meer und Himmel bewegt. — 59. *nulli*, substantiv. wie 8, 40; *nulli esset miserabilis*, d. i. nulli commiseratione dignus videretur. — 60. *Fames* kann im D., unbeschadet des Sinnes, zum mänul. Gott „Hunger" gemacht werden. Ueber die Quantität der Endung *e* s. zu 11, 339. — *quatenus* hier „in Rücksicht darauf, dass". — 61. *neque enim cet.* Ceres und Fames stehen sich gleichsam als eine positive und negative Grösse gegenüber, die sich gegenseitig aufheben. — 62. *montani numinis*

Talibus agrestem compellat Oreada dictis:
"Est locus extremis Scythiae glacialis in oris,
Triste solum, sterilis, sine fruge, sine arbore tellus:
Frigus iners illic habitant Pallorque Tremorque
Et ieiuna Fames. Ea se in praecordia condat
Sacrilegi scelerata, iube, nec copia rerum
Vincat eam, superetque meas certamine vires.
Neve viae spatium te terreat, accipe currus,
Accipe, quos frenis alte moderere, dracones."
Et dedit. Illa dato subvecta per aëra curru
Devenit in Scythiam, rigidique cacumine montis —
Caucason appellant — serpentum colla levavit;
Quaesitamque Famem lapidoso vidit in agro,
Unguibus et raras vellentem dentibus herbas.
Hirtus erat crinis, cava lumina, pallor in ore,
Labra incana situ, scabrae rubigine fauces,
Dura cutis, per quam spectari viscera possent;
Ossa sub incurvis exstabant arida lumbis;
Ventris erat pro ventre locus, genuumque tumebat
Orbis, et inmodico prodibant tubere tali.
Hanc procul ut vidit — neque enim est accedere iuxta
Ausa — refert mandata deae, paulumque morata,
Quamquam aberat longe, quamquam modo venerat illuc,
Visa tamen sensisse famem, retroque dracones
Egit in Haemoniam versis sublimis habenis.
Dicta Fames Cereris, quamvis contraria semper
Illius est operi, peragit; perque aëra vento

steht hier collectiv als Gattungsname wie *femina* 3, 251, *miles* 17, 21 und *numen* selbst 9, 36.

64. *Est locus*, vgl. die Ortsschilderungen 3, 6. 9, 17. — 66. *iners*, weil sie erstarren macht, vgl. 4, 205 *frigore pigra prius*. — 67. *Ea*, Fames. Ueber *iubere* mit folg. Conjunctiv s. zu 8, 84 *iussi venires*. — 68. *nec*, s. zu 4, 160. — 69. *meas vires*, die ich habe den Hunger zu stillen. — 70. *Neve*, s. zu 1, 72. — *accipe currus — dracones*, vgl. 12, 236 u. 297. — 72. *subvecta*, man hat sie sich von der Erde aufsteigend zu denken. — 74. *levare*, hier vom Abschirren. — 76. Verb. *unguibus et dentibus* Aehnlich steht *et* von dem Worte, zu dem es gehört, getrennt 36, 95; ebenso *que* 80, 88. *ve* 27, 98. — 78. *incanus*, verstärktes *canus*. — *rubigo* hier der die Zähne zerfressende Brand und Weinstein. — 79. *Dura*, weil aller Säfte bar. — *per quam*, s. zu 1, 77. — 81. *tumebat*, bei äusserster Magerkeit erscheinen die Gelenke, wo die Knochen breiter sind, gegen die übrigen Gliedmassen ungewöhnlich dick. Ebenso ist *tuber* zu verstehen. — 82. *tali* „die Knöchel" an den Füssen. — 85. *Quamquam*, welchen Zweck hat die Anaphora? — 86. *visa*, sibi est, s. zu 17, 156 *voces hominum exaudire videbar*.

88. Ueber *quamvis* c. Indic. s. zu 4, 208. — 89. *Illius*, mit kurzer Penultima. Die Dichter verkür-

Ad iussam delata domum est, et protinus intrat
Sacrilegi thalamos, altoque sopore solutum —
Noctis erat tempus — geminis amplectitur ulnis,
Seque viro inspirat, faucesque et pectus et ora
Adflat, et in vacuis spargit ieiunia venis.
Functaque mandato foecundum deserit orbem,
Inque domos inopes, adsueta revertitur antra.
    Lenis adhuc somnus placidis Erysichthona pennis
Mulcebat: petit ille dapes sub imagine somni,
Oraque vana movet, dentemque in dente fatigat,
Exercetque cibo delusum guttur inani,
Proque epulis tenues nequiquam devorat auras.
Ut vero est expulsa quies, furit ardor edendi,
Perque avidas fauces inmensaque viscera regnat.
Nec mora, quod pontus, quod terra, quod educat aër,
Poscit, et adpositis queritur ieiunia mensis,
Inque epulis epulas quaerit. Quodque urbibus esse,
Quodque satis populo poterat, non sufficit uni;
Plusque cupit, quo plura suam demittit in alvum.
Utque fretum recipit de tota flumina terra,
Nec satiatur aquis, peregrinosque ebibit amnes;
Utque rapax ignis non umquam alimenta recusat,
Innumerasque trabes cremat, et quo copia maior
Est data, plura petit, turbaque voracior ipsa est:
Sic epulas omnes Erysichthonis ora profani
Accipiunt poscuntque simul. Cibus omnis in illo
Causa cibi est, semperque locus fit inanis edendo.
    Iamque fame patrias altaque voragine ventris
Attenuarat opes; sed inattenuata manebat

zen zuweilen in den Genitiven auf *ius* das *i*, s. zu alterĭus 5, 3. — 91. *solutum*, s. zu 16, 186 *homines solverat alta quies*.

97. *pennis*, der Schlafgott wurde geflügelt gedacht. — 98. *Mulcebat* „umfächelte", vgl. 2, 20. — 99. *vana*, ziehe beim Uebers. zum Verbum, s. zu 1, 4 *perpetuum*. — 100. *Exercet*, s. zu 4, 318. — *inani*, d. i. geträumt. — 102. *expulsa*, wie wir sagen: den Schlaf abschütteln. — 103. *inmensa*, „bodenlos". Aehnlich nachher 117 *alta vorago ventris*. — 104. *Nec mora* wie 6, 46. — *educat*, d. i. alit. — 106. *Inque epulis epulas quaerit*, während er beim Mahle ist, begehrt er nach neuer Mahlzeit. — Verbinde *satis esse*. — 107. *poterat* „hätte können", s. zu 7, 34 *decebat*. — 108. *Plus*, über das fehlende *eo* s. zu 8, 37. Ebenso 113 *plura*. — 110. *Nec* übersetze wie 2, 44. — *peregrinos* „aus weiter Ferne kommend". — 113. *turba ipsa* „gerade durch die Masse" des Stoffes; über *ipse* s. zu 3, 264. — 116. *Causa cibi* „Reiz nach Speise". — *locus fit inanis*, in illo.

117 ff. Mestra. — 120. *Flamma* „die brennende Gier". — *census*

Tum quoque dira fames, inplacataeque vigebat
Flamma gulae. Tandem, demisso in viscera censu,
Filia restabat, non illo digna parente.
Hanc quoque vendit inops. Dominum generosa recusat;
Et vicina suas tendens super aequora palmas,
"Eripe me domino" dixit, "Neptune, precantem!"
Qui prece non spreta, quamvis modo visa sequenti
Esset hero, formamque novat, vultumque virilem
Induit et cultus pisces capientibus aptos.
Hanc dominus spectans "O qui pendentia parvo
Aera cibo celas, moderator arundinis" inquit,
"Sic mare compositum, sic sit tibi piscis in unda
Credulus, et nullos, nisi fixus, sentiat hamos:
Quae modo cum vili turbatis veste capillis
Litore in hoc steterat, — nam stantem in litore vidi —
Dic ubi sit; neque enim vestigia longius exstant."
Illa dei munus bene cedere sensit et, a se
Se quaeri gaudens, his est resecuta rogantem:
"Quisquis es, ignoscas: in nullam lumina partem
Gurgite ab hoc flexi, studioque operatus inhaesi.
Quoque minus dubites, sic has deus aequoris artes
Adiuvet, ut nemo iandudum litore in isto,
Me tamen excepto, nec femina constitit ulla."

wie 7, 80.— 121. *non digna* übers. nach *indignos* 8, 111. — 125. *visa esset* wie 11 *videri; sequenti hero*, s. zu 3, 173.— 126. *que* — *que* verbindet nur selten wie hier ganze Sätze, s. zu 2, 42. — *novat*, s. zu 9, 125 *nomen faciemque novat*. Ebenso unten 152 *novandi corporis*. — *vultum* übers. wie 1, 6. — 127. *cultus* umfasst hier, wie das Folgende lehrt, Tracht und Geräth wie 20, 62.

129. *Aera*, metonymisch für den Angelhaken; *cibus* hier „der Köder"; *arundo* wie 19, 61. — 130. *Sic* leitet zuweilen eine Bitte ein, wobei man den andern durch einen vorausgeschickten guten Wunsch gewinnen will. Der Gedankengang dabei ist: so oder in dem Masse, wie du meine Bitte erfüllst, möge dir dies zu Theil werden; sage mir also u. s. w. — 130. *componere* h. „beruhigen". — 131. *et nullos* mit Betonung der Negation, wie *et non* 12, 322. — *nisi fixus* „als wenn er festhängt". — 133. *Litore in hoc* „hier auf dem Strande"; *steterat*, bevor sie nämlich verschwand.—134. *longius* „weiter", als bis hierher.

135. *res bene cedit* „eine Sache hat glücklichen Erfolg".— *a se se quaeri* „dass man bei ihr selbst nach ihr frage", ein Wortspiel wie 5, 23 *me mihi, perfide, prodis*. — 136. *resequi*, „erwiedern", findet sich nur bei Ov. — 138. *studium* wie 7, 81. Der Dativ gehört sowohl zu *operatus* als zu *inhaesi*. Das Part. übers. „mit Eifer". — 139. *Quoque minus dubites*, s. zu 22, 10. — *sic* — *ut* „so wahr — als", mit spöttischem Bezug auf die ähnliche Redewendung des Fragers. — *has artes* „diese meine

Credidit et verso dominus pede pressit arenam,
Elususque abiit. Illi sua reddita forma est.
Ast ubi habere suam transformia corpora sensit,
Saepe pater dominis Triopeïda tradit. At illa
Nunc equa, nunc ales, modo bos, modo cervus abibat,
Praebebatque avido non iusta alimenta parenti.
Vis tamen illa mali postquam consumpserat omnem
Materiam, dederatque gravi nova pabula morbo,
Ipse suos artus lacero divellere morsu
Coepit, et infelix minuendo corpus alebat.'

24. Kampf des Achelous und Hercules.

(VIII, 879—884. IX, 1—97.)

'Quid moror externis? Etiam mihi saepe novandi est
Corporis, o iuvenes, numero finita potestas.
Nam modo, qui nunc sum, videor, modo flector in anguem,
Armenti modo dux vires in cornua sumo:
Cornua! — dum potui; nunc pars caret altera telo

Fischerkünste". — 142. *verso pede pressit arenam*, er trat den Sand mit gewendetem Fusse, d. i. „er wandte seinen Schritt auf dem Sande". — 143. *abiit*, s. zu *subiit* 2, 26. — *sua* wie 21, 13.

144. *sensit*, pater. — *suam* bezeichnet hier seine Tochter, s. zu 12, 266 *ex Acheronte suo*. — 145. *dominis tradit*, d. i. er verkauft sie an verschiedene Herren. — 147. *non iusta*, in sittlicher Beziehung. — 148. *consumpserat*, das Plusquamperfect. nach *postquam* bezeichnet, dass das im Nachsatz Genannte nicht eher geschah, als bis jenes ganz vollendet war. — 149. *Materiam*, edendi. — *dederat*, Erysichthon; *nova pabula*, er hatte dadurch seiner Krankheit nur neue Nahrung gegeben, übereinstimmend mit 115 *cibus omnis in illo causa cibi est*. — 150. *suos*, s. zu 1, 13. — *lacer*, hier in activem Sinne „zerfleischend". — 151. *minuendo*, dadurch, dass er ihn verzehrte. Betone die Gegensätze *minuendo* — *alebat* (Oxymoron).

Von seiner vorigen Erzählung geht Achelous auf seine eigene Fähigkeit über, andere Gestalten anzunehmen. — 1. *Quid moror* (in) *externis* d. i. „bei von Andern hergenommenen Beispielen". — 2. *iuvenes* bezeichnet oft Männer von noch frischer u. jugendlicher Kraft, s. zu 7, 147. — *numero finita*, weil er sich, wie sich gleich zeigt, nur zweimal verwandeln konnte. — 3. *videor* wie 23, 11. — 4. *Armenti dux*, d. i. taurus, vgl. 12, 52 *dux gregis*. — *vires in cornua sumo* „ich lege meine Kraft in die Hörner". Nicht bedeutungslos ist es, dass der Flussgott auch die Gestalt einer Schlange und eines Stieres annehmen kann. — 5. Indem er sagt *in cornua sumo*, fällt ihm ein, dass er eines seiner beiden Hörner eingebüsst habe; er wiederholt daher schmerzlich mit nachdrücklicher Betonung

Frontis, ut ipse vides.' Gemitus sunt verba secuti.
 Quae gemitus truncaeque deo Neptunius heros
Causa rogat frontis, cum sic Calydonius amnis
Coepit, inornatos redimitus arundine crines:
'Triste petis munus; quis enim sua proelia victus
Commemorare velit? Referam tamen ordine. Nec tam
Turpe fuit vinci, quam contendisse decorum est;
Magnaque dat nobis tantus solacia victor.
Nomine si qua suo tandem pervenit ad aures
Deïanira tuas, quondam pulcherrima virgo
Multorumque fuit spes invidiosa procorum.
Cum quibus ut soceri domus est intrata petiti,
"Accipe me generum," dixi "Parthaone nate!"
Dixit et Alcides: alii cessere duobus.
Ille Iovem socerum dare se famamque laborum
Et superata suae referebat iussa novercae.
Contra ego "Turpe deum mortali cedere" dixi; —
Nondum erat ille deus — "Regem me cernis aquarum
Cursibus obliquis inter tua regna fluentem.
Nec gener externis hospes tibi missus ab oris,

des Pluralis *Cornua!* — *dum* wie 15, 6. — *telo*, der Zusammenhang lehrt, welche Waffe gemeint sei. — 6. *ut ipse vides*, die Flussgötter wurden häufig mit Stierhörnern als Symbol der Stärke (s. zu 48, 14) dargestellt, so dass auch Achelous in seiner gewöhnlichen Gestalt so zu denken ist.

7. Ordne *Neptun. heros rogat, quae causa* (sit) *deo gemitus truncaeque frontis.* Ueber die Weglassung von *sit* s. zu 7, 213. *Neptunius heros*, Theseus, der nach einer andern Sage ein Sohn des Neptun war. — 9. *redimitus arundine crines*, die Flussgötter wurden oft mit einem Kranze von Schilf dargestellt. Dem Achelous dient er ausserdem den Verlust seines Hornes zu verdecken, vgl. 25, 2 f. Ueber den Accus. s. zu 3, 103 *tectus vultum.* — *inornatos*, d. i. schlicht herabhängend, ungeordnet, wozu unten 98 *vultus agrestes* stimmen.

10. *munus* „Dienst". — 13. *tantus* s. zu 4, 212. — 14. *si qua* und *tandem* („doch einmal") mit Geringschätzung, als sei *Deïanira* eine ziemlich unbekannte Frau gewesen. Der Grund liegt in der eigenen unglücklichen Bewerbung des Achelous. — 16. *invidiosa* hier „Neid od. Eifersucht erregend", vgl. 13, 131 und *ambitiosus* 20, 18. — 17. *est intrata*, a me, im D. activ. — 18. *Parthaone natus*, Oeneus, König von Calydon. — 19. *alii* wie 20, 6. — 20. *dare* hier „als Mitgabe bringen". — 21. *superata*, d. i. „siegreich ausgeführt", eig. überwunden. — *iussa novercae* (d. i. Iunonis) sind die bekannten zwölf Arbeiten, welche Eurystheus auf Befehl der Juno dem Hercules auflegte. Ihre Aufzählung s. 35, 85 ff. Juno verfolgte den Hercules während seiner ganzen irdischen Laufbahn mit ihrem heftigsten Hasse. Vgl. die Bem. zu 9, 5. — 23. *Rex aquarum* nennt er sich als der grösste Fluss jener Gegend. — 25. Constr. *nec gener ero, qui hospes tibi missus sit externis ab oris*, wie Hercules, der nicht

Sed popularis ero et rerum pars una tuarum.
Tantum ne noceat, quod me nec regia Iuno
Odit, et omnis abest iussorum poena laborum."
  Talia dicentem iandudum lumine torvo
Spectat, et accensae non fortiter imperat irae,
Verbaque tot reddit: "Melior mihi dextera lingua.
Dummodo pugnando superem, tu vince loquendo!"
Congrediturque ferox. Puduit modo magna locutum
Cedere. Reieci viridem de corpore vestem,
Bracchiaque opposui, tenuique a pectore varas
In statione manus, et pugnae membra paravi
Ille cavis hausto spargit me pulvere palmis,
Inque vicem fulvae tactu flavescit arenae.
Et modo cervicem, modo crura micantia captat
Aut captare putes, omnique a parte lacessit.
Me mea defendit gravitas, frustraque petebar,
Haud secus ac moles, magno quam murmure fluctus
Oppugnant: manet illa, suoque est pondere tuta.
  Digredimur paulum, rursusque ad bella coïmus,
Inque gradu stetimus, certi non cedere; eratque
Cum pede pes iunctus, totoque ego pectore pronus
Et digitos digitis et frontem fronte premebam.

aus Aetolien stammte. Verbindungen mit Fremdlingen aber waren gering geachtet. — 26. *rerum tuarum*, d. i. regni tui. — 27. *Tantum ne*, spöttisch „nur dass nicht etwa". — *nec* — *et*, s. die Bem. zu 4, 73. — 28. *poena iussorum laborum*, dem Hercules waren jene Arbeiten als Strafe auferlegt worden, weil er im Wahnsinn, den ihm Juno erregt, seine eigenen Kinder getödtet hatte.

29. *iandudum*, s. zu 7, 148. — 30. *Spectat*, Alcides. — *fortiter*, d. i. wie es einem Tapfern ziemt, der seinen Zorn bezwingen muss. — 31. *tot* hier beschränkend „nur so viele", *tot verba* „nichts weiter als dies". — *Melior* „stärker, tauglicher". — 33. *modo magna locutum*, näml. *me*. Die Bedeut. von *magna loqui* s. zu 4, 4. — 34. *reieci vestem*, die Ringer kämpften nackt. *viridem*, s. zu 4, 44 *virides capillos*. — 35. *tenui a pectore varas manus*, er presste die Arme an die Brust, und „hielt die Fäuste von da nach auswärts gekrümmt". — 36. *statio* „die Kämpferstellung". — 37. *spargit me pulvere*, weil sich die Ringer vor dem Kampfe mit Oel zu salben pflegten, so suchte man sich gegenseitig mit Staub zu bewerfen, um den schlüpfrigen Körper leichter packen zu können. — 39. *micantia* bezeichnet die Behändigkeit mit der sie des Gegners Fäusten entschlüpfen. — 40. *Aut captare putes*, übersetze „oder scheint sie nur zu packen", weil sie ihm immer entgleiten.

44. *bella*, warum der Plural? — 45. *gradus* „die Stellung", die der Kämpfende einnimmt: Nep. Them. 5, 1 *iterum ab eodem gradu depulsus est*. — *certi*, die Bedeut. entnimm aus 12, 258 *Cereri certum est educere natam*. — Die folgenden Worte schildern die enge Verschlingung der Ringer, wobei Glied auf Glied drängt. — 46. *Cum pede* adversarii *pes* meus. — *pronus*,

Non aliter vidi fortes concurrere tauros,
Cum pretium pugnae toto nitidissima saltu
Expetitur coniunx; spectant armenta paventque
Nescia, quem maneat tanti victoria regni.
Ter sine profectu voluit nitentia contra
Reicere Alcides a se mea pectora, quarto
Excutit amplexus, adductaque bracchia solvit,
Inpulsumque manu — certum est mihi vera fateri —
Protinus avertit, tergoque onerosus inhaesit.
Si qua fides, — neque enim ficta mihi gloria voce
Quaeritur — inposito pressus mihi monte videbar:
Vix tamen inserui sudore fluentia multo
Bracchia, vix solvi duros a pectore nexus.
Instat anhelanti, prohibetque resumere vires,
Et cervice mea potitur. Tum denique tellus
Pressa genu nostro est, et arenas ore momordi.
Inferior virtute, meas divertor ad artes,
Elaborque viro, longum formatus in anguem.
Qui postquam flexos sinuavi corpus in orbes,
Cumque fero movi linguam stridore bisulcam,
Risit et inludens nostras Tirynthius artes
"Cunarum labor est angues superare mearum,"
Dixit "et, ut vincas alios, Acheloë, dracones,
Pars quota Lernaeae serpens eris unus echidnae?

näml. gegen des Gegners Brust. — 50. *coniunx*, vgl. 5, 22 *iuncta suo femina tauro.* — 51. *victoria regni* „der über die Herrschaft (der Herden) entscheidende Sieg". — 53. *Reicere* s. zu 3, 22 *inicere.* — 54. *adducta bracchia* „meine straff angezogenen Arme", die ihn eng umklammert hielten. — 55. *Inpulsum manu avertit tergoque inhaesit*, d. h. durch einen Stoss seiner Faust drehte er mich um, so dass ich ihm nun den Rücken zukehrte, und hängte sich mir auf den Rücken. — *certum est mihi* s. zu 45. — 57. *Si qua fides*, mihi est „wenn ich irgend glaubwürdig bin, Glauben verdiene". — *neque enim — quaeritur* übers. activ. Er glaubt, man möchte sein Wort, dass der Alcide wie ein Berg auf ihm gelastet habe, für eine Uebertreibung ansehen, durch die er nur seine Niederlage beschönigen wolle. — 59. *Vix* wie 6, 71. — *inserui bracchia*, die Lage beider ist diese: der Alcide hängt ihm auf dem Nacken und umklammert ihm vorn mit den Armen die Brust; Achelous drängt seine Hände und Arme zwischen seine Brust und die Arme des Gegners und löst so die Umschlingung: aber erschöpft und athemlos unterliegt er nun dem neuen Angriffe. — 62. Ueber die Form *potĭtur* s. zu 16, 156.

64. *virtus* hier „Kraft, Stärke". — 66. *Qui postquam* „nachdem ich als solche". — 69. *Cunarum mearum*, d. h. die ich in meiner Wiege gelernt. In der Wiege hatte er bekanntlich zwei von der Juno gegen ihn geschickte Schlangen erwürgt. — 70. *ut* wie 4, 110. — *vincere* h. „übertreffen"; *alios* wie 19. — 71. *Pars quota Lernaeae echid-*

Vulneribus foecunda suis erat illa, nec ullum
De centum numero caput est inpune recisum,
Quin gemino cervix herede valentior esset.
Hanc ego, ramosam natis e caede colubris
Crescentemque malo, domui domitamque peremi.
Quid fore te credas, falsum qui versus in anguem
Arma aliena moves? quem forma precaria celat?"
Dixerat, et summo digitorum vincula collo
Inicit. Angebar, ceu guttura forcipe pressus,
Pollicibusque meas pugnabam evellere fauces.
  Sic quoque devicto restabat tertia tauri
Forma trucis: tauro mutatus membra rebello.
Induit ille toris a laeva parte lacertos,
Admissumque trahens sequitur, depressaque dura
Cornua figit humo, meque alta sternit arena.
Nec satis hoc fuerat: rigidum fera dextera cornu
Dum tenet, infregit truncaque a fronte revellit.
Naïdes hoc, pomis et odoro flore repletum,
Sacrarunt, divesque meo Bona Copia cornu est.'
  Dixerat; et Nymphe ritu succincta Dianae,

nae, s. zu 17, 33 *quota pars rerum mearum*.— Betone *unus* als Gegensatz zu der hundertköpfigen Hyder. — 73. Ergänze *de centum* capitum *numero*. — 74. *geminus heres* die zwei Häupter, die sofort aus der Wunde jedes abgeschlagenen Kopfes hervorwuchsen. — 75. *e caede*, aus dem Abschlagen der Köpfe. — 76. *malo* „durch ihren Verlust". — *domui domitamque*, s. zu 1, 33 *secui sectamque*. Er bezwang sie aber, indem er jede Wunde sogleich durch einen Feuerbrand ausbrannte und so das Wachsthum neuer Köpfe hinderte. Auf diese Weise tödtete er sie endlich. — 77. *Quid fore te* (Abl.) *credas* „was glaubst du wohl wird aus dir werden". Aehnlich Terent. Phorm. I, 2, 87 *quid te futurum est?* Cicer. Verr. I, 16 *quid hoc homine faciatis?* Statt des Ablat. könnte auch der Dat. stehen. — Betone *falsum* „gefälscht, unächt". — 78. *Arma aliena moves*, d. h. eine Kampfart versuchst, die dir fremd ist, in der du nicht geübt bist. — *precaria* verächtlich „erbettelt oder erborgt". — 80. *guttura pressus*, s. zu 9 *redimitus crines*. Ebenso nachher 83 *mutatus membra*. — 81. Ueber *pugnare* mit folg. Infin. s. zu 12, 74.

83. *tauro mutatus*, s. zu 8, 148 *palmite mutantur*. — 84. *tori* heisst beim Stier die unter dem Halse herabhängende schwammige Haut „die Wampen"; *induit toris* (Abl.) *lacertos* „er umwickelt die Arme mit meinen Wampen". — 85. *Admissum trahens sequitur* „folgt mir zerrend im Fortstürmen", d. h. indem ich fortstürme, folgt er mir und sucht mich an den Wampen niederzuzerren. Ueber *admittere* s. zu 13, 92 *crura admissa*. — 88. *trunca a fronte*, proleptisch, s. zu 11, 114 *maduere graves adspergine pennae*. — 90. *Sacrarunt*, nämlich der *Bona copia*, der Göttin des Ueberflusses, die nun durch mein Horn reich erscheint (*dives meo cornu est*); denn die *Copia* wurde mit einem Füllhorn als Symbol ihres Reichthums dargestellt.

91. *succincta*, s. zu 22, 47; *ritu Dianae*, Diana trug als Jägerin

Una ministrarum, fusis utrimque capillis,
Incessit totumque tulit praedivite cornu
Autumnum et mensas felicia poma secundas.
Lux subit, et primo feriente cacumina sole
Discedunt iuvenes: neque enim, dum flumina pacem
Et placidos habeant lapsus, totaeque residant
Opperiuntur aquae. Vultus Achelous agrestes
Et lacerum cornu mediis caput abdidit undis.

25. Nessus. Tod und Apotheose des Hercules.

(IX, 98—272.)

Hunc tamen ablati domuit iactura decoris,
Cetera sospes habet; capitis quoque fronde saligna
Aut super inposita celatur arundine damnum.
At te, Nesse ferox, eiusdem virginis ardor
Perdiderat, volucri traiectum terga sagitta.
Namque, nova repetens patrios cum coniuge muros,

ein hochgeschürztes Gewand. — 93. *cornu*, natürlich nicht in dem abgebrochenen des Achelous, das bereits der Bona Copia geweiht war, sondern in einem andern Füllhorn. — 94. *totum autumnum* „den ganzen Herbstsegen"; dazu epexegetisch *et felicia poma* und als Apposition *mensas secundas* „als —". Ueber die Epexegese s. zu 3, 8 *tecta Tonantis regalemque domum*, über die Stellung der Apposition zu 4, 66. Unter *felicia poma* sind „köstliche, herzerfreuende" Früchte zu verstehen. Dagegen Vergil A. III, 649 *Victum infelicem, bacas lapidosaque corna, Dant rami, et volsis pascunt radicibus herbae.* — 95. *Lux* wie 21, 19. Es war somit die ganze Nacht mit Erzählen und Schmausen hingebracht worden. — *primus sol* „der erste Sonnenstrahl". — 96. *iuvenes*, Theseus mit seinen Gefährten, s. 21, 1. 20. — Verbinde *neque enim opperiuntur, dum cet.* — *flumina* wie 21, 12. — 99. Verbinde *caput lacerum cornu* (Abl.).

Die letzte Erzählung des *Achelous* von seinem Kampfe mit *Hercules* giebt dem Dichter Gelegenheit, den mit jenem Ereigniss in einem mittelbaren Zusammenhange stehenden Tod des letztern und seine Erhebung unter die Götter zu berichten. Den Uebergang bildet der Tod des Nessus. — 1. *Hunc*, Acheloum. — *decoris*, cornus. — 2. Verbinde *capitis damnum*. — 3. *arundine*, s. zu 24, 9 *redimitus arundine crines*. — 4. *eiusdem virginis*, Deïanirae, Genit. object. — 5. *Perdiderat*, das Plusquamp. mit Rücksicht auf die Zeit, wo Theseus bei Achelous war und die vorhergehenden Geschichten erzählt wurden. Damals war *Nessus* schon längere Zeit todt. — *traiectum terga*, s. zu 3, 103 *tectus vultum*.

6. *Namque* wie 13, 12. In Calydon ist dem Hercules (*Iove natus*) nach Ueberwindung des Achelous Deïanira als Gattin zu Theil geworden. Mit ihr kehrt er nun nach Hause zurück. — *patrii muri*,

Venerat Eueni rapidas Iove natus ad undas.
Uberior solito, nimbis hiemalibus auctus,
Verticibusque frequens erat atque inpervius amnis.
Intrepidum pro se, curam de coniuge agentem
Nessus adit, membrisque valens scitusque vadorum
'Officio' que 'meo ripa sistetur in illa
Haec' ait 'Alcide: tu viribus utere nando.'
Pallentemque metu, fluviumque ipsumque timentem
Tradidit Aonius pavidam Calydonida Nesso.
Mox, ut erat, pharetraque gravis spolioque leonis, —
Nam clavam et curvos trans ripam miserat arcus —
'Quandoquidem coepi, superentur flumina' dixit;
Nec dubitat, nec qua sit clementissimus amnis
Quaerit, et obsequio deferri spernit aquarum.
  Iamque tenens ripam, missos cum tolleret arcus,
Coniugis agnovit vocem; Nessoque paranti
Fallere depositum 'Quo te fiducia' clamat
'Vana pedum, violente, rapit? Tibi, Nesse biformis,
Dicimus; exaudi, nec res intercipe nostras!
Haud tamen effugies, quamvis ope fidis equina:
Vulnere, non pedibus te consequar.' Ultima dicta
Re probat, et missa fugientia terga sagitta
Traicit: exstabat ferrum de pectore aduncum.
Quod simul evulsum est, sanguis per utrumque foramen
Emicuit, mixtus Lernaei tabe veneni.

die Stadt *Tiryns* in Argolis, s. *Tirynthius* im myth. Reg. Sein eigentlicher Geburtsort dagegen war Theben in Böotien, weshalb er nachher 15 *Aonius* genannt wird; denn Böotien hiess in der ältesten Zeit *Aonia*. — 8. *solito* wie 16, 84. — 9. *frequens*, s. zu 11, 6 *frequens colubris*. — 11. *membris valens*, Nessus war ein Centaur (24 *biformis*), s. *Centauri* im myth. Reg. — 12. Wozu gehört *que?* s. zu 4, 6. — *Officio* wie 4, 317. — 14. *ipsum*, Nessum. — 15. *Calydonida*, Deïaniram. — 16. *spolium leonis*, die Haut des nemeischen Löwen, welche Herc. stets auf seinen Zügen trug. Ebenso ist die Keule seine immerwährende Waffe. — 17. *mittere*, häufig vom Wurfe; *trans ripam* „auf das jenseitige Ufer hinüber". — 18. *superentur*, näml. nando. — *flumina*, s. zu 3, 261. — 20. *deferri*, das Passiv. übers. wie 3, 216 *flectitur*. — *obsequio aquarum*, d. i. „mit willfähriger Strömung".

21. *tenens* kann durch eine blosse Präpos. übersetzt werden. — 23. *Fallere depositum*, s. zu 12, 205. Er wollte nämlich die Deïanira rauben. — 24. *Tibi dicimus*, weil Nessus nicht auf seinen Ruf hört. — 25. *nec* wie 4, 160; *res nostras* „mein Eigenthum". — 26. Ueber *quamvis* mit dem Indic. s. zu 4, 208. — *ope equina*, d. h. auf die Hülfe deiner Pferdefüsse. — 28. *Re* wie 9, 134 *res dicta secuta est*. — 30. *per utrumque foramen*, weil sowohl Rücken als Brust durchbohrt war. — 31. *mixtus tabe*, Hercul. hatte seine Pfeile in das

Excipit hunc Nessus: 'Neque enim moriemur inulti,'
Secum ait; et calido velamina tincta cruore
Dat munus raptae, velut irritamen amoris.
Longa fuit medii mora temporis, actaque magni
Herculis implerant terras odiumque novercae.
Victor ab Oechalia Cenaeo sacra parabat
Vota Iovi, cum fama loquax praecessit ad aures,
Deïanira, tuas, quae veris addere falsa
Gaudet, et e minimo sua per mendacia crescit,
Amphitryoniaden Ioles ardore teneri.
Credit amans, venerisque novae perterrita fama
Indulsit primo lacrimis, flendoque dolorem
Diffudit miseranda suum; mox deinde 'Quid autem
Flemus?' ait 'pelex lacrimis laetabitur istis.
Quae quoniam adveniet, properandum aliquidque novandum est,
Dum licet, et nondum thalamos tenet altera nostros.
Conquerar, an sileam? Repetam Calydona, morerne?
Excedam tectis, an, si nihil amplius, obstem?
Quid, si me, Meleagre, tuam memor esse sororem
Forte paro facinus, quantumque iniuria possit
Femineusque dolor, iugulata pelice testor?'
Incursus animus varios habet: omnibus illis
Praetulit imbutam Nesseo sanguine vestem

Gift der lernäischen Hyder getaucht, wodurch jede Verwundung mit denselben tödtlich wurde. — 32. *hunc*, sanguinem. Mit *neque enim* begründet er bei sich selbst das Auffangen des Blutes. Durch den Pfeil war näml. auch das seiner Wunde entströmende Blut vergiftet und musste den, dessen Körper es berührte, tödten. — 34. *irritamen amoris*, ausführlicher unten 55 *quae vires defecto reddat amori*.

35. Zu *medii temporis* vgl. 22, 41 *medias horas*. — 36. Für das zweite Object *odium novercae* (s. zu 24, 21) hat *implere* die Bedeutung ‚sättigen". Es ist daher doppelt zu übersetzen, s. zu 7, 31 *posuistis*. — 37. *Victor ab Oechalia* kurz für *victor ab Oechalia* (d. i. aus der Gegend von Oech.) *rediens*. Vgl. 18,121 *per herbas*. Ueber die Sache s. *Iŏle* im myth. Reg. — 38. *Vota*, Particip. — 40. *sua*, s. zu 1, 13. — 41. *Ioles ardore*, s. oben 4. — 42. *Credit amans*, vgl. 18, 111 *credula res amor est*. — *veneris*, der Name der Göttin steht sehr häufig metonymisch für *amor*. — 44. *Diffudit* „strömte ihn aus, machte ihm Luft". — *deinde*, zweisilbig, s. zu 1, 77 *deerat*. — 46. *novare* hier „etwas Neues ersinnen". — 49. *si nihil amplius*, unterdrückt ist faciam, was auch im D. wegbleibt. — 50. *Quid, si* „wie, wenn", ähnliche Ellipse wie *quid, quod* 12,253 u. unten 95 *quid, cum*. — Ordne *memor, me tuam, Meleagre, esse sororem*, in Bezug auf den im Jähzorn über erlittene Schmach verübten Mord des Meleager an seinen beiden Oheimen 20, 177 ff. — 51. *iniuria* hier „erlittene Beleidigung". — 53. *Incur-*

Mittere, quae vires defecto reddat amori.
Ignaroque Lichae, quid tradat nescia, luctus
Ipsa suos tradit, blandisque miserrima verbis,
Dona det illa viro, mandat. Capit inscius heros,
Induiturque humeris Lernaeae virus echidnae.
Tura dabat primis et verba precantia flammis,
Vinaque marmoreas patera fundebat in aras:
Incaluit vis illa mali, resolutaque flammis
Herculeos abiit late diffusa per artus.
Dum potuit, solita gemitum virtute repressit.
Victa malis postquam est patientia, reppulit aras,
Implevitque suis nemorosum vocibus Oeten.
Nec mora, letiferam conatur scindere vestem:
Qua trahitur, trahit illa cutem, foedumque relatu,
Aut haeret membris frustra temptata revelli,
Aut laceros artus et grandia detegit ossa.
Ipse cruor, gelido ceu quondam lammina candens
Tincta lacu, stridit coquiturque ardente veneno.
Nec modus est: sorbent avidae praecordia flammae,
Caeruleusque fluit toto de corpore sudor,
Ambustique sonant nervi, caecaque medullis
Tabe liquefactis tendens ad sidera palmas
'Cladibus' exclamat, 'Saturnia, pascere nostris:
Pascere, et hanc pestem specta, crudelis, ab alto,
Corque ferum satia; vel si miserandus et hosti, —

sus varios habet „nimmt verschiedene Anläufe". — 56. *luctus suos*, s. zu 19, 40 *sua pericla*. — 59. *Induitur virus*, s. zu 9, 67 *induitur pallam*.

60. *primis*, d. i. den eben erst angezündeten. — 61. *aras*, der Plur. wie 16, 74. — 62. *vis illa mali*, das Gift, das erst anfing zu wirken, nachdem es warm geworden war. — 63. *abiit per* „verbreitete sich darüber", s. zu 3, 123. — 65. *malis*, d. i. cruciatibus. — 66. *Oeten*, na h dieser Schilderung muss es scheinen, als wäre das Heiligthum des *Juppiter Cenaeus* am *Oeta* gewesen, während es sich auf Euböa befand. Die Sage lässt nämlich den vom Gifte gepeinigten Herc. von Euböa zu Schiffe nach *Trachin* im südl. Thessalien eilen, wo sich damals Deïanira aufhielt, und sich dann auf dem Oeta verbrennen. Ov. aber hat diese für seinen Zweck nicht geeigneten Zwischenereignisse weggelassen. Ueber dergl. Ungenauigkeiten s. zu 21, 3. — *Oete* als Mascul. ist selten. — 67. *Nec mora*, s. zu 6, 46. — 68. *trahit* wie 4, 102. — 70. *detegit*, indem Haut und Fleisch daran hängen bleiben. — 71. *quondam* übersetze wie 19, 35. — 72. *lacus* hier „der Kühltrog". — Neben *strideo, ēre* kommt auch die ältere Form *strido, ĕre* vor. — 73. *modus* „Grenze" denn von den äussern Theilen dringt auch das Gift in die edeln innern Theile. — 74. *Caeruleus* wie 6, 38. — 75. *nervi* wie 20, 104; *sonant* „knistern". — *caeca* wie 13, 147.

79. Mit *hosti* ist Juno gemeint. Statt nun fortzufahren: denn mei-

Hostis enim tibi sum — diris cruciatibus aegram
Invisamque animam natamque laboribus aufer.
Mors mihi munus erit: decet haec dare dona novercam.
Ergo ego foedantem peregrino templa cruore
Busirin domui? saevoque alimenta parentis
Antaeo eripui? nec me pastoris Hiberi
Forma triplex, nec forma triplex tua, Cerbere, movit?
Vosne, manus, validi pressistis cornua tauri?
Vestrum opus Elis habet, vestrum Stymphalides undae,
Partheniumque nemus? vestra virtute relatus
Thermodontiaco caelatus balteus auro,
Pomaque ab insomni concustodita dracone?
Nec mihi Centauri potuere resistere, nec mi
Arcadiae vastator aper, nec profuit hydrae

ne Feindin bist du, sagt er *Hostis enim tibi sum* „denn als Feind gelte ich dir", was dem Sinne nach auf dasselbe hinausläuft. — 81. *laboribus*, Dat. des Zweckes. — 82. *haec dona*, den Tod nämlich, vgl. 2, 59.

83. *Ergo*, s. zu 16, 172. Betone *ego;* es ist ihm kaum glaublich, dass er, der jetzt so grässlich gepeinigt wird, derselbe sei, der früher so grosse Thaten vollbracht. Wegen der Elision s. zu 3, 15 *Ergo ubi*. — *peregrino cruore*, d. i. cruore peregrinorum, s. zu 2, 16 *arbuteos fetus*. — 84. *alimenta parentis* „die Kräftigung durch seine Mutter", die Erde. Der Riese *Antaeus* in Lybien erhielt, so lange er die Erde, seine Mutter, berührte, von dieser immer neue Kräfte. Herc. hob ihn deshalb in die Höhe und erdrückte ihn so. — 85. *pastor Hiberus*, der Riese *Geryon* auf einer Insel westlich von Iberien, mit drei Köpfen und sechs Armen, dessen Rinderheerde Herc. entführte. — 86. *Cerberus* wurde von ihm aus der Unterwelt geholt. — *movit*, wie 11, 354. — 87. *premere* hier „festhalten". — *tauri*, des cretensischen Stieres, den Herc. lebendig fing und zum Eurystheus brachte. — 88. *habet* „hat aufzuweisen". In *Elis* reinigte er die Rinderställe des *Augias* in einem Tage dadurch, dass er den Fluss Alphēus hineinleitete. — *Stymphalides undae*, s. das myth. Reg. — 89. *Parthenium nemus*, auf dem parthenischen Gebirge zwischen Argolis und Arcadien fing er die Hirschkuh der Diana mit goldenem Geweih und ehernen Füssen, nachdem er sie durch einen Pfeil gelähmt hatte. — *relatus*, est. — 90. *balteus*, das Wehrgehäng der Amazonenkönigin *Hippolyte*, die von ihm getödtet wurde. Die Amazonen wohnten aber am Flusse *Thermōdon* in Cappadocien. — 91. *Poma*, die goldenen Aepfel der Hesperiden. Diese liess Atlas von seinen Töchtern, den Hesperiden, und mit ihnen (daher *concustodita*) von einem nie schlafenden Drachen bewachen, vgl. 11, 30 f. — 92. *Centauri*, sie wurden von ihm in Thessalien besiegt, als ihn der Centaur Pholos von dem gemeinschaftlichen Weinvorrathe der Centauren bewirthen und die übrigen dies hindern wollten. — *mi*, bei den Dichtern zuweilen für *mihi*. — 93. *Arcadiae vastator aper*, der erymanthische Eber auf dem Gebirg *Erymanthus* in Arcadien, den H. ebenfalls lebendig fing. — *hydrae*, Lernaeae, vgl. 24, 71 ff. —

Crescere per damnum geminasque resumere vires.
Quid, cum Thracis equos humano sanguine pingues
Plenaque corporibus laceris praesepia vidi,
Visaque deieci, dominumque ipsosque peremi?
His elisa iacet moles Nemeaea lacertis,
Hac caelum cervice tuli. Defessa iubendo est
Saeva Iovis coniunx: ego sum indefessus agendo.
Sed nova pestis adest, cui nec virtute resisti,
Nec telis armisque potest. Pulmonibus errat
Ignis edax imis, perque omnes pascitur artus.
At valet Eurystheus! — Et sunt, qui credere possint
Esse deos?' Dixit, perque altum saucius Oeten
Haud aliter graditur, quam si venabula tigris
Corpore fixa gerat, factique refugerit auctor.
Saepe illum gemitus edentem, saepe frementem,
Saepe retemptantem totas refringere vestes,
Sternentemque trabes irascentemque videres
Montibus, aut patrio tendentem bracchia caelo.
Ecce Lichan trepidum, latitantem rupe cavata,
Adspicit; utque dolor rabiem collegerat omnem,
'Tune, Licha,' dixit 'feralia dona dedisti?
Tune meae necis auctor eris? Tremit ille pavetque
Pallidus, et timide verba excusantia dicit.

94. *per damnum*, wie dort *crescentem malo*. — *geminas vires*, s. zu *gemino herede*. — 95. *Quid, cum* für: quid de illo facinore dicam, cum, vgl. oben 50 *quid si*. — *Thracis*, des thracischen Königs *Diomedes*, der seine Rosse mit Menschenfleisch fütterte. — 97. *Visa* nach *vidi* übers. durch „sofort", s. zu 1, 33 *secuit sectamque*. — 98. *moles Nemeaea* „das Ungeheuer von Neméa", der unverwundbare Löwe, der sich bei Nemea in Argolis aufhielt und von Herc. erdrückt wurde (*elisa*). — 99. *Hac caelum cervice tuli*, während Atlas die hesperidischen Aepfel herbeiholte, nahm H. unterdess das Himmelsgewölbe auf seinen Nacken. — *iubendo*, s. zu 24, 21 *iussa novercae*. — 101. *nova* „unerhört", s. zu 9, 10. — 102. *tela* „Trutz-, *arma* „Schutzwaffen", od. „Waffen und Rüstung", vgl. 32, 99 *induere arma viros, violentaque sumere tela rex iubet*. — 104. Aeusserst bitter schliesst er mit dem Gegensatz *at valet Eurystheus*, dieser Erbärmliche, der nichts thun konnte, als mir nur immer neue Arbeiten auflegen; *valet* „ist wohl auf". — 109. *retemptare* „aufs Neue versuchen". — 110. *irascentem montibus* „gegen die Berge wüthen", indem er Felsstücken losriss. — *videres*, s. zu 2, 74 *scires*. — 111. *tendentem caelo*, s. zu 4, 19 *caelo bracchia porrexit*. — *patrio*, dem er als Sohn des Juppiter entstammte.

113. *ut*, d. i. in dem Zustande, wo. Der Zwischensatz soll die jähzornige That entschuldigen. — *collegerat*, s. zu 12, 171 *sitim collegerat*. — 114. *Tune*, mit verächtlichem Ausdrucke: ein so geringfügiger Mensch, ein Knecht wie du. — *feralis*, was die Todten und

Dicentem genibusque manus adhibere parantem
Corripit Alcides, et terque quaterque rotatum
Mittit in Euboïcas tormento fortius undas.
Ille per aërias pendens induruit auras;
Utque ferunt imbres gelidis concrescere ventis,
Inde nives fieri, nivibus quoque molle rotatis
Adstringi et spissa glomerari grandine corpus:
Sic illum, validis actum per inane lacertis
Exsanguemque metu nec quicquam humoris habentem,
In rigidos versum silices prior edidit aetas.
Nunc quoque in Euboico scopulus brevis emicat alto
Gurgite, et humanae servat vestigia formae;
Quem, quasi sensurum, nautae calcare verentur,
Appellantque Lichan. — At tu, Iovis inclita proles,
Arboribus caesis, quas ardua gesserat Oete,
Inque pyram structis, arcum pharetramque capacem
Regnaque visuras iterum Troiana sagittas
Ferre iubes Poeante satum, quo flamma ministro
Subdita; dumque avidis comprenditur ignibus agger,
Congeriem silvae Nemeaeo vellere summam
Sternis, et inposita clavae cervice recumbis,
Haud alio vultu, quam si conviva iaceres
Inter plena meri redimitus pocula sertis.

ihre Leichenfeier angeht, hier „Tod bringend“. — 117. Wegen *dicentem* nach *dicit* s. zu 13, 89 *freno dabat, dantem.* — 120. *pendens* wie 11, 3. — *aëriae aurae*, im D. mit Umkehrung des Attributverhältnisses „wehende Lüfte“. *Per* „auf dem Wege durch“, vgl. 44, 38 *tantos per alta labores aequora sustinui.* — 121. *concrescere* „gerinnen“. — 122. *nives* hier „Schneeflocken“. — Ordne *nivibus quoque rotatis* (Dat.) *molle corpus adstringi et glomerari spissa grandine*, sich in dichtem Hagel d. i. zu dichtem Hagel zusammenballen. — 125. *nec quicquam habentem* „und ohne eine Spur“; ähnlich wurden *gerens* (8, 108) und *tenens* (18, 127) durch blosse Präpos. übersetzt. — 126. *edidit* wie 4, 74. — 127. *Nunc quoque* wie 5, 27. — *Euboïcum*, substantiv. für Euboïcum mare wie 9, 119 *Ionium.* — *emicat*, wie auch wir: hervorspringen statt hervorragen.

133. *visuras* übers. nach *motura* 1, 55. — *iterum*, zum erstenmal hatten sie es gesehen, als H. selbst das damals von Laomedon beherrschte Troja eroberte, s. 31, 20 ff. Zum zweitenmal wurden sie von *Philoctetes* (*Poeante satus*) im trojan. Kriege dorthin gebracht; denn nach einem Orakel konnte Troja ohne die Pfeile des Hercules nicht erobert werden, s. 38, 368. — 134. *Ferre* „an sich nehmen“, als ein Vermächtniss. — *quo ministro* soviel als *cuius ministerio* oder *ope*. — 135. *Subdita* est pyrae. — 136. *silvae* d. i. arborum silvestrium. — 137. *Sternere* hier „bedecken“. — 139. *redimitus sertis*, bei fröhlichen Gastmählern pflegte man sich zu bekränzen.

Iamque valens et in omne latus diffusa sonabat,
Securosque artus contemptoremque petebat
Flamma suum: timuere dei pro vindice terrae.
Quos ita — sensit enim — laeto Saturnius ore
Iuppiter adloquitur: 'Nostra est timor iste voluptas,
O superi, totoque libens mihi pectore grator,
Quod memoris populi dicor rectorque paterque,
Et mea progenies vestro quoque tuta favore est.
Nam quamquam ipsius datur hoc inmanibus actis,
Obligor ipse tamen. Sed enim, ne pectora vano
Fida metu paveant, Oetaeas spernite flammas:
Omnia qui vicit, vincet, quos cernitis, ignes,
Nec nisi materna Vulcanum parte potentem
Sentiet. Aeternum est, a me quod traxit, et expers
Atque inmune necis nullaque domabile flamma.
Idque ego defunctum terra caelestibus oris
Accipiam, cunctisque meum laetabile factum
Dis fore confido. Si quis tamen Hercule, si quis
Forte deo doliturus erit: data praemia nolet;
Sed meruisse dari sciet, invitusque probabit.'
Assensere dei; coniunx quoque regia visa est
Cetera non duro, duro tamen ultima vultu
Dicta tulisse Iovis, seque indoluisse notatam.
Interea, quodcumque fuit populabile flammae,
Mulciber abstulerat; nec cognoscenda remansit

140. *sonabat*, Subject? s. zu 2, 13. — 141. *Securus* „unbekümmert" um die Flamme. — 142. *vindex terrae* heisst Herc., weil er die Erde von so vielen Plagen befreit hatte. — 143. *sensit enim*, eos timere. — 146. Mit *populus* sind die Götter gemeint; *memoris*, nämlich der Wohlthaten, die Herc. der Welt erwiesen hat, d. i. „dankbar". — 137. *tuta est* „beschirmt wird". — 148. *hoc*, quod illi favetis; *datur*, a vobis „gezollt wird". — 149. *Obligor*, vobis „werde euch verpflichtet". — Ueber *sed enim* s. zu 13, 7. Die durch *enim* angedeutete Begründung folgt in den Worten *Omnia, qui vicit cet.* — 152. *Vulcanum*, metonym. wie 16, 104. Ebenso unten 164 *Mulciber*. — *materna parte*, d. i. an seinem sterblichen Theile. — 155. *defunctum terra* „nach Vollendung der irdischen Laufbahn". — 157. *Si quis cet.*, auf wen diese Schlussbemerkung geht, ergiebt sich aus 161 f. — 158. *dolere* hier „ein Aergerniss nehmen"; *deo*, an ihm als Gott, d. i. an seiner Aufnahme unter die Götter. — Mit *data praemia nolet* beginnt der Nachsatz. Die Futura *nolet*, *sciet*, *probabit* haben imperative Kraft, was mit „sollen" auszudrücken ist, vgl. *licebit* 4, 89. — *nolle data esse* „missgönnen". — 159. *meruisse* eum *dari* illa praemia. — *invitus*, im D. füge eine Concessivpartikel hinzu.

161. *duro*, im D. mit Veränderung der Metapher „finster". — 162. Ordne *et indoluisse*, *se notatam esse* „über ihre Zurechtweisung".

164. *nec*, die Negation gehört

Herculis effigies, nec quicquam ab imagine ductum
Matris habet, tantumque Iovis vestigia servat.
Utque novus serpens posita cum pelle senecta
Luxuriare solet, squamaque virere recenti:
Sic, ubi mortales Tirynthius exuit artus,
Parte sui meliore viget, maiorque videri
Coepit, et augusta fieri gravitate verendus.
Quem pater omnipotens inter cava nubila raptum
Quadriiugo curru radiantibus intulit astris.

nur zu *cognoscenda*. Wie das Gerundiv. hier zu übersetzen sei, s. zu 7, 69. — 168. *Luxuriare* hier „prangen". — 172. Beachte, wie in diesen beiden Schlussversen auch der Rhythmus die Hoheit und Sturmesgewalt des Ereignisses versinnlicht.

CPSIA information can be obtained
at www.ICGtesting.com
Printed in the USA
LVHW100447110522
718424LV00003B/270

9 783375 011277